LAURIE STEVENS

TODESSCHULD

W0222733

Buch

Gabriel McRay hatte einst den Ruf, der beste Detective des Los Angeles Sheriff's Department zu sein, doch seit einiger Zeit leidet er unter zunehmend unkontrollierbaren Wutausbrüchen und Erinnerungsaussetzern. Als einer seiner Ausraster für katastrophale Publicity sorgt, wird er vom Dienst suspendiert. Es dauert jedoch nicht lang, bis seine Kollegen erneut auf McRays ermittlerisches Talent angewiesen sind, denn in den Hügeln von Santa Monica ereignet sich eine brutale Mordserie. Der Täter überredet seine Opfer, ihn mit dem Auto mitzunehmen, bevor er sie zwingt, abgelegene Orte anzusteuern, wo er sie ersticht und ihre Fahrzeuge in Brand setzt. Und jedes Mal hinterlässt der sogenannte »Malibu-Canyon-Killer« am Tatort eine kryptische, an McRay adressierte Botschaft … Widerwillig veranlasst McRays Boss, Lieutenant Miguel Ramirez, die Rückkehr seines besten Ermittlers ins Team der Mordkommission, denn zwischen ihm und dem skrupellosen Mörder scheint es eindeutig eine Verbindung zu geben. Bald schon rückt McRay selbst in den Fokus der Ermittlungen und muss mithilfe der Pathologin Ming Li alles daransetzen, den Killer zu finden und seine eigene Unschuld zu beweisen.

Autorin

Laurie Stevens studierte an der University of California in Los Angeles Film-, Fernseh- und Theaterwissenschaften. Sie arbeitete für Produktionsfirmen wie Columbia Records, schrieb für die *Los Angeles Daily News* und hat bereits zahlreiche Drehbücher verfasst. *Todesschuld* ist ihr erster Roman bei Blanvalet. Die Autorin lebt mit ihrem Mann und ihren beiden Kindern in Los Angeles.

LAURIE STEVENS

TODES SCHULD

Thriller

Aus dem amerikanischen Englisch
von Kristof Kurz

blanvalet

MIX
Papier aus verantwortungsvollen Quellen
FSC® C014496
FSC
www.fsc.org

Verlagsgruppe Random House FSC® N001967
Das für dieses Buch verwendete FSC®-zertifizierte Papier
Holmen Book Cream liefert Holmen Paper,
Hallstavik, Schweden.

1. Auflage
Deutsche Erstausgabe November 2015
bei Blanvalet, einem Unternehmen der
Verlagsgruppe Random House GmbH, München
Copyright © 2011 Laurie Price
Titel der Originalausgabe: *The Dark Before Dawn*
Copyright © der deutschsprachigen Ausgabe 2015
by Verlagsgruppe Random House GmbH, München
Umschlaggestaltung: © Johannes Wiebel | punchdesign, unter
Verwendung von Motiven von Shutterstock.com
Redaktion: Bernd Stratthaus
AF · Herstellung: sam
Satz: Vornehm Mediengestaltung GmbH, München
Druck und Bindung: GGP Media GmbH, Pößneck
Printed in Germany
ISBN: 978-3-7341-0142-7

www.blanvalet.de

Für Steven, Jonathan und Alanna
Und für Grandma Dena, die immer an
»große Träume und ein wenig Glück«
geglaubt hat

Prolog

Der Motorradpolizist stand am Rand der Malibu Canyon Road und richtete seine Radarpistole auf die entgegenkommenden Fahrzeuge. Die Morgensonne schien bereits so heiß, dass Schweißperlen unter dem Helmrand und in seinem Schnauzer funkelten. Mehrere Fahrer traten auf die Bremse, sobald sie den Polizisten erblickten; andere brausten einfach mit überhöhter Geschwindigkeit an ihm vorbei. Dem Polizisten war das egal. Die Radarpistole war nur eine Attrappe.

Derjenige, den das Schicksal dazu auserwählt hatte, würde hier vorbeikommen. Dessen war sich der Polizist sicher. Eine frische Brise, die vom Strand her durch den Canyon strich, verschaffte ihm etwas Erleichterung. Genau so war es vorherbestimmt. Sogar die rosafarbenen Wildblumen zu seinen Füßen schienen ihm zuzujubeln. Der Polizist richtete die Radarpistole nach Westen aus und bemühte sich, unter der dunklen Sonnenbrille möglichst finster dreinzublicken.

Schließlich hielt er einen weißen Pick-up an. Auf den Rand der breiten Ladefläche waren eine Telefonnummer sowie das Wort »Handwerkerarbeiten« geschrieben.

Der Polizist ging zur Fahrerseite hinüber.

»Ausweis, Führerschein und Zulassung bitte.«

»Bin ich zu schnell gefahren?« Der Handwerker war Ende zwanzig, hatte einen dünnen braunen Bart und freundliche Augen.

Der Polizist besah sich die Dokumente, ohne auf die Frage einzugehen.

»Sie sind Ted Brody? Ist das Ihr Truck? Ihr Unternehmen?«

»Aber ja.« Die freundlichen Augen wurden etwas misstrauischer. »Ich habe gar nicht gemerkt, dass ich zu schnell war, Officer.«

Der Polizist dachte eine Weile nach. Schließlich steckte er den Ausweis des Handwerkers ein und ging zu einer ausladenden Eiche hinüber, unter der ein Geländemotorrad stand.

»Stellen Sie mir jetzt einen Strafzettel aus?«, fragte der Handwerker höflich.

Wieder schwieg der Polizist. Er wuchtete das Motorrad auf die Ladefläche des Pick-ups.

»Was machen Sie denn da?«, rief der Handwerker.

Der Polizist tauchte vor dem Beifahrerfenster auf. Er hielt einen Rucksack in der einen und eine Pistole in der anderen Hand.

»Fahren wir los, Ted.«

Er ließ den Handwerker über die serpentinenartige Straße durch den Canyon fahren. Als sie die Berge von Santa Monica nördlich von Los Angeles erreicht hatten, befahl er ihm, in eine Seitenstraße einzubiegen, die sonst nur von Feuerwehrautos im Falle eines Buschbrands benutzt wurde.

Ruhig beantwortete der Polizist die nicht enden wollenden Fragen. Nein, er hatte das Fahrzeug nicht konfisziert.

Er war weder ein Entführer noch ein Autodieb. Und nein, er hatte es auch nicht auf das Geld des Handwerkers abgesehen. Der Polizist schien einfach nur in die Wildnis fahren zu wollen.

Sobald sie eine ihm genehme Stelle erreicht hatten, öffnete der Polizist den Rucksack und zog ein Kampfmesser heraus.

»W … was?«, stammelte der Handwerker. »W … warum?«

Zum Entsetzen des Handwerkers rammte ihm der Polizist das Messer plötzlich und mit aller Kraft in die Kehle. Dann riss er die Klinge in der Wunde zur Seite. Blut spritzte in hohem Bogen aus der Halsschlagader und über die Windschutzscheibe, das Armaturenbrett und die Polizeiuniform. Der Cop stach so lange auf den Handwerker ein, bis dieser sich nicht mehr rührte.

Sobald im Wageninneren Totenstille herrschte, lehnte sich der Polizist zurück und betrachtete den Leichnam.

»Einer erledigt, sechs übrig. Mein Freund, du hast ja keine Ahnung, wie sehr du mir heute geholfen hast. Ted, ich werde dich nicht vergessen. Und jetzt, wenn du erlaubst …« Der Polizist drückte die Beine des Handwerkers auseinander und machte sich erneut mit dem Messer ans Werk.

Als er fertig war, öffnete der Polizist seine eigene Hose und rieb sich mit der von der klebrigen roten Flüssigkeit bedeckten Hand, bis er in Ekstase das Armaturenbrett umklammerte.

»Danke«, flüsterte er heiser. Dann fiel er zitternd und schwer atmend in den Sitz zurück. Einen Augenblick darauf schloss er seinen Hosenschlitz und holte einen Benzinkanister aus dem Rucksack, den er neben sich abstellte. Dann nahm er ein feuchtes Handtuch aus einer Plastiktüte und wischte sich damit die Hände ab. Sobald er sich einigermaßen gesäubert hatte, zog er einen gefalteten Zeitungsausschnitt aus einer Seitentasche des Rucksacks.

»Glaubst du an göttliche Fügung?« Der Polizist wandte sich dem noch warmen Körper neben sich zu. »Nein, wahrscheinlich nicht. Aber ich.« Behutsam faltete er den Ausschnitt auseinander und las die Überschrift laut vor: »Gewaltvorwürfe gegen Detective Gabriel McRay vom Los Angeles Sheriff's Department.« Kichernd steckte der Polizist den Ausschnitt in die Tasche zurück, öffnete den Kinnriemen seines Helms und riss sich den falschen Schnurrbart vom Gesicht. »Besser könnte es gar nicht laufen.«

1

Eine dicke schwarze Fliege summte vor dem Fenster, hinter dem sich der Rasen vor dem Hauptquartier des Los Angeles County Sheriff's Department erstreckte. Verzweifelt suchte die Fliege einen Weg nach draußen. Dr. Raymond Berkowitz, der für das Department zuständige Psychiater, beobachtete Gabriel McRay, wie dieser wehmütig das Insekt anstarrte. Auch er kam sich gefangen vor und sehnte sich nach einer Fluchtmöglichkeit.

»Gabe, ich habe Sie etwas gefragt.«

Der Detective rutschte auf seinem Sitz herum und räusperte sich, bevor er Dr. B ins Gesicht sah. »Verzeihung«, sagte er. »Wie war das?«

»Ich wollte wissen, ob Sie immer noch Albträume haben.«

»Ja.«

»Kopfschmerzen?«

»Ja.«

Der Psychiater musterte ihn durch die Brille mit dem dünnen Drahtgestell. Er war in der Lage, allein aufgrund der Haltung seiner Patienten gewisse Rückschlüsse zu ziehen. Gabriel saß steif da, hatte die Füße übergeschlagen und die Arme verschränkt. Eine zugleich abwehrende und schützende Haltung. Auf Gabriels Psyche lastete eine unsichtbare Bürde. Dr. B wollte ihm diese Bürde abnehmen, doch bisher weigerte sich sein Patient, sich helfen zu lassen.

»Ihr Hausarzt hat mir die Testergebnisse geschickt, Gabe. Das MRT war negativ. Dadurch lässt sich wohl ziemlich sicher feststellen, dass Ihre Kopfschmerzen …«

»… nur in meinem Kopf stattfinden.«

»Ich wollte damit nicht …«

»Entschuldigen Sie. Schlechter Witz.« Gabriel verzog den Mund zu einem Lächeln, das sofort wieder verschwand.

»Ich bin mir zu neunundneunzig Prozent sicher, dass Ihre Probleme keine neurologische Ursache haben«, fuhr Dr. B fort. »Wie wäre es, wenn Sie mir ein klein wenig entgegenkommen?«

»Was wollen Sie von mir? Was wollen Sie hören?«, fragte Gabriel.

»Nun ja, wollen Sie sich vielleicht zu dem Grund äußern, aus dem man Sie zu mir geschickt hat?«

»Ich habe nur meine Arbeit getan.«

»Also glauben Sie nicht, dass Sie ein wenig zur Hypervigilanz neigen?«

Gabriel leckte sich über die Lippen und lächelte wieder. Diesmal verschwand das Lächeln nicht. »Na gut, Sie haben mich erwischt. Ich bin beeindruckt. Hypervigilanz. Eins mit Sternchen, Raymond.«

»Okay.« Dr. B grinste hinter seinem struppigen, dunklen, mit grauen Haaren durchsetzten Bart. Er war ein schlanker, fast dürrer Mann, der durch seine ruhigen, eleganten Bewegungen nicht schlaksig wirkte. Seine Drahtgestellbrille rutschte ihm ständig die Nase hinunter, wodurch er etwas exzentrisch wirkte. Doch genau wie der sprichwörtliche verrückte Professor war Dr. B einfach zu beschäftigt, um sich eine neue Brille zuzulegen. Das Bemerkenswerteste an Dr. B waren seine schokoladenbraunen Augen, die seine Patienten förmlich in ihre Einzelteile zerlegen konnten, die er anschließend wieder behutsam zusammensetzen würde. Nun sahen diese Augen über dem bärtigen Grinsen Gabriel ernst an. »Reden wir Klartext, Gabe. Wir wissen beide, dass Sie nur hier sind, weil Sie die Dienstaufsichtsbehörde dazu gezwungen hat. Aber ich kann Ihnen nicht helfen, solange Sie nicht bereit sind, Verantwortung zu übernehmen für ...«

»Ich werde nicht den Prügelknaben spielen«, unterbrach Gabriel ihn. »Seit Rodney King und dem Rampart-Skandal heizt das LAPD dieser Abteilung ununterbrochen ein. Ich lasse mich nicht zum Sündenbock des Sheriff's Department machen.«

Dr. B unterdrückte ein Seufzen, nahm die Brille ab und rieb sich die müden Augen, um sich etwas Zeit zum Nachdenken zu verschaffen. Gabriel übernahm keine Verantwortung, und solange das nicht geschah, würden sie auch keine Fortschritte erzielen.

Er war ein Anhänger der adlerschen Individualpsychologie und bemühte sich stets, seinen Patienten freundlich und aufmunternd zu begegnen. Alfred Adler – ein Schüler Siegmund Freuds – hatte das eher hierarchische Modell seines Mentors, das vom Patienten absoluten Gehorsam gegenüber seinem Therapeuten forderte, abgelehnt und sich stattdessen dafür eingesetzt, dass sich Arzt und Patient in einem Lehrer-Schüler-Verhältnis begegneten.

Deshalb lag Gabriel auch nicht auf einer Couch, sondern saß neben Dr. B in einem bequemen Stuhl. Auf Augenhöhe. Wie bei zwei Freunden.

Dr. B schniefte und setzte sich die Brille wieder auf. »Bei Ihrem letzten Fall haben Sie eine alte Frau tätlich angegriffen.«

»Ihr Enkel spielt eine Rolle in einem Mordfall, in dem ich gerade ermittle.«

»Es hat auch niemand das Gegenteil behauptet.«

»Als ich zur Tür reinkam, hatte die Oma eine Schrotflinte vom Kaliber 12 auf dem Tisch liegen. Ihr Enkel, der noch bei ihr wohnt, ist ein aktenkundiger Drogendealer und Gangmitglied. Die alte Dame war ziemlich wütend auf mich. Was hätte ich denn in dieser Situation sonst denken sollen?«

»Haben Sie denn überhaupt nachgedacht?«, fragte Dr. B vorsichtig. »Sie haben sie zu Boden gestoßen, wobei sie sich eine Hüfte gebrochen hat. Eine achtundachtzigjährige afroamerikanische Großmutter. Sie beschuldigt Sie des Rassismus und hat die Stadt verklagt. Besagte Schrotflinte gehört einem anderen Enkel, der als Jäger alle erforderlichen Berechtigungen dafür besitzt. Der Dealer ist schon eine Woche zuvor ausgezogen.«

Gabriel schwieg.

»Bei einem anderen Fall vor zwei Wochen«, sagte Dr. B, »hätten Sie beinahe einen fünfzehnjährigen Jungen erwürgt.«

»Der mich mit einem Messer bedroht hat. Um den guten Ruf des Departments zu wahren, habe ich darauf verzichtet, ihn zu erschießen.«

»Sie haben ihn gewürgt, Gabriel. Können Sie mit den Begriffen *unverhältnismäßige Gewalt* und *negative Schlagzeilen* etwas anfangen?«

Gabriel wandte sich ab. Auf dem großen Zifferblatt der Holzuhr auf Dr. Bs Schreibtisch tickten die Minuten langsam herunter.

»Na gut«, sagte Dr. B versöhnlich. »Reden wir doch über diesen jungen Mann, der auf der Halloween-Party erschossen wurde. Zu der Sie gerufen wurden, als Sie noch auf Streife gingen.«

»Lieber nicht.«

Nun konnte Dr. B den unterdrückten Seufzer nicht länger zurückhalten. »Die wollen Sie suspendieren, Gabe. Sie wissen ganz genau, wie allergisch das Sheriff's Department von LA auf schlechte Publicity reagiert.« Der Psychiater faltete die schlanken Hände wie zum Gebet. »Ihre Erfolgsquote bei der Aufklärung von Gewaltverbrechen ist hervorragend, aber eine Quote allein wird Sie kaum vor der Kündigung retten. Ich bitte Sie, Gabe: Verraten Sie mir, was Sie umtreibt.«

»Nichts.«

Ein erfreuter Ausruf aus dem Flur durchbrach die Stille im Sprechzimmer. Dr. B nahm die Brille ab und putzte sie mit dem Hemdsärmel. »Lieutenant Ramirez will Sie sehen«, sagte Dr. B, nachdem die Uhr einige weitere Minuten heruntergezählt hatte.

Gabriel stand im Stau auf dem Santa Monica Freeway. Sein altersschwacher Toyota Celica steckte zwischen einem Kenworth-Lastwagen und einem Cabrio fest, aus dem Rapmusik bis in die Stratosphäre dröhnte. Der Lkw vor ihm hielt den Wind ab – was umso tragischer war, da Gabriels Klimaanlage den Geist aufgegeben hatte. Gabriel streckte den Arm aus, öffnete das Handschuhfach, kramte eine Aspirinpackung hervor und warf sich zwei Tabletten in den Mund.

Seit dem Erdbeben von 1994, bei dem das damalige Polizeihauptquartier schwer beschädigt worden war, hatte man die beiden Polizeiabteilungen getrennt und auf verschiedene Stadtviertel und Vororte der Metropole aufgeteilt. Das Hauptquartier in Monterey Park, in dem Gabriels Sitzung mit Dr. B stattgefunden hatte, beherbergte die Verwaltung der Behörde. Die Abteilung für Mord und Brandstiftung – Gabriels zweites Zuhause – befand sich in Commerce. Für Kindesmissbrauchsfälle, Entführungen und Terrorismus war die Zweigstelle in Whittier zuständig. Hinzu kamen mehrere Reviere in Los Angeles und den angrenzenden Gemeinden, in denen sich die Ermittler mit Diebstahl, häuslicher Gewalt und anderen Ordnungswidrigkeiten herumschlagen mussten. Das LAPD dagegen war für die Innenstadt von Los Angeles zuständig.

Gabriel war auf dem Weg von Dr. Bs Praxis zu seinem vorgesetzten Lieutenant in Commerce. Wie die meisten Bewohner von Los Angeles verbrachte auch er einen nicht unbeträchtlichen Teil seiner Zeit auf den Freeways.

Am Ende eines anstrengenden Tages fuhr Gabriel zu seiner Wohnung in Santa Monica. Zuvor machte er noch bei einem Supermarkt halt. Er fuhr an der Ausfahrt Fourth Street vom Freeway ab und bog in den Parkplatz von Ralph's Market ein.

Eine erfrischende Meeresbrise zerzauste sein Haar und brachte sein Hemd zum Flattern. Er nahm die Krawatte ab, warf sie auf den Beifahrersitz und betrat den Supermarkt. Müde von der Arbeit und dem Verkehr schlenderte er durch die Gänge. Trotz der grellen Farben und nach Aufmerksamkeit heischenden Verpackungen um ihn herum fühlte er sich wie betäubt und brachte kaum die Kraft auf, sich auf seine wenigen Besorgungen zu konzentrieren. Er kochte gerne – es entspannte ihn und verschaffte ihm eine dringend notwendige abendliche Beschäftigung.

Sobald er in seiner Wohnung angekommen war, ordnete Gabriel die Einkäufe akkurat auf den weißen, mit vom Alter grauen Fugen durchzogenen Fliesen der Arbeitsplatte an. Mit viel Glück hatte er eines der letzten mietgebundenen Apartments in der Bay Street ergattert. Das Gebäude versprühte den spanischen Charme aus der Blütezeit von Los Angeles, inzwischen merkte man ihm sein Alter jedoch deutlich an. Nach der Scheidung war das Haus in Culver City seiner Exfrau Sheryl zugesprochen worden. Gabriel hatte dafür die Stereoanlage bekommen.

Von hier aus konnte man den Ozean nicht sehen, aber er befand sich in Laufweite. Da sich Gegensätze oft anziehen, gefiel ihm der sorglose Boheme-Lebensstil von Santa Monica und Venice. Natürlich wäre es Gabriel nicht im Traum eingefallen, sich zu den rollerbladenden Möchtegernkünstlern zu gesellen, die die hiesigen Cafés bevölkerten, aber er war gerne in ihrer Nähe. Wie eine Taschenratte, die sich ihren Bau in einem wunderschönen Garten gegraben hat. Das durchweg gemäßigte Wetter sagte ihm ebenfalls zu; es war niemals zu heiß oder zu kalt. Extreme hatte er in der Arbeit schon mehr als genug.

Gabriel nahm eine Flasche Dos Equis aus dem Kühlschrank und trank sie zur Hälfte leer. Das Bier würde sehr gut zu dem Rezept passen, das er sich für den heutigen Abend ausgesucht hatte: Rindfleischeintopf mit Dill und Artischocken. Gabriel legte Ben Webster auf und machte sich ans Werk. Er bestäubte die Rindfleischwürfel mit einer Mischung aus Mehl, Salz und Pfeffer. Schon bald stieg der feurige Duft von sautiertem Knoblauch und Zwiebeln vom Herd auf und erfüllte die wenigen kleinen Zimmer.

Gabriel aß gerne gut, weshalb er auch seine Mitgliedschaft im Fitnessstudio nicht kündigte. Noch lieber kochte er allerdings. Wenn Gabriel Zutaten abmaß und Teig knetete, sautierte oder backte, konnte er die hektische Welt hinter sich lassen und entspannen.

Gabriel goss etwas Burgunder in einen Messbecher und Rinderfond in einen anderen. Er versuchte, sich nach Kräften abzulenken, doch in seinem Kopf lief die Unterhaltung, die er mit seinem Vorgesetzten geführt hatte, immer und immer wieder ab wie ein schlechter Film.

»Also?« Der nach Zigarettenrauch riechende Lieutenant Ramirez hatte Gabriel im Flur vor seinem Büro abgefangen und sich vor ihm aufgebaut.

»Also?«, hatte Gabriel wiederholt und auf ihn hinabgesehen. Gabriel war etwa eins achtzig groß. Ramirez reichte ihm nicht mal bis zum Kinn.

»Was ist los mit Ihnen?«, fragte Ramirez mit dickem Chicano-Akzent. Er stammte aus einem der ärmsten, von Gangs kontrollierten Barrios im Osten von Los Angeles und hatte sich – eine Sprosse nach der anderen – mühsam die Karriereleiter im Sheriff's Department hochgearbeitet, wobei er sich mit der für Los Angeles typischen Mischung aus toleranter Boheme und kleinlicher Borniertheit hatte herumschlagen müssen. Und so hatte er auf seinem Weg nach oben nicht nur eine sauer verdiente Beförderung nach der anderen erhalten, sondern auch einen leichten Minderwertigkeitskomplex davongetragen. Zudem besaß er ein reizbares Gemüt und genoss es, andere Leute in Verlegenheit zu bringen und dann ihre Reaktion zu beobachten, was seiner Meinung nach ein Markenzeichen eines außergewöhnlichen Polizisten war.

»Nichts«, teilte ihm Gabriel mit.

»Nichts.« Der Lieutenant nickte. »Nun, immerhin haben Sie's mal wieder in die Schlagzeilen geschafft.« Ramirez hielt Gabriel eine Zeitung unter die Nase. »Was hat der Seelenklempner gesagt? Sind Sie arbeitsfähig oder nicht?«

»Natürlich bin ich arbeitsfähig«, antwortete Gabriel und steuerte zielstrebig auf den Ausgang zu.

»Ach ja?«, bemerkte Ramirez mit vor Sarkasmus triefender Stimme. »Und was ist mit der alten Schachtel im Krankenhaus, die jedem Reporter, der nicht bei drei auf den Bäumen ist, ihre Polizeibrutalitäts-Geschichte auftischt? Sie will uns auf ganze fünf Millionen verklagen.« Ramirez fixierte Gabriel eindringlich. »Haben Sie eigentlich völlig den Verstand verloren?«

Gabriel blieb abrupt stehen und funkelte seinen Vorgesetzten wütend an. »Mit mir ist alles in Ordnung. Das Ganze war ein Missverständnis.«

»Das Sie noch teuer zu stehen kommen wird«, murmelte Ramirez und ließ Gabriel von dannen ziehen.

Jetzt starrte Gabriel in den dampfenden Topf auf dem Herd. Das Essen würde noch mindestens zwei Stunden brauchen, aber er hatte sowieso den Appetit verloren. Er trat auf den Balkon und sah mit verschränkten Armen in den kleinen Hof, der sein Mietshaus von der Seitengasse dahinter trennte. Magentafarbene Bougainvilleablüten wucherten über eine verputzte Wand bis in einen längst ausgetrockneten, rissigen Wandbrunnen in Form eines Löwenkopfs. Eine dicke Staubschicht lag auf einem weißen Plastiktisch und den zwei dazugehörigen Stühlen. Einer der Stühle war vor langer Zeit umgefallen und lag nun wie ein toter Käfer auf dem Rücken. Gabriel trank das Bier aus. War er arbeitsfähig?

In letzter Zeit hatte er vermehrt unter Angstattacken gelitten und war in den unpassendsten Momenten in Panik geraten. In manchen heiklen Situationen wollte es ihm einfach nicht gelingen, den aufsteigenden Zorn zu bändigen. Gelegentlich musste er seinem Ärger Luft machen, sosehr sich Gabriel auch bemühte, sein Temperament zu zügeln.

Er würde niemals den Ausdruck auf dem Gesicht des Fünfzehnjährigen vergessen. Genauso wenig wie den Druck, mit dem sich seine Hände um die Kehle des Jungen geschlossen hatten. Gabriels Partner Dash war dazwischengegangen, und danach hatten die beiden Detectives kein weiteres Wort über die Angelegenheit verloren – doch es war das erste Mal, dass Gabriels Name in den Schlagzeilen auftauchte.

Und als hätte ihm sein kurzer Geduldsfaden nicht schon genug Probleme bereitet, machte ihm noch etwas anderes Sorgen; etwas viel Schlimmeres: Er litt unter gelegentlichen Erinnerungslücken.

Diese Anfälle von Gedächtnisschwund dauerten zwar nicht lange, ereigneten sich jedoch zu Gabriels Besorgnis mit zunehmender Häufigkeit. Mehr als alles andere fürchtete er diese Blackouts: In einem Augenblick stand er beispielsweise vor dem Gemüseregal des Supermarkts und suchte nach Tomaten für sein Lieblingsratatouille, im nächsten fand er sich mit einem Milchkarton in der Hand vor der Kühltheke wieder. Wenn er dann ängstlich in seinen Einkaufswagen spähte, sah er dort die sorgfältig eingepackten Tomaten neben verschiedenem anderen Gemüse, von dem er sich nicht erinnern konnte, es dort hineingelegt zu haben. Die anderen – Mütter mit Kleinkindern, Kassierer in der Mittagspause, ein Radfahrer auf der Suche nach Mineralwasser – gingen an ihm vorbei, ohne dem einsamen Mann Beachtung zu schenken, der einen Milchkarton auf Armeslänge von sich hielt und trotz der Dienstmarke in seiner Brieftasche am ganzen Körper zitterte.

Dr. B hatte keinen Gehirntumor finden können. Doch was fehlte ihm dann?

Gabriel verließ den Balkon und holte sich ein zweites Dos Equis. War er arbeitsfähig? Er wollte es schwer hoffen, denn ohne die Arbeit würde er den Verstand verlieren.

2

Zwei Wanderinnen marschierten an einem Senfraukenfeld vorbei, das ein kleines Wäldchen aus Kalifornischen Steineichen umschloss. Die beiden Freundinnen – Emma und Marie – würden bald ihren Abschluss an der Calabasas Highschool machen und sprachen angeregt über die Zukunft. Die Hügel von Santa Monica, die das San Fernando Valley von der Küste trennten, waren schon immer ein Zufluchtsort der beiden jungen Frauen gewesen, weshalb sie sie mit einer gewissen Nostalgie durchwanderten. Daher sahen sie sich beim Geräusch eines knatternden Motors, der die schönen Erinnerungen störte, verärgert an. Glücklicherweise verlor sich das Brummen bald wieder in der Entfernung.

Emma und Marie stapften durch Wildhafer und erreichten einen Trampelpfad. Als sie ihre Hosenbeine nach Zecken absuchten, bemerkten sie die Front eines weißen Pick-ups, der in etwa sechzig Metern Entfernung parkte.

Die beiden sahen sich verwundert und abermals verärgert an. Dann gingen sie los, fest entschlossen, einfach daran vorbeizumarschieren. Als sie näher kamen, fiel ihnen etwas Seltsames auf. Rote Wirbel und Kringel waren auf die

Windschutzscheibe gemalt. Nun bemerkten sie auch einen leichten Brandgeruch. Durch die roten Farbschmierer war eine menschliche Gestalt auf dem Fahrersitz zu erkennen.

»Vielleicht ein Junkie oder so«, flüsterte Marie, die Angst hatte, mitten in der Wildnis von einem Drogensüchtigen angefallen zu werden.

»Keine Ahnung. Legen wir einen Zahn zu.«

Als sie noch etwa drei Meter vom Pick-up entfernt waren, erkannten die Mädchen, dass Buchstaben und merkwürdige Symbole auf die Innenseite der Scheibe gemalt waren; das Glas war fast vollständig damit bedeckt; die Farbe war noch feucht und tropfte an manchen Stellen vom Glas. Der Innenraum des Wagens war mit Rauch gefüllt. Neugierig näherten sich die beiden der Fahrerseite. Ein Mann lehnte gegen die Seitenscheibe. Mit vor Überraschung weit aufgerissenen Augen starrte er durch die triefenden roten Kritzeleien, den Mund zu einem großen »O« geformt. Der Brandgeruch wurde stärker. Das Auto glühte förmlich. Während Emma ängstlich einen Schritt zurücktrat, näherte sich Marie mit dem Gesicht der Scheibe.

Hals und Hemdbrust des Mannes waren blutgetränkt. Im Schoß seiner khakifarbenen Hose hatte sich eine Pfütze gebildet. Marie kreischte auf. »Was ist?«, fragte Emma.

Der Fahrersitz brannte. Marie starrte einen weiteren Augenblick sprachlos darauf. Das Feuer griff auf das Hemd des Mannes über. Grauer Rauch stieg von ihm auf, und kurz darauf war nur noch das starre, vor Angst verzerrte Gesicht inmitten der Rauchschwaden und schlierigen Buchstaben zu erkennen. Marie hatte genug gesehen. Schreiend rannte sie zu ihrer Freundin zurück. In diesem Augenblick ging der Pick-up in Flammen auf.

Gabriel musste mehrere den Drogen dealenden Enkelsohn betreffende Berichte aus dem Büro des Gerichtsmediziners im Los Angeles County Hospital im Osten der Stadt abholen. Das Krankenhaus, ein großer beiger Gebäudekomplex, war bereits vom Freeway aus zu sehen. Das inmitten von hispanoamerikanischen Geschäften und Häusern im Craftsman-Stil gelegene L.A. County General beherbergte außerdem das städtische Leichenschauhaus, in das selbst die Toten aus dem siebzig Meilen entfernten Lancaster gebracht wurden. In einer so ausgedehnten Metropole wie Los Angeles war nicht nur die Notaufnahme, sondern auch die Gerichtsmedizin rund um die Uhr besetzt und gut beschäftigt. Jeder Besucher musste vor Betreten der Klinik einen Metalldetektor passieren.

Gabriel beschloss, die Reste des gestrigen Eintopfs in der Krankenhauscafeteria zu verzehren. Der Arbeitsalltag half ihm zu vergessen, dass sein Job in Gefahr war. Zu seiner freudigen Überraschung sah er Ming Li den grün und braun gestrichenen Raum betreten. Er winkte ihr zu.

»Was machen Sie denn hier?«, rief sie fröhlich. Als oberste Gerichtsmedizinerin von Los Angeles County war Ming eine der gefragtesten Pathologinnen des Landes. Durch ihre Gründlichkeit hatte sie viele andere, allein auf ihre Karriere bedachte Mitbewerber ausgestochen. Sie wurde allgemein respektiert, was jedoch nicht der einzige Grund war, weshalb die Polizei von Los Angeles so gerne mit Ming Li zusammenarbeitete. Sie sah außerdem noch fantastisch aus.

Ihr Vater war Chinese und ihre Mutter Mexikanerin, was zu einer exotischen Mischung geführt hatte. Sie hatte lange, dunkle Locken und mokkafarbene Haut, so samtig wie Kakaobutter. Die schnippischen und treffsicheren Bemerkungen jedoch, die regelmäßig ihren vollen, sinnlichen

Lippen entschlüpften, stießen nicht wenige Menschen vor den Kopf. Gabriel mochte Leute, die direkt zum Punkt kamen. Und er mochte Ming.

Sie deutete auf den duftenden Eintopf. »Das eigene Essen mitzubringen ist ziemlich clever. Hier gibt's nichts, was auch nur annähernd so gut riecht.«

»Nehmen Sie sich doch etwas. Ich hab genug dabei.«

»Wirklich?« Ming sah sich um. »Haben Sie eine Verabredung?«

»Ja.« Grinsend hielt ihr Gabriel den Eintopf hin. »Mit Ihnen.«

Ming hob die elegant geschwungenen Augenbrauen und grinste zurück. »Das nenne ich Glück. Ich hole nur eben einen Pappteller.«

Gabriel beobachtete sie, wie sie durch die Cafeteria schritt. Selbst die grüne OP-Kleidung konnte ihre Kurven nicht verbergen. Kurze Zeit später saß sie wieder neben Gabriel und bediente sich.

»Hmmm«, murmelte sie nach dem ersten Bissen. »Köstlich!«

»Am Tag nach der Zubereitung schmeckt es noch besser. Leider musste ich es in der Mikrowelle aufwärmen.«

»Großartig. Sie sind ein Meisterkoch.«

»Das ist eigentlich nur ein Hobby von mir.«

»Sagen Sie mir auf jeden Fall Bescheid, wenn Sie wieder mal was übrig haben.« Ming kniff neugierig die Augen zusammen. »Hab ich was im Gesicht?«

Gabriel bemerkte, dass er sie anstarrte. »Nein. Tut mir leid.« Beschämt sah er zur Seite. »Ich dachte nur … eigentlich habe ich immer was übrig.«

»Na, dann bringen Sie's mit«, sagte Ming mit vollem Mund.

Gabriel entgegnete nichts darauf. Er hatte immer Essen über, weil er stets nur für eine Person kochte. Hin und wieder kamen Dash und seine Frau Eve zum Abendessen vorbei, doch in der Regel aß er allein.

»Hallo, jemand zu Hause?«, fragte Ming. Gabriel riss vor Schreck die Augen auf und fragte sich, ob er hier inmitten des Geschirrklapperns und der Gespräche einen Blackout gehabt hatte. Dann sah er sie lächeln. Offenbar war nichts dergleichen passiert.

»Ja, hier.« Er lächelte zurück. Gabriel hätte ihr gerne gesagt, dass sie nicht darauf warten musste, bis er wieder mal vorbeikam. Er hätte sie gerne zum Essen eingeladen. Obwohl ihn ihre makellose Haut in Versuchung führte und ihre mandelförmigen Augen vor Interesse sprühten, wenn er sich mit ihr unterhielt, machte er keine Anstalten, sich ihr zu nähern. Sheryl hatte ihn einmal als Eiszapfen bezeichnet. Unnahbar, undurchschaubar. Eine Heirat ist keine oberflächliche Angelegenheit, hatte sie unter Tränen gesagt. Ming und Gabriel unterhielten immerhin eine sehr angenehme Arbeitsbeziehung. Und dabei wollte er es auch belassen.

»Wie geht es mit Ihrem Fall voran?«, fragte sie.

»Ist so gut wie abgeschlossen«, antwortete er beiläufig und machte sich wieder über das Mittagessen her. *Mit vollem Mund muss ich wenigstens keine Konversation machen.* Das Ende dieses Falles würde auch das Ende seiner Karriere bedeuten.

Mings Pager piepte. Sie sah auf die Uhr an der Wand. »Ach, verdammt, ich muss los. Die nächste Obduktion wartet.«

Gabriel nickte und schob ihr die Plastikschüssel zu. »Hier, für Sie. Das können Sie später essen.«

»Wirklich?«, fragte Ming mit unverhohlener Begeisterung. »Vielen herzlichen Dank.« Sie klemmte sich die Plastikschüssel unter den Arm und ging zum Ausgang hinüber. »Was es auch immer war, es war vorzüglich!«, rief sie ihm zu.

Er nickte wieder und lehnte sich zurück, nutzte die Gelegenheit, ein weiteres Mal ihre atemberaubende Figur zu betrachten.

Ming Li fuhr mit dem Aufzug in den zweiten Stock und ging durch zwei Stahltüren. Dann bereitete sie sich auf die Obduktion vor. Schließlich machte sie sich mit der Hilfe ihrer beiden Assistenten daran, die frisch vom Tatort eingetroffene Leiche zu untersuchen.

Der schwer verbrannte Leichnam lag auf einem Stahltisch mit Löchern, durch die Wasser und andere Flüssigkeiten abfließen konnten. Daneben standen ein Seziertisch sowie verschiedene Behälter, Waagen und Zerkleinerungsmaschinen, mit denen man sogar Knochen pulverisieren konnte. Auf einer langen Werkbank lagen eine Diamantsäge, mit der man Knochen- und Zahnproben zur späteren Analyse entnehmen konnte, ein kleiner Amboss, eine Säge und eine Auswahl an Schraubenziehern und Schraubenschlüsseln – diese dienten hauptsächlich dem Vergleich mit vorhandenen Wunden.

Der für diesen Fall zuständige Detective hieß Rick Frasier, ein milchgesichtiger blonder Mann mit einer Vorliebe für Ralph-Lauren-Polohemden und ähnliche Schnöselklamotten.

»Also, Rick«, sagte Ming. »Die Leiche ist männlich, falls Sie sich das bereits gefragt haben.«

»Weil der Schädel dicker ist, stimmt's?«, sagte Rick stolz.

Er war erst vor Kurzem zur Mordkommission gestoßen und wild entschlossen, seine investigativen Fähigkeiten unter Beweis zu stellen. Ming dagegen hatte munkeln hören, dass dieser Yuppie-Ermittler ein Problem mit selbstbewussten Frauen hatte.

»Sie haben Ihre Hausaufgaben gemacht«, sagte Ming. »Stimmt. Der männliche Schädel ist für gewöhnlich dicker als der weibliche. Allerdings haben wir die Schädeldecke noch gar nicht geöffnet.« Sie deutete auf den verkohlten Unterleib. »Der Penis ist noch dran.«

Der Detective errötete. Ming grinste zufrieden und fuhr fort.

»So ein Feuer ist schon eine seltsame Sache. Als hätte es einen eigenen Willen. Manche Dinge verbrennt es zu Asche, andere bleiben so gut wie unversehrt.« Sie ging zum Kopf des Leichnams und öffnete seinen Mund. »Zahngold hat einen hohen Schmelzpunkt. Über tausend Grad Celsius. Der hier hatte schon so einige Behandlungen hinter sich. Wir werden ihn ohne Probleme identifizieren können.«

Der Detective verdrehte die Augen, was Ming nicht entging.

Vielleicht sollte ich einfach brav den Mund halten und ihm lächelnd Tee servieren, dachte sie hämisch. *Wahrscheinlich sind die einzigen mexikanischen Frauen, die Mr. Polohemd in seiner Nähe duldet, Dienstmädchen. Sein Problem,* dachte Ming. Sie hatte genug eitle Gockel erlebt und konnte gut darauf verzichten, die schwache, leicht zu beeindruckende Frau zu spielen, nur um ihn nicht zu verunsichern. Mit Gabriel McRay gab es solche Probleme nicht. Sie begegneten sich stets auf Augenhöhe.

»Der Pick-up ist auf einen gewissen Ted Brody registriert«, sagte Rick Frasier gleichgültig. »Die bei der Kraftfahrzeugbehörde hinterlegte Adresse ist nicht mehr aktuell, aber wir werden schon rausfinden, wo er gewohnt hat.«

Während er redete, sprach Ming in ein Diktiergerät. Sie machte sich verbale Notizen über die wenigen äußerlichen Merkmale, die vom Feuer verschont geblieben waren. Dann schaltete sie das Gerät ab. »Bist du das, Ted?«, fragte sie den Leichnam.

Wieder verdrehte der Detective die Augen. »Wollen Sie mir nicht einfach verraten, wie er gestorben ist?«

»Man hat ihm die Kehle aufgeschlitzt«, sagte Ming nüchtern. »Allerdings steht noch nicht fest, ob das auch die Todesursache war.«

»Eine Zeugin namens Marie Engstrom sagte aus, dass eine Menge Blut auf seinem Hemd war.«

»Das hilft uns weiter.« Ming untersuchte die Hände des Toten. Obwohl an manchen Stellen der blanke Knochen zum Vorschein kam, war noch viel verbranntes Fleisch da. Und selbst beschädigtes Muskelgewebe war aufschlussreicher als reines Knochenmaterial.

Rick Frasier beugte sich vor, bis ihn der Gestank zum Würgen brachte. Er trat wieder zurück.

»Wissen Sie, Rick«, sagte Ming, ohne die verkohlte Hand loszulassen, »Sie sollten sich an den Gestank gewöhnen. Sonst wird er immer schlimmer. Als Tatwaffe wurde eine glatte, etwa zweieinhalb Zentimeter breite Klinge verwendet. Was die Länge der Waffe betrifft, will ich mich noch nicht festlegen.«

Ein weiterer Gerichtsmediziner kam hinzu. Auf ein Handzeichen von Ming schaltete er das Diktiergerät wieder ein. Während sie sprach, untersuchte sie den Zwischenraum zwischen den Fingern und die Handflächen. »An den

Händen sind keine Abwehrverletzungen zu erkennen. Man hat ihn offenbar überrascht.«

Sie nahm ein Skalpell und vollführte jeweils einen Schnitt von beiden Schultern bis zum Brustbein. Von dort nahm sie einen Einschnitt über den gesamten Bauch hinweg bis zum Schambein vor. Schließlich legte sie den Brustkorb frei. Ming blickte den Detective mit hochgezogenen Augenbrauen an – eine unschuldige Aufforderung, sich den klaffenden Y-Schnitt näher anzusehen. Rick trat einen Schritt zurück.

Ming setzte die Untersuchung fort. Mehrere Körperteile waren vor dem Feuer geschützt gewesen und nur leicht versengt. »In der Luftröhre ist kein Ruß zu finden. Er war tot, bevor das Auto in Flammen aufging. Weitere Stichwunden sind ebenfalls nicht …«

Sie verstummte. Am Ende des Rückgrats, zwischen dem Anus und den Geschlechtsorganen, klaffte ein tiefes Loch. Sie runzelte neugierig die Stirn. »Was haben wir denn hier?« Sie maß die Wunde aus. »Sie scheint mit derselben Klinge wie die anderen Verletzungen beigebracht worden zu sein. Zielgerichtet und anscheinend post mortem.« Mit einer Spezialpinzette zog sie eine Faser aus der Wunde. Dann trat sie zurück, damit der Assistent Fotos machen und der Detective die Wunde genauer betrachten konnte.

Unterdessen legte sie die Faser auf einen Objektträger und betrachtete sie unter dem Mikroskop. »Ich glaube, sie stammt von der Hose des Opfers.«

Um diese Behauptung zu verifizieren, nahm sie die Überreste der verkohlten Hose aus einem Beweismittelbeutel und betrachtete sie genau, insbesondere im Schritt. Im Stoff klaffte ein Schnitt. »Er trug die Hose am Körper, als man ihm die Wunde zufügte.«

»Die Zeugin hat Blut in seinem Schoß bemerkt«, sagte Rick, der nun ganz Ohr war. »Sie ist sich ganz sicher, dass er bekleidet war.«

Ming ließ den Blick über den Leichnam schweifen. Die Halswunde war bösartig und tief. Der Täter hatte einen schnellen Tod seines Opfers beabsichtigt. Und dann war da noch das andere Loch. Sie maß die Tiefe des Schnitts. »Etwa zehn Zentimeter. Interessant. Zuerst habe ich ein Sexualdelikt vermutet, aber das kommt mir ziemlich unwahrscheinlich vor, wenn das Opfer bekleidet war.«

Wieder rollte der Detective mit den Augen. »Bei allem Respekt, Ming, aber bleiben Sie einfach bei der Pathologie und überlassen Sie uns den Rest.«

Ming hob entrüstet die fein geschwungenen Brauen. »Für Sie immer noch Dr. Li.«

Die Gemeinde Commerce lag östlich des Stadtzentrums von Los Angeles. Die Mordkommission des Sheriff's Department befand sich in einem gedrungenen Gebäude mitten in einem trostlosen Industriegebiet. Da es in dieser Abteilung keinen Publikumsverkehr gab, hatte man keinen großen Aufwand betrieben, um das Bauwerk zu verschönern. Die Ermittler saßen in einem großen, L-förmigen und mit Schreibtischen vollgestellten Raum. Lediglich die Verhörräume und die Büronischen der Sekretärinnen waren davon abgetrennt. Obwohl die meisten Ermittler ihre Berichte selbst schrieben, hörte man oft das Klicken der Tastaturen, wenn die Sekretärinnen Diktate abtippten.

Gabriel saß an seinem Schreibtisch und fügte die Berichte der Gerichtsmedizin sorgfältig zu der Akte seines letzten Falls hinzu. Er ließ sich Zeit – es war gut möglich, dass er heute zum letzten Mal in diesem Raum saß.

Mehrere Kollegen gingen an ihm vorbei und grunzten einen Gruß. Einer der Detectives warf zwei Eintrittskarten für das Dodgers-Spiel auf Gabriels Tisch.

»Hey, Kumpel«, sagte er hastig. »Für dich. Viel Spaß.«

Bevor sich Gabriel bedanken konnte, war der Detective schon wie ein Gespenst an ihm vorbeigehuscht. Gabriel musste lachen. *Ich sollte auch einen scharlachroten Buchstaben tragen – »P« für Paria.*

Verständlicherweise wagte sich niemand in seine Nähe. Im Grunde war er wie ein Ertrinkender, und alle hatten Angst, dass er sie mit sich in die Tiefe ziehen könnte. Nur Dash hielt weiter zu ihm.

Als Gabriel seine E-Mails aufrief, verging ihm das Lachen. Im Posteingang wartete eine Nachricht seiner Schwester Janet, die er schweren Herzens las. Janet plante ein Familientreffen. Sie erinnerte Gabriel daran, dass ihre Eltern nicht jünger wurden und sich nach einer Aussöhnung mit ihrem einzigen Sohn sehnten.

Gabriel schluckte und tippte seine übliche, knappe Antwort: »Keine Zeit.«

Er drückte auf »Senden«, und die Nachricht verschwand im Cyberspace. Anschließend löschte er Janets Mail.

Gedankenverloren griff er nach dem Aspirin in der Jackentasche. Die Packung war leer. Seufzend warf er sie in den Mülleimer und vergrub den Kopf in den Händen.

In seinem Kopf hallte eine schimpfende Frauenstimme wider, die ihm durch Mark und Bein fuhr wie ein Jagdmesser durch ein erlegtes Tier. »Du bist ein böser, böser Mann! Wie kannst du einem Kind nur so etwas antun?«

3

Ming und Gabriel saßen zwischen der Homeplate und der First Base auf den senffarbenen Sitzen am Spielfeldrand. Die Palmen, die über die Tribünen hinwegragten, wurden vom hellen Flutlicht angestrahlt. Es war eine laue Nacht. Gabriel hatte Ming zwar nicht zum Essen in seine Wohnung eingeladen, doch er hatte immerhin genug Mut aufgebracht, um sie zum Dodgers-Spiel auszuführen.

Verkäufer liefen die Reihen auf und ab und boten Limonade und Tüten mit blauer und rosa Zuckerwatte feil. Bei dem unwiderstehlichen Duft von Pommes, Hotdogs und Zwiebeln lief Gabriel das Wasser im Mund zusammen. Sie fingen mit einem Dodger Dog an und verzehrten im Laufe des Spieles Erdnüsse, Pizza, Zuckerwatte und Bier.

»Auswechseln!«, rief Gabriel, während die Menge den Pitcher ausbuhte, der in einem Inning vier Hits und zwei Runs zugelassen hatte. »So eine Pfeife!« Gabriel ließ sich neben Ming auf seinen Platz fallen.

Sie nahm einen Schluck Bier und schüttelte den Kopf. »Es ist schon ziemlich spät im Spiel. Wahrscheinlich ist er am Ende seiner Kräfte.«

Gabriel grinste in sich hinein. Mit der Baseballkappe

auf den schwarzen Locken sah Ming zum Anbeißen aus. Er konnte die wohlgeformten Brüste unter dem einfachen T-Shirt erkennen. Ihre Jeans saß perfekt und betonte genau die richtigen Stellen. Bisher hatte er sie noch nie ohne Arztkittel oder grüne Krankenhauskluft zu Gesicht bekommen.

Unter großem Jubel betrat ein anderer Pitcher das Feld. Rockmusik dröhnte aus den Lautsprechern, um die Menge noch weiter anzuheizen.

»Haben Sie von dem Fall in der Nähe der Kanan Road gehört? Kennen Sie Rick Frasier? Er ist dafür zuständig.«

Gabriel zuckte mit den Achseln. »Ja, ich hab davon gehört. Rick ist ein fähiger Mann.«

»Oh.« Ming nickte unschuldig. »Dann scheinen Sie ihn wohl nicht besonders gut zu kennen.«

Gabriel lachte und sah sie an. »Hat er Sie belästigt?«

»So was prallt an mir ab.« Sie sah auf die Uhr. »So, jetzt haben wir eine Minute lang über ihn gesprochen – viel zu lange, wenn Sie mich fragen. Wechseln wir doch das Thema.«

»Ah, es prallt an Ihnen ab, verstehe.« Gabriel zwinkerte ihr zu. »Also gut. Was haben Sie rausgefunden?« Er konnte nicht widerstehen. Er liebte seine Arbeit und interessierte sich für jeden Fall. Ming erzählte ihm von Ted Brody – dem Opfer.

»Messer sind normalerweise die Waffen von Frauen«, sagte er nach kurzem Nachdenken. »Vielleicht ein Beziehungsstreit?«

»Wenn sie ihn verstümmeln wollte, wieso dann nicht gleich seinen Penis?«

Eine Frau mit bläulichem Haar in der Reihe vor ihnen, die gerade in einen Hotdog biss, drehte sich mit finsterer Miene zu Ming um.

»Vielleicht hat sie im Affekt gehandelt. Ohne groß nachzudenken.«

Ming schüttelte den Kopf. »Sie haben die Fotos nicht gesehen, Gabriel. Ich werde sie Ihnen bei Gelegenheit mal zeigen. Die Wunde wurde zielgerichtet beigebracht. Und sein Hodensack war unversehrt.«

Die blauhaarige Frau wirbelte herum und warf Ming einen weiteren giftigen Blick zu, während sie langsam ihren Hotdog kaute. Ming lächelte freundlich. Die ältere Dame drehte sich wieder um. »Sobald wir Ted Brody identifiziert hatten, hat sich Rick Frasier seine Freundin vorgeknöpft, mit der er zusammengelebt hat«, fuhr Ming fort.

»Ja? Und wie lautet ihr Alibi? Was hat Rick gesagt?«

»Dass sie ›schärfer als eine rothaarige Nutte in einer Peperoniplantage‹ sei. Das hat er gesagt. Und ihr Alibi? Sie behauptet, dass sie zur Tatzeit beim Shoppen im Einkaufszentrum war, aber sie hat keinen Kassenbon oder einen anderen Beleg dafür.« Ming zuckte mit den Schultern. »Mehr war nicht aus Rick herauszubringen. Irgendwie ist er in Gegenwart selbstbewusster Frauen etwas schüchtern.«

Gabriel neigte den Kopf und grinste Ming schief an. »Ach ja, die Kluft zwischen den Geschlechtern.«

»Die war schon immer ein Problem für mich.« Sie warf das schwarze Haar über die Schultern und seufzte. »Ich komme mit Männern einfach nicht klar. Sie glauben, ich wäre zu direkt. Aber das geht doch gar nicht anders! Mit Demut und Ergebenheit wäre ich nie dorthin gekommen, wo ich jetzt bin. Schon komisch: Die Männer mögen meine Professionalität, und gleichzeitig soll ich unterwürfig sein. Dabei möchte ich, dass *mir* jemand die Füße massiert, wenn ich von der Arbeit nach Hause komme.«

Würde ich sofort machen, dachte Gabriel. Das und

noch viel mehr. Anscheinend hatte er sie wieder zu lange angestarrt. Ihre hohen Wangenknochen röteten sich, und ein Mona-Lisa-Lächeln umspielte ihre Mundwinkel. Sie streckte den Arm aus und nahm seine Hand.

Gabriel drückte die ihre, bevor er sie wieder losließ. »Ist doch egal, was die anderen denken.«

Ming rückte ihre Baseballkappe zurecht. »Rick hat gesagt, dass Ted Brody und seine Freundin ihren Nachbarn und Freunden zufolge ein glückliches Paar waren. Ich glaube nicht, dass sie es war.«

Gabriel starrte nachdenklich auf das Spielfeld. »Tja, nach außen mögen sie vielleicht glücklich gewirkt haben. Aber das heißt noch gar nichts.«

»Nein, natürlich nicht.« Ming beobachtete, wie der neue Pitcher den Batter rauswarf.

»Allerdings bin ich nicht gerade ein Experte, was glückliche Beziehungen angeht«, gestand Gabriel.

»Haben Sie noch Kontakt zu Ihrer Ex?«

Er schüttelte den Kopf und griff in die Erdnusstüte. »Kaum. Ich glaube, Sheryl ist überglücklich, dass ich nicht länger ihr Leben überschatte.«

»Überschatten?« Ming griff ebenfalls in die Tüte. »Halten Sie sich denn für einen Schatten?«

»Vielleicht.«

»Oh, höre ich da etwa Selbstmitleid? Sergeant McRay, Sie sehen verdammt gut aus, wenn Sie schmollen. Das Selbstmitleid steht ihnen.«

Gabriel musste lächeln. »Sie sind wirklich nicht auf den Mund gefallen. Das ist kein Selbstmitleid, Ming. Schließlich war es meine Schuld, dass wir uns getrennt haben.« Das Lächeln erlosch. Mit undurchdringlicher Miene wandte er sich wieder dem Spiel zu. »Ich kann ziemlich aufbrausend sein. Ich habe gewisse Probleme mit meiner Gewalttätigkeit.« Auch er konnte Tacheles reden, wenn es sein musste.

Nervös blickte Ming auf das Spielfeld und nahm einen Schluck Bier. »War … war das der Grund für die Trennung?« Sie bemühte sich, beiläufig zu klingen.

»Nein. Ich habe sorgfältig darauf geachtet, dass sie mir nie so nahe kam, dass ich sie hätte verletzen können.« Gabriel zerbrach eine Erdnuss in zwei Hälften und schälte die Kerne heraus. »Nicht dass Sie mich falsch verstehen: Ich schlage keine Frauen. Hab ich noch nie. Würde ich auch nicht.« Sobald er geendet hatte, fiel ihm die alte Frau ein, die er geschubst hatte.

»Und welche ›Probleme‹ mit Ihrer Gewalttätigkeit hatten Sie dann, wenn ich fragen darf? Ich nehme an, dass es nicht nur um den Vorfall mit dem Jungen geht.«

Das weiß sie? Wie peinlich. »Der Junge mit dem Steakmesser. Ja.« Gabriel stand auf und wischte sich die Erdnussschalen vom Schoß. Wenn er bei Ming jemals eine Chance gehabt hatte, dann hatte er sie hiermit vertan. *Toll gemacht, Paria.*

»Das ist Geschichte, Ming. Ich arbeite dran. Ist ja wohl kein Geheimnis, dass ich in Therapie bin.« Er zwang sich zu einem Lächeln. »Jetzt könnte ich einen Donut vertragen. Sie auch?«

Ming starrte ihn an und nickte müde. »Klar. Warum nicht?«

Auf den Tribünen begannen die Zuschauer eine Welle.

»Notruf hier. Was kann ich für Sie tun?«

»Ich möchte einen Brand melden.«

»Bitte bleiben Sie am Apparat, ich verbinde Sie mit der Feuerwehr.«

»Gottverdammt! Sie hat mich in die Warteschleife gelegt.«

»L.A. County-Feuerwehr, Meldestelle 86.«

»Hallo, ich rufe von einem Autotelefon aus an …«

»Wollen Sie einen Brand melden?«

»Ja!«

»Wo sind Sie gerade?«

»Auf der Topanga Canyon Road in Richtung Süden, zum Strand. Das Feuer ist gleich beim Theatri … Botani … wie das auch immer heißt.«

»Können Sie Flammen im Buschwerk erkennen?«

»Nein. Ich sehe nur den Rauch. Das Feuer ist nicht auf der Straße …«

»Bitte bleiben Sie am Apparat.«

»Gottverdammt! Schon wieder die Warteschleife!«

»Hallo? Welche Farbe hat der Rauch?«

»Na, zum Glück werde ich nicht gerade ermordet oder will von einem Hochhaus springen. Wie kann man denn bei der Notrufnummer in der Warteschleife landen?«

»Tut mir leid. Welche Farbe hat der Rauch?«

»Welche Farbe? Keine Ahnung! Schwarz, nehme ich an.«

»Können Sie ein Auto in der Nähe sehen? Bitte bleiben Sie am Apparat.«

»Wieder die Warteschleife? Hallo? Hallo? *Gottverdammt!*«

Da der Notruf von einem relativ dicht bewachsenen Gebiet aus erfolgt war, alarmierte die Leitstelle die Waldbrandeinheit. Fünf Minuten später kreisten zwei Hubschrauber über dem Feuer, während am Boden fünf Löschzüge und ein untersetzter Einsatzleiter namens Phil Panzram damit beschäftigt waren, das etwa einen Viertelhektar große Buschfeuer zu löschen, bevor es sich zu einem ausgewachsenen Waldbrand entwickeln konnte. Glücklicherweise herrschte an diesem Tag kaum Wind.

Sobald sich der Rauch gelegt hatte, schritten Phil Panzram und ein schlaksiger, rußverschmierter Löschmeister mit Namen Desmond Gein den kohlschwarzen Hügel auf der Suche nach der Brandursache ab. Am Fuß des Hügels entdeckten sie einen qualmenden Minivan. Das zerbeulte Fahrzeug war offensichtlich umgefallen, als es in den Graben gerollt war. Sie konnten sogar noch die Reifenspuren erkennen, die die Anhöhe hinunterführten.

»Ein Autobrand? Seltsamer Ort für einen Minivan«, bemerkte Panzram. »Was ist das für Zeug an den Fenstern?«

»Frag mich was Leichteres. Da ist jemand drin«, sagte Gein. »Holt die Rettungsschere!«

Panzram, dessen Nase aufgrund einer ehemaligen Alkoholabhängigkeit und der aktuellen Hitze gerötet war, spähte durch ein mit roten Streifen verschmiertes Fenster. »Vergiss die Schere. Der ist gut durch.« Der Leichnam war zwischen dem Fahrersitz und der Windschutzscheibe eingeklemmt. »Das ist kein normaler Autobrand. Ruft das Brandstiftungsdezernat!«, brüllte er den Hügel hinauf.

Der erfahrene Feuerwehrmann nahm den Helm ab und betrachtete eingehend den Hals des Toten. In der schwarzen lederartigen Haut war deutlich ein tiefer Schnitt zu erkennen. »Und auch gleich die Mordkommission«, sagte er mürrisch, »wenn ihr schon dabei seid.«

Ein paar Tage nachdem die Feuerwehrmänner den ausgebrannten Minivan entdeckt hatten, trafen sich Gabriel McRay und sein Partner Dash mit Paul Vacher, einem Ermittler des Brandstiftungsdezernats, zum Mittagessen in Commerce. Das Edwards, ein in viktorianischem Stil gehaltenes Restaurant, war bei den Anwohnern wegen seiner gutbürgerlichen Küche sehr beliebt.

»Wie bereiten Sie den Fisch zu?«, fragte Dash die Kellnerin. Dashs richtiger Name lautete Michael Starkweather. Er war seit zehn Jahren Gabriels Partner. Den Spitznamen Dash hatte er sich nicht aufgrund seiner flinken Füße eingehandelt, sondern weil er immer eine salzfreie Würzmischung der Marke Mrs. Dash in der Tasche hatte. Da Herzbeschwerden bei ihm sozusagen in der Familie lagen, war Dash in dieser Hinsicht übervorsichtig. Jeder Restaurantbesuch stellte eine Geduldsprobe sowohl für Dash als auch für seine Begleitung dar, da er die Kellner mit seinen Sonderwünschen regelmäßig zur Verzweiflung trieb.

Die Kellnerin trug ein neckisches kleines Häubchen und eine schwarze Schürze über ihrem langen weißen Kleid.

»Der Fisch wird in etwas Weißweinsoße mit Kapern sautiert.« Ihr herbes, sonnengebräuntes Gesicht und die an einen Dieselmotor erinnernde Stimme standen in krassem Gegensatz zu ihrer steifen viktorianischen Aufmachung.

»Gut, dann nehme ich den Fisch, aber bitte ohne Soße. Natur, ja?«

»Fisch Natur. Gebraten?«

»Prima.« Dash zog die Mrs.-Dash-Würzmischung aus der Tasche und stellte sie demonstrativ auf den Tisch. »Was gibt's für Beilagen?«

»Kartoffelpüree, Pilaw, gedünstetes Gemüse oder ...«, leierte die Kellnerin gelangweilt herunter.

»Was ist in dem Pilaw?«

»Reis.«

»Ja, aber was noch?«

Die Kellnerin ließ den Blick nachdenklich wandern. »Gemüse wahrscheinlich.«

»Wissen Sie das nicht? Könnten Sie den Koch fragen?«

»Wie wär's stattdessen mit einer Ofenkartoffel? Ofenkartoffeln sind unsere Spezialität.«

»Nein, ich will ganz genau wissen, was in dem Pilaw ist.«

Die Kellnerin funkelte Dash böse an. »Einen Augenblick.« Sie drehte sich auf dem Absatz um, klatschte den Notizblock gegen den Schenkel und stampfte in die Küche, dass der lange Rock nur so raschelte.

»Ich bin am Verhungern, Dash«, jammerte Vacher. »Du hast sie verscheucht, bevor wir bestellen konnten.«

»Die kommt schon wieder, keine Angst.« Dann wechselte Dash das Thema. »Paul, hast du schon die Laborergebnisse?«

Vacher war ein großer rothaariger Mann, dessen Gesicht von Sommersprossen übersät war. »Ja. Benzin. Genau wie bei dem anderen Fahrzeug. Diesmal war das Opfer weiblich. Tania Dankowski. Hausfrau und Mutter eines Kindes.« Er schüttelte bedauernd den Kopf.

»Wie ich höre, hat man ihr ebenfalls die Kehle durchgeschnitten.« Dash ließ den Zeigefinger über seinen Hals gleiten.

Gabriel brach ein warmes Brötchen auseinander und biss hinein. »Womöglich ein Serientäter?«

»Keine Ahnung«, sagte Vacher. »Ich weiß nur, dass er gerne zündelt. Und ich brauche euch ja nicht daran zu erinnern, dass uns ein heißer und trockener Sommer bevorsteht.«

»Wie macht der Kerl das nur?«, fragte Dash. »Er muss topfit sein. Erst schlitzt er jemandem die Kehle auf, der sich bestimmt nach Leibeskräften wehrt, dann steigt er auf ein Rad und fährt weg.«

»Ein Fahrrad?«, fragte Gabriel.

Vacher zuckte mit den Schultern. »Ein Mountainbike oder so. Die Spuren waren breiter als normale Fahrräder. Auf dem Hügel, vor dem Dankowskis Wagen gefunden wurde, war eine weitere Spur, die zur ersten passte.«

»Das Fabrikat?«, fragte Dash.

Vacher schüttelte den Kopf. »Wissen wir noch nicht.«

»Angeblich haben die Zeugen ausgesagt, dass irgendwas auf die Fenster des ersten Autos gekritzelt war«, sagte Dash. »Mit Blut.«

»Man hat Blutrückstände auf der Windschutzscheibe gefunden«, sagte Vacher.

»Hat man schon einen DNA-Test durchgeführt?«, fragte Gabriel.

»Soweit ich weiß, ist es das Blut des Opfers«, sagte Vacher. »Aufgrund der Hitze sind die DNA-Proben völlig kaputt, kaum zu gebrauchen.«

Ein Kellner in einem schmutzigen Smoking brachte ihnen ihre Getränke und stellte sie vor ihnen ab.

Gabriel wartete, bis er wieder verschwunden war. »Was waren das für Kritzeleien?«

»Da müsste ich nachgucken. Kreise und Linien, womöglich Buchstaben. Für so was ist eure Abteilung zuständig.«

Gabriel erwiderte nichts. Es war nicht länger seine Abteilung. In der heutigen Morgenausgabe der *Los Angeles Times* war ein weiterer Artikel über Gabriel erschienen.

Als hätte Dash Gabriels Gedanken gelesen, zog er einen Zeitungsausschnitt aus der Jackentasche. »Hast du die Morgenzeitung schon gesehen?«

Gabriel rutschte das Herz in die Hose, und er sah seinen Partner schockiert an.

Vacher griff nach seinem Brötchen. »Ich lese nach Möglichkeit keine Zeitung.«

»Nun«, sagte Dash. »Wenn du's tun würdest, hättest du mitbekommen, dass die Presse bereits Wind von den beiden Morden bekommen hat. Also hoffen wir, dass es kein Serientäter ist.« Er schob dem Brandstiftungsermittler die Zeitung zu. Der nahm sie und las.

Gabriel wurde leicht übel. Er schob das Brötchen von sich. Direkt neben dem Artikel über die Morde war ein größerer Beitrag, der sich mit Gabriels Wutausbrüchen, seiner Suspendierung und der Tatsache beschäftigte, dass das Sheriff's Department im Gegensatz zum LAPD seine schwarzen Schafe so unverzüglich aussortierte, dass es weder Anlass zu Beschwerden bei der Regierung noch zu weiteren Untersuchungen gab. Und auch keinen Grund, Gabriel McRay noch weiter zu beschäftigen.

Gabriel rutschte auf seinem Stuhl herum. Vacher musste jeden Augenblick auf den Artikel stoßen, wenn er ihn nicht bereits bemerkt hatte.

»Gott sei Dank hält sich das Medieninteresse noch in Grenzen«, sagte Vacher und las weiter. »Sonst ändert der Killer vor Angst noch seine Taktik, und alle Spuren, auf die wir bisher gestoßen sind, führen ins Nichts.«

Die Kellnerin kam wütend angerauscht.

Dash beachtete sie gar nicht. »In dem Artikel steht, dass Tania Dankowski eine wohltätige und liebenswerte Frau war. Engagiert. Vorsitzende der Elternvertretung. Alle mochten sie. Das Gleiche gilt für Ted Brody, jedermanns Lieblingshandwerker. Den konnte man noch um Mitternacht anrufen, wenn es was zu reparieren gab. Rick wird sich schwertun, Feinde der beiden zu finden. Außerdem hatten sie weder gemeinsame Freunde noch gemeinsame Interessen.«

Die Kellnerin schnaubte vor Wut und baute sich mit erhobenen Schultern vor Dash auf. »Im Pilaw ist Reis, sonst nichts. Einfach nur Reis. Okay?« Sie zückte ihren Notizblock und den Bleistift, um die Bestellungen aufzunehmen.

»Danke. Ich nehme das gedünstete Gemüse.«

Gabriel brach in schallendes Gelächter aus. Paul Vacher legte die Hände vors Gesicht.

Ming beugte sich über den Seziertisch und untersuchte behutsam Tania Dankowskis Leichnam. Wie immer arbeitete sie mit einer gelassenen Gründlichkeit. Heute jedoch war sie nicht so konzentriert wie sonst. Immer wieder schweiften ihre Gedanken zu Gabriel McRay ab.

Sie erinnerte sich daran, wie er ihr bei dem Baseballspiel zugezwinkert hatte. Seine Augen waren so tiefblau. Wenn man sie ansah, hatte man das Gefühl, in einen kobaltblauen See zu springen. Für sich genommen waren Gabriels Gesichtszüge nicht gerade als hübsch zu bezeichnen – seine Nase war etwas krumm, die Lippen zu dünn, aber alles zusammengenommen … Ming lächelte. Alles zusammengenommen war Gabriel ein sehr attraktiver Mann. Die Unterhaltungen mit ihm waren so elektrisierend, dass sie jedes Mal den Eindruck hatte, Funken zu sprühen. Leider hatte sie sein Bekenntnis, dass er zu gewalttätigen Wutausbrüchen neigte, tief erschüttert. Warum zum Teufel hatte er ihr das überhaupt erzählt? Andererseits sollte sie ihm womöglich dankbar dafür sein. Plötzlich war Dr. Ming Li gar nicht mehr so selbstsicher.

Während ihrer Kindheit und auch noch im Erwachsenenalter hatte Ming stets auf ein sicheres Umfeld geachtet. Ihr chinesischer Vater, der der Überzeugung war, die überlegenen Gene innerhalb der Familie zu besitzen, spielte Mings mexikanische Wurzeln nach Möglichkeit herunter. Ming war sich immer bewusst gewesen, wie sehr dies ihre

Mutter verletzte, doch anstatt sich auf ihre Seite zu schlagen, hatte sie zu ihrem Vater gehalten und sich geschworen, seinen Stolz und seine Anerkennung zu gewinnen. Man hatte Ming zu Klavier- und Geigenstunden geschickt, auf Privatschulen, zum Mannschaftssport und zu gemeinnütziger Arbeit – zu allem, was ihren Horizont erweiterte und ihr irgendwann Zutritt zu einer erstklassigen Universität verschaffen würde.

Ming hatte sich nie mit ihren Freundinnen in Tagträumen verloren, war nie auf einem Trampolin gehüpft oder auf Rollschuhen die Straße hinuntergesaust. Als sie ihr Elternhaus verließ und aufs College ging, wollte ein Teil von ihr die neu gewonnene Freiheit ausnutzen. Doch der Einfluss ihres Vaters gewann die Oberhand, und Ming stürzte sich ins Studium. Sie versteckte sich erst hinter ihren Büchern und dann hinter ihrer Arbeit wie ein Schmetterling in seiner Puppe. Manchmal, wenn sie den Freeway entlangfuhr und ihre Ausfahrt erreichte, sehnte sie sich danach, einfach weiterzufahren, wohin die Straße auch führen mochte. Nur weit weg vom Geruch des Formaldehyds. Aber sie brachte nie den Mut dazu auf.

In Gegenwart von Gabriel McRay kam sie sich vor, als würde sie unbekannte Gewässer durchkreuzen. Er forderte ihr Sicherheitsdenken heraus. Als sie Tania Dankowskis stummes, steifes Gesicht betrachtete, empfand sie plötzlich Mitleid mit allen misshandelten Frauen. Jetzt erst begriff sie, was sie dazu brachte, bei den Männern, die sie verletzten, zu bleiben. Die durch und durch professionelle Ming Li hätte sich nie auf ein Date mit einer labilen Person eingelassen, und nun fühlte sie sich ganz eindeutig zu Gabriel McRay hingezogen. Ob er wirklich so gefährlich war, wie er selbst dachte?

Sie räusperte sich. »Das rechte Ohrläppchen wurde entfernt«, sprach sie in das Mikrofon, das an den Kragen ihres grünen OP-Kittels geklemmt war. »Im linken Ohrläppchen befindet sich ein kleiner Goldring.« Nach unzähligen Obduktionen an bedauernswerten Mordopfern hatte sie inzwischen ein Gespür für wichtige Hinweise. Sie vermutete, dass der Mörder das Ohrläppchen mit dem Messer abgetrennt hatte, um es samt Ohrring als Trophäe zu behalten. Das war kein gutes Zeichen. Trophäensammler machten nur selten nach dem ersten Opfer halt.

Sie schrieb dem milchgesichtigen Rick eine Notiz, damit er Ted Brodys Verlobte fragte, ob Ted ein Schmuckstück oder einen anderen persönlichen Gegenstand bei sich getragen hatte, der nicht wieder aufgetaucht war.

Ming setzte die Untersuchung fort. Die Brüste waren verbrannt, sonst jedoch unversehrt. Zur Sicherheit überprüfte sie das darunterliegende Gewebe auf Blutspuren, die ein sicheres Zeichen für Gewaltanwendung dargestellt hätten. Das Brustgewebe war unbeschädigt.

Ming stand vor einem Rätsel. Die Detectives waren der Ansicht gewesen, dass es sich bei Ted Brodys Mord um eine sexuell motivierte Tat gehandelt hatte. Wenn der Mörder dieses Muster fortgesetzt hätte, hätten sich auch Verletzungen an den Brüsten finden müssen – wie praktisch immer bei an Frauen begangenen Sexualverbrechen.

Sie arbeitete sich weiter den Leichnam hinunter – in der Erwartung, auch hier eine Wunde am Ende des Rückgrats vorzufinden. Doch was sie stattdessen entdeckte, schickte ihr einen eisigen Schauer über den Rücken. Eine Reihe von Stichwunden zog sich in einer bösartigen, ausgefransten Linie über das Fleisch. Sie nahm am Unterbauch ihren Anfang und reichte bis zur Vulva.

Ming starrte die grässlichen Wunden lange an – im schockierenden Bewusstsein, dass ein sehr kranker Mensch dies der Mutter eines Kindes angetan hatte. Wieder erwog sie ein Sexualverbrechen, bis sie bei der weiteren Untersuchung eine Reihe von X-förmigen Brandspuren auf der dörrfleischartigen Haut des Oberschenkels entdeckte. Die Nähte der Jeanstaschen waren mit Tanias Haut verschmolzen.

Sie war bekleidet gestorben, schloss Ming. Genau wie Ted Brody. Es war höchst unwahrscheinlich, dass man sie vergewaltigt hatte. Natürlich hätte sie der Täter danach wieder anziehen können, aber weshalb? Und diese Schnitte … die Vagina war nicht schlimmer in Mitleidenschaft gezogen als der übrige Unterleib.

Da der Minivan völlig ausgebrannt war, konnte Ming den Blutverlust unmöglich bestimmen. Sie schätzte, dass die Wunde im Hals der armen Frau die Todesursache darstellte. Was bedeutete, dass ihr die anderen Verletzungen post mortem beigebracht worden waren. Sorgfältig vermaß sie Länge und Tiefe der Schnitte. Der Mörder hatte das Messer im Körper herumgedreht.

Ming trat zurück, riss sich den Mundschutz herunter und holte tief Luft. Während ihr Blick über das Unaussprechliche wanderte, das dieser Frau angetan worden war, fragte sie sich ständig: »Was hat dieser Kerl nur vor?«

Er gräbt nach etwas.

Dieser völlig aus dem Nichts gekommene Gedanke ließ Dr. Ming Li aller Professionalität zum Trotz erschaudern.

»Unsere ganze menschliche Kultur scheint tatsächlich auf Minderwertigkeitsgefühlen zu beruhen … der Mensch ist die schwächste aller Kreaturen.«

ALFRED ADLER

4

Gabriel versuchte, seinen Abschied im Stillen zu vollziehen. Trotzdem bekam ihn jeder mit. An diesem Morgen war die Entscheidung verkündet worden, dass es mit einer Suspendierung nicht getan war und Gabriel McRay aus dem Polizeidienst entlassen würde. Dash schnappte sich einen Stuhl, setzte sich und sah Gabriel an.

»Das ist doch scheiße«, murmelte er trübselig.

Gabriel zuckte mit den Achseln. »Nur damit du's weißt, ich bin vorhin zum Lieutenant und hab ihm gesagt, wie scheiße das ist«, fügte Dash hinzu. »Weißt du, was er gesagt hat? Er konnte nicht anders. Was heißt, dass er nicht anders konnte, weil er die beschissenen Politiker zufriedenstellen will.«

Dash beobachtete, wie Gabriel seine Sachen in einen Karton packte. Er ließ die Fingerknöchel knacken. »Er hat gesagt, dass er weiß, wie gut du bist. Dass es genug andere Dienststellen gibt, die dich mit Kusshand …« Dash verstummte.

»Ja, irgendwo am Arsch der Welt, nehme ich an«, sagte Gabriel leise, ohne seinem Partner in die Augen zu sehen.

Dash starrte auf seine Hände. »Na ja, das hat er zumindest gesagt. Anscheinend hat sich die Stadt mit der alten Frau geeinigt.«

»Ich weiß.«

Dashs überraschte Miene verschaffte Gabriel eine gewisse Befriedigung. »Ich hab sie angerufen. Wollte wissen, wie's ihrer Hüfte geht.«

»Wirklich? Was hat sie gesagt?«

»Sie hat sofort aufgelegt.«

Dash nickte und sah betreten zur Seite.

Rick Frasier – in Yuppieklamotten und mit blonder Föhnfrisur – kam zu ihnen herüber und klopfte leise auf Gabriels Schreibtisch. »Gabe, kann ich dich mal kurz sprechen?« Er hatte einen braunen Briefumschlag in der Hand.

Dash stand auf und warf Rick einen neugierigen Blick zu. »Bis später, Partner. Gehen wir heute Abend was trinken?«

»Ja, gerne.« Gabriel wandte sich Rick zu, der schwieg, bis Dash außer Hörweite war.

»Das ist vielleicht nicht der richtige Zeitpunkt …« Rick räusperte sich nervös und sah Gabriel mit einem Dackelblick an.

»Was gibt's?« Gabriel hoffte, dass es nichts mit seiner Kündigung zu tun hatte. Er wollte kein Mitleid.

Ricks jungenhaftes Gesicht war verkniffen und wirkte müde. »Es geht um diesen Fall, an dem ich arbeite. Ich hab alles nach Vorschrift gemacht, aber … ich komm einfach nicht weiter, und ich dachte, na ja, da du ja schon haufenweise Fälle gelöst hast, vielleicht …« Er wedelte nervös mit dem Umschlag.

»Setz dich«, sagte Gabriel ruhig. »Worum geht's?«

Rick nahm in Windeseile auf dem Stuhl Platz, den Dash soeben verlassen hatte. »Die Presse hat ihm den Spitznamen Malibu-Canyon-Killer verpasst.« Rick zog eine Zeichnung aus dem Umschlag und reichte sie vorsichtig weiter.

»Was ist das?« Gabriel sah nur eine Anordnung von Linien und Kreisen. Anscheinend waren es Buchstabenfragmente. Außerdem entdeckte er ein »O« mit einem »V« darin und mehrere scheinbar unzusammenhängende Striche.

»Das ist die Beschreibung der Zeugin von den Zeichnungen, die mit Blut auf die Fensterscheiben von Ted Brodys Lieferwagen geschrieben waren. Zumindest soweit sie sich erinnern kann. Er war das erste Opfer.«

»Ja, ich weiß.« Gabriel fuhr die Buchstabenfragmente mit dem Finger nach.

»Hast du so was schon mal gesehen?«

Gabriel betrachtete nachdenklich die Pinnwand an der gegenüberliegenden Wand, die mit den Fotografien der Opfer ungelöster Mordfälle bedeckt war. Während seiner Jahre bei der Mordkommission hatte er so einiges mitbekommen. Er war ein vielversprechender Anfänger mit der Gabe gewesen, sich in den kriminellen Verstand einzufühlen und so den nächsten Schritt des Mörders vorauszusagen. Dieses Talent war ihm bei vielen Gelegenheiten von großem Nutzen gewesen. Früher hatten weitaus mehr Fotos an der Wand gehangen. Es war Gabriel zu verdanken, dass es weniger geworden waren. Es hatte sogar einen Moment in seinem Leben gegeben, an dem er tatsächlich geglaubt hatte, ein Held werden zu können.

Doch jeder Held hat eine Achillesferse. Das war Gabriel bereits bewusst geworden, als er noch in Uniform Streife gelaufen war. Der Vorfall hatte sich ereignet, als man ihn wegen Ruhestörung zu einer Halloween-Party gerufen hatte. Als er ankam, war die Party zum Ärger der Nachbarn immer noch in vollem Gange. Die kostümierten Feiernden waren zum Großteil betrunken. Gabriel bemerkte zudem Kokainspuren an ihren Nasen und roch den süßlichen Duft von Marihuana. Er hatte in der Tür gestanden und ihnen befohlen, die Musik leiser zu machen. Sie hatten gehorsam genickt und ihn mit glasigen Augen und offenen Mündern angestarrt.

Ein als Polizist verkleideter Typ war zur Haustür gekommen. »Verkauf deinen Scheiß woanders, du Arschloch!«, hatte der sichtlich betrunkene Mann gebrüllt.

Er hatte sich vor Gabriel aufgebaut und ihm ins Gesicht gelacht. Gabriel hatte seinen fauligen Atem riechen können. Der Mann hatte gestunken, als hätte er sich gerade übergeben. Gabriel hatte früher am Tag einen Streit mit Sheryl gehabt und war mit seiner Geduld am Ende. Der Mann grölte und fluchte und teilte Gabriel unmissverständlich mit, wohin er sich seine Beschwerde stecken könne. Gabriel hatte gespürt, wie die Wut in ihm aufstieg. Er drohte dem falschen Polizisten damit, ihn in eine Ausnüchterungszelle zu stecken.

Woraufhin der Mann eine Waffe gezogen und sie Gabriel vors Gesicht gehalten hatte. »Blasen wir dem Penner die Rübe weg.«

Gabriel hatte zwei Mal auf ihn geschossen. Der Mann war mit einer Plastikpistole in den Händen gestorben.

Niemand machte Gabriel einen Vorwurf. Natürlich gab es Bedenken, und man suspendierte ihn für eine gewisse Zeit, doch selbst die anderen Partygäste mussten zugeben, dass sich ihr betrunkener Freund ziemlich dämlich angestellt hatte. Gabriel dagegen machte seine Wut dafür verantwortlich, dass er ohne nachzudenken gehandelt hatte. Hätte er nur etwas abgewartet, hätte er sicher das matte schwarze Plastik der Spielzeugpistole bemerkt.

Und dann war vor Kurzem dieser fünfzehnjährige Drogenabhängige, der bereits wegen mehrerer Kleindelikte auffällig geworden war, mit einem Steakmesser auf ihn losgegangen. Gabriel hatte überrascht und auch etwas amüsiert auf den Angriff reagiert. Der Knabe war nur ein kleiner Hänfling. Gabriel hatte den Jungen nur überwältigen wollen, doch dann hatte sich seine Belustigung irgendwie in Wut verwandelt. Und irgendwie hatten sich seine Hände um den dünnen Hals des Jungen gelegt und zugepackt. Er hatte den Pulsschlag unter seinen Fingern gespürt. Der Zorn zwang ihn, immer fester zuzudrücken, das höhnische Grinsen aus dem Gesicht des Jungen zu wischen; Gabriel hätte seiner Wut nachgegeben, wenn ihn Dash nicht von dem Teenager weggezerrt hätte. Der Junge hatte das Bewusstsein verloren. Mit blassgelben und violetten Blutergüssen auf dem Hals hatte er wie eine verwelkte Blume zu Gabriels Füßen gelegen.

Gabriel waren diese Wutausbrüche unerklärlich. Plötzlich war der Zorn da, und Gabriel war entsetzt darüber, wie leicht er die Beherrschung verlor. Die Eltern des Jungen, die bis dato keine großen Anstrengungen unternommen hatten, was die Erziehung ihres Sprösslings betraf, gingen mit allen Rechtsmitteln gegen das Sheriff's Department vor. Da ihn der Junge mit einer Waffe bedroht hatte, war Gabriel lediglich ein weiteres Mal suspendiert worden und hatte eine scharfe Verwarnung aufgrund ungerechtfertigter Gewalt kassiert. Selbst heutzutage war er beileibe nicht der einzige Cop des Departments, der sich exzessiver Gewaltausübung schuldig gemacht hatte. Doch er war derjenige, der dafür ans Messer geliefert wurde. Seine Wut hatte schon zu Teenagerzeiten ihr grässliches Haupt erhoben, und Gabriel hatte von jeher vermutet, dass sie ihn irgendwann zu Fall bringen würde.

»Also, hast du so was schon mal gesehen?«, fragte Rick und riss Gabriel aus seinen Grübeleien.

»Nein«, sagte Gabriel langsam und starrte traurig auf die Schnappschüsse der Mordopfer. »Noch nie.« Er schob Rick die Zeichnung zu. Der jüngere Detective machte keine Anstalten, sie wieder entgegenzunehmen.

»Vielleicht willst du ja mal drüber schlafen?« Rick stand auf und scharrte mit seinen Slippern. »Womöglich klingelt's ja noch bei dir. Einverstanden?«

Gabriel sah zu Rick auf. Der jüngere Polizist war nervös. Ob er Angst hatte, dass Gabriel die Hände um *seinen* Hals legen würde?

»Klar«, sagte Gabriel niedergeschlagen. »Lass die Zeichnung hier.«

Rick verabschiedete sich, indem er noch einmal jovial auf den Schreibtisch klopfte. Gabriel steckte die Zeichnung in den Karton und packte seinen restlichen Kram zusammen.

Dr. B legte auf und wartete auf seinen Patienten. Er hatte gerade mit seinem einundzwanzigjährigen Sohn Isaac telefoniert, der kurz vor seinem Abschluss an der UCLA stand. In diesem Sommer würde er einen Test ablegen, der über seine weitere Studienlaufbahn entschied. Isaac war ein guter Student, doch manchmal wurde er in Prüfungssituationen nervös. Der Anruf erfüllte Dr. B mit einem warmen Gefühl der Zuneigung. Isaac brauchte seinen Dad immer noch, und sein Dad war immer noch in der Lage, ihn zu trösten.

Ganz anders als mein Vater, dachte Dr. B. Sein Vater war Universitätsprofessor und Perfektionist gewesen. Der junge Dr. B hätte niemals seinen Vater angerufen, um ihm von seinen Problemen zu erzählen. Dafür hätte er viel zu viel Angst davor gehabt, dass ihn Dr. Berkowitz senior für einen Versager halten würde. Die Ermittlungsarbeit hatte Dr. B immer fasziniert, aber sein Vater war strikt dagegen gewesen, dass er Polizist wurde. Also hatte Dr. B stattdessen Psychiatrie studiert und war ein Anhänger der Individualpsychologie adlerscher Prägung geworden. Anders als Freud oder Jung hatte sich Adler mit Verbrechen und Kriminalität sowie mit ihrer Prävention und der Behandlung von Straftätern beschäftigt. Eine Weile hatte Dr. B als Profiler für das FBI gearbeitet, bis er sich dazu entschloss, statt den Verbrechern die Gesetzeshüter zu analysieren. Und jetzt saß er in seiner Praxis und wartete auf Sergeant Gabriel McRay.

Sein Vater war bereits verstorben und konnte sich nicht mehr über ihn beschweren. Trotzdem hatte Dr. B ständig den Eindruck, dass ihm ein unsichtbarer Richter über die Schulter schaute. Wenn er das Gesicht dieses Richters hätte sehen können, wäre es das seines Vaters gewesen.

Ein knochiger Zeigefinger schob die Drahtbrille hinauf, die ihm ständig auf die Nase rutschte. Dr. B kicherte. Man wird nicht nur Psychiater, um andere zu behandeln, dachte er, sondern auch, um sich selbst zu behandeln. Mach dir da keine Illusionen, Raymond Berkowitz.

Aus genau diesem Grund hatte er sich so für Alfred Adlers Individualpsychologie interessiert. Sie zwang ihn, sich mit seiner eigenen Ohnmacht und Unzulänglichkeit zu beschäftigen. Adler hatte beschrieben, wie das Individuum seine Minderwertigkeitsgefühle zu überwinden versuchte. Dr. B pflegte diese Theorie zu veranschaulichen, indem er ein körperliches Leiden als Beispiel hernahm. Wenn sich ein Mann ein Bein bricht und sich nicht um ärztliche Behandlung kümmert, wird er zu hinken beginnen. Er wird die Verletzung auf die eine oder andere Weise kompensieren, vielleicht mit einer Krücke oder einer anderen Gehhilfe. Aber er wird immer Schmerzen haben. Schon bald hat er vergessen, dass er einen körperlichen Schaden davongetragen hat, und die Krücke wird ein selbstverständlicher Teil seines Lebens. Der Verstand kann ähnlich brechen wie ein Knochen. Ohne Behandlung kompensiert der Betreffende seine Verletzung, indem er Muster etabliert, die es ihm ermöglichen, den Schmerz zu ertragen. Diese Muster bestimmen dann fortan sein Leben. Ein Satz aus einem seiner Lehrbücher auf dem College war Dr. B in Erinnerung geblieben: »Je umfassender die Gewöhnung an den Schmerz, desto größer die Fehlanpassung.«

Die Tür öffnete sich knarrend. Gabriel steckte vorsichtig seinen Kopf in den Raum.

»Bin ich schon dran? Hätte ich anklopfen sollen?«

»Ja, bitte gehen Sie noch mal nach draußen, schließen Sie die Tür und klopfen Sie an.«

Gabriel betrat kopfschüttelnd die Praxis. »Das können Sie sich abschminken, Doc. Nehmen Sie mich nicht so hart ran, okay? Ich habe gerade endlos im Stau gestanden und bin ziemlich geladen.«

»Oh, dann können wir ja richtig tief einsteigen. Setzen Sie sich, bitte, setzen Sie sich.«

Dr. B umrundete seinen Schreibtisch, gab Gabriel die Hand und nahm in dem bequemen Sessel neben seinem Patienten Platz.

»Also, worüber wollen Sie heute mit mir reden?«

Gabriel fügte sich und erzählte dem Psychiater in groben Zügen von seinem Tag. Wie er seine Sachen zusammengepackt hatte. Wie ihn Rick um Hilfe bat.

»Hat Sie das verärgert?«, fragte Dr. B.

»Nein. Ich halte es nur für sinnlos. Ich bin gefeuert. Was will er noch von mir?«

»Ihre fachkundige Meinung.«

Gabriel zuckte mit den Schultern. »Von mir aus. Ich kann's mir ja mal ansehen.«

Wie immer blieb Gabriel vage und weigerte sich, seine Gefühle offenzulegen. Dr. B dagegen war fest entschlossen, bei diesem Patienten Fortschritte zu machen und versuchte eine neue Strategie. Erneut kam er auf Gabriels Kopfschmerzen und Albträume zu sprechen.

»Wissen Sie, Gabe, ich glaube, Sie verdrängen etwas, an das Sie sich gar nicht mehr erinnern können. Sie haben mir erzählt, dass Sie unter Anorgasmie und einer sexuellen Appetenzstörung leiden. Ich frage mich, weshalb.«

»Kann ich Ihnen nicht sagen«, entgegnete Gabriel und streckte gähnend die Arme aus. »Ich will nur noch nach Hause, mich auf die Couch legen und ein hirnloser Sklave meines Fernsehapparates werden.«

»Von mir aus können Sie Ihr Gehirn in vierzig Minuten abschalten. Aber bis dahin gehört es mir«, sagte Dr. B. »Emotionale Taubheit und eine Einschränkung des Gefühlsspektrums sind Symptome einer Verdrängung.«

Gabriel schüttelte den Kopf. »Ich habe nicht den Eindruck, dass ich irgendwas verdränge.«

Richtungswechsel. Überraschungsangriff. Dr. B beugte sich zu seinem Patienten vor. »Ich kann Ihnen nur raten, eine Beziehung einzugehen, Gabe. Das würde Ihnen mit Sicherheit helfen. Haben Sie derzeit eine Freundin?«

Die Wärme, die plötzlich in Gabriels Augen erschien, verriet Dr. B, dass sein Patient tatsächlich an jemanden dachte, der ihm etwas bedeutete. Doch dann schüttelte Gabriel den Kopf. »Nein.«

»Wissen Sie, was mich am meisten verwirrt?«, fragte Dr. B nach einer kurzen Pause. »Ihre PTBS-Symptome.«

»Meine was?« Gabriel kniff die Augen zusammen und sah ihn müde an.

»PTBS. Posttraumatische Belastungsstörung.«

»Sie verblüffen mich schon wieder, Raymond.« Diesmal lag echte Häme in Gabriels Stimme. »Wollen Sie mich überrumpeln?«

»Aber nicht doch«, sagte Dr. B. »Sie kann man gar nicht überrumpeln, Gabe. Dafür sind Sie viel zu wachsam. Eine posttraumatische Belastungsstörung tritt üblicherweise bei Menschen auf, die irgendwann in ihrem Leben eine traumatische Erfahrung gemacht haben. Ist Ihnen so etwas widerfahren?«

»Was zum Beispiel?«

»Sagen Sie es mir.«

»Keine Ahnung.« Gabriel zuckte mit den Schultern. »Nein.«

»Vielleicht hat es mit Ihren Eltern zu tun?«

Gabriel verzog das Gesicht und antwortete viel zu schnell. »Meine Eltern waren stinknormale Leute.« Er hatte sich sofort wieder in der Gewalt und versuchte, einen Witz zu reißen. »Ich habe kein PMS oder wie das heißt.«

Dr. B fixierte Gabriel mit ernster Miene. Er würde sich nicht ablenken lassen. »Nun, zumindest haben Sie die passenden Symptome. Die Tatsache, dass Sie sich nicht an ein möglicherweise traumatisches Ereignis aus Ihrer Vergangenheit erinnern können …«

»Woran kann ich mich nicht erinnern?«, knurrte Gabriel. »Hey, legen Sie mir keine Worte in den Mund.«

»Es nennt sich selektive Amnesie.«

»Und reden Sie mir auch nichts ein!«

Dr. B seufzte. »Ich will Ihnen doch nur dabei helfen, die Rätsel zu lösen, die Ihr Innerstes plagen.«

»Sehr poetisch.«

»Gabe.«

»Ihr Typen seid doch alle gleich. Ich glaube, dass ihr diesen Job nur wegen eurer eigenen Macken macht.«

Gut erkannt, dachte Dr. B. »Warum sind wir denn so wütend, Gabe?«

»Warum wir so wütend sind?«, äffte Gabriel ihn nach. »Reden Sie nicht mit mir wie mit einem Siebenjährigen.«

»Wieso gerade einem Siebenjährigen?«, bohrte Dr. B nach. »Waren Sie denn bei einem Therapeuten, als sie sieben Jahre alt waren?«

»Ruhe!« Gabriel sprang auf und rang um Fassung. »Verzeihung. Ich bin müde.«

»Posttraumatische Belastungsstörung«, wiederholte Dr. B unbeeindruckt. »Albträume, chronische Kopfschmerzen, Gedächtnislücken. Was ist passiert, Gabe?«

»Nichts, verdammt noch mal!«

»Je länger Sie es verdrängen, desto länger dauert die Heilung.«

»Mit mir ist alles in bester Ordnung!«, rief Gabriel. Wieder zwang er sich zur Ruhe. »Sind wir jetzt fertig?«, fragte er barsch.

»Fahren Sie nach Hause und ruhen Sie sich aus.«

»Nein, ich meine, sind wir fertig mit der Therapie? Das war die letzte Sitzung. Man hat mich gefeuert, schon vergessen?«

»Lieutenant Ramirez hat einige weitere Sitzungen auf Kosten des Departments bewilligt.«

»Wie großzügig von ihm. Nur schade, dass ich sie nicht in Anspruch nehmen werde.«

»Sie machen einen Fehler«, entgegnete Dr. B. »Ich verstehe ja, dass Sie aufgewühlt sind …«

»Ich hab's satt.«

»Dann werde ich wohl nicht umhinkommen, der Dienstaufsichtsbehörde zu empfehlen …«

»Sie werden nicht umhin …« Gabriel trat näher und baute sich drohend vor Dr. B auf. »Wollen Sie mich erpressen?«, knurrte er. »Oder meine Zukunft als Geisel nehmen? Wollen Sie meine Karriere zerstören?« Gabriel war dem Arzt so nahe gekommen, dass dieser die Schweißperlen auf seiner Nasenspitze erkennen konnte. Gabriel war zwar nur durchschnittlich groß, dafür aber durchtrainiert und kräftig. Es fiel ihm leicht, bedrohlich zu wirken. Dr. B spürte die Wut, die durch seinen Patienten rauschte wie Wasser durch Stromschnellen.

»Ich will Ihnen und Ihrer Karriere helfen.« Er verschränkte die bleichen, dünnen Finger, sah Gabriel in die Augen und wartete, bis sich die Wogen des Zorns wieder geglättet hatten.

Schließlich ließ Gabriel die Schultern sinken und trat resigniert einen Schritt zurück. Dann ging er zur Tür. Er warf einen kurzen Blick zurück. »Bis nächste Woche«, murmelte er und verließ das Sprechzimmer.

Dr. B atmete lang und tief aus. Dann schob er die Brille wieder auf die Nase. Erneut spürte er, wie ihm der unsichtbare Richter über die Schulter blickte und aufgrund einer derart schlechten Leistung geringschätzig den Kopf schüttelte. Nein, es war ganz richtig gewesen, ihn zu provozieren. Immerhin hatte sich Gabriel eine Minute lang aus seinem Schneckenhaus gewagt; diese Geschichte mit dem Siebenjährigen …

Dr. B schnappte sich einen Stift. »Weigert sich, über Erinnerungen aus der Kindheit zu reden – sofern er welche hat. Behauptet, ›normale Eltern‹ gehabt zu haben.« Er war sich sicher, dass Gabriel einen, wie es Adler genannt hatte, »fehlerhaften Lebensstil« pflegte. Gabriel bewegte sich in vor langer Zeit etablierten Mustern, die er sich selbst auferlegt hatte. Er kompensierte irgendetwas, nur was? Dr. B würde dieser Sache auf den Grund gehen.

Als Psychologe adlerscher Prägung war er da sehr optimistisch.

Zu Hause angekommen stellte Gabriel den Karton aus dem Büro mitten auf den Teppich im Wohnzimmer. Er holte sich ein Dos Equis aus der Küche, setzte sich auf seine abgewetzte Ledercouch, nahm einen Schluck Bier und starrte den Karton an. Ein ganzes Arbeitsleben, und diese Pappschachtel ist alles, was davon übrig bleibt, dachte er.

Ich hätte nicht so hart zu Dr. B sein dürfen, überlegte er beschämt. Er hatte wieder diese Wut gespürt und sich nur mit übermenschlicher Willenskraft davon abhalten können, dem armen Doktor den Schädel einzuschlagen. Genau danach hatte er sich zwanghaft gesehnt. Am schlimmsten war, dass es sich sicher sehr gut angefühlt hätte. Es war beängstigend. Die Wut war eine Höhle, in der er sich verstecken konnte. Wenn er wütend war, konnte ihm nichts etwas anhaben. Dann war er stark.

Gabriel nahm noch einen Schluck. Sein Verstand sagte ihm, dass Dr. B nur versuchte, ihm zu helfen. Sein Instinkt sagte ihm, dass Dr. B ein herzlicher und mitfühlender Mensch war. Solange er sich das bewusst machte, hatte sich Gabriel unter Kontrolle. Doch die Wut lauerte in einem finsteren Winkel seines Verstandes, zusammengerollt wie eine Klapperschlange und bereit, jeden Augenblick zuzuschnappen. Vielleicht litt er ja wirklich unter PT – oder wie auch immer es der Doktor bezeichnet hatte –, doch darum wollte er sich jetzt nicht kümmern. Jetzt wollte er weiter den Karton anstarren und sich überlegen, was er mit dem Rest seines Lebens anfangen sollte.

Gabriel stand auf, hockte sich auf den Teppich und stellte die Bierflasche neben sich ab. Er öffnete den Karton und nahm einen eselsohrigen Spiralnotizblock und die Geode heraus, die ihm Dashs Frau zu Weihnachten als Briefbeschwerer geschenkt hatte. Dann stieß er auf die Zeichnung, die man nach der Beschreibung der Zeugin angefertigt hatte, und betrachtete sie einen Augenblick lang.

Er hatte keine Ahnung, was das O mit dem V darin bedeuten sollte. War es ein Symbol? War das Zeichen vollständig? Er konzentrierte sich auf eine Reihe aus drei Buchstaben. Die ersten beiden lauteten eindeutig »DY«. Der dritte ähnelte einem »W«, obwohl daran irgendetwas seltsam war. Der letzte Buchstabe war nur ein Fragment, eine schräge Linie, die mit einer anderen schrägen Linie verbunden war – ein »V« womöglich? Waren das Initialen? Abkürzungen für einen Namen oder für mehrere Wörter?

Gabriel rieb sich die Augen. Was machte er hier überhaupt? Offiziell war er ein Ex-Detective. Er besah sich den letzten Buchstaben noch einmal. Ein »R«?

Typisch Augenzeuge. Augenzeugen waren völlig unzuverlässig. Die junge Frau war nur einen halben Meter von dem Wort entfernt gewesen. Wie hatte sie es da nicht lesen können? Gabriel wollte gerade nach dem Bier greifen, als er innehielt und das Wort noch einmal in Augenschein nahm. Vielleicht hatte sie es richtig gelesen, aber für ein englisches Wort gehalten.

Gabriel nahm die Zeichnung zu seinem Laptop hinüber,

stellte die Internetverbindung her und rief eine seiner Lieblingswebseiten auf, auf der die Alphabete vieler Weltsprachen aufgelistet waren.

Aufgeregt scrollte er durch die verschiedenen Sprachen, dann hielt er inne. Er betrachtete die Zeichen auf dem Bildschirm und grinste.

Es waren kyrillische Buchstaben. Aber was bedeutete das Wort? Gabriel schrieb eine Mail an den Betreiber der Website, mit dem er seit Längerem eine elektronische Brieffreundschaft unterhielt, und bat ihn um Hilfe. Wie üblich würde Gabriel sehr bald eine Antwort erhalten. Er musste wissen, wie der letzte Buchstabe lautete und welches Wort sich dann daraus ergab.

Gabriel wollte Rick Frasier anrufen, doch dann überlegte er es sich anders. Wozu seine Erkenntnisse mit ihm teilen? Sollten sie es doch selbst rausfinden. Hatte ihn das Department nicht gerade zum Sündenbock gemacht? Er schuldete ihnen gar nichts.

Schließlich gab er klein bei und hinterließ eine Nachricht auf Ricks Mailbox, in der er ihn darüber informierte, dass es sich um kyrillische Buchstaben handelte. Dann trank er sein Bier aus und sah wieder auf den Laptop. Noch hatte er keine Antwort.

Gabriel schloss den Karton und stellte ihn ganz hinten in den Schlafzimmerschrank. Das Telefon klingelte. Rick.

»Kyrillisch! Wieso bin ich da nicht gleich drauf gekommen?«, rief Rick. »Ich wusste ja, dass du mir weiterhelfen würdest, Gabriel. Wie kann ich mich dafür revanchieren?«

Gabriel ging wieder zum Laptop hinüber. »Lass gut sein.« Er setzte sich und rief die eingegangenen Mails ab.

Eine neue Nachricht. Auf die hatte er gewartet. Wie gebannt las er die Antwort auf seine Frage. Dabei klemmte er sich den Telefonhörer unter das Kinn, damit er die Arme verschränken konnte. Das half ihm beim Nachdenken.

»Gabriel? Bist du noch dran?«, fragte Rick am anderen Ende der Leitung.

»Ja, bin ich.« Gabriel blickte unverwandt auf das Wort auf dem Bildschirm. »Ich glaube, ich weiß, was der Mörder geschrieben hat.«

»Was?« Ricks Stimme zitterte vor Aufregung. »Was heißt es?«

»Seelen«, sagte Gabriel nur. »Er hat das russische Wort für ›Seelen‹ mit Blut auf die Windschutzscheibe geschrieben.«

5

Der Malibu-Canyon-Killer saß auf der Rückbank eines teuren Mercedes und rutschte im Takt der Musik auf seinem Sitz herum. Er trug falsche Piercings in der Lippe und im linken Nasenloch sowie eine schwarze Perücke. Dicke Kajalstriche umrandeten seine Augen. Ein Hauch weißer Schminke verlieh seiner Haut eine gewisse Blässe. Obwohl es gegen Abend kaum abgekühlt war, trug er eine schwarze Lederhose und Stiefel. Die Lederweste über dem nackten Oberkörper komplettierte das Emo-Outfit.

»Was hattest du vor meinem Strandhaus zu suchen? Was willst du?«, fragte der fette Kerl auf dem Beifahrersitz und zwinkerte dem Fahrer des Mercedes zu.

»Ich hab's Ihnen doch schon gesagt«, sagte der Malibu-Canyon-Killer. »Ich wollte nur ein bisschen Spaß haben. Wenn Sie keinen Spaß mögen, dann lassen Sie mich aussteigen, und ich such mir jemand anderen zum Feiern.«

»Nein, nein, gegen Spaß habe ich absolut nichts einzuwenden«, teilte ihm der Fettsack mit. »Aber du bist einfach so aus dem Nichts aufgetaucht.«

»Ich hab gehört, dass sich der berühmte Produzent gerne mit jungen Männern vergnügt. Und hier bin ich.«

Der fette Kerl grinste und sah den Fahrer kopfschüttelnd an. Dieser – ein junger Mann in Designerklamotten – beäugte den Malibu-Canyon-Killer im Rückspiegel. »Und hier bist du«, wiederholte er.

Der Malibu-Canyon-Killer wippte zur Musik auf dem Rücksitz hin und her. Es bereitete ihm eine tierische Freude, dass die beiden Männer allen Ernstes dachten, sie könnten sich auf seine Kosten amüsieren. Er fand ihre herablassende Art äußerst anregend.

Der Fahrer warf einen weiteren Blick in den Spiegel. »Brauchst du was, um auf Touren zu kommen, Süßer?«

Süßer? Oh ja, sie würden heute Abend weiß Gott viel Spaß haben.

»Nein, vielen Dank«, sagte der Mörder. »Ich bin von Natur aus high und bereits in Stimmung, das könnt ihr mir glauben. Hey, wie wär's, wenn wir in die Hügel fahren – an einen abgelegenen Ort. Ein Aussichtspunkt, nur für uns.«

Der Dicke schüttelte den Kopf. »Nicht mit dem Wagen.«

Der Malibu-Canyon-Killer runzelte die Stirn, stellte das Tanzen ein und griff nach dem Rucksack. »Meine Herren, ich fürchte, ich muss darauf bestehen.«

Später, als der Mond hoch am Himmel stand und den Mercedes auf dem verlassenen Feldweg beschien, war die Stille so vollkommen, dass sie fast mit Händen zu greifen war. Wie Götterspeise, dachte er.

Er betrachtete den kalten knochenweißen Mond durch die Fensterscheibe. Zum Totlachen, wie ihnen die Pistole das Grinsen aus dem Gesicht gewischt hatte. Zum Totlachen, wie sie die Pistole ganz unterwürfig werden ließ. Aber geschrien hatten sie erst, als er das Messer zückte. Er mochte es nicht, wenn sie schrien. Das war unzivilisiert.

Als er so dasaß, dachte der Malibu-Canyon-Killer an eine Situation vor vielen Jahren, bei der er in einem anderen Auto gesessen hatte. Sie hatten einen Familienausflug nach Reno gemacht, als er etwa zwölf gewesen war.

Mom war gefahren. Er hatte auf dem Beifahrersitz sitzen dürfen, seine Schwestern nur auf der Rückbank. Seit Daddy sie verlassen hatte, war er der Mann im Haus, hatte sie gesagt.

Er erinnerte sich an den Stolz, den er verspürt hatte, was bei Gesprächen mit seiner Mutter sonst nur selten vorkam. Er warf einen Blick hinüber, und beim Fahren zuckte ein merkwürdiges Lächeln um ihre Mundwinkel. *Das Lächeln mag ich aber gar nicht.* Wenn sie so lächelte, geschahen normalerweise schlimme Dinge.

Mom hatte an einem Schnapsladen angehalten, um sich eine Flasche starken polnischen Kartoffelwodka zu kaufen. Sie verließ den Laden mit einer braunen Papiertüte, stieg wieder ein und setzte sich die große Jackie-O-Sonnenbrille auf, damit man die vom Alkohol geröteten Augen nicht sah. Außerdem hatte sie stets Pfefferminzkaugummi in Griffweite, falls ein Polizist sie anhielt, weil sie Schlangenlinien fuhr.

»Ratet mal, was ich hier habe«, sagte sie lächelnd. Diesmal war das Lächeln aufrichtig.

»Süßigkeiten!«, riefen die Kinder im Chor.

»Ganz genau. Für meine kleinen Engel!«

Mom drehte sich um und reichte seinen Schwestern je einen großen Butterfinger-Schokoriegel. Lächelnd wartete er, bis er an der Reihe war.

Seine Mutter ließ den Motor an und fuhr aus dem Parkplatz. Er wartete immer noch, schluckte, traute sich aber nicht, etwas zu sagen.

Sobald sie auf offener Straße waren, griff Mom in die

Papiertüte. Er wärmte schon mal sein »Dankeschön«-Lächeln vor.

Sie zog den Wodka heraus und schraubte den Verschluss ab. Dann nahm sie einen tiefen Schluck und warf das aschblonde Haar nachlässig zurück.

»Mom?«, sagte er zögerlich.

Sie nahm noch einen Schluck. »Hmm?«

Im Fond kauten seine Schwestern lautstark auf der Schokolade herum.

»Ist meiner noch in der Tüte?«

Seine Mutter wirbelte zu ihm herum. Mit der runden schwarzen Sonnenbrille sah sie wie ein gleichgültiges, gefühlloses Insekt aus.

»Du brauchst keine Süßigkeiten.«

Er wusste nicht, was er darauf sagen sollte. Kleinlaut starrte er sein Spiegelbild in den Brillengläsern an.

Sie richtete den Blick wieder auf die Straße und trank weiter. »Du bist der ›Mann‹ im Haus, oder nicht? Also benimm dich auch so.«

Offenbar war das ein Scherz, denn sie lachte laut, was jedoch nicht lange anhielt. Schon bald wurde das Gelächter in einem weiteren Schluck Wodka ertränkt.

Jetzt, in diesem schicken Auto, überkam ihn ein tiefer Frieden. Der berühmte Fettsack hatte ihm wirklich sehr geholfen.

Der Mörder tauchte seine Finger in den Solarplexus des mächtigen, dicken Mannes, zog sie wieder heraus und betrachtete die Röte darauf. Dann öffnete er seine Hose und masturbierte, bis er seine Mutter vergessen hatte.

»Danke«, flüsterte er heiser. Jetzt hätte er mehr Energie, wäre spontaner. Seine Macht wuchs.

Er tauchte auch seine andere Hand in den Bauch des Mannes und malte einen roten Kreis auf die Windschutzscheibe, den er mit einem auf dem Kopf stehenden Dreieck darin komplettierte. Schließlich schrieb er die Worte, die er schon vor langer Zeit auswendig gelernt hatte.

Der metallische Geruch vergossenen Bluts erfüllte den Wagen. Er musste sauber machen, die Ordnung wiederherstellen. Diesmal hatte er seinen Plan etwas abgeändert. Sorgfältig säuberte er das Messer und steckte es in die Tasche zu seinen Füßen, aus der er einen Tiefkühlbeutel mit einem Briefumschlag nahm. Sein Herz machte Luftsprünge vor Freude. Er war auf der Gewinnerstraße. Alles, was er sich je erträumt hatte, war zum Greifen nah.

Gabriel betrachtete sich im Badezimmerspiegel. Er hatte das Licht nicht eingeschaltet, sodass nur die Flurbeleuchtung seinen Rücken erhellte. Sein Blick wanderte zum Badezimmerfenster, wo ein Stück des weißen Mondes am indigofarbenen Himmel zu sehen war. Als er das letzte Mal er selbst gewesen war, war es Morgen gewesen.

Er war nackt. Ein Heiligenschein aus Licht umgab ihn wie einen Engel. Doch er fühlte sich alles andere als heilig. Schweißtropfen rannen über sein Gesicht, und sein lockiges dunkles Haar klebte an der Stirn. Seine Muskeln schmerzten wie nach einem anstrengenden Training. Er war unglaublich durstig.

Wo bin ich gewesen?

Seit wann stand er hier im Badezimmer und starrte in den Spiegel? Warum war er nackt? Panik erfasste ihn. Gabriel schloss die Augen und lauschte seinem Herzen, das so heftig schlug, als wollte es aus seiner Brust hüpfen. Allmählich legte sich die Benommenheit, und er begriff, dass das Klopfen nicht aus seinem Körper kam. Jetzt hörte er auch eine Stimme aus der Entfernung – Dash rief seinen Namen und hämmerte gegen die Wohnungstür.

Gabriel öffnete die Augen und sah sich um, als hätte er sich verirrt. Seine Hände umklammerten den Porzellanrand des Waschbeckens so fest, dass die Knöchel weiß hervortraten. Als er die Finger löste, kribbelten sie, als wären sie eingeschlafen. Er schüttelte seine Hände, betrachtete sie, als hätten sie eine ansteckende Krankheit. Das Klopfen – er musste etwas unternehmen.

Gabriel griff nach dem Wasserhahn in der Dusche. Die Knöpfe entglitten seinen schweißnassen Handflächen. Er nahm ein Handtuch vom Haken und wickelte es sich sorgfältig um die Hüften. Das Klopfen wurde immer stärker und hartnäckiger – oder bildete er sich das nur ein?

»Ja doch …«, murmelte er. »Ja doch!«, rief er in Richtung Tür.

Gabriel wischte sich mit der Hand über die Stirn und eilte zur Tür. Dash platzte in seine Wohnung herein und verströmte eine unwillkommene Aggressivität. »Wo warst du denn? Ich stehe schon eine Ewigkeit vor deiner Tür – ich wollte sie gerade eintreten. Ramirez hat dich schon ein paar Mal angerufen …«

Gabriel schüttelte den Kopf. »Ich war unter der Dusche. Entschuldige.«

Dash sah Gabriel argwöhnisch an. »Alles klar?«

Gabriel zuckte mit den Schultern. »Sicher. Alles prima.« Er ging zum Kühlschrank. »Limonade? Bier?«

»Nein, danke.« Dash war sichtlich aufgeregt. »Ich wollte dich abholen. Wir haben noch eins gefunden.«

Gabriel blieb wie angewurzelt stehen. »Noch eins …?«

»Noch ein ausgebranntes Auto. Diesmal mit zwei Leichen im Kofferraum.«

»Scheiße.«

»Derselbe Täter. Eindeutig. Man hat noch eine Reifenspur entdeckt.«

»Und was hat das mit mir zu tun?«

Dash ging zur Tür. »Bei einer der Leichen wurde ein Beweisstück gefunden.«

Gabriel presste sich eine kühle Wasserflasche gegen die Stirn. »Na und?«

»Hör mal, Lieutenant Ramirez hat gesagt, ich soll dich so schnell wie möglich dorthin bringen.«

Allmählich gingen ihm die rätselhaften Äußerungen seines Partners auf die Nerven. »Wohin bringen? Wovon zum Teufel redest du?«

»Du sollst mit zum Tatort kommen. Mehr weiß ich nicht.«

»Und wie üblich macht das kleine Hündchen brav Männchen.«

Dash wurde rot vor Wut. »Was soll das denn heißen?«

Gabriel wurde klar, dass er zu weit gegangen war. »Tut mir leid. Du hast mich auf dem falschen Fuß erwischt.«

»Das ist mir scheißegal. Eine solche Behandlung hab ich nicht verdient.«

»Nein, natürlich nicht.« Gabriel stand einen Augenblick lang schweigend da. »Entschuldige.«

Dashs Gesichtsfarbe nahm wieder den üblichen Pfirsichton an. »Schon gut. Los, fahren wir.«

Gabriel nickte und machte sich auf den Weg ins Schlafzimmer.

»Vielleicht solltest du die Dusche ausmachen«, sagte Dash.

»Ach ja.« Auf wackligen Beinen kehrte Gabriel ins Badezimmer zurück.

»Ist wirklich alles in Ordnung?«

Gabriel verzichtete auf eine Antwort, um nicht lügen zu müssen. Wortlos ging er ins Schlafzimmer und suchte im Schrank nach seinen geliebten beigen Dockers. Als er die Hose nirgendwo finden konnte, schlüpfte er notgedrungen in eine Jeans.

Am Tatort herrschte Chaos. Die Presse hatte durch den Polizeifunk Wind von den Morden bekommen. Zeitungsreporter und Kamerateams verstopften den engen Trampelpfad mit ihren Fahrzeugen und ihrer Ausrüstung. Neugierige Autofahrer waren den Kamerawagen und Hubschraubern die überfüllte Malibu Canyon Road entlang gefolgt und unterhielten sich aufgeregt miteinander, während sie neugierig das sich ihnen darbietende Schauspiel beobachteten. Streifenpolizisten hielten die Menge mit Megafonen und Muskelkraft auf Abstand und sorgten dafür, dass alle hinter dem Absperrband blieben, mit dem man die unmittelbare Umgebung der ausgebrannten Limousine gesichert hatte.

Der Geruch von verbrannten Stromkabeln und Benzin hing in der Nachtluft. Grelle Lichter tanzten in konzentrischen Kreisen über den Boden, während die Hubschrauber mit lautem Geknatter über ihnen kreisten.

Löschmeister Desmond Gein und Lieutenant Ramirez kamen auf Gabriel und Dash zu.

»Hallo, McRay«, rief Ramirez über den Lärm hinweg.

»Lieutenant.«

»Danke, dass Sie gekommen sind.« Ramirez wagte es nicht, Gabriel in die Augen zu sehen.

Gabriel drängte sich der Eindruck auf, dass alle auf ihn

gewartet hatten. Mehrere uniformierte Beamte, die in der Nähe herumlungerten, starrten ihn neugierig an.

Was hab ich denn jetzt schon wieder angestellt?

Die vier Männer gingen zum Mercedes hinüber.

»Die Gerichtsmedizin war schon vor Ort«, sagte der Löschmeister. »Sie haben was Interessantes aus dem …« Gein unterbrach sich, als ihn Ramirez mit einem strengen Blick zum Schweigen brachte.

»Wissen wir schon, wem das Auto gehört?«, fragte Dash.

»Allerdings. Haltet euch fest«, sagte Gein. »Der Wagen gehört Brian Goldfield.«

»Brian Goldfield.« Dash überlegte. »Der Name kommt mir bekannt vor.« Mit einem Mal riss er die Augen auf. »Ach, der Filmproduzent etwa?«

Ramirez zündete sich eine Zigarette an. »Genau. Ein mächtiger Mann.«

Dash runzelte die Stirn. »Das gibt einen Riesenzirkus.«

Die Limousine stand stoisch auf einem Flecken nackter Erde. Im künstlichen Licht der Scheinwerfer erschien die Karosserie kaum beschädigt. Das Innere des Wagens jedoch war pechschwarz. Ein bitterer Brandgestank stieg daraus auf. Beim Näherkommen roch Gabriel unter dem versengten Leder noch etwas anderes, eine chemische Note, und noch etwas – etwas Animalisches. Gabriel richtete die Taschenlampe in den Wagen und bemerkte mehrere Risse im Lederbezug auf der Rückseite des Beifahrersitzes. Dann ließ er den Schein der Lampe über die verschmierten Striche auf der Windschutzscheibe wandern. Die Buchstaben waren kaum zu erkennen, doch sie waren da.

Gabriel trat zurück. Als er zu Ramirez aufsah, bemerkte er erstaunt, dass ihn der Lieutenant unverhohlen anstarrte. Gabriel hatte nicht die leiseste Ahnung, weshalb man ihn zu diesem makabren Schauspiel zitiert hatte. Mit der heraufziehenden Dämmerung kam ein warmer Santa-Ana-Wind auf, der den Gestank des ausgebrannten Autos und die Ahnung eines anstrengenden Sommers mit sich trug.

Rick Frasier tauchte wie ein blondes Gespenst hinter Gabriel auf. »Hey, Gabe.«

Gabriel nickte ihm beiläufig zu. Rick drängte sich neben ihn. »Du solltest dir mal den Kofferraum ansehen.« Der jüngere Detective machte eine einladende Geste zum Heck des Mercedes.

Sobald Gabriel den offen stehenden Kofferraum erreicht hatte, brachte ihn der Gestank verbrannten Fleisches zum Würgen. Zwei Männer waren in den Kofferraum gezwängt. Gabriel richtete die Lampe auf den ersten Leichnam – ein junger Mann, nicht älter als fünfundzwanzig. Ein Diamantohrring funkelte im spärlichen Licht. Neben dem jungen Mann lag ein älterer Herr mit ergrauenden Koteletten, Hängebacken und einer fassgroßen Wampe: Brian Goldfield, der Filmmogul.

Von seiner einst topmodischen, maßgeschneiderten Kleidung waren nur noch braune Fetzen übrig. Seine Brust war so gewissenhaft zerstückelt worden, dass sie nur noch an Hackfleisch erinnerte. Trotz des Gestanks beugte sich Gabriel weiter vor, um den gesamten Kofferraum ausleuchten zu können. Anscheinend war nur wenig Blut vergossen worden.

Man hatte ihn also nicht im Kofferraum erstochen. Gabriel fielen die Risse im Sitzbezug ein. Die Tat hatte im Innenraum des Wagens stattgefunden.

Er richtete sich wieder auf. Zu seiner Linken sah er einen Fotografen von der Spurensicherung, der ihn kühl musterte, während er einen neuen Film in die Kamera legte.

Zu Gabriels Rechten standen zwei Gerichtsmediziner mit Latexhandschuhen, die ihn ebenfalls anstarrten.

Gabriel sah erst Ramirez, dann Rick Frasier und wieder Ramirez an. Er hatte die dumpfe Ahnung, dass das der Auftakt zu einem weiteren von Ramirez' Machtspielchen war. Da konnte er genauso gut mitspielen.

»Schönes Plätzchen für ein Lagerfeuer«, sagte Gabriel. »Also, was zum Geier soll ich hier?«

»Sehen Sie sich die Brust des Dicken an, McRay«, forderte Ramirez ihn auf.

»Hab ich schon.«

»Noch mal.«

Gabriel nahm die Latexhandschuhe, die Rick ihm hinhielt, und zog sie über. Er beugte sich vor und wühlte durch die Kleidungsfetzen, die vom Blut, das im sanften Wind trocknete, immer steifer wurden. Seine Finger strichen über etwas Knisterndes. Angewidert und gleichzeitig neugierig hielt Gabriel das Objekt fest und zog es heraus.

Er hielt einen Gefrierbeutel aus Plastik in der Hand. Fragend sah er Dash, Gein, Rick und Ramirez an. »Es ist das erste Mal, dass man die Opfer in den Kofferraum gesteckt hat, oder?«

»Genau«, antwortete Ramirez ruhig. »Der Täter hat die Tüte so platziert, dass sie keinen Schaden nimmt. Wir haben sie dorthin zurückgelegt, wo wir sie gefunden haben.«

Dash nahm Gabriel die Taschenlampe ab und richtete den Lichtstrahl auf die Tüte, in der sich ein gefalteter weißer Papierbogen befand. Auf einer Seite stand »Gabriel McRay« in ordentlicher Computerschrift.

Gabriel lief es eiskalt den Rücken herunter. Er blickte die anderen überrascht an.

»Können Sie uns etwas dazu sagen?«, fragte Ramirez.

Gabriel schüttelte den Kopf.

»Machen Sie ihn auf.«

Die Umstehenden drängten sich neugierig näher und reckten die Hälse.

Behutsam zog Gabriel den Zettel aus dem Beutel und faltete ihn langsam auseinander.

»Was steht drauf, McRay?«

Gabriel schüttelte ungläubig den Kopf. Als er die Sprache wiedergefunden hatte, knarrte seine Stimme wie eine Tür in einem Spukhaus. »Wir sind eins.«

»Jeder ist ein Mond und hat eine dunkle Seite.«

MARK TWAIN

6

Gabriel kämpfte sich durch die Reporter zum Eingang des Hauptquartiers in Monterey Park. Mehrere aufgebrachte Bürger, die gegen Polizeibrutalität protestierten, hielten Plakate in die Höhe und beschimpften Gabriel, als dieser sich der Tür näherte. Die Reporter hielten ihm Mikrofone ins Gesicht. Trotz des Tumults konnte er einige Fragen deutlich verstehen.

»Detective McRay, wie ist es, wieder im Dienst zu sein?«

»Detective McRay, stimmt es, dass Sie den Malibu-Canyon-Killer jagen werden?«

»Gibt es Verdächtige im Mordfall Brian Goldfield?«

»Treibt ein Serienkiller in den Canyons sein Unwesen, Detective McRay? Hatte Tania Dankowski eine Affäre mit Brian Goldfield?«

Gabriel schob ein Mikrofon aus seinem Gesicht und wandte sich den Reportern zu. »Es gibt keinen Grund zur Panik«, sagte er ruhig. »Seien Sie versichert, dass das Sheriff's Department des L.A. County alles in seiner Macht Stehende tun wird, um …«

»Bla bla bla!«, rief ein bulliger Mann mit einer Knollennase. Er hielt ein Schild in die Höhe, auf dem ein Schwein mit Polizeimütze abgebildet war, das auf einem afroamerikanischen Kind saß. »Hey, hat man Sie nicht gefeuert?«

Gabriel funkelte den Protestierenden wütend an. Ein geistesgegenwärtiger Reporter nahm den Faden auf. »Ja, Detective McRay, warum genau hat sich das Department dazu entschlossen, die Kündigung zurückzunehmen?«

Und warum lecken Sie mich nicht am Arsch? Bevor Gabriel seinen Gefühlen Ausdruck verleihen konnte, drehte er sich auf dem Absatz um und eilte in das Gebäude.

Ramirez ging schon in der Eingangshalle auf ihn los. »Warum haben Sie die Frage nicht beantwortet? Warum sind Sie ohne ein weiteres Wort gegangen?«

»Ich wusste nicht, was ich sagen sollte. Die Presse soll ja wohl kaum von der an mich gerichteten Botschaft erfahren, oder?« Gabriel flüsterte beinahe, da alle anderen Beamten um ihn herum ihre Tätigkeit unterbrochen hatten, um zu beobachten, wie ihr Kamerad heruntergeputzt wurde. »Ich bin doch nicht der Pressesprecher. Was zum Teufel hätte ich denn sagen sollen – Sir?«

Ramirez lächelte teuflisch. »Verarschen Sie mich nicht, McRay. In dieser Abteilung sind Sie nach wie vor nur geduldet.« Ramirez sah an Gabriel vorbei und zu den Reportern hinüber, die sich vor der Tür drängten. Der kleine Mann rückte sein Jackett zurecht und stolzierte ins Scheinwerferlicht.

Gabriel atmete gespannt aus und sah sich unter den neugierigen Polizisten um, die allesamt so taten, als wären sie mit etwas anderem beschäftigt. Mit einem unbehaglichen Gefühl zog er sich in den Konferenzraum zurück.

Dort warteten Dash, der Brandstiftungsermittler Paul Vacher, Ming, Rick Frasier und Dr. B auf ihn. Gabriel setzte sich zwischen Dash und Ming.

»Wie geht es Ihnen, Gabriel?«, fragte Dr. B freundlich.

Das Ganze bringt mich noch um.

»Das Ganze ist halb so schlimm.«

Gabriel schenkte Ming ein kurzes Lächeln. Ihre ebenholzfarbenen Augen betrachteten ihn wehmütig, doch anstatt das Lächeln zu erwidern, blätterte Ming in einigen vor ihr liegenden Akten. *Ich bin wieder mal der Paria,* dachte Gabriel und tat so, als würde er seine Notizen überfliegen.

Ramirez platzte in den Raum, noch aufgekratzt von den Interviews. »Okay, Leute, fangen wir an. Wie zu erwarten, gibt es keine Fingerabdrücke auf der Notiz. Sie wurde auf einem Laserdrucker in der Schriftart ›Arial‹ ausgedruckt. Mehr konnten sie mir nicht sagen, und mehr weiß ich auch nicht. Wie steht's mit euch?«

Paul Vacher ergriff als Erster das Wort. »Die Santa-Ana-Winde nehmen zu. Wenn dieser Feuerteufel so weitermacht, werden wir meiner Meinung nach bald richtige Probleme bekommen.«

»Vielen Dank für den Wetterbericht.« Ramirez nickte. »Und jetzt zu den Feuern, bitte.«

»Oh, *si, Jefe*«, sagte Vacher beflissen. »Als Brandbeschleuniger wurde Benzin benutzt. So viel wissen wir immerhin. Der Tank des Mercedes war randvoll und wurde augenscheinlich nicht angezapft, also nehmen wir an, dass der Brandstifter sein eigenes Benzin dabeihatte.«

»Wir haben nach Benzinkanistern in der Umgebung gesucht«, fügte Rick Frasier hinzu. »Aber keine gefunden.«

»Also nimmt er ihn wieder mit nach Hause«, sagte Vacher. »Sehr umsichtig.«

»Er fährt den Kanister auf einem Fahrrad durch die Gegend?«, fragte Dash.

»Warum nicht?«, entgegnete Vacher. »Vielleicht wohnt er irgendwo in den Hügeln.«

Ramirez nickte zustimmend und zog ein Päckchen Winston aus der Tasche. »Wir müssen alle Anwohner und Geschäfte an der Malibu Canyon Road, in Topanga und entlang der Kanan Road befragen – und zwar im ganzen Hügelgebiet.« Der Lieutenant schaltete einen Gang zurück, als er sich an Gabriel wandte. »Irgendeine Ahnung, was dieses ›Wir sind eins‹ zu bedeuten hat?«

Seit er diese unheimliche Botschaft gelesen hatte, stellte Gabriel sich dieselbe Frage. Er konnte sich keinen Reim darauf machen, warum der Mörder gerade ihn ins Visier genommen hatte. Also trug er dem Lieutenant die einzige Erklärung vor, die ihm einfallen wollte. »Er hat meinen Namen in der Zeitung gelesen. Ich habe wohl sein Interesse geweckt.«

»Und warum das?«, hakte Ramirez behutsam nach.

Da Behutsamkeit so gar nicht zu den Charaktereigenschaften seines Vorgesetzten zählte, stellten sich Gabriel unwillkürlich die Nackenhaare auf. »Keine Ahnung«, antwortete er argwöhnisch.

»Haben Sie einen Verwandten, einen Freund oder Bekannten, der womöglich …«

»Moment mal«, unterbrach ihn Gabriel. »Glauben Sie etwa, der Mörder ist jemand, den ich kenne? Oder der zu meiner Familie gehört? Ist das Ihr Ernst?«

Ramirez sagte nichts, ließ Gabriel jedoch nicht aus den Augen, während er sich seine Zigarette anzündete. Die Spannung im Raum stieg bis zum Zerreißen.

Ming räusperte sich. »Über Gabriel wurde in letzter Zeit ziemlich viel berichtet.«

»Und das meiste war negativ«, fügte Dash hinzu.

»Und jetzt hat sich der Mörder auf ihn eingeschossen«, schloss Ming.

Ramirez musterte Gabriel weiterhin, als wäre dieser ein Bakterium auf einem Objektträger. »Wissen Sie, weshalb Sie wieder im Dienst sind?«

Gabriel schwieg.

»Das kann ich Ihnen flüstern«, fuhr Ramirez in bestem Barrio-Slang fort. »Weil mich der Chief, der Bürgermeister und die Presse mächtig bei den Eiern gepackt haben.«

Dash musste sich das Lachen verkneifen. Ramirez wirbelte in seinem Stuhl zu ihm herum. »Was ist daran so lustig, Señor Salzlos?« Dashs Grinsen verschwand. Ramirez wirbelte wieder zurück, blies Rauch in den Raum und beugte sich über den Tisch zu Gabriel. »Ich persönlich hätte sie gar nicht erst durch diese Tür gelassen und schon gar nicht auf einen so wichtigen Fall angesetzt. Die Familie des Filmproduzenten plant ein Begräbnis, wie es diese Stadt noch nicht gesehen hat. Als wäre er der verdammte Michael Jackson. Alle wollen diesen Kerl schnappen, und ganz oben ist man der Ansicht, dass Sie sich wohl irgendwie nützlich machen können, wenn sich dieser Typ schon auf Sie eingeschossen hat.«

Gabriel errötete. »Ich bin also nur der Köder. Zwanzig Jahre lang als Detective auf der Straße sind wohl nichts wert, nehme ich an.«

»Dieser Täter hat Ihnen den Job gerettet, den Sie verkackt haben. Wenn Sie dieses Arschloch irgendwie zu fassen kriegen, können Sie Ihren Ruf womöglich wiederherstellen, McRay.«

»Und den Ihren«, bemerkte Gabriel spitz.

Der Lieutenant starrte ihn wütend an. »Halten Sie sich zurück, *vato*.«

Gabriel saß kerzengerade auf seinem Stuhl und zwang sich zur Ruhe.

»Das ist doch völlig unproduktiv«, schaltete sich Dr. B ein. »Ein Serienkiller ist auf freiem Fuß, und wir haben alle dasselbe Ziel. Wir wollen ihn fassen. Gabriel hat eine hohe Aufklärungsquote vorzuweisen. Außerdem hat er schon etwas Brauchbares zu dieser Ermittlung beigetragen.«

»Ja, ich weiß«, sagte Ramirez und fuchtelte mit den Händen in der Luft herum. »Der Täter ist Russe.«

»Nicht unbedingt«, sagte Dash. »Er hat ›Seelen‹ auf Russisch geschrieben. Wir sollten keine voreiligen Schlüsse ziehen und uns nicht auf einen bestimmten Personenkreis einschränken.«

Ramirez zog an seiner Zigarette. »Doc, was ist mit Ihnen? Haben Sie schon ein Profil von dem Spinner?«

»Mal sehen.« Dr. B nahm die Brille ab und sah sich unter den Anwesenden um. »Bis jetzt waren alle Opfer Weiße. Da es die meisten Serienmörder auf Personen ihrer eigenen ethnischen Herkunft abgesehen haben, müssen wir davon ausgehen, dass der Malibu-Canyon-Killer ebenfalls ein Weißer ist. Höchstwahrscheinlich männlich, zwischen zwanzig und fünfunddreißig.« Dr. B wandte sich Ming zu. »Bitte erklären Sie mir, wie die Opfer getötet wurden.«

»Der Mörder hat sie umgebracht, bevor er die Autos in Brand steckte«, sagte Ming. »Alle Opfer bis auf eines wiesen mehrere Stichwunden auf. Die Tatwaffe ist ein Messer mit glatter Klinge, etwa zweieinhalb Zentimeter breit und mindestens fünfzehn Zentimeter lang.«

»Wie starb das Opfer, das nicht erstochen wurde?«, fragte Dr. B.

»Sie meinen Adam Parraco«, sagte Ming.

»Parraco war Brian Goldfields Liebhaber«, fügte Rick hinzu.

»Der Produzent war also schwul«, sagte Ramirez und

drückte die Zigarette aus. »Vielleicht hat ihn ein Verflossener um die Ecke gebracht – prüfen Sie das bitte nach.«

»Parraco wurde durch einen Schuss aus nächster Nähe getötet«, sagte Ming nüchtern. »Kaliber 7.62. Die Ballistik ist noch dabei, die Waffe zu identifizieren. Durch die Hitze im Kofferraum sind keine Schmauchspuren auf der Haut mehr zu erkennen. Die Schusswunde, die sich in der Mitte des Brustbeins befindet, weist ein grob sternförmiges Muster auf.«

»Die Waffe ist eine neue Spur, der wir nachgehen können. Sehr gut«, sagte Ramirez. »*¿Que mas?*«

Ming sah ihn ratlos an. »Was?«

»Sprechen Sie kein Spanisch?«

»Nein.«

»Aber Sie sind doch Mexikanerin?«

Ming blickte in ihren Schoß. Gabriel hätte seinem Lieutenant am liebsten den Hals umgedreht. Ramirez machte eine wegwerfende Geste. »Egal. Fahren Sie fort.«

»Ein sternförmiges Muster entsteht bei einem aufgesetzten Schuss. Beim direkten Kontakt mit der Waffe expandieren die Pulvergase zwischen Knochen und Haut und reißen das Fleisch sternförmig auf. Parraco wies keine Abwehrverletzungen auf. Tatsächlich war keine einzige Stichwunde an seinem Körper zu finden.«

Gabriel sah Ming nachdenklich an. »Das klingt für mich so, als hätte ihn der Mörder einfach nur aus dem Weg räumen wollen.«

»Schon möglich«, gab Ming zurück. »Bei Goldfield hat er sich dafür viel Zeit genommen. Er hat neunzehn Mal auf ihn eingestochen. Mindestens zehn der Stiche waren tödlich. Alle Wunden, die nicht den Abwehrverletzungen zuzurechnen sind, befinden sich zwischen Bauchnabel und Brustbein.«

»Wurden ihm die Wunden vor oder nach dem Tod beigebracht?«, fragte Dr. B.

»Da die Leichen diesmal nicht verbrannt waren, lieferten sie eine Reihe von zusätzlichen Anhaltspunkten. Der erste Stich war direkt in den Bauch gesetzt. Diese Wunde hat am stärksten geblutet. Der Mörder hat sich auf diese Körperpartie konzentriert. Auf Brian Goldfield wurde sowohl während als auch nach seinem Tod eingestochen.«

Darüber dachte Dr. B nach. »Hmmm. Der Täter hat anscheinend keine besondere Abneigung gegen ein bestimmtes Geschlecht. Das verkompliziert die Sache.«

»Inwiefern?«, fragte Ramirez.

Dr. B zuckte mit den Achseln. »Nun, zum einen ist er dadurch weniger auffällig und schwerer zu fassen. Dr. Li, wurde die Frau vergewaltigt? Oder womöglich einer der Männer?«

»Bei einem derart schwer verbrannten Leichnam wie dem von Tania Dankowski ist so etwas nicht so einfach festzustellen. Alle Risse oder Schürfwunden wurden durch das Feuer vernichtet. Ich glaube allerdings, dass alle Opfer bekleidet gestorben sind.«

»Wie kommen Sie darauf?«, fragte Gabriel.

»Man hat nur in der Nähe der Leichen Kleiderfasern gefunden. Außerdem sind die Nähte von Tania Dankowskis Jeans mit ihrer Haut verschmolzen. Die Abdrücke waren deutlich zu erkennen. Ich habe die Bilder hier.« Ming griff nach einer Akte, die vor ihr auf dem Schreibtisch lag, und zog mehrere Farbfotografien heraus.

Alle konnten die X-förmigen Nahtabdrücke, die sich in das Fleisch eingebrannt hatten, deutlich erkennen. Gabriel bemerkte, dass Dash etwas grün im Gesicht wurde.

»Deshalb glaube ich nicht, dass Tania vergewaltigt wurde«,

sagte Ming. »Anfangs vermutete ich, dass der Täter sie aus irgendeinem Grund nach der Vergewaltigung wieder angezogen hat, aber inzwischen glaube ich, dass es ihm um etwas ganz anderes ging. Rick, bitte zeigen Sie uns die Bilder des Leichnams in situ.«

Rick Frasier schüttelte sich eine blonde Strähne aus der Stirn und schob ihnen mehrere Fotos über den Tisch hinweg zu. Ming nahm einen Bleistift und deutete darauf.

»Bitte beachten Sie Tanias Körperhaltung. Der Kopf ist nach hinten gezogen und zur Seite verdreht.«

Gabriel begriff, worauf sie hinauswollte. »Genau. Sieht ganz so aus, als hätte er ihr möglichst schnell die Kehle durchtrennt, um zu seinem eigentlichen Anliegen zu kommen – nämlich der Verstümmelung ihres Unterleibs.«

»Ted Brody wurde ebenfalls in einer unnatürlichen Position gefunden«, sagte Dash. »Als hätte ihn der Täter so arrangiert, dass er möglichst leicht an seinen Schritt gelangen konnte.«

Sie betrachteten die Fotos vom Tatort. *Stimmt,* dachte Gabriel. Ted lag etwas auf der Seite. Sein Gesicht war zum Fahrerfenster gewandt, der Rücken zum Mörder.

»Anscheinend arbeitet er sich die Körper hinauf«, sagte Gabriel.

Ming nickte. »Das habe ich auch schon vermutet.«

Vacher gab das Bild an Ming zurück. »Also ein waschechter Psycho?«

»Wahrscheinlich kein Psychotiker im eigentlichen Sinne.« Dr. Bs Augen sprühten vor Aufregung. »Bei einer psychotischen Störung hört man im Allgemeinen Stimmen, leidet unter Halluzinationen …«

»Und woher wissen Sie, dass das bei dem Mörder nicht der Fall ist?«

»Weiß ich nicht. Nicht sicher jedenfalls«, sagte Dr. B. »Ein Psychotiker agiert für gewöhnlich nicht, er reagiert. Damit meine ich, dass jemand, der von Stimmen, beängstigenden Wahnvorstellungen und dergleichen heimgesucht wird, auch dementsprechend handelt. Wenn er tötet, dann nur, weil er glaubt, es aus Notwehr zu tun. Natürlich gibt es Ausnahmen von der Regel, doch die meisten Psychotiker ermorden Menschen, die sie kennen. Wenn überhaupt. Außerdem haben Psychotiker oft eine lange Leidensgeschichte hinter sich, die ihren Bekannten nicht verborgen bleibt.«

»Na ja«, sagte Vacher. »Es könnte ja sein, dass dieser Irre wahnsinnig und vorbestraft ist.«

Dr. B ließ sich nicht aus dem Konzept bringen. »Ein psychotischer Mörder ist normalerweise unorganisiert. Schlampig. Er hat alle Hände voll zu tun damit, seine Dämonen im Zaum zu halten. Da kann er nicht auch noch gründlich sein. Unser Mann dagegen geht äußerst planvoll vor. Was ihn meiner Meinung nach zu einem Psychopathen macht. Diese Morde nutzen ihm auf irgendeine Weise, und die Opfer interessieren ihn einen Dreck. Er glaubt, mit einer höheren Macht in Verbindung zu stehen. In Wahrheit leidet er natürlich unter einer Impulskontrollstörung.«

»Eine Impulskontrollstörung?« Dash verzog das Gesicht. »Er hat vier Menschen aufgeschlitzt und verbrannt. Das nennen Sie eine Impulskontrollstörung?«

»Das mag sich vielleicht harmlos anhören, Detective, aber genau darum handelt es sich. Und ihre Wurzeln liegen in einer zerrütteten Biografie, da bin ich mir sicher. Die meisten Psychopathen haben ein aufgeblasenes Ego. Die Überkompensation eines im Grunde völlig fehlenden Selbstwertgefühls. Vielleicht war die Homosexualität des

Filmproduzenten der Grund, weshalb dieser sich für den Mörder interessierte, aber sie dürfte kaum etwas damit zu tun haben, weshalb ihn der Killer als Opfer ausgewählt hat. Der Mörder lebt in seiner eigenen Welt. Wie gesagt, er ist organisiert. Er verwischt die Spuren seiner Taten mit Feuer, das nicht nur Beweise vernichtet, sondern auch für ein aufsehenerregendes Spektakel sorgt. Ich nehme an, dass er mit Freuden beobachtet, wie die Panik ausbricht.«

»Er beobachtet, sagten Sie?«, warf Gabriel ein. »Bleibt er am Tatort?«

»In einem brennenden Busch kann man sich schlecht verstecken«, widersprach Vacher.

»Aber überprüft haben wir das nicht«, gestand Dash.

»Ja«, sagte Ming. »Das könnte für ihn zum Nervenkitzel dazugehören.«

Ramirez stand auf. »Jetzt mal langsam, Leute. Ich krieg allmählich Kopfschmerzen von dem Scheiß.«

Rick seufzte. »Wir haben mit den Familien, Freunden und Kollegen aller Opfer gesprochen. Mit Ausnahme von Parraco und Goldfield gibt es keine Verbindung zwischen ihnen.«

»Es mag zwar so aussehen, als würde er seine Opfer zufällig auswählen«, stellte Dr. B fest, »aber er folgt dennoch einem bestimmten Schema.«

Gabriel wandte sich dem Doktor zu. »Mal angenommen, dass er die Opfer gar nicht kennt. Wieso lassen sie ihn in ihre Autos einsteigen?«

»Heutzutage nimmt doch in L.A. keiner mehr einen Anhalter mit«, gab Vacher zu bedenken. »Vielleicht lernt er sie irgendwo kennen – in einer Bar oder so.«

»Tania Dankowski in einer Bar?«, warf Dash ein. »Unwahrscheinlich.«

»Jedenfalls verhält er sich unverdächtig«, sagte Dr. B. »Man wird ihn wohl kaum sabbernd und mit Leichenteilen herumfuchtelnd auf offener Straße antreffen. Ich wette, dass unser Mann ein völlig harmloses Äußeres besitzt. Er geht äußerst vorsichtig vor, und das macht ihn gefährlich.«

»Apropos Leichenteile«, sagte Ming fröhlich, worauf sich die Mienen der anwesenden Männer verdüsterten. »Er hat Tania Dankowskis Ohrläppchen mitgenommen. Mit Ohrring, vermute ich.«

»Eine Trophäe.« Dr. B sah die Pathologin interessiert an. »Indem er einen Teil seiner Opfer behält, will er das Gefühl der Macht und der Dominanz wiederbeleben, das er über sie hatte.«

»Ach ja«, sagte Rick und blätterte in seinem Notizblock. »Gloria Lusk, Ted Brodys Verlobte, sagte aus, dass Ted stets einen diamantbesetzten Verlobungsring trug. Den haben wir nicht gefunden.«

»Er schreibt das Wort ›Seelen‹ auf die Windschutzscheiben. Was hat das Ihrer Meinung nach zu bedeuten?«, fragte Gabriel Dr. B.

Der Psychiater zuckte mit den Schultern. »Dieses Wort hat eine ganz bestimmte Bedeutung für ihn. Vielleicht beschwört er damit eine vergangene Erfahrung herauf. Oder es ist Teil eines Rituals, das einem ganz bestimmten Zweck dient. Womöglich auch mit religiösem Hintergrund. Unter Umständen könnte es sich um ein heidnisches Opferritual handeln. Wer weiß?«

»Wir sollten ein Sexualverbrechen nicht ausschließen«, sagte Ramirez.

»Wir haben es trotz der Brandschäden mit Luminol versucht«, sagte Rick. »Keine Spur von Sperma.«

»Aber wie gelangt er in die Autos der Opfer?«, wiederholte Dash Gabriels Frage von vorhin.

»So leid es mir tut, meine Herren, aber das herauszufinden ist Ihre Aufgabe«, sagte Dr. B.

Ramirez sah Rick Frasier an. »Was haben Sie sonst noch?«

»Eine Reifenspur.«

»Eine Reifenspur?«, wiederholte Ramirez. »Sonst nichts?«

Rick nickte und setzte wieder seinen Dackelblick auf. Gabriel hatte Mitleid mit ihm.

»Haben wir wenigstens das Fabrikat?«, fragte Ramirez.

Rick schüttelte den Kopf. »Wir arbeiten dran.«

Ramirez seufzte. Er sah mit einem Mal sehr müde aus. »Eine Reifenspur, Seelen, Stichwunden, die die Leichen hinaufwandern.«

»Nicht zu vergessen die Nachricht«, sagte Gabriel.

»Da machen Sie sich mal keine Sorgen.« Ramirez sah Gabriel durchdringend an. »Die vergisst so leicht niemand.«

Wir sind eins. Wir sind eins. Wir sind eins.

Die Worte waren wie auf Gabriels Gehirn tätowiert. Schon kündigten sich die Kopfschmerzen wieder an. Es war bereits dunkel, als Gabriel an seinem Schreibtisch saß. Ohne seine persönlichen Gegenstände wirkte seine Arbeitsnische abweisend und kalt. *Wir sind eins*. Was hatte Gabriel nur verbrochen, damit sich ein Serienmörder mit ihm identifizierte?

Tu dir das nicht an, ermahnte er sich, sonst verlierst du den Verstand und wieder mal das Einzige, das dich all die Jahre vor dem Wahnsinn bewahrt hat – deinen Job. Gabriel warf sich ein paar Aspirin in den Mund und ging zum Trinkbrunnen hinüber. Bis auf ein paar Beamte, die in ihren

Nischen arbeiteten, war das Großraumbüro verlassen. Die Klimaanlage blies gespenstische, eisige Böen in den Flur.

Dash war losgezogen, um Essen aus einem chinesischen Restaurant zu holen. Sie würden bis spät in die Nacht arbeiten. Da man sie gerade erst zu dem Fall hinzugezogen hatte, mussten sie einiges aufholen. Morgen würde alle Welt aus der Zeitung erfahren, dass Gabriel McRay mit den Ermittlungen im Fall des Malibu-Canyon-Killers betraut worden war.

Rein objektiv gesehen musste Gabriel seinen Lieutenant dafür bewundern, ein derart hohes politisches Risiko eingegangen zu sein. Im Gegensatz zum LAPD wurde das Sheriff's Department kaum von Skandalen geplagt. Sollte es seinem einzigen Sorgenkind gelingen, seinen Ruf wiederherzustellen, hatte das Department eine blütenweiße Weste zurück. Und Gabriel war dieses Sorgenkind.

Er ging noch einmal zu seinem Schreibtisch und loggte sich in den Kriminelleninformationsindex – abgekürzt CII – ein, eine Datenbank, mit der man nach vergleichbaren Verbrechen in anderen Städten suchen konnte. Die Informationen aus den anderen Bundesstaaten wurden vom National Crime Information Computer (NCIC) zur Verfügung gestellt.

Rick Frasier hatte dies bereits überprüft, sich aber nur auf die Verbrechen der letzten fünf Jahre konzentriert. Gabriel würde gründlicher vorgehen. Er erweiterte den Suchzeitraum auf zehn Jahre.

Wir sind eins.

Gabriel rieb sich die Schläfen, um die Kopfschmerzen zu vertreiben. Vor seinem inneren Auge sah er den falschen Polizisten, wie er mit zwei von Gabriels Kugeln in der Brust zu Boden ging. Er sah den überraschten Ausdruck im

Gesicht des Fünfzehnjährigen, als sich Gabriels Daumen in sein Fleisch bohrten. Er sah, wie sein Arm wie ein Projektil nach vorne schoss und die alte Frau von den Beinen holte. Und aus weiter Entfernung hörte er eine schrille, durchdringende Frauenstimme: »Du bist ein böser, böser Mann! Wie kannst du einem Kind nur so etwas antun?«

Das hydraulische Zischen der Tür ließ Gabriel aufsehen. Sein Partner kam auf ihn zumarschiert.

»Hey«, murmelte Gabriel. Mit vor Erschöpfung verschwommenem Blick starrte er auf den blinkenden Cursor auf dem Bildschirm.

»Hunger?«, fragte Dash fröhlich und stellte vier weiße Pappschachteln auf Gabriels Schreibtisch ab.

Gabriel schnitt eine Grimasse. »Ach ja, du hast ja Essen geholt. Ist es halbwegs genießbar?«

Dash schnalzte mit der Zunge. »Ich bitte dich! Würde ich einem Gourmet wie dir etwa irgendwelchen Fraß andrehen wollen? Hühnchen Kung Pao – hoffentlich verbrennst du dir dein Lästermaul daran.«

»Und du?«

»Gedünstetes Huhn mit Gemüse. Ohne Soße.«

Gabriel öffnete seinen Karton und inhalierte den appetitlichen Duft.

»Außerdem Reis und gebratene Nudeln. Hau rein.«

»Wie viel bin ich dir schuldig?«, fragte Gabriel und griff nach den Essstäbchen.

Dash machte eine wegwerfende Geste und öffnete seinen Essenskarton. Sein Schreibtisch stand direkt nebenan. Er setzte sich auf seinen eigenen Stuhl. »Gar nichts. Immerhin hast du Eve und mich oft genug zum Essen eingeladen. Außerdem haben wir einen Grund zum Feiern, oder?«

»Ach ja?«

»Ja, in der Tat, Partner. Wir feiern deine Rückkehr in die Tretmühle.«

Gabriel lächelte. Dash war das Weiß zu seinem Schwarz, der Tag zu seiner Nacht.

Dann ertönte ein Piepen, und sie sahen sich erstaunt an. Der Computer hatte eine Übereinstimmung gefunden. Die beiden Detectives drängten sich vor Gabriels Bildschirm.

»Unglaublich. 2001«, sagte Dash.

»Opfer: Thomas Welby«, las Gabriel vor. »Mit aufgeschlitzter Kehle in der Nähe des Sunset District in San Francisco aufgefunden ...« Er verstummte, und Dash las weiter.

»Der Leichnam wurde auf dem Beifahrersitz eines Autos gefunden. Der Wagen gehörte dem Opfer. Fahrzeug und Leichnam wurden durch Brandstiftung beschädigt. Den Experten zufolge könnte Benzin als Brandbeschleuniger gedient haben. Keine weiteren Beweisstücke. Der Fall blieb ungelöst. Sehen wir mal, was für eine Klinge benutzt wurde.« Dash seufzte frustriert. »Da, der Bericht des Pathologen. Eine einzelne Wunde, verursacht durch eine glatte Klinge von mindestens zwölf Zentimetern Länge. Mehr war aufgrund des Zustands der Leiche nicht in Erfahrung zu bringen.«

Ein starker Schmerz fuhr in Gabriels Kopf. Er zuckte zusammen, drehte sich vom Bildschirm weg und schloss die Augen.

Dash kehrte zu seinem Schreibtisch zurück und machte sich Notizen. »Ich rufe morgen mal bei den Kollegen in San Francisco an. Mal sehen, was die so wissen. Ich wette zehn zu eins, dass das Messer unserem Mörder gehört. Scheiße, das ist fast zehn Jahre her!« Schließlich sah er zu Gabriel hinüber. »Was ist denn?«

Gabriel konnte erst antworten, als sich die Schmerzen

etwas gelegt hatten. Er fuhr sich mit einer zitternden Hand durch das dunkle Haar. »Nichts. Ich bin nur müde.« Er sah auf und bemerkte Dashs besorgte Miene. »Das ist schon ein seltsamer Zufall.«

»Was?«

Gabriel blickte seinen Partner über die Pappschachteln mit dem dampfenden Essen hinweg an. »Ich stamme aus San Francisco. Ich bin im Sunset District aufgewachsen.«

7

Los Angeles Times, 1. Juli

»Vorbelasteter Detektiv mit Mordfall betraut. Inzwischen mussten vier Menschen, unter ihnen auch der Filmproduzent Brian Goldfield und sein Lebenspartner, in den Hügeln von Santa Monica ihr Leben lassen. Obwohl die Polizei noch keine Details bezüglich der Morde bekannt gegeben hat, konnten wir aus mehreren Quellen erfahren, dass sich die Tatverläufe ähneln und möglicherweise das Werk desselben Mörders sein könnten. Die Ermittlungen werden von Detective Gabriel McRay geleitet. Laut unseren Quellen ist McRay derzeit in psychiatrischer Behandlung und wurde vor Kurzem aus dem Polizeidienst entlassen. Er war dafür verantwortlich, dass eine einundachtzigjährige Rentnerin ins Krankenhaus eingewiesen werden musste. Die Angelegenheit wurde außergerichtlich durch die Zahlung eines Schmerzensgeldes in unbekannter Höhe beigelegt. Lieutenant Miguel Ramirez wies auf Gabriels frühere Verdienste und seine herausragende Aufklärungsquote hin. ›Ich habe vollstes

Vertrauen in Sergeant McRay‹, so Ramirez. ›Er wird diesen Kriminellen vor Gericht bringen.‹«

Gabriel und Dash konzentrierten sich auf verschiedene Abschnitte der Santa Monica Mountains. Die Morde hatten zu völlig unterschiedlichen Zeiten stattgefunden, also war der Mörder nicht auf einen bestimmten Zeitplan fixiert. Gabriel fragte sich, ob der Täter womöglich arbeitslos war.

Einmal stellte sich Gabriel deutlich sichtbar an den Straßenrand und streckte den Daumen aus. Sämtliche Autos brausten an ihm vorbei. Vacher hat recht, dachte Gabriel, während er Abgase schluckte. Heutzutage nimmt niemand mehr einen Anhalter mit. Aber wie war der Täter dann in die Fahrzeuge gekommen? Er hatte eine Waffe. Womöglich hatte er die Opfer einfach entführt. Doch dafür hätten sie zuerst einmal anhalten müssen.

Am späten Nachmittag vibrierte Gabriels Handy, und Dashs Nummer wurde angezeigt. Gabriel hielt auf dem Parkplatz eines Restaurants namens The Inn of the Seventh Ray. Die Gäste saßen neben einem Bach in einem grottenähnlichen Raum und genossen ganzheitliche Spezialitäten wie Linsenauflauf und Gerstenpilaw. Aus dem Laden nebenan, der den Namen »The Spiral Staircase« trug, rief Gabriel seinen Partner zurück.

»Hey«, sagte er. »Wo bist du?«

»Im Taco Bell auf der Malibu Canyon Road in der Nähe des Freeway. Hörst du das nicht?«

»Ich höre nur Windspiele und Mantras.«

»Was?«

»Das war nur Spaß. Jedenfalls was die Mantras angeht.« Gabriel warf einen Blick über die Schulter. Von der Decke hingen jede Menge Windspiele, darunter wurden Räucherstäbchen und Kristalle zum Verkauf angeboten. »Gibt's was Neues?«

»Ich hab mir den Mund fusselig geredet. Ein paar Leute hier sind im Besitz eines Motorrads, waren sonst aber unverdächtig. Jedenfalls scheint niemand einen athletischen Typen mit einer Vorliebe für Messer zu kennen.«

»Apropos Messer«, sagte Gabriel. »Wir sollten mal mit Sam reden.«

Sam Stanton war der Inhaber des Knife Trader, eines Ladens für seltene Waffen im nördlich von hier gelegenen Städtchen Camarillo.

»Gute Idee«, meinte Dash. »Die Ballistik hat mir eine Nachricht auf die Mailbox gesprochen. Sie haben was über die Waffe rausgefunden, mit der Parraco erschossen wurde.«

»Und?«

»Sie meinten, das müssten wir mit eigenen Augen sehen. Oh Mann, ich muss hier raus. Ich krieg schon vom Essensgeruch einen Herzinfarkt.«

»Was, keine fettigen Tacos heute? Wahrscheinlich bist du ein heimlicher Fastfood-Junkie.«

»Haha«, sagte Dash müde. »Wie wär's, machen wir Feierabend?«

Gabriel wollte noch zur Ballistikabteilung fahren, doch da musste Dash ja nicht unbedingt mitkommen. »Klar. Nicht dass mich Eve noch für deine Überarbeitung verantwortlich macht.« Gabriel streckte einen Finger aus und berührte ein Windspiel, das angenehm klimperte. »Hey, kommt doch heute Abend zum Essen vorbei. Es gibt *Saumon en brochette* vom Holzkohlengrill mit Zitronenreis.«

Dash lachte. »Und wie willst du bis dahin so ein Festmahl auf die Beine stellen?«

»Das war nur Küchenkauderwelsch für Lachsspieße vom Grill. Dafür ist noch genug Zeit. Was sagst du?«

»Klingt großartig«, sagte Dash. »Wieso lädst du nicht auch noch Ming ein?«

Gabriel verstummte. Er hörte, wie Dash die Luft anhielt. Wahrscheinlich plagten ihn gerade Gewissensbisse, weil er sich in Dinge einmischte, die ihn nichts angingen.

Ist nicht deine Schuld, Dash.

»Welchen Wein soll ich mitbringen?«, fragte Dash betont beiläufig. »Weißen?«

»Das wäre toll.«

Gabriel steckte das Handy weg. Die Windspiele hinter ihm klimperten, und der betörende Duft von Sandelholzräucherstäbchen stieg ihm in die Nase. Die dunkelhaarige Verkäuferin war wie eine Zigeunerin in wallende Seidengewänder gekleidet und mit Perlen behängt. Sie trug einen Nasenring und lächelte ihm von der Kasse aus zu. Gabriel nickte als Erwiderung.

Seine Kehle war wie zugeschnürt. Er fühlte sich merkwürdig beschämt. Der Gedanke an Ming ohne ihren Arztkittel hätte eigentlich Gabriels Herz höher schlagen lassen sollen. Stattdessen hätte er am liebsten zugemacht wie eine Muschel in eisigem Wasser. Der Sex mit Sheryl hatte immer etwas Mechanisches gehabt. Aus Angst und Scham hatte er sich dabei stets mit einer gewissen Distanz betrachtet. Wie hatte es Dr. B doch gleich genannt? *Sexuelle Appetenzstörung.*

Den Grund für seine Scham kannte er nicht. Womöglich hatte er davor zurückgeschreckt, sich emotional zu stark an seine Frau zu binden. Er machte sich nur ungern verwundbar. Gabriel war davon ausgegangen, dass Sheryl seine emotionale Distanziertheit nicht bemerken würde, doch sie hatte das Schauspiel, das er im Bett aufführte, recht schnell durchschaut. Sie hatte ihn förmlich angefleht, einen Paartherapeuten aufzusuchen. Gabriel hatte abgelehnt und behauptet, dass sie keine Probleme hätten. Nachdem sie ein Jahr lang Katz und Maus miteinander gespielt hatten, gaben sie es auf und ließen sich scheiden.

Vielleicht hatte er das ja mit dem Mörder gemeinsam, dachte Gabriel, während er zwei Aspirin zerkaute und sich von dem bitteren, kalkartigen Geschmack trösten ließ. Sowohl er als auch der Mörder hatten keine Verbindung mehr zur realen Welt.

Gabriel blätterte gedankenverloren in einigen Selbsthilfebüchern. Was auch geschah – er war fest entschlossen, seine persönlichen Probleme sauber von seiner Arbeit zu trennen. Er würde den Täter schnappen und sich danach eine wohlverdiente Auszeit gönnen. Vielleicht sogar mit Ming ausgehen. Aber erst dann, wenn er sich nicht mehr wie ein Schatten seiner selbst vorkam.

»Kann ich Ihnen helfen?«, fragte die Zigeunerin hinter dem Tresen.

»Nein, danke.« Gabriel ging zur Tür, wobei er die Windspiele streifte.

Dann bemerkte er etwas im Augenwinkel und blieb stehen. Er betrachtete ein kleines Poster an der Wand, das eine abgeklärte Gestalt darstellte, die auf ostindische Art mit verschränkten Beinen dasaß und die Hände mit den Handflächen nach oben auf die Knie gelegt hatte. Die Gestalt selbst interessierte Gabriel nicht. Die vertikale Reihe von Kreisen, die bestimmte Punkte auf ihrem Körper markierten, jedoch sehr wohl.

Gabriel sah sich das Bild genauer an. Die Überschrift lautete: »Die Chakren«. Ein Kreis befand sich ganz unten, wo sich die Fußknöchel kreuzten, der nächste im Schritt, einer auf Bauchnabelhöhe darüber und so weiter bis hin zur Schädeldecke. Gabriel zählte insgesamt sieben Kreise.

»Entschuldigung«, sprach er die Verkäuferin an. »Was haben diese Kreise zu bedeuten?«

So ruhig und anmutig wie eine Tänzerin schwebte die dunkelhaarige Frau zu Gabriel herüber. Sie hatte leuchtend grüne Augen und duftete durchdringend nach Patschuliöl.

»Das sind die Positionen der sieben Chakren«, erklärte sie ihm.

»Und was sind Chakren?«

»Die Chakren sind wie Ventile, durch die die universelle Lebensenergie in den Körper fließt.«

Na klar. Und bei zu vielen Windspielen kriegt man einen Sprung in der Schüssel.

»Tut mir leid, aber da komme ich nicht ganz mit.«

Sie deutete mit den spitzen schwarzen Fingernägeln auf die Kreise. »Jedes Chakra steht mit einer bestimmten Drüse in Verbindung und wird einem Körperteil zugeordnet. Sie können Ihren materiellen Körper heilen, indem Sie auf Ihre Chakren achten.«

»Okay.« Gabriel betrachtete das Poster. »Sie führen von oben nach unten über den ganzen Körper.«

»Eigentlich von unten nach oben«, sagte sie und besah sich ebenfalls das Bild. »Das unterste Chakra ist das erste Chakra. Es steht für die Erde und die körperliche Identität. Man braucht es, um sich zu erden. Es befindet sich am Ansatz der Wirbelsäule.«

Gabriels Herz schlug schneller. »Bitte fahren Sie fort.«

»Das zweite Chakra steht für Wasser oder die emotionale Identität und ist außerdem mit der sexuellen Identität verbunden. Es ist für die zwischenmenschlichen Beziehungen zuständig.« Sie zwinkerte ihm zu. Gabriel atmete eine Patschulischwade ein.

»Es befindet sich in der Nähe der Geschlechtsorgane im Unterleib«, fuhr die Verkäuferin fort. »Das dritte Chakra steht für Feuer und ist auch als das Machtchakra bekannt. Es befindet sich …«

»Im Solarplexus zwischen Bauchnabel und Brustkorb.«

Die vollen roten Lippen der Zigeunerin weiteten sich zu einem breiten Lächeln. »Stimmt genau. Anscheinend verstehen Sie mehr von den Chakren, als Sie dachten.«

Gabriel grinste. »Man tut, was man kann.« Er schlenderte zu den Selbsthilfebüchern. »Können Sie mir Fachliteratur dazu empfehlen?«

Sie sah ihn mit ihren Smaragdaugen an. »Es ist mir ein Vergnügen«, hauchte sie.

Ganz meinerseits, dachte Gabriel, wobei er jedoch nicht an die einladenden Augen der Verkäuferin dachte. Er hatte das Gefühl, dass er gerade etwas tiefer in das Wahngebäude des Mörders eingedrungen war.

Mit einem Bücherstapel unter dem Arm verließ Gabriel das Geschäft zum zweiten Mal. Er winkte der Zigeunerin, die ihre Visitenkarte in einen der Bände gesteckt hatte, freundlich zu. Wäre sie tatsächlich übersinnlich begabt gewesen, hätte sie sich die Mühe sicher gespart.

Er balancierte die Bücher auf einem Arm und streckte den anderen nach der Autotür aus. Sobald er den Griff packte, fuhr ein heftiger Schmerz in seine Hand. Gabriel zuckte zurück. Die Bücher landeten auf dem Gehweg.

Gabriel hielt sich die schmerzende Hand und starrte seinen verbeulten Celica an. Seine Handfläche brannte, als hätte er sie in die Flamme eines Schneidbrenners gehalten. Er schluckte und drehte die Hand um, erwartete Blasen und gerötete Haut zu sehen, doch sein Fleisch war glatt und unversehrt. Verwirrt betrachtete Gabriel seinen Wagen, dann hob er einen zitternden Finger und berührte den Türgriff. Das Metall war warm, aber nicht heiß.

Vorsichtig öffnete er die Autotür, rechnete mit einem plötzlichen Stoß glühender Luft, der ihm das Gesicht versengen würde. Doch die Temperatur im Innenraum war ganz normal für einen Sommertag.

Er ging in die Hocke und sammelte die Bücher ein. Jetzt war ein ganz schlechter Zeitpunkt, um den Verstand zu verlieren. Wieder dachte er an die kryptische Botschaft des Mörders: »Wir sind eins.«

Nein, dachte Gabriel, als er auf dem Fahrersitz Platz nahm. Sind wir nicht. Und ich verliere auch nicht den Verstand. Noch während er mit diesen Gedanken das Lenkrad umklammerte, spürte er einen unheimlichen Schmerz in der Handfläche.

»Mein Kampf mit der Depression dauerte fünf Kammern lang.«
RAYMOND PETTIBON

8

Unter dem unbestechlichen Auge des Mikroskops betrachtete der Feuerwaffenexperte das Muster aus spiralförmigen Linien auf der Kugel, die Adam Parraco getötet hatte.

Gabriel sah ihm über die Schulter und gähnte. Der zähe Verkehr hatte ihn müde gemacht. Geistesabwesend rieb er sich die Handfläche.

»Ist Ihnen langweilig, Sergeant?«, fragte der Experte, ein dunkelhaariger Mann italienischer Abstammung namens DeSalvo, der vom NYPD hierher versetzt worden war und seinen Brooklyn-Akzent noch nicht abgelegt hatte.

»Langweilig nicht, Sie Stubenhocker. Ich bin nur müde, weil man eine halbe Ewigkeit durch die Gegend fahren muss, bis man hier am Arsch der Welt ist.« Gabriel kannte DeSalvo bereits und mochte ihn.

»Wie dem auch sei«, meinte DeSalvo, sah vom Mikroskop auf und blickte argwöhnisch in Gabriels Gesicht. »Diese Kugel ist ein ziemlich interessanter Fund, mein Freund.«

»Warum das?«

»Sehen Sie selbst.«

Gabriel inspizierte die Kugel. Im Lauf jeder Feuerwaffe befinden sich kleine Erhebungen und Dellen im Metall, die sich von Waffenhersteller zu Waffenhersteller unterscheiden. Sobald die Kugel abgefeuert wird, brennen sich durch Hitze und Reibung die Erhebungen und Dellen in den Metallmantel des Projektils. Solange die Kugel einigermaßen unbeschädigt ist, kann der Ballistikexperte Fabrikat und Modell der Waffe, mit der sie abgefeuert wurde, eindeutig bestimmen. Ming hatte bereits die Aufschlaggeschwindigkeit aufgrund der Wunde, der Flugbahn und der endgültigen Position der Kugel ermittelt. Dann hatte die Ballistikabteilung übernommen.

»Das ist ziemlich kostspielige Munition. Eine 7.62er Nagant-Patrone«, sagte DeSalvo.

»Nagant, sagten Sie?«

»In der Tat. Ich musste allerdings noch mal in einem Munitionshandbuch aus den Vierzigern nachschlagen.«

»Ernsthaft?«

DeSalvo schüttelte gutmütig den Kopf. »Ernsthaft. Diese Kugel stammt aus einem Nagant-Revolver. Ein hübsches kleines Spielzeug – angeblich wurden Zar Nikolaus und seine Familie mit einem solchen Modell ermordet.«

»Also ein russisches Fabrikat«, sagte Gabriel und dachte an das russische Wort für »Seelen«.

»Korrekt«, sagte DeSalvo. »Seit 1895 als Dienstwaffe in Gebrauch der russischen Armee. Bekannt als der M1895 oder auch nur M95. Die Trommel des Nagant fasst sieben Patronen. Der Lauf hat eine Länge von 114 Millimetern. Der Revolver wurde als Modell mit Spannabzug und mit direktem Abzug gefertigt. Hier, ich habe Ihnen ein Bild rauskopiert.«

DeSalvo ging zu einem mit Waffenteilen und Papieren übersäten Tisch hinüber und reichte Gabriel mehrere zusammengeheftete Blätter.

Gabriel schüttelte ungläubig den Kopf. »Er tötet mit so einer altmodischen Waffe? Ich glaube, das hilft uns weiter. Der Revolver ist so ungewöhnlich, dass er bestimmt irgendjemandem mal aufgefallen ist.«

»Die Konstruktion des Nagant ist insofern bemerkenswert, als die Trommel beim Abfeuern zum Laufansatz gedrückt wird, wodurch die Treibgase darin eingeschlossen werden«, erklärte DeSalvo. »So wird das Projektil mit der vollen Wucht der Schießpulverladung aus dem Lauf getrieben, ohne dass Energie durch den Trommelspalt verloren geht. Vor über hundert Jahren war das eine spektakuläre technische Neuerung. Dieses Prinzip kommt auch bei modernen Revolvern zum Einsatz.«

»In Ihrem Handbuch steht, dass die Waffe noch im Zweiten Weltkrieg verwendet wurde.«

»Stimmt. Den Russen standen zwar verschiedene Modelle zur Verfügung, aber die Soldaten gaben diesem Revolver aus zwei Gründen den Vorzug: Zum einen passte er in die Schießscharten eines Panzers, zum anderen war er sehr leicht zu reparieren. Nach 1945 wurde die Produktion eingestellt, aber die Waffe ist immer noch weit verbreitet. Für ungefähr hundert Dollar kann man sie überall kaufen.«

Gabriel betrachtete die Fotos des Revolvers. Der hellbraune Holzgriff war mit einem Rautenmuster überzogen. Er konnte sogar die kleinen Herstellersymbole auf dem Hahn und der Trommel erkennen.

Der Mörder konnte unmöglich am Zweiten Weltkrieg teilgenommen haben – dann hätte es sich schon um einen sehr rüstigen Rentner handeln müssen –, doch er hatte ziemlich sicher einen russischen Veteranen in seiner Bekanntschaft. Dann regte sich etwas in Gabriels Erinnerung, und das Foto vor seinen Augen verschwamm. Er richtete die blauen Augen auf den Linoleumboden und dachte fieberhaft nach. Dieser plötzliche Gedanke war sehr wichtig, doch er bekam ihn nicht noch einmal zu fassen.

Gabriel verspürte ein Übelkeitsgefühl im Magen – dem dritten Chakra –, als er das Bild des russischen Nagant noch einmal betrachtete. Er verließ die Ballistikabteilung und wurde das Gefühl nicht los, eine äußerst bedeutsame Sache vergessen zu haben.

Er kämpfte sich mitten in der Rushhour über den Freeway. Die hoch am Himmel stehende Sommersonne schien unbarmherzig auf seinen Wagen herab. Nervös trommelte er aufs Lenkrad und hoffte, es würde endlich weitergehen. Er hatte Gäste zum Abendessen.

»Na los doch …«, murmelte Gabriel. Schweiß lief ihm übers Gesicht. Er hätte die Klimaanlage schon längst reparieren lassen sollen, doch wie alles andere in seinem Leben war auch dies auf unbestimmte Zeit verschoben. Gabriel behielt stets die Temperaturanzeige des Celica im Auge. Das alte Auto hatte sich bereits mehrmals überhitzt.

Eine glänzende schwarze Corvette, aus der laute Musik dröhnte, schob sich hinter ihn und klebte förmlich an seinem Heck. Gabriel blickte den Sportwagen wütend durch den Rückspiegel an. Der Teenager am Steuer trug eine Sonnenbrille und trank eine Coke. Die Corvette fuhr dicht hinter Gabriel ungeduldige Schlangenlinien.

Gabriel tippte auf die Bremse – ein klares Signal an den Hintermann, mehr Abstand zu halten. Die Corvette machte einen Satz, und Gabriel bemerkte die finstere Miene des Teenagers hinter der dunklen Sonnenbrille.

Hoffentlich hat er seine Cola verschüttet, dachte Gabriel mit Genugtuung.

Auf der Fahrbahn nebenan tat sich eine Lücke auf. Die Corvette glitt hinein. Dann verlangsamte sich der Verkehr noch weiter. Als sie auf gleicher Höhe mit Gabriels Celica war, ließ der Junge das Fenster herunter und hob den Mittelfinger. »Arschloch!«

Die Wut ergriff Gabriel mit eiserner Faust. Er behielt eine Hand am Steuer und zückte mit der anderen seine Dienstmarke.

Inzwischen war der Verkehr völlig zum Stillstand gekommen. Hundert Fahrer saßen wie die Sardinen in ihren Metalldosen, während die Sonne ungehindert über den Himmel tanzte. Eine innere Stimme flehte Gabriel an, es gut sein zu lassen. Dennoch sprang er aus dem stehenden Auto und hielt dem Teenager die Marke vor die Nase.

»Eine kleine Spritztour mit Daddys Karre?«, fragte er und trat zurück. »Aussteigen.«

»Ich hab doch nichts gemacht.«

»Maul halten und aussteigen.« Gabriel riss die Tür der Corvette auf, packte den Jungen am Kragen seines Surfershirts, zog ihn aus dem Wagen und stieß ihn gegen die Autotür. Die Designersonnenbrille fiel herunter und zerbrach auf dem Asphalt.

Die Schaulustigen in den umgebenden Autos beugten sich aus den Fenstern, um die willkommene Abwechslung besser beobachten zu können.

»Möchtest du vielleicht noch mal wiederholen, was du gerade gesagt hast?«, fragte Gabriel, ohne den Kragen des Jungen loszulassen.

Der Teenager sah Gabriel mit ängstlichen rehbraunen Augen an. Er ist höchstens achtzehn, dachte Gabriel. Die Akne spross auf seinem Kinn und seiner Stirn wie Unkraut in einem vernachlässigten Gemüsebeet. Der

Junge hatte eine feuchte Nase. Sein Hemd war mit Cola durchnässt.

Lass ihn in Ruhe. Lass ihn in Ruhe.

»Jetzt nennst du mich nicht mehr Arschloch, oder?« Gabriel hätte dem Jungen am liebsten den Schädel auf der Luxuskarosse seines Vaters eingeschlagen.

Lass ihn in Ruhe. Gabriel spürte, wie der Junge unter seinem Griff zitterte. Er hörte die keifende Stimme der Frau: »Du bist ein böser, böser Mann!«

Gabriel zuckte zusammen, ließ den schlotternden Teenager los und trat zurück.

»Du solltest Fremden gegenüber nicht so unhöflich sein«, sagte er. »Du weißt nie, ob du es nicht mit einem gefährlichen Irren zu tun bekommst.«

Der Junge starrte Gabriel in stummer Furcht an. Gabriel steckte die Marke weg und kehrte zu seinem Auto zurück. Allmählich löste sich der Stau auf. Gabriel ließ den Motor an und fuhr weiter.

Später, als der Reis auf dem Herd kochte, saß Gabriel auf dem Sofa und blätterte durch die New-Age-Bücher, die er gekauft hatte. Er versuchte, sich von dem Vorfall auf dem Freeway abzulenken. *Aber du musst immer wieder daran denken, stimmt's?*

Er erfuhr, dass die sieben Chakren genau mit den sieben Hauptganglien im Nervensystem übereinstimmen. Er las sich die Meditationsanleitungen, die einen garantiert von jedem Übel und Zipperlein befreien würden, für jedes Chakra genau durch. Er informierte sich, wie man Chakrenenergien bei Gruppenritualen freisetzte und wie man »chakrenintensiv« lebte. Trotz seiner nicht unbeträchtlichen Bildung verstand Gabriel nur Bahnhof.

Das ist nichts für mich, dachte er. *Das Spirituelle liegt mir einfach nicht. Ich hätte den Jungen in Ruhe lassen sollen.* Gabriel las weiter, suchte nach etwas, das ihm ins Auge stach.

Beim dritten Buch wurde er fündig.

Er widmete seine Aufmerksamkeit gerade einem Bild, das eine Reihe von Kreisen zeigte, die entlang des menschlichen Körpers verliefen. Doch dieses Mal befanden sich Symbole in diesen Kreisen. Gabriel sprang auf und suchte auf seinem Schreibtisch nach der Zeichnung, die man aufgrund der Zeugenaussage angefertigt hatte. Dann verglich er die Symbole auf der Windschutzscheibe von Ted Brodys Auto mit dem Buch. Man hatte Ted Brody ein Loch zwischen Hodensack und Anus in den Körper geschnitten. Das erste Chakra befand sich am Wirbelsäulenansatz. Das kann kein Zufall sein, dachte Gabriel.

Das Symbol für das erste Chakra stellte einen Kreis mit einem Viereck darin dar. In dem Viereck schwebte wiederum ein Dreieck. Auf der Zeichnung, die nach der Zeugenaussage angefertigt worden war, waren ein »O« mit einem »V« darin sowie mehreren Linien daneben zu erkennen. Dasselbe Symbol, vermutete Gabriel, doch er brauchte Gewissheit. Was, wenn er sich mit solchen Theorien immer weiter in eine Sackgasse manövrierte? Er musste mit jemandem darüber reden. Mit Ming vielleicht oder mit Dash.

Gabriel hörte ein zischendes Geräusch aus der Küche und riss alarmiert die Augen auf. »Ach du Scheiße!« Er hatte völlig vergessen, dass er gerade das Abendessen für Dash und Eve zubereitete.

Er sprang auf und schaltete die Herdplatte aus. Der Reis war übergekocht und hatte sich auf dem Herd verteilt. Er packte den Griff des Topfes, der in seiner Hand zischte. »Aua!« Der Topf fiel laut klappernd auf den Herd zurück.

Gabriel schüttelte die gerötete Hand. Dann hörte er den Kies in der Einfahrt knirschen. Scheinwerferlicht fiel durch das Küchenfenster. Seine Gäste waren eingetroffen. Gabriel beugte sich über den Herd und begutachtete die Bescherung. Am liebsten hätte er den ganzen Tag vergessen und Trost im Schlaf gefunden.

Doch in dieser Nacht war sein Schlaf alles andere als tröstlich. In seinen Träumen wurde er von einem Mann verfolgt. Gabriel konnte ihn zwar nicht sehen, aber mit der schrecklichen Gewissheit, die man gelegentlich im Traum hat, wusste er, dass das einzige Ziel seines Verfolgers Gabriels völlige Vernichtung war. Gabriel stolperte über ein nicht enden wollendes Geröllfeld, aus dem Felsbrocken ragten. Je länger er rannte, desto kraftloser wurde er. Sein Verfolger holte auf. Gabriel spürte, wie er immer langsamer wurde. Jeder Muskel schmerzte vor Erschöpfung. Schließlich legte er sich auf den Boden und wartete auf den Mörder. Ohne zu zögern, stach der Mann wie im Blutrausch mit einem Messer auf Gabriel ein. Dieser hörte, wie sein Fleisch zerriss, sah, wie das hellrote Blut aus seinem Körper floss. Er war wie gelähmt und konnte sich nicht wehren. Er würde sterben.

Gabriel packte die Kante des Nachttischchens und setzte sich auf. Er bekam kaum Luft. Alles drehte sich. Das Schlafzimmer war bis auf die rote Anzeige des Digitalweckers völlig dunkel. Drei Uhr dreißig. Gabriel vergrub den Kopf in den Händen.

Allmählich verlor er die Kontrolle. Die Tatsache, dass er das Abendessen vergessen hatte, war ein weiterer Beweis dafür. Sicher, Dash und Eve hatten darüber gelacht, und schließlich waren sie in ein Café auf dem Pico Boulevard gegangen. Seine Symptome wurden immer schlimmer, und jetzt belastete dieser Albtraum zusätzlich seine Psyche. Gabriel fragte sich, ob er am Rand eines Nervenzusammenbruchs stand. Dies war zwar nicht sein erster Albtraum, doch dafür der bisher blutigste und verstörendste. Langsam sank Gabriel ins Bett zurück. Morgen nach der Arbeit würde er Dr. B aufsuchen.

Die Canyons, die die Santa-Monica-Berge durchziehen, blicken auf eine wechselvolle Geschichte zurück. Vor langer Zeit hatte sich die ganze Bergkette unter Wasser befunden. Noch heute konnte man die Fossilien von Meerestieren in den Felsen finden. Dann war der Meeresspiegel gesunken, Berge waren entstanden und Bäume gewachsen. Die amerikanischen Ureinwohner hatten in den Höhlen Schutz gesucht. Dann waren die spanischen Missionare auf der Suche nach Gold und Bekehrungswilligen gekommen. Sie waren mit ihren Pferden über den Sepulveda Pass geritten, und im Laufe der Zeit war aus einem einfachen Feldweg eine der verkehrsreichsten Schnellstraßen der Welt geworden.

Heute lebte ein ganz anderes Völkchen in den Hügeln. Einige Anwohner hausten in fahruntüchtigen, auf Holzkeilen aufgebockten Wohnmobilen mitten in der Wildnis, und Gabriel verbrachte den Tag damit, sich einen Weg durch Buschwerk und verrostende Autos zu bahnen. Die besser gestellten Anwohner residierten in Anwesen mit spektakulärer Aussicht. Gabriel musste sich an den Gegensprechanlagen anmelden, die an den verriegelten Gusseisengittern angebracht waren. Einige waren höflich, andere hatten Angst; die meisten hatten für Gabriels Dienstmarke nur leise Verachtung übrig.

Nachdem sie die Anwohner befragt hatten, setzten sich Gabriel und Dash in den Malibu Cliffs Park – eigentlich ein kleines, grasbewachsenes Baseballfeld in der Nähe des Ozeans –, um die Ergebnisse zu besprechen. Jenseits des Pacific Coast Highway erstreckten sich die sanften grünen Hügel der Pepperdine University.

»Sollen wir was essen gehen?«, fragte Dash.

»Klar. Aber wir müssen noch auf Ming warten. Sie wollte hier zu uns stoßen.«

Dashs käsige Gesichtsfarbe nahm einen rosigen Ton an. »Ach, echt? Soll ich euch beide alleine lassen?«

»Nein. Du kommst mit.«

»Nein, nein, nein.« Dash wedelte abwehrend mit der Hand. »Ich hab meine Badehose dabei. Ich setze mich ein bisschen an den Strand. Sieht doch einladend aus, oder?« Er deutete mit dem Kinn auf den gewaltigen Ozean.

Gabriel sah seinen Partner an. Dash hatte vor Hautkrebs fast ebenso viel Angst wie vor einem Herzinfarkt. »So ein Schwachsinn.«

»Wirklich!«, rief Dash fröhlich. »Ich will noch etwas Abendsonne tanken.«

Gabriel glaubte ihm kein Wort. Dennoch zuckte er mit den Schultern. »Wie du meinst.«

»Sollen wir uns nach dem Essen treffen?«, schlug Dash vor. »Eve hat ein paar Leute zum Rommé eingeladen.«

Gabriel schaukelte auf der Bank vor und zurück und starrte aufs Meer hinaus. »Geht leider nicht. Ich habe heute Abend einen Termin.«

»Mit wem denn?«

Gabriel hielt kurz inne. »Mit Dr. B.«

Dash tat so, als würde er den Ozean betrachten. »Alles in Ordnung?«

»Alles in bester Ordnung.«

»Schwachsinn.«

Gabriel musste lächeln. Er stand auf. »Viel Spaß beim Sonnenbaden. Ich werde mich mal in der Universität umsehen.«

Die Pepperdine University, eine gut ausgestattete Privathochschule, glänzte auf dem grünen Hügel über dem Pazifik wie ein leuchtendes Juwel. Gabriel schlenderte über den Campus, tief beeindruckt von der Lebhaftigkeit der Jugend. Teenager mit Rucksäcken voller Bücher unterhielten sich angeregt miteinander. Sie hatten das ganze Leben noch vor sich.

Trotz des schönen Wetters waren viele Studenten anwesend. Gabriel sprach mit verschiedenen Tutoren, Fakultätsleitern und Studenten. Dann verließ er den Gebäudetrakt, in dem die Naturwissenschaften untergebracht waren, und ging zur Geschichtsfakultät hinüber. Vielleicht gelang es ihm ja dort, einen Sammler von Waffen aus dem Zweiten Weltkrieg ausfindig zu machen. Die spätnachmittägliche Sonne brannte auf ihn herab. Gabriel beneidete die Kids, die auf ihren Motorrädern an ihm vorbeiflitzten. Vacher hatte augenscheinlich recht: Es würde ein langer, heißer Sommer.

Gabriel machte einen Zwischenstopp in den klimatisierten Hallen der Fakultät für bildende Kunst, um sich etwas abzukühlen. Eine mollige Frau mit Doppelkinn in einer mit bunten geometrischen Mustern bedruckten Bluse sortierte gerade Akten in einen Schrank. Als sie seine Marke sah, lächelte sie und versprach, einen Tutor anzurufen, der ihn herumführen würde. Gabriel – dem von dem mondrianartigen Hemd etwas schwindlig war – nickte und wartete geduldig auf einer Bank. Kurz darauf schlich sich ein junger Mann mit rotem Haar an ihn heran und tippte ihm leicht auf die Schulter.

»Sergeant?«, sagte er mit fast weiblicher Stimme. Der Tutor trug ein weites weißes Hemd, das an einen mittelalterlichen Barden erinnerte. Es flatterte wellenförmig, sobald er eine ruckartige Bewegung machte. Was ständig der Fall zu sein schien. »Ich bin Damien.«

Gabriel stellte sich vor und ratterte seine üblichen Fragen herunter. »Haben sich die Studenten über die Verbrechen unterhalten? Gab es in letzter Zeit gewaltsame Übergriffe oder sonstige außergewöhnliche Vorfälle? Kennen Sie jemanden, der Militaria sammelt, insbesondere Waffen aus dem Zweiten Weltkrieg? Sind an dieser Fakultät russische Studenten oder Studenten, die des Russischen mächtig sind, eingeschrieben?«

Damien nannte ihm den Namen eines russischen Studenten, den Gabriel jedoch schon bald von der Liste der Verdächtigen streichen konnte: Der Junge war erst vor zwei Wochen angereist.

Danach zupfte der Rothaarige leicht an Gabriels Jackettärmel und führte ihn durch die Fakultät. Die erste Station war die Kostümbildnerei. Hier, so teilte ihm Damien mit, war von falschen Wimpern über Perücken und Hexenhüten bis hin zu Kellnerinnenuniformen alles zu finden. Man konnte sich irgendeine Stilepoche aussuchen und entsprechend einkleiden lassen, sei es zu einer Fünfzigerjahre-Plattenparty oder einem höfischen Ritterturnier. Und falls das Richtige doch nicht dabei sein sollte, so versicherte ihm Damien, konnten die Studenten jedes nur erdenkliche Kostüm schneidern. Der Tutor deutete stolz auf eine Reihe unbesetzter Nähmaschinen.

»Im Sommer ist es etwas ruhiger hier. Aber nur etwas«, erklärte Damien. »Viele Studenten nutzen die Sommerferien für die Semesterarbeiten. Auf diese Weise können sie ihren Abschluss nach vier Jahren machen. Obwohl manche der Kids natürlich gern zur Uni gehen.«

»Kann ich mir vorstellen«, sagte Gabriel und sah sich um. »Der Strand ist ja gleich um die Ecke.«

»Genau meine Rede.« Damien nickte zustimmend und huschte den Flur hinunter. Sein Hemd raschelte und flatterte. »Das hier ist die Bühnenbildnerwerkstatt.«

Er führte Gabriel in einen großen Raum, der mit allem ausgestattet war, was man zum Bau professioneller Bühnenbilder brauchte: Kreissägen, Bandsägen, Tischbohrmaschinen, Quersägen, Stahlsägen, Schweißbrenner und stapelweise Bauholz. In einem mit Maschendraht abgetrennten Bereich war eine mit Farbklecksen übersäte Plane ausgebreitet. Hier arbeiteten die Bühnenmaler.

»Jeder Student muss eine Vielzahl von Kursen absolvieren und in jeder Sparte gearbeitet haben, bis er seine ganz persönlichen Vorlieben entdeckt. Es gibt Schauspiel-, Schreib- und Regiekurse. Die Studenten können Musik komponieren oder vortragen. Wir bieten Seminare zum Thema Ton, Bühnenbild, Bühnenbau und Requisite an. Dann können sich die Studenten entscheiden, ob sie als Inspizienten für den reibungslosen Ablauf der Aufführung zuständig sein oder sich lieber als Licht- oder Tontechniker versuchen wollen.«

»Beeindruckend«, sagte Gabriel und fuhr mit der Hand über die ausgeschaltete Kreissäge.

Damien zupfte wieder an seinem Ärmel. »Kommen Sie, ich zeige Ihnen die Requisitenkammer.«

Er öffnete eine Tür. Gabriel ging unter einem von klassischen griechischen Säulen flankierten gotischen Türbogen hindurch und fand sich in einer mythischen, grotesken Welt wieder. Von beiden Seiten starrten Gabriel lange Reihen von Masken an. Missgestaltete Ungeheuer und gefiederte Karnevalsmasken hingen an falschen Ziegelsteinwänden.

Gabriel kam an einem großen Felsbrocken vorbei, an ausgeweideten Fernsehern und falschen Computern. Auf den vielen Regalen lag ein Sammelsurium aus Büchern, Telefonen, Krücken, Gipsbeinen, Schwertern, Schilden und vielen anderen merkwürdigen Attrappen, die samt und sonders dazu dienten, der magischen Illusion auf der Bühne Leben einzuhauchen.

Gabriel berührte eine täuschend echt aussehende Pistole.

Verkauf deinen Scheiß woanders, du Arschloch!

Er kämpfte gegen das Bild des kostümierten Polizisten an, das in seinem Kopf aufstieg, und kehrte der Attrappe den Rücken zu.

»Alles hier ist technisch auf dem neuesten Stand«, verkündete Damien. »Diese Vakuumformmaschine beispielsweise.« Mit einer ausladenden Geste, die Gabriel an einen Gameshowmoderator erinnerte, präsentierte er einen großen, gedrungenen Apparat. »Mit diesem guten Stück kann man Dachziegel oder Felsen herstellen, die weniger als ein Taschenbuch wiegen. Anschließend werden sie noch bemalt, und dann kann man sie nicht mehr von dem echten Objekt unterscheiden. Sehen Sie?«

Er hob den großen Felsbrocken über die Schultern und warf ihn dann Gabriel zu, der sich instinktiv duckte. Der Felsen flog über seinen Kopf hinweg und landete auf dem Linoleumboden. Gabriel hob ihn hoch. Der Brocken war leicht wie ein Gummiball.

»Erstaunlich.«

»Kommen Sie«, sagte Damien und ging in Richtung Tür. »Ich zeige Ihnen noch ein größeres Beispiel.«

Er führte Gabriel in einen ziemlich großen Bühnenraum, der mit allen Vorrichtungen eines Broadwaytheaters ausgestattet war. Das Bühnenbild war düster und dunkel: ein verliesartiges Gemäuer, das mit Knochen, Schädeln und staubigen Weinflaschen vollgestopft war.

»Nicht schlecht, was?«, sagte Damien.

»Ich kann den Schimmel und die Feuchtigkeit förmlich riechen«, sagte Gabriel.

Mehrere Schauspieler in mittelalterlicher Tracht standen auf der Bühne herum.

»Wie heißt das Stück?«, fragte Gabriel.

»›Das Fass Amontillado‹ von Edgar Allan Poe in der Adaption eines unserer Studenten«, antwortete Damien. »Gerade findet die Kostümprobe statt.« Er bedeutete Gabriel, ihm durch den Gang auf die Bühne zu folgen.

Hoch über dem düsteren Bühnenbild verliefen kreuz und quer schmale Stege. Lange Metallseile hingen davon herunter und wiegten sich leicht im Luftzug der Klimaanlage.

»Wofür sind diese Drähte?«, fragte Gabriel und legte den Kopf in den Nacken. Die Stege erschienen ihm unglaublich hoch.

»Damit kann man Gegenstände auf der Bühne zum Fliegen bringen«, erklärte Damien. Dann klatschte er in die Hände. »Kinder! Sergeant McRay möchte euch ein paar Fragen stellen.«

Kinder sind das bestimmt nicht mehr, dachte Gabriel, als er sich der Bühne näherte. Die meisten waren größer als er.

»Bitte entschuldigen Sie die Störung«, begann Gabriel. »Sie haben bestimmt von den Morden gehört, die in der Umgebung begangen wurden. Ich möchte wissen, ob Sie etwas gehört haben oder mir womöglich einen Hinweis geben können.«

»Mir macht das Angst«, sagte eine Unschuld vom Lande in einem feinen Samtkleid mit einer mittelalterlichen Kopfbedeckung.

»Verstehe ich. Deshalb bin ich ja hier.«

Gabriel ermahnte die Studenten, vorsichtig zu fahren, keine Anhalter mitzunehmen und alles Verdächtige sofort der Polizei zu melden. Er spürte das allgemeine Unbehagen der Gruppe. »Wann ist die Premiere?«, fragte er, um die Atmosphäre aufzulockern.

»Nächsten Montag«, sagte die Schauspielerin.

»Ich hoffe, dass ich es einrichten kann«, log er.

»Gehen Sie gern ins Theater, Sergeant?«, fragte ein Mann in einer zweifarbigen Strumpfhose, der eine mit Schellen besetzte Narrenkappe auf dem Kopf trug.

»Prinzipiell ja, auch wenn ich es nur selten schaffe. Ich mag Theaterstücke.« Gabriel sah sich den Hofnarren genauer an. »Und wen stellen Sie dar?«

»Ich bin Fortunato.«

»Ach.« Gabriel zuckte ratlos mit den Schultern. »Ich sollte wohl mal wieder meinen Poe lesen.«

»Er ist derjenige, der Montrésor ständig zum Narren hält.«

Gabriel grinste die anderen an. »Wenn Sie das sagen.«

»Schon irgendwelche Hinweise, Detective?«, fragte der Narr.

»Mehrere«, sagte der etwas überrumpelte Gabriel. Die Schellen klingelten. Gabriel verteilte Visitenkarten unter den Anwesenden. »Bitte erzählen Sie auch Ihren Kommilitonen, dass ich hier war und …«, er lächelte, »Hals- und Beinbruch.«

»Wer ist der Hofnarr?«, fragte Gabriel Damien, während sie sich entfernten.

»Ach, das ist Bill. Er macht ein Aufbaustudium.« Der Tutor brachte sein gerötetes Gesicht näher heran und senkte die Stimme zu einem verschwörerischen Flüstern. »Und einer von denjenigen, denen es an der Uni gefällt, wie ich vorhin schon angedeutet habe. Aber was hat er für ein Talent! Und er sieht gut aus, finden Sie nicht?«

Gabriels Magen knurrte, und ihm fiel seine Essensverabredung wieder ein. Er bedankte sich bei dem Tutor und ging zum Auto zurück. Wie es aussah, waren seine Ermittlungen an der Pepperdine University noch nicht abgeschlossen.

Er hatte sich mit Ming im Froggy's verabredet, einem niedlichen kleinen Restaurant am Topanga Canyon Boulevard, in dem Grillspezialitäten und frischer Fisch serviert wurden. Sie trugen ihre Teller nach draußen und setzten sich an einen gemütlichen Tisch, von dem aus man den Malibu Creek überblicken konnte.

»Also«, sagte Gabriel. »Wie geht's?«

»Ich habe letzte Nacht lange gearbeitet«, sagte Ming, »und bin heute mit dem Morgengrauen aufgestanden. Sofern sich die Mordrate in den nächsten zwölf Stunden nicht dramatisch erhöht, werde ich mir wohl den restlichen Abend freinehmen. Ich gehöre ganz Ihnen.«

Ming sah gut aus. Sie hatte das Haar nachlässig hochgesteckt und trug ein Kleid, das ihre langen, gebräunten Beine betonte.

»Das ...« Gabriel rutschte nervös auf seinem Stuhl herum. »Das Kleid steht Ihnen.«

Ming hob eine Augenbraue.

»Bitte verstehen Sie mich nicht falsch«, rechtfertigte sich Gabriel. »Ich weiß, dass wir zusammen arbeiten, da sollte ich keine Bemerkungen über Ihr Aussehen machen. Bitte verklagen Sie mich nicht, ja?«

Ming kaute auf einem Stück Fisch und beobachtete ihn eingehend. »Wow. Das hätten wir ja jetzt geklärt ... Darf ich mich wenigstens für das Kompliment bedanken?«

Sie sahen sich einen Augenblick lang an, dann nahm Gabriel die Gabel in die Hand. »Greifen Sie zu. Die Barbecuesoße soll angeblich ganz vorzüglich sein.«

Nachdem sie eine Minute lang schweigend gegessen hatten, räusperte Ming sich. »Wussten Sie, dass die Knochen bei einem Brandopfer um zwanzig bis fünfundzwanzig Prozent zusammenschrumpfen?«

Gabriel sah Ming interessiert an.

»Das muss man bedenken, wenn man die Körpergröße eines Brandopfers misst.« Sie verstummte und steckte sich eine Fritte in den Mund. »Reine Knochenmasse verbrennt anders als Knochen, die von Gewebe mit hohem Fettgehalt und anderen Flüssigkeiten umgeben sind. Durch diese unterschiedlichen Reaktionen kann man bestimmen, wie lange eine Person schon tot war, bevor sie verbrannt wurde. Die Opfer in Ihrem Fall zum Beispiel. Sie wurden sofort nach dem Tod angezündet.«

»Ming, hätten Sie etwas dagegen, wenn wir das Thema wechseln?«, fragte Gabriel und deutete auf die Schweinsrippchen auf seinem Teller.

»Oh. Tut mir leid. Keine Gespräche über die Arbeit mehr.«

Gabriel kaute und schluckte unbehaglich. »Erzählen Sie mir von den Männern in Ihrem Leben. Als Ermittler muss ich das wissen.« Er zwinkerte ihr gekünstelt heiter zu.

Ming zuckte mit den Schultern. »Auf den einzigen Männern in meinem Leben krabbeln die Maden.«

Gabriel brach in Gelächter aus. »Sie sind ja irre!« Er nahm einen Schluck Bier und sah sie mit großer Zuneigung an. »Das gefällt mir.«

»Da habe ich ja Glück gehabt«, sagte Ming, nun wieder fröhlich.

Ein Hase sprang aus dem Gebüsch und überquerte den Bach.

»Gabriel?«

»Ja?« Er nahm noch einen Schluck und beobachtete den Hasen.

»Schon gut«, sagte Ming mit traurigen Augen. »Sie sind nicht verpflichtet, mich den ganzen Abend zu bespaßen. Sonst fühlen wir uns beide noch unwohl.«

Gabriel stellte langsam das Glas ab. Er kam sich wie ein Idiot vor. Vergeblich suchte er nach den richtigen Worten.

Ming eilte zu seiner Rettung: »Wie kommen Sie mit dem Studium Ihrer fernöstlichen Weisheiten voran?«

»Sie meinen die Chakren?«, fragte Gabriel, froh über den Themenwechsel.

Ming nickte und nippte an ihrem Weißwein.

Gabriel wischte sich die soßenverschmierten Hände an der Serviette ab. »Ich halte ja nicht viel von diesem Mist, aber …«

»Woher wissen Sie, dass es Mist ist?«

»Sie glauben doch nicht etwa an so etwas, oder?«

»Ich mag zwar Schulmedizin praktizieren, habe mich aber auch mit fernöstlicher Philosophie beschäftigt. Wenn es darum geht, eine Krankheit zu besiegen, ist die westliche Medizin unübertroffen. Leider legen wir Schulmediziner nur wenig Wert auf präventive Behandlungsmethoden. In der fernöstlichen Medizin gehen Heilung und Prävention immer Hand in Hand. Ich für meinen Teil möchte die Macht der Chakren nicht so kategorisch abtun. Und das würde ich Ihnen auch raten. Schließlich glaubt der Mörder daran.«

»Wenn dieser Typ bei seinen Morden dem Verlauf der Chakren folgt …«

»Ist er erst beim dritten Chakra«, vollendete Ming den Satz. »Vier hat er noch vor sich.«

Gabriel sah wieder zum Bach hinunter. Plötzlich durchbrach das Rascheln von Zweigen die Stille. Ein Kojote schoss aus dem Gebüsch. In Sekundenbruchteilen hatte er den Hasen gepackt und rannte mit ihm davon. Gabriel starrte verblüfft auf die Stelle, an der der Hase gerade eben noch gesessen hatte.

Noch vier.

»Die Wahrheit hat keine Stunde.
Ihre Zeit ist immer.«
ALBERT SCHWEITZER

9

»Hören Sie mir überhaupt zu?«

Gabriel saß in dem Sessel, in dem er immer saß. Dr. B leuchtete mit einem kleinen roten Licht in seine Augen.

»Konzentrieren Sie sich. Und entspannen Sie sich, um Himmels willen!«

»Das wird nicht funktionieren«, meinte Gabriel.

»Oh doch.«

»Oh nein.«

»Nicht sprechen. Sehen Sie in das Licht und hören Sie auf meine Stimme.«

Gabriel lehnte sich zurück und lauschte. Er versuchte, sich zu entspannen.

»Tief ein- und ausatmen«, befahl Dr. B. »Dieses Licht ist eine Leuchtboje. Eine Leuchtboje auf einem weiten Ozean. Sie schaukelt im Wasser – auf und ab. Sie treiben in diesem Ozean und sind völlig entspannt.«

Gabriel atmete langsam ein. Er dachte an Ming, doch das frustrierte ihn nur noch mehr. Manchmal wollte er einfach nur seine Finger durch ihr Haar gleiten lassen, mit seinen Händen diesen Vorhang aus schwarzem Samt und mit seinen Lippen ihre weiche Haut berühren. Na ja, dachte er bitter, die Gelegenheit hattest du ja. Er hatte es schlicht und einfach vermasselt. Wieder konzentrierte er sich auf das rote Licht und den Ozean, und schon bald schien ihn die Stimme des Psychiaters tatsächlich einzuschläfern.

»Gabriel.«

Ja?

»Gabriel, sieh mich an.«

Ja?

»Gabriel, sieh mich an, wenn ich mit dir spreche.«

Ja, Ma?

»Leg den Löffel weg und sieh mich an.«

Keine Frühstücksflocken mehr. Okay.

»Gabriel, du hast wieder ins Bett gemacht. Das Laken ist völlig verschissen.«

Irgendjemand kichert. Hört auf zu lachen. Seht mich nicht so an.

»Hör auf, deinen Bruder auszulachen. Gabriel, was ist nur los mit dir? Du machst ins Bett wie ein kleines Baby. Und jetzt das … *das!*«

Bitte wirf nicht mit dem Laken nach mir, Mommy. Ich weiß schon, was ich gemacht habe.

»Das ist zu viel, Gabriel. Ich muss jeden Tag arbeiten! Du bist ein großer Junge. Tu mir das nicht an.«

Tut mir leid. Ich weiß ja, dass du viel zu tun hast.

»Für so was fehlt mir die Zeit. Ich habe das Bett erst gestern frisch bezogen. Verdammt noch mal, Gabriel.«

Tut mir leid, Ma. Wirklich.

»Was hast du gesagt? Red lauter! Ach, vergiss es, ich muss zur Arbeit.«

»Bettscheißer, Bettscheißer! Der kleine Gabey, das Baby …«

Hör auf zu lachen. Noch ein paar Frühstücksflocken. Kleine gelbe Hüpfbälle in gesunder weißer Milch. Kleine gelbe Knusperbälle und kirschrote Knusperbälle, die auf und ab treiben, auf und ab, auf und ab …

»Gabriel.«

Was jetzt?

»Ja.« War das *seine* Stimme?

»Wie geht es Ihnen?«

Er öffnete die Augen, blinzelte und blickte in Dr. Bs Gesicht. Gabriel schluckte und sah sich um.

»Ganz gut. Hat es geklappt?«

»Ja.«

Gabriel lachte. »Unglaublich!«

Dr. B sah Gabriel misstrauisch an. »Wenn es wirklich geklappt hat, dann müssten Sie sich jetzt daran erinnern, worüber wir gesprochen haben. Erinnern Sie sich?«

Gabriel dachte einen Augenblick nach und nickte zögerlich. Wahrscheinlich würde ihn Dr. B nun fragen, weshalb er ins Bett gemacht hatte. Aber Gabriel konnte sich beim besten Willen nicht daran erinnern.

»Waren Sie ein Schlüsselkind?«, wollte Dr. B stattdessen wissen.

Gabriel hatte sein Wohnviertel deutlich vor Augen: die Reihen von pastellfarbenen Häusern, jedes mit eigenem Garten und Einzelgarage. Eine stinknormale Mittelklassegegend. Er erinnerte sich, wie der Nebel vom Ozean aufgestiegen war, Holzverkleidungen und den Lack der Autos ruiniert hatte.

»Eines der ersten«, sagte er.

»Das bezweifle ich«, sagte Dr. B. »Trotzdem war es sicher nicht leicht für Sie. Haben Sie Ihre Mutter vermisst, wenn sie bei der Arbeit war?«

»Natürlich.«

»Nun, ich hatte schon Patienten, die große Erleichterung

verspürten, wenn ihre Eltern aus dem Haus waren. Waren Sie auch erleichtert, wenn Ihre Eltern weg waren?«

Gabriel dachte nach. »Nein«, gab er zu. »Ich hab sie vermisst. Ich wollte meiner Mutter tausend Dinge erzählen, die in der Schule passiert sind. Wenn ich mich geprügelt hatte oder etwas im Werkunterricht gebastelt oder eine gute Note bekommen hatte, solche Sachen. Aber ich musste immer warten. Als würde man Schlange stehen. Ich musste warten, bis meine Mutter nach Hause kam und das Abendessen gemacht hatte. Erst dann konnten wir reden.«

»Waren Sie böse auf sie, weil sie gearbeitet hat?«

»Klar. Ich hätte sie lieber bei mir gehabt.«

Dr. B machte sich Notizen und starrte Gabriel danach nachdenklich an.

»Na ja, später«, fuhr Gabriel fort, »als ich älter wurde, gefiel es mir ganz gut, wenn ich nach Hause kam und niemand da war.«

»Konzentrieren wir uns auf das Alter, in dem Sie Frühstücksflocken gegessen haben.«

Gabriel lachte. »Aus dem Alter bin ich immer noch nicht raus.«

»Okay«, sagte Dr. B. »Dann konzentrieren wir uns auf die Zeit, als Sie sieben Jahre alt waren.«

Gabriels Lachen verstummte. Er sah Dr. B durchdringend an. »Warum gerade sieben Jahre?«

»Diese Periode scheint richtungsweisend für Ihr Leben gewesen zu sein. Als ich dieses Alter erwähnte, reagierten Sie ziemlich aufgebracht.«

Gabriel starrte schweigend auf die gefalteten Finger in seinem Schoß.

»Erzählen Sie mir von Ihrem siebten Lebensjahr.«

Gabriel zuckte mit den Achseln. »Ich war ein ganz gewöhnlicher Junge. Meine Eltern gingen zur Arbeit, und ich musste mich alleine beschäftigen. In unserer Nachbarschaft gab es so gut wie keine Kinder, mit denen ich spielen konnte. Ich habe viel ferngesehen.« Er grinste. »Was einem als Kind ja nichts ausmacht.« Gabriel machte eine Pause. »Ich hatte gute Eltern. Am Wochenende haben sie sich um mich gekümmert. Wir haben Ausflüge gemacht.« Wieder zuckte er mit den Schultern und lächelte Dr. B an.

Der Psychiater erwiderte das Lächeln. »Und Sie waren ein chronischer Bettnässer.«

Gabriels Lächeln erlosch. »Mit Verlaub, Gabriel, aber ich glaube nicht, dass das alles so idyllisch war, wie Sie es mir schildern«, sagte Dr. B.

»Was wollen Sie denn hören?«

»Sagen Sie mir nur, was in Ihrem siebten Lebensjahr geschehen ist.«

»Eigentlich nichts.«

»Nichts?«

Gabriels Blick huschte durch den Raum und landete wieder bei Dr. B. »Nichts Außergewöhnliches.« Er warf einen Blick auf seine billige Seiko-Armbanduhr. »Woah, wie die Zeit vergeht. Ich bin völlig erschöpft. Und Sie sicher auch.« Gabriel sprang förmlich aus dem Sessel. Dann sah er Dr. B an, der eine untypisch frostige Miene aufgesetzt hatte.

»Was?«, fragte Gabriel spitz. Das Ticken der Uhr auf dem Schreibtisch des Psychiaters war deutlich zu hören.

Dr. B schien über etwas Bestimmtes nachzudenken. »Lassen Sie sich das, was heute ans Licht kam, noch mal durch den Kopf gehen. Und jetzt fahren Sie nach Hause und schlafen sich aus, ja?«

Patrick Funston fuhr mit seinem schwarzen Honda Civic von einem Musikclub im San Fernando Valley nach Hause. Er war in Richtung Süden auf der dunklen, gewundenen Malibu Canyon Road zur Pepperdine University unterwegs, wo er gerade seine Sommerkurse absolvierte. Im September begann das zweite Studienjahr, und er hatte schon jetzt alle Hände voll zu tun. Er hätte nicht so lange in dem Club bleiben sollen, aber einer seiner Freunde spielte in der Band, und sie hatten nach dem Konzert noch zusammen getrunken und geredet. Mit etwas Glück schaffte er es rechtzeitig nach Hause, um für den morgigen Test zu büffeln und sich noch ein paar Stunden aufs Ohr zu hauen.

Patrick ging gerade im Geiste einige Gleichungen durch, als er eine schwarze Gestalt mit einem Rucksack bemerkte, die darauf wartete, von einem der wenigen Autos mitgenommen zu werden. Patrick fuhr langsam an ihr vorbei, dann beobachtete er die Gestalt im Rückspiegel.

Schließlich hielt er am Straßenrand an. Die Gestalt näherte sich dem Fahrerfenster des Honda. Im Mondlicht war deutlich zu erkennen, dass sie ein Pepperdine-Sweatshirt trug, und Patricks Bedenken schwanden.

»Soll ich dich mitnehmen?«, fragte er.

»Ja«, sagte der Anhalter. »Bitte.«

Die Gestalt stieg in den Honda und fragte Patrick, wo er hinfuhr.

»Zurück zur Uni. Du nicht?«, wollte Patrick wissen, während er den Gang einlegte.

»Doch, klar«, sagte sein Fahrgast und machte es sich bequem. »Was hast du im Hauptfach?«

»Physik.«

»Sehr gut. Cleveres Bürschchen«, bemerkte der Passagier und grinste Patrick breit an.

Wie die Tentakel eines dünnen roten Tintenfisches kroch das Blut aus der Wunde in der Leistengegend über seine Beine. Es fühlte sich an, als hätte er in die Hose gemacht. Er hatte die Hände schützend vor seinen Schoß gelegt, doch irgendwann musste er wohl oder übel nachsehen, wie schlimm es war. Langsam nahm er die Hände weg und blickte an sich hinab.

Ein schwarzes Loch. Gabriel beugte sich weiter vor. Irgendetwas Dunkles, Feuchtes pulsierte darin. Er betrachtete es noch genauer und fragte sich, ob er es berühren sollte. Die pulsierende Masse schien zu atmen und zu leben. Zu warten.

Plötzlich schoss ein Blutstrahl aus dem Loch und über sein Gesicht, sein Haar und seine Brust. Die Fontäne spritzte direkt in seinen Mund, trieb seine zusammengebissenen Zähne auseinander. Gabriel konnte seinen Kopf nicht bewegen; der Blutstrahl ließ ihn würgen, er schnappte nach Luft, erstickte …

Und wachte keuchend auf. Der Wecker klingelte. Während der schrille Ton in seinem Kopf dröhnte, ließ er den Blick über seinen nackten Körper schweifen.

Keine klaffende Wunde in der Leistengegend. Kein Blut. Kein pulsierendes Ungeheuer an der Stelle seines Penis. Nichts. Gott sei Dank. Nichts.

Nachdem er sich geduscht, rasiert und angezogen hatte – ganz normale Tätigkeiten eines ganz normalen Mannes –, ging Gabriel zum Kleiderschrank, um die Krawatte zu holen, die er am gestrigen Tag getragen hatte. Er konnte sie nirgends finden. Er durchsuchte seine Wohnung, wobei er sich zur Ruhe zwang und an der Hoffnung festhielt, dass dies ein ganz normaler Morgen war. Dann sah er auf die Uhr, entschied sich für eine andere Krawatte und fragte sich, weshalb ihm in letzter Zeit ständig seine Klamotten abhandenkamen.

Er fuhr den Pacific Coast Highway nach Norden. Heute wollte er die Ermittlungen an der Pepperdine University zum Abschluss bringen. Trotz des frühen Morgens herrschten bereits Temperaturen jenseits der fünfundzwanzig Grad.

Er rief Dr. Bs Pager an und wartete mit dem Handy in der Hand auf den Rückruf.

Dabei kam er am Riesenrad und den anderen Attraktionen des Vergnügungsparks am Santa Monica Pier vorbei. Gabriel passierte Gladstones 4 Fish, wo die Gäste mit Blick auf die weiß gekrönten Wellen des Pazifiks speisen konnten.

Dann klingelte das Handy – auf dem Display war »Raymond Berkowitz« zu lesen. Gabriel ging sofort ran. »Gabriel hier. Entschuldigen Sie die Störung, aber ich hatte letzte Nacht einen höllischen Albtraum.«

Gabriel erzählte Dr. B, was in dem Traum geschehen war, dann berichtete er von dem anderen Traum, in dem er von einem messerschwingenden Angreifer verfolgt worden war.

»Träume, in denen man verfolgt oder gejagt wird, deuten für gewöhnlich auf die Unfähigkeit hin, mit den Problemen des Lebens fertig zu werden. Sie sind ein Hinweis auf unsere Unzulänglichkeiten.«

»Und der andere Traum?«

»Das aus der Leistengegend spritzende Blut könnte eine Ejakulation symbolisieren. Klingelt da was bei Ihnen?«

»Eigentlich nicht. Klar, ich habe Schwierigkeiten damit, mich emotional zu binden, aber … nun ja, *damit* hatte ich noch nie Probleme. Können Sie mir nicht einfach ein paar Tabletten verschreiben?«

»Ich kann Ihnen ein Schlafmittel geben, wenn Sie das wünschen, aber die Träume werden erst dann völlig verschwinden, wenn Sie sich der Ursache Ihrer Probleme stellen.«

Gabriel starrte auf das in der Sonne glänzende Wasser. »Ich möchte doch einfach nur glücklich sein.«

»Robert Louis Stevenson hat einmal gesagt: ›Keine Pflicht wird so sehr vernachlässigt wie die Pflicht, glücklich zu sein.‹ Viele Menschen gehen von der irrtümlichen Annahme aus, dass man glücklich geboren wird, aber niemand begreift, dass das Glück harte Arbeit bedeutet. Um es mit den Worten meines großen Vorbilds Alfred Adler auszudrücken: ›Jeder Mensch kann alles.‹ Ich glaube, dass Sie einen Weg zum Glück finden können, wenn Sie es nur wirklich wollen.«

»Gleich zwei schlaue Zitate an einem Tag.«

»Verzeihung«, sagte Dr. B freundlich. »Das ist so eine Angewohnheit von mir.«

»Und nicht die schlechteste. Vielleicht komme ich noch auf dieses Schlafmittel zurück.«

»Sagen Sie einfach Bescheid.«

Gabriel legte auf und rieb sich die Schläfen. Er hatte einen steifen Nacken, und seine Schultern schmerzten. Auf Höhe des alten Getty-Museums mit seiner pseudoantiken Fassade überholte ihn ein großes Feuerwehrauto mit heulenden Sirenen. Gabriel sah ihm hinterher, dann bemerkte er zwei weitere Löschfahrzeuge im Rückspiegel. Er fuhr rechts ran, um sie vorbeizulassen. Sie brausten mit roten Warnleuchten und lautem Sirenengeheul an ihm vorüber. Ein Krankenwagen sowie drei Polizeiautos folgten dem

Löschzug. Sofort bekam Gabriel ein ungutes Gefühl in der Magengegend.

Er trat aufs Gas und beobachtete die Straße vor sich. Sobald er den Topanga Canyon Boulevard hinter sich gelassen hatte, sah er die Rauchsäule in den Hügeln. Seine Befürchtungen schienen sich zu bestätigen.

Er fuhr dem Löschzug hinterher. Zwei schwarzweiße Streifenwagen seines eigenen Departments rasten mit ebenfalls jaulenden Martinshörnern an ihm vorbei.

Das kann alles Mögliche sein, sagte er sich. Das Streichholz eines unaufmerksamen Rauchers. Ein paar Jungs, die mit dem Feuerzeug ihrer Mutter gespielt haben. Warum auch nicht? In der prallen Sommersonne konnte durchaus auch eine Spraydose spontan in Flammen aufgehen.

Alles plausible Erklärungen, doch Gabriel wusste ganz genau, dass der Rauch nicht daher rührte. Als er die Hügel erreichte, sah er das Feuer. Die Santa-Ana-Winde taten das, was sie am besten konnten: die Flammen weiter entfachen.

Zwei Löschhubschrauber stürzten sich in regelmäßigen Abständen aus dem Himmel auf die Feuersbrunst. Gabriel sprach zwei Feuerwehrmänner an, die alle Hände voll zu tun hatten. Sie schrien ihn an, nicht weiter im Weg zu stehen. Er fuhr in die von ihnen gewiesene Richtung und stellte seinen Wagen mitten auf dem verkohlten, noch qualmenden Boden ab. Dann schnappte er sich seinen Notizblock, einen Stift und die Kamera.

Gabriel entdeckte Desmond Gein und packte ihn am Uniformärmel. Der Löschmeister drehte sich zu ihm um. Sein Gesicht war von einer feuerfesten Nomex-Sturmhaube bedeckt, ein Nackenschutz hing ihm über Ohren und Hals. Vor dem Hintergrund aus rotglühender Luft und schwarzen

Rauchwolken sah er wie ein Außerirdischer aus. Der atemlose Gein bedeutete Gabriel, ihm zu folgen, und führte ihn zu Phil Panzram, dem mit Chemikalien, Ruß und Schweiß bedeckten Einsatzleiter.

»Haben Sie das Feuer schon unter Kontrolle?«, rief Gabriel über das Knattern des Hubschraubers hinweg.

»Zu etwa achtzig Prozent! Ein paar Stunden wird es noch dauern«, brüllte Panzram zurück, zog Schleim hoch und spuckte aus. »Vorausgesetzt, dass der Wind nicht stärker wird.«

»Was?«, schrie Gabriel und beugte sich weiter vor.

Panzram schüttelte den Kopf. *Egal.* Er deutete mit dem Finger auf eine Reihe skelettartiger Bäume.

»Da ist der Brandherd!«

Gabriels Blick folgte dem Finger. Durch den dichten Rauch war so gut wie nichts zu erkennen. »Ich muss da rein!«, rief er Panzram zu.

»Da müssen Sie noch warten. Tut mir leid.«

Gabriel schüttelte den Kopf. Es war gut möglich, dass sich der Täter im Qualm verbarg.

»Das ist doch Wahnsinn!«, rief Panzram, der offenbar seine Gedanken gelesen hatte. »Das Feuer ist schon vor Stunden ausgebrochen! Da ist niemand mehr drin!«

Gabriel wollte partout nicht nachgeben. Schließlich fügte sich der Feuerwehrmann.

»Dann gehen Sie«, sagte Panzram mit einer resignierten Geste. »Aber seien Sie vorsichtig. Und fassen Sie nichts an.«

Panzram trottete auf die immer noch lodernden Flammen zu wie ein Mann, der die Hölle betritt.

Gabriel trat in den Rauch. Hustend fragte er sich, ob er nicht doch warten sollte. Dann drehte der unbeständige Santa-Ana-Wind, und der Qualm verflog. Gabriel fand sich inmitten einer trostlosen Wüstenei wieder. Es stank schlimmer als bei einem Grillunfall. Die Luft war stickig und brannte in seinen Augen. Heiße, verkohlte Bäume reckten die Äste in stummem Flehen zum Himmel. Die Blätter waren versengt, der Boden war mit Asche bedeckt.

Gabriels Sohlen knirschten auf dem verbrannten Erdreich. Angesichts dieser Zerstörung konnte er nur den Kopf schütteln. Ein grünender, blühender Hügel hatte sich in ein rauchendes Ödland verwandelt. Was war das nur für ein Mensch, der Freude an einem derartigen Vandalismus hatte?

Phil Panzram hatte Gabriel nur aus einem einzigen Grund erlaubt, eine noch nicht vollständig gesicherte Brandstelle zu betreten. Als der Detective einen kleinen Hügel umrundete, erblickte Gabriel das qualmende Auto, anscheinend ein Honda Civic.

Ganz in der Nähe war ein offenbar unbemanntes Löschfahrzeug geparkt. Gabriel stand mutterseelenallein neben dem kleinen ausgebrannten Auto in der aschgrauen Landschaft. Der Himmel über ihm war mit dicken Rauchwolken erfüllt.

Gabriel tränten die juckenden Augen. Er rief Dash und Ramirez an. Womöglich führte sein Partner ja in der Nähe weitere Befragungen durch. In diesem Fall hatte Dash den Rauch sicher bemerkt und war bereits auf dem Weg hierher.

Gabriel vermeinte, einen Zweig knacken zu hören. Seine blauen Augen schnellten nach links. Qualm stieg aus den kahlen Bäumen auf, schlängelte sich so verführerisch wie die Arme einer tanzenden Haremsdame.

»Phil?«, rief er.

Aus dem Honda stieg ein bitterer, metallischer Geruch auf. Er ging zur Wagenfront und befürchtete, jeden Augenblick einen verkohlten, verkrümmten Leichnam am Steuer sitzen zu sehen. Doch die Fahrgastzelle war leer.

Gabriel näherte sich dem Kofferraum. Eigentlich war es Vorschrift, bei einem Brand den Kofferraum zu öffnen, doch die tapferen Männer und Frauen der Feuerwehr waren noch zu sehr mit dem Löschen der Flammen beschäftigt. Gabriel drückte auf den Verriegelungsknopf und zog sofort die Hand zurück. Das Metall war glühend heiß.

Während er seine Dummheit verfluchte und die schmerzenden Finger an seiner Hose abwischte, zitterte er plötzlich am ganzen Körper. Er erinnerte sich daran, wie er sich an der unheimlichen Hitze seines eigenen Autos verbrannt hatte.

Reiß dich zusammen, dachte er. Indem er seinen Jackenzipfel als Handschutz benutzte, gelang es ihm, den Knopf zu drücken. Der Kofferraumdeckel sprang auf.

Sofort stieg ihm der Gestank verbrannten Fleisches in die Nase. Gabriel hielt sich mit dem Ärmel den Mund zu und spähte hinein. Eine männliche Leiche lag im Kofferraum. Die Karosserie hatte den Körper im Gegensatz zum umgebenden Buschwerk wenigstens etwas vor dem Feuer geschützt. Die toten Augen starrten den Detective durch siedendes Blut hindurch an. Der Körper war gerötet und vor Hitze aufgedunsen, aber nicht versengt. Gabriel würgte. Wo sich das Herz des Toten hätte befinden sollen, klaffte nur ein großes Loch. Das Organ selbst lag auf dem Bauch des Leichnams. Unter dem Herz war ein Plastikbeutel zu erkennen.

Gabriel kämpfte gegen den Brechreiz an, zog ein Paar Latexhandschuhe aus der Tasche und streifte sie über. Eine Polizeisirene erklang in der Ferne und kam näher. Gabriel machte mehrere Fotos mit seiner Kamera. Dann hob er den Leichnam vorsichtig an, um in den Hosentaschen nach einem Ausweis oder Ähnlichem zu suchen. Nichts.

Gabriel betrachtete die Leiche und das breiige, glitschige Herz. Als er sich an den Alptraum der letzten Nacht erinnerte, schlotterten ihm die Knie.

Ich sollte auf die Spurensicherung warten. Das wäre die korrekte Vorgehensweise.

Letztendlich gewann die Neugier die Oberhand. Vorsichtig zog Gabriel den Gefrierbeutel heraus, legte ihn auf die Eingeweide und fotografierte ihn. Dann wischte er mit einem Taschentuch das Blut davon ab.

Auf dem Zettel, der sich darin befand, war klar und deutlich sein Name zu lesen.

Wie hypnotisiert starrte Gabriel den Plastikbeutel an. Schließlich warf er einen Blick über die Schulter. Es war niemand in der Nähe. Die Hubschrauber zogen sich zurück. Der Santa-Ana-Wind zerzauste sein dunkles Haar. Aufgrund des ätzenden Qualms lief ihm die Nase.

Schnell öffnete Gabriel den Beutel und zog das Blatt heraus. Er faltete es auseinander und las: »Du kannst dich sehr gut verstellen. Fass dir ein Herz. Ich weiß, wer du wirklich bist.«

Gabriel schloss die Augen. Ihm war schwindlig von der Hitze und dem Gestank. *Du kannst dich sehr gut verstellen. Fass dir ein Herz. Ich weiß, wer du wirklich bist.*

Er öffnete die Augen wieder und starrte in diejenigen des toten Mannes.

»Was hast du herausgefunden?«

Gabriel zuckte zusammen, als Dash hinter ihn trat.

»Musst du mich so erschrecken?«, knurrte Gabriel.

»Was ist denn mit dir los?«

»Was schleichst du überhaupt hier rum?« Gabriel ließ die Hand sinken, um den Zettel zu verbergen.

»Na ja, hier handelt es sich offensichtlich um einen Tatort, und den wollte ich nicht kontaminieren. Deshalb hab ich da oben geparkt.« Dash deutete auf die Rauchwolken hinter ihm. »Ich hab nach Reifenspuren gesucht. Ich wollte dich nicht erschrecken, Mann.«

»Hier ist alles verkohlt. Da gibt's keine Spuren.« Mit finsterer Miene betrachtete Gabriel die rauchende Umgebung.

»Immer mit der Ruhe, Partner. Den Mörder zu schnappen hat höchste Priorität, also will ich nichts übersehen.« Dash sah ihn misstrauisch an. »Was ist denn?«

Gabriel wischte sich nervös über die Nase und die Stirn; dann trat er beiseite. »Sieh's dir selbst an.«

Beim Anblick des Leichnams verzog Dash das Gesicht. »Oh Gott.«

»Mit dem hier sind es insgesamt fünf.«

»Diesmal hat er eine richtige Sauerei veranstaltet, oder?« Dash schnitt eine Grimasse. »Scheiße, ist das sein Herz?«

»Und das ist noch nicht alles.«

Dash sah seinen Partner neugierig an.

»Hier.« Gabriel hielt Dash den Zettel hin. Das Papier raschelte und flatterte im stetigen warmen Wind.

»Die Wahrheit ist häufig eine entsetzliche Waffe der Aggression. Mit der Wahrheit kann man lügen und sogar morden.«
ALFRED ADLER

10

Lieutenant Ramirez betrachtete das Papier über die Schulter des Fingerabdruckexperten hinweg. »Irgendwelche Abdrücke? Irgendwas?«, fragte er neugierig.

»Der Verdächtige hat ganz gewöhnliches Kopierpapier sowie einen Laserdrucker benutzt. Die Schriftart ist uns bei diesem Täter bereits untergekommen: Arial.«

»Und weiter?«

»Nur Geduld, Lieutenant, Geduld. Papier ist der ideale Untergrund für Fingerabdrücke. Sofern es welche gibt.«

Der Fachmann besprühte das Papier mit einer Nihydrinlösung, die einen starken, unangenehmen Geruch absonderte. Wenn sich tatsächlich Fingerabdrücke darauf befanden, würde das Nihydrin mit den Aminosäuren in den Schweißrückständen reagieren, sodass die Abdrücke rosa bis purpurfarben hervortraten.

»Jetzt heißt es warten.«

»Ah.« Ramirez wandte sich mit einem jammernden Seufzen ab.

»Morgen wissen wir mehr«, sagte der Experte.

»Wenn der Täter keine Handschuhe getragen hat«, gab Ramirez zu bedenken. »Gab es Abdrücke auf der Leiche?«

»Nein. Dafür hat das Opfer zu stark geblutet, von der Hitze ganz zu schweigen.«

Ramirez nickte mit finsterer Miene.

Der Fingerabdruckexperte ging zum Waschbecken, um die Chemikalie von seinen Händen zu waschen. Es war vergebene Liebesmüh: Seine Hände waren bereits mit hartnäckigen Flecken überzogen. »Ich habe die Handgelenke und Handflächen mit Silbernitratplatten untersucht. Leider ergebnislos.«

»Melden Sie sich, sobald Sie etwas herausfinden.«

»Geht klar.«

Ramirez verabschiedete sich knapp und verließ das Labor. Dann ging er durch den Flur und stellte sich vor den Eingang des Hauptquartiers im Monterey Park.

Er war froh, dem Gestank der Chemikalien entkommen zu sein, atmete tief durch und blinzelte ins Sonnenlicht. Da bemerkte er Dash auf dem Parkplatz. Er stieg gerade aus seinem Wagen.

»Señor Salzlos«, rief Ramirez aufgeregt und ging zu ihm hinüber.

»Sie wollten mich sprechen, Sir?«

»Ja, allerdings. Und zwar unter vier Augen.« Ramirez führte Dash zur nächsten Kreuzung auf dem Boulevard. »Ich kenne da ein gutes kleines Chinarestaurant. Wussten Sie, dass Monterey Park das neue Chinatown ist? Wirklich. Hier gibt es fantastische Restaurants.«

»Ich weiß nicht, ob ich Zeit zum Mittagessen habe, Sir. Gabriel und ich haben uns in Malibu wirklich den Arsch aufgerissen. Ich glaube, mittlerweile habe ich mit jedem Russen zwischen hier und …«

»Ich weiß, ich weiß. Deshalb will ich ja auch, dass Sie mich auf den neuesten Stand bringen. Hier sind wir.« Ramirez deutete mit dem Kinn auf ein kleines, zwischen zwei Geschäfte gezwängtes Restaurant. Schweine und Enten hingen im Fenster.

»Hunger?«, fragte Ramirez.

»Also, ich …«

»Mögen Sie Ente?«

»Na ja, eigentlich …«

Ramirez klopfte ihm auf die Schulter und schob ihn in das Restaurant. *»¡Venga!«*

Sie nahmen Platz. Ein Kellner in fleckiger Schürze kam auf sie zu. Dash zückte die Mrs.-Dash-Würzmischung und sah den Kellner gleichmütig an.

»Kochen Sie mit Mononatriumglutamat oder …?«

»Scheiß drauf«, unterbrach ihn Ramirez. »Einmal Kabeljau mit Knoblauch, gebratene Nudeln mit Schweinefleisch, gebratenen Reis mit viel Ei und zwei Cola. Für mich Cola Light.« Er grinste Dash zu. »Das müssen Sie probieren.«

Verschämt steckte Dash die Würzmischung in die Jackentasche zurück. »Vielleicht sollten Sie lieber mit Gabriel reden. Er ist eigentlich der Leiter dieser Ermitt …«

»Frühlingsrollen!«, rief Ramirez und sprang auf. »Ich Trottel hab die Frühlingsrollen vergessen. Äh, einmal Frühlingsrollen, bitte!« Er setzte sich wieder. »Apropos Sergeant McRay: Wie hat er diese letzte Botschaft aufgenommen?«

»Das hat ihn natürlich erschüttert, Sir. Dieser Kerl hat es ganz offensichtlich auf ihn abgesehen.«

Ramirez nickte und kniff konzentriert die Brauen zusammen. »Ja, das ist wirklich ein durchgeknallter Typ.« Er sah Dash in die Augen. »Ich meine natürlich den Mörder.«

Dash starrte seinen Lieutenant einen Augenblick lang verblüfft an, dann blickte er peinlich berührt auf seine Serviette herab. »Lieutenant, ich glaube, dass das nur ein merkwürdiger Zufall ist. Wie gesagt, der Täter hat Gabriels Namen aus der Zeitung und sich auf ihn eingeschossen.«

»Aber sind Sie nicht auch der Meinung, dass Sergeant McRay gewisse Schwierigkeiten hat, sein Temperament zu zügeln?«

»Ja, er fährt schneller aus der Haut als viele andere, aber jeder von uns hat doch seine Probleme, nicht wahr?«

»Wem sagen Sie das.«

Der Kellner stellte die Getränke vor ihnen ab. Dash rutschte unbehaglich herum. »Sir, ich glaube, Sie haben sich da in etwas verrannt.«

»Das lassen Sie mal meine Sorge sein«, ermahnte ihn Ramirez und steckte einen Strohhalm in seine Cola. »Bleiben wir bei McRays Problemen.«

»Gabriel McRay ist ein guter, anständiger Mann und ein erstklassiger Ermittler. Eine solche Behandlung hat er nicht verdient.«

»Aber irgendetwas stimmt doch mit ihm nicht, oder? Sie denken genauso. Das sehe ich Ihnen an. Also raus mit der Sprache.«

Dash schüttelte den Kopf und griff nach seiner Cola. »Es … es ist nichts. Wahrscheinlich sollte ich das für mich behalten. Nein, das ist lächerlich.«

»Was denn?«

»Gabriel hat mir gegenüber erwähnt, dass er in San Francisco gelebt hat, aber ich weiß weder wann noch …«

Ramirez lehnte sich überrascht zurück. »Wo der Welby-Mord passiert ist? Starkweather, davon stand nichts in Ihrem Bericht!«

»Es hat auch nichts mit dem Fall zu tun, Sir.«

»Wenn der gottverdammte Täter eine Botschaft mit dem Inhalt ›Wir sind eins‹ an einen unserer Ermittler adressiert und dieser Ermittler zufälligerweise aus der Stadt stammt, in der ein ähnliches Verbrechen verübt wurde, dann haben Sie das in Ihren verfluchten Bericht zu schreiben, Sergeant!«

»Nun, ich hielt das nicht für wichtig. Ist ja auch keine große Sache. Ich war schon Hunderte Male in San Francisco. Das bedeutet noch lange nicht, dass ich dort einen Mord begangen habe.«

»Nein, das bedeutet nicht, dass Sie dort einen Mord begangen haben«, äffte Ramirez ihn nach.

Der Kellner balancierte dampfende Teller zu ihrem Tisch hinüber, stellte sie darauf ab und reichte den beiden Beamten ihre Essstäbchen.

Ramirez schaufelte sich Reis auf den Teller. »Sie werden Ihren Partner stets im Auge behalten. Das ist ein Befehl. Ich will wissen, mit wem er sich trifft, was er tut und warum.«

»Aber ich bin sein Freund. Er vertraut mir.«

»Perfekt.«

»Das gefällt mir nicht. Ganz und gar nicht. Warum haben Sie es auf ihn abgesehen?«

»Warum?«, wiederholte Ramirez mit einem Hauch Sarkasmus. »Neben anderen Problemen wie beispielsweise dieser ›Wir sind eins‹-Nachricht oder der Tatsache, dass er psychische Probleme hat, nicht zuletzt wegen einer Frage, die Sie selbst gestellt haben, Señor Salzlos: Wie gelangt er in die Autos seiner Opfer?« Ramirez stellte den Reis beiseite und beugte sich zu Dash vor. »Mir fällt nur eine Person ein, der die Menschen so weit vertrauen würden oder die jemanden zum Anhalten zwingen könnte – und das ist ein Polizist mit einer Dienstmarke.«

Darauf wusste der verblüffte Dash nichts zu erwidern.

»Der Tote wurde als Patrick Funston identifiziert. Er war Student an der Pepperdine«, sagte Ming kopfschüttelnd, während sie die Leiche auf dem Stahltisch betrachtete. »Er war noch so jung.«

Gabriel nickte mitfühlend. Ming trug wieder ihre grüne Krankenhauskluft und Latexhandschuhe. Die untere Gesichtshälfte war von einem Mundschutz verborgen, das Haar steckte unter einer Haube. Dash stand neben Gabriel über der Leiche eines durchtrainierten jungen Mannes mit einem großen Loch in der Brust. Ein Kreuzmuster aus rotbraunen Linien überzog den Körper.

Beim Anblick der kräftigen Oberschenkelmuskeln fragte sich Gabriel erneut, wie der Mörder seine Opfer so leicht überraschen konnte. Wie gelangte er in ihre Autos, wie brachte er sie dazu, in die Wildnis zu fahren? Die Highway Patrol und das Sheriff's Department hatten die Sicherheitsvorkehrungen in den Canyons verstärkt und die Autofahrer davor gewarnt, Anhalter mitzunehmen. Bis jetzt hatten Gabriel und sein Partner keine Verbindung zwischen den Opfern herstellen können.

Waren sie womöglich in derselben Kneipe oder im selben Geschäft gewesen? Gab es jemanden, den sie alle kannten und dem sie vertrauten? Einen Kollegen, einen Kunden oder Gast, einen Freund – irgendjemanden, den sie alle ohne zu zögern mitnehmen würden? Wären die Opfer ausnahmslos Surfer gewesen, könnte er die Strände abklappern. Wären sie alle in der Filmbranche gewesen, hätte er sich auf die Enklaven der Superreichen in Malibu konzentriert. Doch der Mörder schlug scheinbar wahllos zu und schien sich auch nicht an einen bestimmten Zeitplan zu halten. Er war wie ein Geist.

Aber er ist kein Geist, ermahnte sich Gabriel. *Er ist aus*

Fleisch und Blut, und er hat es auf mich abgesehen. Es ist etwas Persönliches. Aber warum? Wenn er Aufmerksamkeit will, weshalb schreibt er mir und nicht gleich den Zeitungen?

Sein Name in Verbindung mit der Aufforderung, »sich ein Herz zu fassen«, drohte Gabriels bereits zerrüttetem Nervenkostüm den Todesstoß zu versetzen. Er zwang sich dazu, sich auf Mings Worte zu konzentrieren und den Drang zu bekämpfen, aus dem Raum zu rennen, ein Loch in den Boden zu schaufeln und wie ein Vogel Strauß den Kopf hineinzustecken.

»Da der Leichnam nicht so stark verbrannt ist«, fuhr Ming fort, »konnte ich mir die Wunden genauer ansehen. Hier.« Ming deutete auf eine dunkle, etwa zweieinhalb Zentimeter lange Linie auf der grauen wachsartigen Haut. »Er hat das Herz buchstäblich aus dem Körper gegraben. Was bei der vielen Knochenmasse dazwischen gar nicht so leicht ist. Das Organ wurde sehr unsauber entnommen, daher vermute ich, dass der Mörder weder Chirurg ist noch anatomische Kenntnisse besitzt. Er hat hier und hier heftig zugestochen, das Messer bis zum Schaft hineingerammt. Diese beiden Wunden reichten aus, um das Opfer zu töten.«

»Sieht aus, als hätte er auch hier keine Zeit verlieren wollen«, sagte Dash.

»Das meine ich auch«, pflichtete Ming ihm bei. »Aber sehen Sie sich diese Wunden hier an. Können Sie den kleinen Fleck auf der linken Seite der Wunde erkennen, der fast parallel dazu verläuft?«

Die beiden Detectives traten näher.

»Hier. Das ist ein winziger Bluterguss.«

»Ja«, sagte Dash.

»Ich sehe ihn«, bestätigte Gabriel.

»Der andere Stich …«, wieder deutete sie mit dem behandschuhten Finger darauf, »war nicht so heftig ausgeführt, aber auch hier ist ein Bluterguss. Sehen Sie?«

Gabriel bemerkte einen winzigen Kratzer links von der Wunde.

»Ich habe die Entfernung von der linken Klingenseite bis zu den Blutergüssen nachgemessen. Die Details finden Sie in meinem Bericht.« Ming hob die linke Hand des Toten und zeigte ihnen die gezackten, parallel zueinander verlaufenden Schnittwunden, die sich vom kleinen Finger bis zum Handgelenk über die Handfläche zogen. »Das sind Abwehrverletzungen. Der junge Mann wurde nicht überrumpelt. Er konnte noch kämpfen. Und jetzt sehen Sie sich seine rechte Handfläche an.« Behutsam hob Ming die rechte Hand. »Er war Rechtshänder, das lässt sich am Abnutzungsgrad der Fingernägel erkennen. Sehen Sie die Wunden auf dieser Hand?«

Die Detectives bemerkten Schnitte auf der Unterseite des Mittel- und Zeigefingers sowie des Daumens.

»Diese möchte ich mal als ›Offensivwunden‹ bezeichnen, wenn Sie mir den Ausdruck gestatten. Sie zeigen deutlich, dass es Patrick gelungen ist, das Messer einmal zu packen und daran zu ziehen. Sehen Sie diesen kleinen Schnitt hier? Bedauerlicherweise hat er das Seilziehen verloren.«

Dash schüttelte den Kopf. »Wie schon vermutet: Der Täter ist fit. Und kräftig.«

Gabriel entging nicht, dass ihn Dash merkwürdig anblickte. Er hob die Augenbrauen in einem stummen »*Was?*«, doch Dash sah woandershin.

»Hat das Labor irgendetwas herausgefunden?«, fragte er Ming. »Waren Haare oder Fasern auf der Kleidung?«

Ming zog die Maske herunter. Einmal mehr konnte Gabriel ihre hohen Wangenknochen und die schönen braunen Augen bewundern. »Wir haben die DNA des Täters.«

»Großartig«, sagte Gabriel. »Was haben Sie gefunden? Blut?«

»Nein«, antwortete Ming. »Wir haben eine Samenspur auf dem Hosenbein des Opfers entdeckt. Es gibt keinen Hinweis auf eine Vergewaltigung. Wieder einmal war die Leiche völlig bekleidet.«

»Was, glauben Sie also, ist passiert?«, fragte Dash unschuldig.

»Ich glaube, dass er masturbiert, Dash«, sagte Ming leicht amüsiert. »Wie dem auch sei – Anthony Hamilton aus dem Labor ist an der Sache dran. Hoffen wir, dass die Probe nicht zu sehr unter der Hitze gelitten hat.«

Gabriel nickte. Irgendjemand sollte mal eine Datenbank mit der DNA jedes Neugeborenen anlegen, dachte er. Dann müsste der Ermittler nur noch den Computer konsultieren, um den Täter zu überführen – vorausgesetzt, er verfügte über eine DNA-Probe.

»Hat er diesmal wieder Gegenstände oder Trophäen mitgenommen?«, fragte Gabriel.

»Ich hab da was Interessantes gefunden.« Ming nahm eine abgerissene Goldkette aus einer kleinen Edelstahlschüssel. Die Halskette war bereits auf Fingerabdrücke und Fasern hin untersucht worden. Ming reichte sie Dash, der sie begutachtete und dann an Gabriel weitergab.

»Womöglich hing ein Anhänger daran«, sagte Ming. »Dem kaputten Kettenglied nach zu urteilen wurde sie dem Opfer wahrscheinlich vom Hals gerissen.«

Gabriel ließ die goldenen Kettenglieder durch die Finger gleiten. Mit einem Mal schien das Kettchen Tonnen zu wiegen, und er musste sich beherrschen, um es nicht gegen die Wand zu schleudern. Der Kopfschmerz kündigte sich mit einem pulsierenden Dröhnen wie von Schlägen auf eine Blechtonne an; das Hämmern wurde lauter und lauter.

»Wir haben die Überreste seiner Brieftasche gefunden«, sagte Dash. »Bedauerlicherweise lag sie auf dem Vordersitz des Wagens und ist zu einem Brikett verkohlt.«

»War sonst noch etwas im Auto?«, fragte Ming.

Dash schüttelte den Kopf. »Eine Sonnenbrille und mehrere andere persönliche Besitztümer des Opfers. Alles hoffnungslos verkohlt.«

Das Dröhnen in seinem Kopf brachte Gabriel ins Schwitzen. Er sah zum Stahltisch hinüber. Der junge Mann richtete sich plötzlich auf. Das rostbraune Loch klaffte im weißen Fleisch. Patrick suchte mit seinen milchigen blauen Augen nach Gabriel. Als er ihn entdeckte, öffnete der Leichnam den vertrockneten Mund und krächzte mit verdorrter Zunge: *Fass dir ein Herz. Ich weiß, wer du wirklich bist.*

Aus weiter Entfernung hörte er Ming fragen, ob alles in Ordnung sei. Gabriel starrte wie erstarrt in die anklagenden Augen des Toten. Dann hörte er eine Frauenstimme: »Du bist ein böser, böser Mann! Wie kannst du einem Kind nur so etwas antun?«

Nur unter Aufbietung aller Willenskraft konnte Gabriel den Blick auf das Goldkettchen richten, das zusammengerollt wie eine angriffslustige Viper in seiner Hand lag. Hinter dem Hämmern in seinem Kopf hörte Gabriel das Knattern eines Automotors.

»Gabe?«, fragte Dash. »Was ist?«

Gabriel starrte wie in Trance auf die Halskette.

»Was ist denn?« Dash legte eine Hand auf die Schulter seines Partners.

Ming kam zu ihm herüber. »Gabriel?«

Die Kopfschmerzen wurden unerträglich. Gabriels Hände wurden taub. Das Kettchen fiel auf den Boden. Gabriel streckte die Hand aus, um sich auf dem Stahlwaschbecken abzustützen. Der Gestank nach Formaldehyd und Verwesung umgab ihn wie ein verfaulender Kokon, und dann fiel er, sah die Bodenfliesen näher und näher kommen, bis sie schließlich auf seinen Schädel trafen.

Alles wurde dunkel.

Man würde ihn aufschneiden und ihm eine Bombe in die Brust pflanzen. Wenn er dieses Geheimnis verriet, würde die Bombe explodieren und seine Eingeweide in eine Million kleine Fetzen reißen.

Gabriel setzte sich ruckartig auf und bemerkte schockiert, dass ihn vier Augenpaare anstarrten. Sie gehörten Ming, Dr. B, Dash und Lieutenant Ramirez. Er sah sich um. Weiße Wände. Ein Bett. Ein Krankenzimmer. War er angeschossen worden, oder was?

»Hallo, Gabe«, sagte Dr. B.

»Weshalb bin ich hier? Was ist passiert?«

»Du bist ohnmächtig geworden«, antwortete Dash.

»Scheiße.« Gabriel führte eine Hand zur Stirn. In seinem Arm steckte eine Infusionsnadel. »Was ist das?«

»Ein schwaches gerinnungshemmendes Mittel«, sagte Ming und nahm neben dem Bett Platz. »Wir hatten zunächst einen Schlaganfall vermutet.«

Gabriel sah Ramirez an. Zur Abwechslung schwieg der Lieutenant. Er saß nur auf seinem Stuhl und starrte ihn an.

»Wie geht es Ihnen?«, fragte Ming mit aufrichtiger Besorgnis.

»Ganz gut, schätze ich«, sagte Gabriel.

Ming räusperte sich. »Ich hoffe, Sie haben nichts dagegen, dass ich Sie untersucht habe. Während Ihrer Bewusstlosigkeit habe ich ein EEG gemacht. Ich … wir waren sehr besorgt«, fügte sie rasch hinzu.

Gabriel sah sich wieder um. »Wie lange war ich denn … bewusstlos?«

»Vier Stunden«, sagte Dr. B.

»Vier …«, stammelte Gabriel. »Vier Stunden?«

»Ihre Körperfunktionen sind völlig normal«, sagte Dr. B. »Ich vermute eine dissoziative Fugue.«

»Was?«, fragte Ramirez Dr. B, ohne Gabriel aus den Augen zu lassen. Der starrte empört zurück. Der argwöhnische Tonfall des Lieutenants gefiel ihm überhaupt nicht. »Und weshalb verfällt jemand in so einen … Zustand, Doc?«

Dr. B sah Ramirez stirnrunzelnd an. »Darüber werde ich mich mit Detective McRay … später unterhalten.«

»Das können Sie auch gleich machen«, sagte Ramirez und stand auf. »Nur keine Sorge, ich muss wieder an die Arbeit. Ein Mörder will gefasst werden.« Ramirez warf Gabriel noch einen letzten vernichtenden Blick zu. »Kommen Sie mit?«, fragte er Dash.

Dash nickte, lächelte Gabriel kurz zu, verließ nach Ramirez den Raum und schloss die Tür hinter sich.

Gabriel machte Anstalten, sich zu erheben. »Ich muss hier raus.«

Ming legte eine Hand auf seine Schulter. »Noch nicht.« Sie drehte sich zu Dr. B um, der seinen Stuhl näher an Gabriel heranrückte.

»Der Lieutenant hält es für das Beste, wenn Sie sich ein paar Tage freinehmen«, sagte Dr. B mit besänftigender Stimme.

»Kommt nicht infrage«, widersprach Gabriel. »Mir geht's prima.«

Ming sah unbehaglich zu Boden, wofür sich Gabriel insgeheim tadelte.

»Tut mir leid«, sagte er leise. »Ich mache Ihnen nur Ärger.«

»Sie machen uns gar keinen Ärger«, sagte Ming. »Sie haben uns Angst gemacht, mehr nicht.«

»Das ist Ihnen früher schon mal passiert, stimmt's?«, fragte Dr. B. »Nicht nur die Erinnerungslücken, sondern auch die Fugue-Zustände.«

Gabriel nickte.

»Wie oft?«

Gabriel fing an zu zählen, dann gab er seufzend auf. »Keine Ahnung. Ziemlich oft. Was ist eine dissoziative Fugue?«

»Im Prinzip eine psychologische Störung. Für gewöhnlich erinnert man sich beim Aufwachen nicht mehr daran, was man während der Fugue getan hat«, sagte Dr. B. »In einem Großteil der Fälle stellt eine dissoziative Fugue das Symptom einer posttraumatischen Belastungsstörung dar.«

»Jetzt fangen Sie wieder damit an«, stellte Gabriel müde fest.

»Ja, jetzt fange ich wieder damit an.«

Ming stand auf. »Ich muss zurück ins Büro.« Sie lächelte Gabriel sanft an. »Ich sehe später nach Ihnen.«

Gabriel nickte. »Danke.«

Die beiden Männer sahen ihr hinterher.

»Wie schlimm ist es? Bin ich schwer krank?«

»Ich weiß nicht, ob Sie überhaupt krank sind«, sagte Dr. B. »Aber ich glaube, dass Sie etwas verbergen, das Ihnen großes Leid bereitet. Und dieses Leid ist für alle möglichen Probleme verantwortlich. Wollen Sie mir jetzt vielleicht Genaueres erzählen?«

Gabriel schüttelte den Kopf und dachte eine Weile nach. »Als ich noch auf Streife ging, musste ich jeden Tag den Kopf hinhalten. Zwölfjährige haben von ihren Wohnungsfenstern aus auf mich geschossen. Ich musste häusliche Streitigkeiten schlichten, Kindern die Hand halten, deren Eltern ins Gefängnis gebracht wurden. Ich hatte mit mehr drogenabhängigen Idioten zu tun, als man sich vorstellen kann, aber so etwas ist mir noch nicht untergekommen. Glauben Sie, dass der Typ, den ich erschossen habe, für diese Fugue-Zustände verantwortlich ist?«

»Der ›Polizist‹ mit der Spielzeugpistole?« Dr. B schüttelte den Kopf. »Natürlich fühlen Sie sich deshalb schuldig, und Schuldgefühle können sehr quälend sein. Aber ihre Symptome sind ein eindeutiger Hinweis auf eine verdrängte Erinnerung. Und an den Tod dieses Mannes erinnern Sie sich sehr wohl. Sie haben auch keine Hemmungen, darüber zu sprechen.« Dr. B machte eine kurze Denkpause. »Manchmal können die ungewöhnlichsten Dinge eine verdrängte Erinnerung heraufbeschwören. Wie beispielsweise ein Goldkettchen.«

Gabriel schüttelte den Kopf. »Ein Goldkettchen sagt mir gar nichts.«

»Wären Sie bereit, sich noch einmal hypnotisieren zu lassen, um diese Behauptung zu bestätigen?«

»Wenn ich jetzt Ja sage, darf ich dann hier raus?«

»Ich werde Ihnen einen Termin geben.« Dr. B drückte auf den Rufknopf. »Aber Sie müssen aus voller Überzeugung mitmachen, Gabe.«

»Werde ich. Versprochen.«

Ramirez wartete geduldig, während der Forensiker – ein gut aussehender Afroamerikaner namens Anthony Hamilton, der seinen scharfen Verstand mit Vorliebe dazu benutzte, den reizbaren Lieutenant auf die Palme zu bringen – mit seinen Ampullen und Flüssigkeiten hantierte.

»Jetzt müssen wir nur noch abwarten«, sagte Hamilton. Ramirez wartete. Hamiltons Welt bestand aus einem weiß getünchten, sterilen Labor voller sirrender Zentrifugen, Inkubatoren und Drucker, die unaufhörlich Daten, Schaubilder und Chromosomenketten ausspuckten.

An der Wand hing die Darstellung eines DNA-Strangs, der an eine verdrehte Leiter erinnerte. Ihre Sprossen bildeten die Blaupause jedes menschlichen Lebewesens. Der von Kopf bis Fuß in Weiß gekleidete Hamilton sah Ramirez mit gespieltem Verdruss an. »Kann ich sonst noch etwas für Sie tun, Lieutenant?«

Ramirez sah Hamilton an, als wäre dieser nicht ganz richtig im Kopf. »Nein. Ich warte.«

Hamilton verdrehte die Augen. »Wie Sie meinen. Ich hoffe, dass Ihnen der Boden in den nächsten zwei Wochen nicht zu hart wird.«

»Zwei Wochen hab ich nicht Zeit«, sagte Ramirez mit übertriebenem spanischem Akzent. »Ich will Antworten. Jetzt. Heute noch.«

Hamilton setzte eine entnervte Miene auf, um Ramirez noch weiter zu provozieren. »Also gut«, sagte der Wissenschaftler schließlich. »Genug Folter für einen Nachmittag. Ich werd's Ihnen erklären. Sie haben mir beschädigte DNA geliefert, einen winzigen, gekochten Haufen Erbgut, der wohl kaum für einen RFLP taugt …«

»Einen was?«, bellte Ramirez entnervt.

»R-F-L-P. Sie haben wohl im Grundkurs Spurensicherung gefehlt?«

»Schnauze, Tony. Das hier ist Ihre Baustelle.« Ramirez

ließ sich seufzend in einen Stuhl fallen. »Der Chief und der Bürgermeister sitzen mir im Nacken. Sie können sich sicher vorstellen, wie schwer das auf *mi espalda* wiegt.«

»*Pobrecito.*«

Ramirez funkelte ihn böse an. Der Wissenschaftler lenkte ein. »Der RFLP oder Restriktionsfragmentlängenpolymorphismus ist die verlässlichste und am weitesten verbreitete Methode zur DNA-Bestimmung, die vor Gericht Bestand hat. Sie ist sehr genau. Die Wahrscheinlichkeit eines Irrtums beträgt eins zu einer Million. Wie gesagt, Ihr Material ist beschädigt, kann aber noch einer PCR oder Polymerasekettenreaktion unterzogen werden.«

Diesmal war Ramirez' verwirrte Miene aufrichtig. »Bitte nochmal auf Englisch – oder Spanisch.«

»Das ist eine neuere, kostengünstigere, schnellere und dadurch auch beliebtere Methode. Mit der PCR lassen sich selbst aus der lausigen Probe, die Sie mir gegeben haben, noch bestimmte Dinge ermitteln. Die PCR ist zwar nicht genau genug, um einen genetischen Fingerabdruck des Verdächtigen zu liefern, aber wir können bestimmte Personengruppen damit ausschließen.«

Ramirez dachte nach. »Das muss reichen. Wann können Sie mir mehr sagen?«

»In einer, höchstens eineinhalb Wochen. Okay?«

Ramirez nickte. »Je früher, desto besser. Menschenleben hängen davon ab.«

11

Das scharfe Messer glitt mühelos in das weiße Ende der Lauchstange. Gabriel schnitt eine Handvoll davon ab. Die aromatische Zwiebel, die er sich als Nächstes vornahm, brachte seine Augen zum Tränen, aber das war ihm egal; das Brennen erdete ihn, erinnerte ihn daran, dass er bei Bewusstsein war und sich unter Kontrolle hatte. Er warf den Lauch zusammen mit der Zwiebel und etwas Petersilie in einen großen Topf. Danach machte er sich an die mühsame Aufgabe, eineinhalb Pfund Kartoffeln für seine Krabben-Vichyssoise zu schälen und zu würfeln. Während seine Hände arbeiteten, war er mit den Gedanken ganz woanders. Er vermied es, an die dissoziative Fugue und die zukünftigen Sitzungen mit seinem Therapeuten zu denken. Stattdessen ging er im Geiste seine Liste der Spuren im Malibu-Canyon-Fall durch.

Morgen würde er Mings Berichte über die Wunden der Opfer Sam, dem Messerexperten, zeigen. Gabriel war zuversichtlich, wichtige Informationen von ihm erhalten zu können. Dash kümmerte sich derweil um die Reifenspuren. Das Resultat des DNA-Tests würden sie nächste Woche bekommen. Bisher war ihre Suche nach einem Täter mit russischem Hintergrund erfolglos geblieben. Sie hatten die Biografien aller russischen Studenten an der Pepperdine durchleuchtet, viele in der Umgebung wohnhafte Russen befragt und nichts erfahren, was Gabriels Aufmerksamkeit erregt hätte. Sein Bauchgefühl sagte ihm, dass das eine Sackgasse war. Dennoch gab es da irgendeine Verbindung, dachte Gabriel, während er eine Kartoffel mit dem Schäler bearbeitete. Ganz besonders im Hinblick auf den russischen Militärrevolver und das russische Wort.

Dabei fielen ihm die Chakren ein. Die Opfer hatten etwas mit der ganz eigenen Chakreninterpretation des Mörders zu tun. Laut Gabriels Selbsthilfebüchern repräsentierte das erste Chakra die körperliche Identität und den Selbsterhaltungstrieb und sorgte für ein stabiles Fundament in der physischen Welt. Jedem Chakra war ein Element beziehungsweise eine natürliche Substanz wie etwa Erde, Luft, Feuer und Wasser zugeordnet. Das Element des ersten Chakras war Erde. Ted Brody war im Hinblick auf dieses Chakra abgeschlachtet worden. Und wer war Ted Brody? Ein verlobter Handwerker.

Emotionale Identität und Selbstverwirklichung sowie sexuelle Erfüllung, ständiger Fluss und Veränderung waren die Kennzeichen des zweiten Chakras. Sein Element war das Wasser. Tania Dankowski, Ehefrau und Mutter, die sich aufopfernd für andere engagiert hatte, war im Zeichen des zweiten Chakras ermordet worden.

Das dritte Chakra bedeutete Persönlichkeit und Selbstbestimmung. Feuer war sein Element. Brian Goldfield hatte sich scheiden lassen und vor Kurzem geoutet. Als Filmproduzent war er ein mächtiger Mann gewesen.

Das vierte Chakra stand für die kreative Identität und das Selbstwertgefühl. Sein Element war die Luft. Liebe, Mitleid und Frieden wurden damit in Verbindung gebracht. Weshalb hatte sich der Mörder für dieses Chakra Patrick Funston ausgesucht, einen jungen, gut aussehenden und durchtrainierten Studenten? Auch Adam Parraco war jung und attraktiv gewesen. Weshalb hatte er diesen so schnell aus dem Weg geräumt, Funston jedoch brutal verstümmelt?

Gabriel schüttete die Kartoffeln in den Topf und gab etwas Brühe und ein Lorbeerblatt hinzu. Dann rührte er vorsichtig um, bevor er die Flamme niedriger stellte.

Die Tatsache, dass der Mörder Adam Parraco exekutiert, aber seinen Körper unversehrt gelassen hatte, ließ Gabriel keine Ruhe. Wer war Adam? Ein Schmarotzer, der sich an die Reichen und Mächtigen gehängt hatte. Er hatte weder irgendwelche Hobbys noch einen Beruf gehabt und sich von Goldfield aushalten lassen.

Das Klingeln des Telefons riss Gabriel aus seinen Gedanken.

»Hi, Gabe«, sagte Ming.

»Hey.«

»Ich wollte nur mal fragen, wie's Ihnen geht.«

»Viel besser, danke.«

»Was machen Sie gerade?«

Er klemmte sich den Hörer zwischen Ohr und Schulter und machte sich wieder an das Würfeln der Kartoffeln. »Ich koche. Und Sie?«

»Ich verhungere.«

Gabriel lächelte. »Wo sind Sie jetzt?«

»Ganz in der Nähe. Ich musste einer Bekannten, die auf der Fourth wohnt, ein Hochzeitsgeschenk vorbeibringen.«

»Hmmm … ich will nicht schuld sein, wenn Sie elend verschmachten. Wo wollen wir uns treffen?«

Es folgte eine unbehagliche Pause. »Wo Sie wollen.«

»Auf der Third Street Promenade?«

»Okay.«

»Wie wär's mit einem Steak? Im Gaucho Grill gibt es ein fantastisches Rib-Eye mit Knoblauch.«

»Bis dann also«, sagte Ming. »So in zwanzig Minuten?«

Gabriel betrachtete das Durcheinander in seiner Küche. »Ja, das krieg ich hin.«

»Okay, bis gleich.« Und weg war sie.

Gabriel war Mings Enttäuschung nicht entgangen. Sie hatte auf eine Einladung gehofft, doch er durfte nicht riskieren, ihr zu nahe zu kommen. Es war schon schlimm genug, dass Ming seine »psychische Störung« mitbekommen und ihn in einem Krankenhauszimmer in Begleitung seines Psychiaters gesehen hatte.

In seinen eigenen vier Wänden fühlte sich Gabriel noch verletzlicher und ungeschützter. Mings scharfer Verstand würde eine Vielzahl kleiner Hinweise in seiner Wohnung entdecken, die Aufschluss über seine Persönlichkeit gaben – und, schlimmer noch, über seine Probleme. Er hatte ihr die »Hochzeitsgeschenk«-Geschichte keine Sekunde lang abgekauft. Ming wollte ihn auf Herz und Nieren prüfen.

Gabriel schaltete den Herd ab und stellte den Topf in den Kühlschrank. Nachdem er sich umgezogen hatte, steckte er die Brieftasche, den Pager und die Autoschlüssel ein und verließ die Wohnung.

Die Nacht trug den Geruch des Ozeans mit sich. Ein runder, heller Mond stand am Himmel. Gabriel sog die salzige Luft in die Lunge und ging zu seinem Auto hinüber. Auf halbem Weg stellten sich seine Nackenhaare auf, und er verlangsamte den Schritt.

Er sah sich um. Tau hatte sich auf den geparkten Autos und dem Asphalt gebildet. Motten umkreisten die gelben

Straßenlampen. Gabriel konnte in der sonst mucksmäuschenstillen Nachbarschaft ihre flatternden Flügel hören.

Irgendetwas ist hier draußen, dachte Gabriel und beobachtete die dunkle Straße. Er vertraute stets auf seine Instinkte. Die Natur hatte dem Menschen nicht nur ein Immunsystem geschenkt, um mit Krankheitserregern fertig zu werden, sie hatte ihn auch mit einem Instinkt ausgestattet, der ihn vor drohenden Gefahren warnte. Als Streifenpolizist hatte Gabriel gelernt, das kribbelnde Gefühl im Nacken als verlässliches Zeichen bevorstehender Schwierigkeiten zu deuten.

Er wurde beobachtet, da war er sich sicher. Gabriel pfiff leise vor sich hin, um sich Selbstvertrauen einzuflößen, während er zu seinem Auto schlenderte, es aufsperrte und sich auf den Fahrersitz setzte. In diesem Augenblick bemerkte er ein Zivilfahrzeug der Polizei, das etwas weiter die Straße hinunter parkte. Es war das einzige Auto, auf dem keine Spur der nächtlichen Feuchtigkeit zu sehen war.

Glaubten sie tatsächlich, dass er das Fahrzeug nicht erkannte? Als ob er nicht selbst unzählige Male in einem ähnlichen Wagen Verdächtige observiert hatte. Das Wort ›Verdächtiger‹ hinterließ einen schalen Nachgeschmack. *Verdächtiger.*

Seine Wut wuchs, aber er beschloss, ihr nicht nachzugeben. Er ließ den Motor an und fuhr davon.

Bei herzhaften Knoblauchsteaks und Empanadas besprachen Ming und Gabriel den Fall, wobei sie sich nach Kräften bemühten, Gabriels Fugue-Zustand nicht zu erwähnen. Sie saßen auf der Terrasse des Gaucho Grill, von der aus man einen schönen Ausblick auf die Promenade hatte. Gabriel spähte so unauffällig wie möglich auf der Suche nach seinen Kollegen abwechselnd über seine Schulter und an Ming vorbei.

»Dr. B hat gesagt, dass viele Mörder den inneren Drang verspüren, sich zu offenbaren, und dann geschnappt werden. Haben Sie das bei Ihren Fällen auch so erlebt?«, fragte sie.

»Nun, in diesem Fall ganz bestimmt nicht.«

Ming nahm einen Schluck Rotwein. »Er hat Ihnen Nachrichten hinterlassen. Offensichtlich will er, dass Sie die Sache zu Ende bringen.«

Gabriel zerschnitt sein Fleisch mit einem Steakmesser. »Wenn er das Ganze wirklich zu Ende bringen wollte, hätte er einfach nur seine Fingerabdrücke hinterlassen müssen.«

Ming grinste. »Das wäre aber doch zu einfach, Detective.«

Gabriel blickte ein weiteres Mal über die Schulter. »Ich will diesen Kerl fassen, Ming. Es ist mir sehr unangenehm, dass er die Aufmerksamkeit auf mich lenkt. Ich hatte in letzter Zeit mehr als genug negative Presse.« Gabriel wandte sich wieder Ming zu und war aufs Neue von ihrer natürlichen Schönheit überwältigt. Sie trug ein schwarzes Etuikleid und Riemchensandalen. Die langen dunklen Locken fielen über ihre Schultern. Jetzt sah sie weniger wie eine Pathologin und mehr wie ein exotisches Model aus.

Ich hätte sie doch zu mir nach Hause einladen sollen.

»Okay, ich gestehe: Sie sind wunderschön.«

Ming beobachtete mit der Andeutung eines Lächelns auf den Lippen die Passanten vor den Geschäften. »Haben Sie keine Angst mehr, dass ich Sie verklage?«

»Scheiß drauf! Ich hab schon genug Probleme. Da kommt es auf eines mehr oder weniger auch nicht an.«

Ming lachte; strahlend weiße Zähne und volle Lippen.

»Ich hätte Sie zu mir einladen sollen …«, fing er an.

»Stopp!« Ming schenkte ihnen Wein nach.

Gabriel nickte. »Ich habe noch mal über diese Chakren nachgedacht«, sagte er nach einer unangenehmen Pause. »Aber ich werde einfach nicht schlau daraus.«

»Vielleicht sollten Sie mal mit einem Experten reden.«

»Das ist Los Angeles: In keiner anderen Stadt muss man einen Wahrsager konsultieren, um einen Mordfall zu lösen«, sagte Gabriel mürrisch und schob sich ein Stück Fleisch in den Mund.

»Für jemanden aus L.A. klingt das verdammt zynisch.« Ming kaute auf ihrer Lippe. »Ach, nein, Sie sind ja aus San Francisco.«

Gabriel schluckte und sah ihr ins Gesicht. »Woher wissen Sie das?«

»Ramirez hat es erwähnt, glaube ich.«

»Und woher weiß der das? Moment … ach, egal.« Gabriel schwieg einen Augenblick lang. »Ich werde beschattet.«

Mings dunkle Augen weiteten sich. »Und von wem?« Sie reckte den Hals und sah sich jeden Passanten genau an.

»Von meinen Kollegen«, antwortete er und machte eine beschwichtigende Geste. »Nicht so auffällig.«

»Man verdächtigt Sie? Oh Gott …« Ming legte die Gabel zur Seite und schüttelte den Kopf. »Wieso wehren Sie sich nicht? Wieso gehen Sie nicht zu Ramirez und sagen ihm, wie lächerlich das Ganze ist?«

»Ist es denn wirklich so lächerlich? Sehen Sie es mal von seiner Warte aus. Ich habe psychische Probleme, oder etwa nicht? Unser Täter behauptet, dass wir ›eins sind‹ und dass ich mich ›sehr gut verstellen‹ könne. Ramirez weiß, dass ich aus San Francisco komme. Wo ein ganz ähnlicher Mord geschehen ist.«

»Haben Sie denn zu diesem Zeitpunkt dort gelebt?«

»Nein, aber das tut nichts zur Sache.« Gabriel aß weiter. »Na los, lassen Sie das gute Steak nicht verkommen.«

»Ich wollte gerade etwas sagen«, bemerkte Ming.

»Bitte nicht.«

»Wieso nicht?«

Weil mit mir etwas nicht stimmt. »Ich werde nicht aufgeben«, sagte Gabriel laut. »Ich werde nicht hinwerfen.«

Ming nahm einen großen Schluck Wein. Gabriel beobachtete sie.

»Warum geben Sie sich überhaupt mit mir ab?«, fragte er leise.

»Weil ich glaube, dass Sie es wert sind.«

»Und wenn nicht?«

Ming seufzte unbehaglich. »Ich glaube, dass die Chakren so etwas wie die sieben Fenster der Seele darstellen.«

Gabriel starrte sie ebenso überrascht wie dankbar an. Keine andere Frau hätte in dieser Situation das Thema gewechselt. Dennoch umgab Ming eine Aura der Anspannung, die er vorher nicht bemerkt hatte. Ihre dunklen Augen huschten hin und her, und sie hatte die Lippen zusammengekniffen.

»Er hat das Wort ›Seelen‹ auf Russisch geschrieben. So viel wissen wir.« Gabriel wartete eine Sekunde. »Ming?«

Sie sah ihn mit undurchdringlicher Miene an und hob die Augenbrauen. »Hm?«

»Vielen Dank.«

Ming hatte aufgehört zu essen und starrte auf ihren Teller. »Was halten Sie von der Wahl der Opfer?«, fragte sie.

Gabriel schenkte bedächtig Wein nach. »Er hätte sie nicht zufälliger aussuchen können: ein Handwerker, eine Mutter – die sich nie begegnet sind. Sie alle wohnten in verschiedenen Stadtvierteln. Bis auf Funston, der auf dem Campus lebte, und Goldfield, der an der Broad Beach Road residierte.«

Ming riss sich von ihrem Teller los, hob das Glas und betrachtete die darin kreisende rote Flüssigkeit. »Offenbar hat er kein eindeutiges Beuteschema. Wenn er als Anhalter unterwegs ist, kann er sich ja nicht aussuchen, wer ihn mitnimmt. Das ergibt zwangsläufig eine bunte Mischung.«

Gabriel kaute nachdenklich. »Eine bunte Mischung«, sagte er und legte die Gabel weg. »Jetzt zermartere ich mir schon ewig den Kopf mit der Frage, wo die Verbindung zwischen den Opfern liegt, aber darum geht es dem Täter überhaupt nicht. Ihm geht es nur darum, was sie nicht gemeinsam haben.«

Ming schüttelte den Kopf. »Ich kann Ihnen nicht folgen.«

Gabriel zählte an den Fingern ab: »Ein Handwerker, eine Mutter und Hausfrau, ein Student, ein Filmproduzent. Ein dicker Mann, eine Frau, ein junger Mann. Sie sind alle verschieden. Das gefällt ihm.«

»Und was ist mit Adam Parraco?«, fragte Ming. »Wie passt er ins Bild? Es gibt sieben Chakren. Weshalb wurde er nicht mit einem davon in Verbindung gebracht?«

Gabriel dachte eine Weile über ihre Bemerkung nach. »Das kann ich Ihnen sagen. Weil Parraco dem Mörder nicht geben konnte, was er wollte. Parraco war ihm nur im Weg.« Gabriel starrte gedankenverloren auf seinen halb geleerten Teller. »Parraco. Wie hat er gelebt? Ein Partyhengst, der sich von reichen Leuten aushalten ließ. Das dritte Chakra steht für Selbstbestimmung. Vielleicht wusste der Mörder, dass Parraco nicht in sein perfektes Bild passt.«

»Und wie konnte er das in so kurzer Zeit über sein Opfer herausfinden?«

»Womöglich stellt er gleich zu Anfang die richtigen Fragen. Wonach erkundigt man sich als Erstes, wenn man jemanden kennenlernt? Was machen Sie so? Und was Parraco so machte, hat ihm nicht gefallen. Goldfield dagegen schien seinen Ansprüchen zu genügen, und das hat gereicht, um beide umzubringen.«

Ming schüttelte den Kopf. »Ich bin nicht überzeugt.«

»Ich kann es beweisen.«

»Wie?«

»Ich wette, dass er auch von anderen Leuten mitgenommen wurde. Und die hat er verschont.«

»Aber klar. Sicher.« Ming lachte. »Davon hätten wir doch sicher erfahren. Wenn irgendjemand diesen Irren aufgegabelt hätte, hätte er es uns bei dem ganzen Medienrummel schon längst mitgeteilt.«

»Wer sagt denn, dass er wie ein Irrer aussieht? Dr. B meint, dass der Mörder völlig harmlos wirken könnte.«

»Dann geht er aber ein hohes Risiko ein, oder?«

»Vielleicht erregt ihn das ebenfalls.«

»Das ist jetzt aber weit hergeholt, Gabe.«

»Na ja, wenn man in das Hirn eines Wahnsinnigen blickt, wird man nicht viel Nachvollziehbares finden, oder?«

Mit Überraschung bemerkte Gabriel, dass ihm Ming einen ängstlichen Blick zuwarf, bevor sie ihre Aufmerksamkeit wieder der Promenade widmete.

Am nächsten Tag brachte Gabriel Flugzettel entlang der Canyon-Straßen an, auf denen die Bevölkerung gebeten wurde, sich zu melden, wenn sie einen Anhalter gesehen oder ihn gar mitgenommen hatten. Ein Schuss ins Blaue, wie Gabriel sehr wohl wusste, aber er hatte schließlich nichts dabei zu verlieren.

Damit war er mehr oder weniger den ganzen Tag beschäftigt. Als er die Fahrt über den Küstenhighway nach Camarillo in Angriff nahm, war es bereits später Nachmittag.

Das verschlafene ländliche Städtchen lag inmitten großer Blumen- und Gemüsefelder. Früher war der Ort die Heimat von Weißen aus der Mittelschicht und mexikanischen Immigranten gewesen. Jetzt versuchte sich Camarillo mit luxuriösen Golfplätzen und Rentnersiedlungen einen neuen Anstrich zu geben. Selbst die einzige Institution, für die die Stadt halbwegs berüchtigt gewesen war – das Camarillo State Hospital für psychisch Kranke –, hatte man inzwischen zu einem College umfunktioniert.

Gabriel hielt vor dem Parkplatz des Knife Trader in der historischen Altstadt Camarillos. Das Geschäft befand sich zwischen einem gemütlichen mexikanischen Restaurant mit blinkenden roten Neonschildern und einem Antiquitätenladen. Der üppige Stuck des idyllischen Missionsgebäudes auf der gegenüberliegenden Straßenseite strahlte im sanften Orange der untergehenden Sonne.

Dash wartete bereits auf ihn. Gabriel suchte seine Akten zusammen, dann betraten die beiden Detectives den schummrigen Laden. Eine Glocke über der Tür bimmelte. Gabriel war schon oft hier gewesen.

Nur das Rauschen eines elektrischen Ventilators und das Knarren des Holzstuhls, auf dem der Inhaber saß, durchbrachen die vollkommene Stille. Sam Stanton, ein stämmiger Koreakriegsveteran, saß zurückgelehnt auf dem Stuhl, hatte die Füße auf den Glastresen gelegt und eine Zeitung auf seinem beachtlichen Bauch drapiert.

Sams Geschäft war vom Boden bis zur Decke mit Militaria vollgestopft. Helme in militärischem Grün hingen über Mänteln und Uniformen, was alles zusammen wie eine

Reihe schlafender Soldaten wirken ließ. In dem Bereich für antike und moderne Waffen standen Regale mit Gewehren, Bajonetten, Revolvern und anderen Feuerwaffen. In einer Vitrine waren Hunderte von Orden und Medaillen aufgereiht. Unter dem Tresen befand sich eine der größten Messersammlungen diesseits der Rocky Mountains.

»Sam, wie geht's?«, fragte Gabriel.

»Geht so«, antwortete Sam. »Und euch?«

»Das Übliche«, sagte Dash und tippte sich mit dem Finger gegen die Stirn.

»Ich hab mich schon gefragt, wann ihr endlich auftaucht«, sagte der Messerexperte und setzte sich aufrecht hin. »Anscheinend steht euer Feuerteufel auf scharfe Klingen.« Er warf ihnen die Titelseite der *Los Angeles Times* zu. Die beiden Detectives warfen einen Blick auf die Schlagzeile.

Kleine Schwarzweißfotos von Ted Brody, Adam Parraco, Brian Goldfield, Tania Dankowski und Patrick Funston starrten ihnen entgegen. Die Schlagzeile darüber lautete: »Malibu-Canyon-Killer noch immer auf freiem Fuß.«

Gabriel hatte den Artikel bereits gelesen. Noch hatte die Presse nicht von den Botschaften oder den anderen Hinweisen Wind bekommen. Genauso wenig ahnten die Journalisten, dass der zuständige Ermittler gelegentlich unter Fugue-Zuständen litt.

»Wir hoffen, dass du uns mehr über die Tatwaffe erzählen kannst. Hier sind ein paar Informationen«, sagte Gabriel.

»Ich werd's versuchen.« Sam stand auf und zog die Hose hoch. »Was habt ihr?«

»Das bleibt unter uns, okay?«, bemerkte Dash.

Sam zuckte mit den Schultern. »Warum nicht?« Er beäugte den braunen Briefumschlag, den Gabriel unter dem Arm trug. »Ist der für mich?«

Gabriel zog mehrere Fotos aus dem Umschlag. Es waren vergrößerte Abbildungen der Wunden, die Ming auf Patrick Funstons Leichnam entdeckt hatte.

»Unsere Pathologin hat gesagt, dass wir dich nach diesen Blutergüssen links neben der eigentlichen Wunde fragen sollen. Die Spuren sind bei allen Wunden sichtbar und haben immer dieselbe Größe.«

»Kann ich mir vorstellen«, bemerkte Sam bei der Durchsicht der Bilder. »Wahrscheinlich ein Abdruck vom Handschutz. Wie groß sind die Wunden?«

»Etwa zweieinhalb auf sechzehn Zentimeter.«

Sam Stanton stieß einen leisen Pfiff aus und blätterte in einem dicken Handbuch, das auf der Anrichte hinter der Theke lag. Einen Augenblick später runzelte er die Stirn. »Nö.« Dann pfiff er weiter und durchforstete ein weiteres ebenso dickes Buch. »Aha«, grunzte er und trug den Band zu den beiden Detectives hinüber.

»Ein Messer mit einem Handschutz und einer derart langen Klinge stammt höchstwahrscheinlich aus dem militärischen Bereich – wie diese hier. Dieser Bluterguss, den ihr mir gezeigt habt, ist vermutlich entstanden, als der aufgebogene Handschutz gegen die Haut gestoßen ist. Der Mörder muss das Messer bis zum Heft in den Körper gerammt haben. Der Typ hat ganz schön Kraft.«

»Was ist ein aufgebogener Handschutz?«, fragte Dash.

»Das bedeutet, dass der Handschutz parallel zur Klinge den Griff entlang verläuft. Das hat nicht jedes Messer, aber viele Militärwaffen. Hier, seht's euch an.«

Sam ging zu einer weiteren Vitrine und holte ein tödlich aussehendes Messer mit einem Ledergriff heraus. Ein Stück des schwarzen Metallhandschutzes war parallel zur Klinge leicht nach unten gebogen.

»Das ist ein KA-BAR. Gute Waffe. Bei der Ausbildung lernen die Soldaten, das Messer ordentlich zu halten, damit man es ihnen nicht aus der Hand reißen kann. In etwa so.«

Sam Stanton legte die Hand um den Griff und einen Finger auf den Handschutz. »In beiden Weltkriegen fanden viele Nahkämpfe in den Schützengräben statt. Durch den Handschutz kann mir niemand das Messer so leicht abnehmen. Wenn sich Abdrücke des Handschutzes auf der Leiche finden, dann hat euer Mörder auf keinen Fall eine militärische Ausbildung genossen. Da bin ich mir sicher. Er weiß nicht, wie man das Messer richtig hält.«

»Die Pathologin sagt, dass eines der Opfer seinem Angreifer beinahe das Messer abgenommen hätte.«

»Sag ich doch. Er hat den Handschutz nicht richtig eingesetzt. Der Typ hat keine Ahnung.«

»Na ja, dafür hat er trotzdem genug Schaden angerichtet«, murmelte Gabriel. »Du bist also sicher, dass es sich um ein Militärmesser handelt?« Gabriel warf Dash einen vielsagenden Blick zu. »Womöglich aus dem Zweiten Weltkrieg?«

Sam Stanton zuckte mit den Achseln. »Könnte sein.«

»Vielleicht ein sowjetisches Messer?«, fragte Gabriel.

Der Messerexperte schüttelte den Kopf. »Die Russen haben hauptsächlich Dolche benutzt, und als Tatwaffe kommt ein Dolch nicht infrage.«

»Ist so ein Kampfmesser nicht ziemlich groß?«, fragte Dash. »Um es vor den Opfern zu verbergen, meine ich.«

Gabriel notierte sich diesen Einwand auf seinem Notizblock.

»Das kann man locker in einem Stiefel oder in der Jacke verstecken«, sagte Sam.

Die beiden Detectives verließen die unheimliche Stille des Geschäfts und traten ins abendliche Zwielicht.

»Suchen wir jetzt also nach einem russischen Kriegsveteranen?«, fragte Dash.

»Wenn wir Sam Glauben schenken wollen, dann eher nicht«, antwortete Gabriel. »Der Mörder sammelt Waffen aus dem Zweiten Weltkrieg, aber nicht zwingend russische. Das hilft uns nicht viel weiter.« Wieder regte sich etwas am Rande seines Bewusstseins. Gabriel legte konzentriert die Stirn in Falten und tippte mit dem Notizblock gegen sein Bein. »Irgendwas hab ich übersehen. Aber was?«

Dash dachte einen Augenblick lang nach. »Wir haben jede Spur verfolgt.«

Die beiden Ermittler gingen zu Gabriels Celica hinüber.

»Was war mit der Reifenspur?«

»Die Laborheinis haben immer noch nichts Konkretes.« Dash stellte sich vor Gabriel und ließ verlegen den Kopf hängen. »Hey, hast du mal drüber nachgedacht, warum … also, warum dir der Mörder diese Botschaften schickt?«

Gabriel blieb stehen und sah seinen Partner an. »Nein. Ich glaube, er spielt mit mir, das ist alles.«

Dash räusperte sich. »Ist dir nie der Gedanke gekommen, dass er dich womöglich kennt? Wenn er den Kerl in San Francisco umgebracht hat und du von dort stammst, dann hat er dich vielleicht gekannt. Oder kennt dich immer noch. Schon mal darüber nachgedacht?«

»Ich habe keine Serienkiller in meinem Bekanntenkreis.«

»Woher willst du das wissen? Die sehen doch normalerweise völlig unschuldig aus, oder? Der nette Mann von nebenan.«

Gabriel verschränkte die Arme. »Und wer soll dieser nette Mann von nebenan sein, Dash? Ich?«

Sein Partner errötete und hob abwehrend die Hand. »Das hab ich nicht gesagt. Aber vielleicht ist es ja tatsächlich jemand, den du kennst. Oder früher mal gekannt hast. Vielleicht solltest du nachforschen, wer in letzter Zeit aus dem Gefängnis entlassen wurde.«

Da hatte Dash nicht unrecht. Gabriel steckte Notizblock und Stift in seine Tasche. »Also gut«, sagte er. »Das werde ich überprüfen.«

»Das kann ich doch für dich machen.«

Gabriel runzelte die Stirn. »Das schaffe ich schon noch alleine.«

»Entschuldige.«

Die beiden Männer sahen sich an. Schließlich lenkte Gabriel ein. »Tut mir leid. Ich kann verstehen, dass dich mein Verhalten beunruhigt.«

»Hey, jeder tickt irgendwann mal aus«, versicherte ihm Dash, während er von einem Fuß auf den anderen trat. »Aber du eben etwas häufiger als andere.«

Gabriel lächelte. »Mach dir keine Sorgen um mich, okay?«

»Klar.« Dash nickte und grinste verlegen.

Gabriel stieg ein. »Sind deine Kumpels hier irgendwo, oder wirst du mich heute Nacht beschatten?«

»Äh …«

»Dachte ich mir.« Gabriel nickte und schloss die Wagentür.

12

Das rote Licht leuchtete wie ein feuriger Granat. Außer dem Licht sah Gabriel nur den weiten, sanft gewellten Pazifik, einladend wie die Arme einer warmen, fülligen Frau. Wieder saß er Dr. B gegenüber in seinem Sessel und atmete tief ein und aus. Einen Augenblick später fand er sich auf der Veranda seines Elternhauses in San Francisco wieder.

Hier war ich schon seit Jahren nicht mehr.

Und doch – hier saß er genau wie früher auf den Granitstufen und wartete auf das vertraute Brummen des Chevrolets, mit dem seine Mutter jeden Augenblick in die Straße einbiegen würde. Er hatte eine Eins auf seine Mathearbeit bekommen und konnte es kaum erwarten, Mom davon zu erzählen.

Gabriel saß auf der Veranda und konnte es kaum glauben. Alles war so wie früher. Ein ruhiges Viertel in der Nähe des Golden Gate Parks. Pastellfarbene Häuser mit Granitstufen. Am liebsten wäre er in den Park gelaufen. »Warte, bis ich nach Hause komme«, hatte ihm seine Mutter eingeschärft. Im Park lauerten böse Männer, und ohne Begleitung war es für einen kleinen Jungen dort nicht sicher.

Gabriel beobachtete, wie sich die Sonne orange färbte und dem Horizont näherte. Bis auf das Rattern der Straßenbahn auf der Hauptstraße war es ein ruhiger Nachmittag.

Schon bald hörte er ein Auto. Allerdings war es nicht das Schnurren von Moms Chevrolet. Dieser Motor machte laute, tuckernde Geräusche. Andrew Pierce kam in seinem Pinto um die Ecke. Andrew war siebzehn und wohnte im Haus gegenüber.

Gabriel hatte ihn schon oft in der Garage an seinem Auto herumbasteln sehen. Er war schon groß, beinahe ein Mann, und hatte deshalb nichts für kleine Hosenscheißer wie Gabriel übrig.

Diesmal jedoch bemerkte Andrew den Jungen auf der Veranda, der die Arme um die Beine geschlungen und das Kinn auf die Knie gestützt hatte. »Hey, Gabe!«, rief er von seinem Pinto aus.

»Hey, Andrew«, rief Gabriel.

»Was machst du denn ganz allein hier draußen?«

»Ich warte auf meine Mom.«

»Aha.«

Und das war's. Andrew Pierce stellte den Wagen in der Einfahrt ab und stieg aus. Er ließ den Motor laufen, sodass der Auspuff qualmte, während er die Garagentür hochschob. Dann sprang er wieder ins Auto und fuhr hinein. Kurz darauf war er im Haus verschwunden. Lächelnd beobachtete Gabriel, wie die Sonne hinter den Häuserreihen verschwand. Der große Junge hatte ihn gegrüßt. Wie cool! Jetzt war Andrew Pierce sein Freund.

Am nächsten Tag war Gabriel auf dem Weg zum Gemischtwarenladen, um sich Süßigkeiten zu kaufen. Er war allein zu Hause gewesen, und im Fernsehen war nichts Vernünftiges gekommen. Nachdem er sich eine Stunde lang selbst bemitleidet hatte, suchte er in der BH-Schublade seiner Mutter nach dem Umschlag mit Bargeld, den sie – wie er sehr wohl wusste – zwischen ihren Bustiers und Schlüpfern aufbewahrte. »Für den täglichen Bedarf«, hatte seine Mutter über das Geld gesagt. Gabriel deckte seinen

Bedarf mit einem Fünfdollarschein, den er in die Jeanstasche steckte. Er zog seine San-Francisco-Giants-Windjacke an und machte sich auf den Weg zu den Läden auf der Irving Street.

Nachdem er Süßigkeiten im Wert von fünf Dollar in sich hineingestopft hatte, ging er wieder nach Hause. Der Rückweg schien viel länger, und er hatte Seitenstechen. Es wurde dunkler. Überrascht bemerkte Gabriel, dass die Sonne hinter dem aufziehenden Nebel schon beinahe untergegangen war. Er geriet in Panik und befahl seinen müden Beinen, noch schneller zu laufen. Oh nein, dachte er, Mom ist bestimmt schon zu Hause. Sie macht sich sicher Sorgen. Sie wird stinksauer sein. Gabriel schossen Tränen in die Augen.

In diesem Augenblick näherte sich Andrew Pierces knatterndes Auto. »Hey, Gabe.«

Gabriel sah zu Boden und wischte sich schnell mit dem Ärmel die Tränen aus den Augen. Nur Babys weinten.

»Willst du den ganzen Weg nach Hause zu Fuß gehen?«, fragte Andrew.

»Na klar«, entgegnete Gabriel und versuchte, so lässig wie möglich zu klingen.

Andrew Pierce sah ihn einen Augenblick lang an, dann grinste er und hielt an. »Na los, steig ein. Ich fahr dich heim.«

»Echt?«, fragte Gabriel hoffnungsfroh. Unglaublich, dass sich dieser große Junge auch nur eine Minute mit ihm abgab.

Andrew beugte sich lachend vor und öffnete die Beifahrertür. Gabriel sprang in den Wagen, und los ging's.

Wow, dachte Gabriel. Das ist mehr als cool. Ich sitze in Andrews Schlitten. Ich hänge mit den großen Jungs rum.

Andrew ließ ihn vor seinem Haus aussteigen. Das Auto seiner Mutter war nirgendwo zu sehen. Gabriel atmete erleichtert auf.

»Man sieht sich, Gabe.«

»Bis dann, Andrew.«

Man stelle sich vor: Er und ein Siebzehnjähriger verbrachten Zeit miteinander. Gerade als Andrew in die eigene Einfahrt fuhr, bog Gabriels Mutter um die Ecke.

Glück gehabt!, dachte Gabriel. Und das verdankte er nur Andrew Pierce.

An diesem Abend beschloss er, seinen Eltern nichts von der Fahrt in Andrews Auto zu erzählen. Sonst hätte er auch beichten müssen, im Gemischtwarenladen gewesen zu sein. Und das hätte bedeutet, dass sie ihn gefragt hätten, woher er das Geld für die Süßigkeiten gehabt hatte. Dann hätte er erst recht in der Patsche gesessen. Außerdem konnte seine Mom Andrew Pierce nicht leiden. Sie nannte ihn einen Schulabbrecher, der es nie im Leben zu etwas bringen würde. Wie konnte sie so etwas sagen, wo er doch so ein tolles Auto hatte, mit dem er überall hin fahren konnte?

Am nächsten Nachmittag setzte sich Gabriel viel früher als sonst auf die Veranda. Freudig bemerkte er, dass Andrew an seinem Auto herumschraubte. Insgeheim hoffte er, Andrew würde ihn ansprechen oder ihn womöglich noch einmal in seinem coolen Auto mitnehmen. Doch Andrew verschwand im Haus.

Niedergeschlagen stand Gabriel auf, um sich ein Sandwich mit Erdnussbutter und Bananen zu machen, als Andrew seinen Namen rief.

»Hey! Wie lange hast du noch Zeit, bis deine Mom nach Hause kommt?«

Gabriel schob die Hände in die Hosentaschen. »Ein paar Stunden, schätze ich.«

»Prima«, rief Andrew über die Straße. »Ich wollte mir einen Film im Melody Theater ansehen. Willst du mitkommen?«

Gabriel traute seinen Ohren nicht. »Wirklich?« Er sprang aufgeregt auf und ab. »Äh, kleinen Moment, ja? Ich muss nur … Geld holen.«

Andrew machte eine wegwerfende Handbewegung. »Ach was, ich lad dich ein.«

»Cool!«

Auf dem Weg zum Kino warf Gabriel dem älteren Jungen einen verstohlenen Blick zu. Er hatte sich zurückgelehnt, steuerte den Wagen mit einer Hand und hatte den Ellenbogen auf den Fensterrahmen gelegt. Der Wind zerzauste sein langes rotbraunes Haar. Andrew Pierce vertrieb sich die Zeit mit dem kleinen Gabe McRay. Obwohl – so klein war er ja nun auch nicht mehr, oder?

Gabriel hob den Blick und erwartete, Andrews Teenagergesicht zu sehen. Stattdessen hatte er Dr. B vor sich. Die Sitzung war beendet.

»Wie fühlen Sie sich?«, fragte Dr. B.

Gabriel holte tief Luft und dachte schweigend nach. Schließlich blickte er den Psychiater an. »Nicht schlecht. Ich weiß noch, wie stolz ich war, einen älteren Jungen zum Freund zu haben. Damals war ich so unglaublich einsam. Das wird mir erst jetzt bewusst. Ich war einsam und allein. Andrew war mein Retter. Ein großer Junge, mit dem man etwas unternehmen konnte. Der mir Süßigkeiten und Kinokarten spendiert hat.«

Gabriel lehnte den Kopf gegen die Sessellehne und

schloss die Augen. »Manchmal haben wir Hotdogs und Popcorn im Kino gegessen. Mom war sauer, weil ich dann keinen Appetit mehr auf das Abendessen hatte.«

»Sie haben Ihrer Mutter nichts von diesen nachmittäglichen Ausflügen erzählt?«

»Sie hat nie danach gefragt.«

Dr. B schmunzelte. »Jetzt reden Sie wie ein kleiner Junge.«

Gabriel grinste. »Bin ich auch, schätze ich.«

»Sehr gut. Behalten Sie diesen Blickwinkel noch etwas bei. Es würde mich nicht überraschen, wenn Sie sich in den nächsten Stunden gelegentlich wie ein Siebenjähriger verhalten. Bitte melden Sie sich, wenn es Probleme gibt.«

Gabriel sah den Psychiater verwirrt an. »Wieso sagen Sie das? Im Augenblick fühle ich mich geradezu verjüngt.«

»Nun, wir holen Ihre Vergangenheit ans Licht. Eine Vergangenheit, die viele Jahre tief in Ihrem Gehirn geschlummert hat. Wir wissen jetzt zwar, was sich hinter Tür Nummer eins befindet, aber Tür Nummer zwei ist immer noch ein Geheimnis. Und sie könnte sich jederzeit öffnen.«

Gabriel spürte einen Anflug von Angst, ohne ihre Ursache ausmachen zu können. »Können wir nicht einfach bei Tür eins stehen bleiben?«

»Nein. Wenn wir jetzt stehen bleiben, ist Ihnen nicht geholfen.«

Gabriel beobachtete, wie sich der Sekundenzeiger auf Dr. Bs Schreibtischuhr langsam weiterbewegte. »Wissen Sie, ich habe über die letzte Botschaft nachgedacht, die der Mörder für mich zurückgelassen hat. Er behauptet, er wisse, wer ich wirklich bin. Dabei weiß ich ja nicht mal selbst, was in mir vorgeht. Wie kann er es dann wissen?«

Dr. B ordnete seine Notizen und räumte den Schreibtisch auf. »Kümmern Sie sich nicht um die Wahngebilde einer psychisch gestörten Person. Er will Sie nur reizen, mehr nicht.«

»Aber wenn er wirklich etwas über mich weiß? Was, wenn er Tür Nummer zwei ist?«

»Worauf wollen Sie hinaus? Gabriel, ich bitte Sie: Wenn Sie mir etwas zu sagen haben, dann sagen Sie es. Ich kann Ihnen nicht helfen, wenn Sie nicht ehrlich zu mir sind.«

Wieder hörte Gabriel die barsche, anklagende Frauenstimme: *»Du bist ein böser, böser Mann! Wie kannst du einem Kind nur so etwas antun?«*

»Gabriel, erzählen Sie mir, was Sie auf dem Herzen haben. Glauben Sie, dass dieser Andrew Pierce etwas mit den Morden zu tun hat?«

Gabriel riss die blauen Augen auf und starrte in Dr. Bs fragende braune. »Daran habe ich überhaupt noch nicht gedacht«, sagte er verblüfft. »Das wäre möglich.«

Der Mörder suchte nach der metallenen Angelköderbox seines Vaters. Sie war das Einzige, was sein Dad ihm vermacht hatte – und das auch nur zufällig. Dad hatte vergessen, sie mitzunehmen. Nein, er war nie zusammen mit Dad beim Fischen gewesen, aber er hatte seine Köderbox. Sie war ziemlich schwer, und wenn man sie öffnete, glitten die verschiedenen kleinen Fächer heraus wie bei einer Ziehharmonika. Der Mörder hatte die Köder und Fliegen schon vor langer Zeit entsorgt. An ihre Stelle waren andere Schätze getreten.

Er nahm den Ohrring heraus, an dem noch immer ein Stück vertrocknetes braunes Fleisch klebte, und ließ ihn auf der Handfläche hin und her rollen. Emotionales Gleichgewicht war so einfach zu erreichen. Er musste nur etwas berühren, das der Frau gehörte – und hier war ihr Fleisch! Er nahm es zwischen Daumen und Zeigefinger. *Vorsichtig*, ermahnte er sich. *Nicht kaputtmachen*.

Er legte das Ohrläppchen samt Ohrring behutsam zurück und nahm einen Diamantring heraus. Die Inschrift auf der Innenseite des goldenen Schmuckstücks war deutlich zu erkennen: Gloria liebt Ted.

Und alles gehört mir, dachte er. Gloria und Ted, Ohren und Ohrringe – alles, was ihres ist, alles, was sie ausmacht –, es gehört mir.

Er legte den Ring in das dafür vorgesehene Fach zurück. Dabei stieß er mit seinem Knie gegen die Box. Irgendetwas klingelte. Neugierig durchstöberte er seine Habseligkeiten und kramte ein altes blaues Katzenhalsband mit einer daran befestigten Glocke hervor. Als er mit dem Finger dagegen stieß, ertönte ein angenehmes Klimpern. Auf einem Schild am Halsband stand: »Duffy. Tel. 929-3570.«

Das rief alte Erinnerungen wach. Zum Beispiel daran, was er mit Dads Angelhaken angestellt hatte.

Nach der Schule war er im Golden Gate Park auf die Jagd gegangen. Er durfte allein in den Park gehen, weil er schon dreizehn war und seine Mutter sowieso nichts davon mitbekam, weil sie ja arbeitete. Er war ganz gut in der Schule; die meiste Zeit verbrachte er allein. Ein paar Mädchen fanden ihn ganz süß, aber er hatte andere Interessen.

Der Golden Gate Park war eine geheime Welt. Trauerweiden hingen über stillen Teichen, in denen die Enten quakten und sich auf das von den Spaziergängern mitgebrachte Brot stürzten. Die frische, salzige Luft mischte sich mit dem Duft der Fichtennadeln und Pinien. Jogger, Liebespärchen und Mütter mit Kinderwagen schlenderten über die Pfade zu den verborgenen Oasen. Im japanischen Teegarten wurden Tee und Gebäck serviert. Als Kind hatte er die Fische in den Tümpeln beobachtet, die Pagoden bewundert und war vergnügt über die Bogenbrücken gelaufen. Der dicht bewachsene Park mit seinen unzähligen Versteckmöglichkeiten war ein Paradies für Kinder.

Einmal hatte er eine Katze gefunden. Eine flauschige graue Katze mit blauen Augen. Auf dem Metallschild an ihrem Halsband stand: »Duffy. Tel. 929-3570«. Er nahm Duffy mit nach Hause. Sobald er sie in den Schuppen gebracht hatte, nahm ihr der Mörder das Halsband ab, öffnete Daddys Köderbox und machte sich ans Werk.

Anders als die Menschen schienen die Tiere immer irgendwie zu ahnen, was ihnen bevorstand. Einmal nahm er einen Hammer und zerschmetterte ein Bein. Anderntags entschied er sich für einen Akkubohrer, um herauszufinden, wie es sich anfühlte, wenn er in ihre Augen bohrte, bis sie auf der anderen Seite wieder herauskamen. Oder er verbrannte einfach nur ihre Genitalien mit einem Plastikfeuerzeug. Als er zum ersten Mal den Schrei eines Tieres hörte, hatte er es fallen lassen und war vor Schreck einen Schritt zurückgehüpft – aus Angst, die Kreatur könnte sich befreien und ihn umbringen. Was natürlich nicht passierte. Im Normalfall sah ihn das Tier einfach nur zitternd und jammernd an – sofern es noch bei Bewusstsein war. Dann überkam den Mörder ein ganz bestimmtes Gefühl, eine Kraft, und er machte dort weiter, wo er aufgehört hatte.

Er fand den Ausdruck in ihren Augen ziemlich interessant. Erst Verzweiflung und dann, wenn sie begriffen, dass ihr Schicksal besiegelt war, dieser glasige, resignierte Blick. Der Mörder kannte diesen Blick aus den Büchern, die er hin und wieder in der Bibliothek betrachtete. Die Opfer von medizinischen Experimenten während des Zweiten Weltkriegs hatten einen ähnlich leeren Blick – wie jener Insasse des Konzentrationslagers, der unzählige Stunden in einer mit Eiswasser gefüllten Wanne gesessen hatte. Der hatte den Mörder ganz besonders interessiert. Die Naziärzte hatten sich interessiert über den Mann gebeugt und seine Vitalwerte gemessen. Der Kerl war einfach nur dagesessen, offenbar weit jenseits aller Hysterie und vor Angst wie erstarrt; vielleicht war er auch nur kurz vor dem Erfrieren gewesen. Wie auch immer – die Tiere, die der Mörder folterte, hatten kurz vor ihrem Tod genau denselben Blick. Ein Blick, der ihm gefiel, weil er seine Rolle als ihr Bezwinger bestätigte. Die unvorstellbare Macht über Leben und Tod lag in seinen Händen.

Seine Erregung über Duffys Gezappel und Geschrei war auch in seiner Hose nicht zu übersehen gewesen. An diesem lange vergangenen Tag hatte er sich aus seiner Jeans befreit und seine Blöße zur Schau gestellt. Als er Duffy aufgeschlitzt hatte, war das warme Blut auf seine Erektion gespritzt. Er hatte masturbiert und sich dabei vorgestellt, dass das fließende Blut die Seele der Katze wäre, die auf ihn überging. Die Katzenseele würde ihm auch katzenartige Schnelligkeit und die Fähigkeit verleihen, im Dunkeln zu sehen. Womöglich hatte er auch neun Leben gewonnen – oder zumindest etwas in dieser Richtung. Seine Großmutter hatte ihm oft von der Macht erzählt, die in den Seelen der Toten lag.

Vor dem düsteren Schuppen hatten Vögel gezwitschert und sich am Sonnenschein erfreut. Im Schuppen hatte sich der Mörder in eine Katze verwandelt.

Der Mörder legte Duffys Halsband in die Köderbox zurück. Duffy war nicht das erste Tier gewesen, an dem er experimentiert hatte, aber das letzte. Tiere hatten ihn irgendwann gelangweilt.

Er stellte die Köderbox auf ihren Platz in der Ecke neben dem Schreibtisch zurück, setzte sich vor den Computer und zog Handschuhe über. Der Mörder legte Papier in den Drucker, rief das Textverarbeitungsprogramm auf und tippte drauflos.

Gabriel stattete Kolbe Honda im San Fernando Valley einen Besuch ab. Kolbe war ein riesiger Motorradhandel, und er hoffte, vom Verkaufspersonal einige nützliche Informationen zu erhalten. Er war hier, da das Labor endlich das Fahrzeug ermittelt hatte, zu dem die Reifenspuren gehörten.

Gabriel parkte in der Nähe der Werkstatt und ging zu dem Gebäude aus poliertem Chrom und Glas hinüber, in dem die Motorräder ausgestellt waren. Sobald er seine Dienstmarke vorzeigte, war ihm der Geschäftsführer nur zu gerne behilflich.

»Führen Sie Geländemotorräder mit Dunlop-Reifen?«, fragte Gabriel, nachdem er einen Blick auf den Bericht der Spurensicherung geworfen hatte. »Genauer gesagt: Dunlop Reiseenduro-Reifen für Zweihundertfünfundzwanzig-Kubik-Maschinen?«

»Klar, die haben wir hier.«

»Die Reifen interessieren mich eigentlich nicht, sondern die Maschinen selbst. Meine Leute glauben, dass der fragliche Reifen von einer Yamaha XT 225 stammt. Offenbar eine Kombination aus Geländemotorrad und Straßenmaschine.«

»Stimmt genau. Bedauerlicherweise habe ich gerade keine Yamaha XT 225 hier, aber ich könnte Ihnen ein paar Katalogbilder kopieren, wenn Ihnen das weiterhilft.«

»Das wäre nett, ja.«

Die beiden Männer gingen ins Büro des Geschäftsführers, wo sie die Kataloge durchstöberten, bis sie auf die Yamaha stießen.

»Ein relativ neues Modell, etwa seit einem Jahr auf dem Markt«, sagte der Geschäftsführer. »Ein sehr leichtes Motorrad mit Geländereifen, auch für Feldwege und unebenes Terrain geeignet. Die 225er ist wegen ihrer Vielseitigkeit beliebter als herkömmliche Motorräder.«

»Beliebter bei wem?«, fragte Gabriel, der sich eifrig Notizen machte.

Der Geschäftsführer zuckte mit den Schultern. »Bei allen, die mal durchs Gelände heizen oder Motorradluft schnuppern wollen, ohne auf eine echte Maschine zu steigen. Teenager, Sonntagsfahrer, kleine alte Damen aus Pasadena, Sie wissen schon …«

Gabriel schmunzelte, während er schrieb. »Haha. Ich habe noch nie eine Oma auf einer Harley gesehen.«

»Wenn Sie wüssten«, sagte der Geschäftsführer.

»Erstaunlich«, bemerkte Gabriel und überflog seine Notizen. Geländemotorräder waren heutzutage ein populäres Freizeitvergnügen. Zu populär. Auf diesem Weg würde er die Suche nach dem Mörder wohl kaum einschränken können. Er ließ sich die Namen einiger Konkurrenzgeschäfte nennen, die die Yamaha ebenfalls im Angebot hatten. Schließlich bat er den Geschäftsführer, ihm eine Liste aller in den letzten zwei Jahren verkauften Geländemotorräder auszufertigen. Die Konkurrenten würde er dann um dasselbe bitten.

Der Geschäftsführer brachte Gabriel zu seinem Celica. »Sind Sie sicher, dass Sie den nicht gegen ein Motorrad eintauschen wollen, Detective?«

»Nein, danke«, sagte Gabriel. Erst jetzt bemerkte er, dass der Geschäftsführer einen eleganten schwarzen Anzug mit einem modischen weißen Hemd trug. Bei einem Verkäufer für Feuerstühle hätte er eine solche Aufmachung nicht unbedingt erwartet. Eher hätte er mit einer schwarzen Lederjacke und Jeans gerechnet.

Gabriel bedankte sich bei dem gut angezogenen Mann für seine Hilfe und stieg in seinen Wagen, in dem es inzwischen heiß wie in einem Backofen war. Er wischte sich den Schweiß von der Stirn, als ihm ein Geistesblitz kam.

Er erinnerte sich daran, wie er vor der Pepperdine University in der prallen Sonne gestanden und die Kids beneidet hatte, die mit ihren Motorrädern an ihm vorbeigeflitzt waren; mit ähnlichen Modellen wie der Yamaha.

Er lehnte sich aus dem Autofenster. »Das Modell ist bei Studenten bestimmt sehr beliebt«, rief er dem Händler zu.

»Unbedingt. Damit kommt man viel schneller über den Campus als mit einem Fahrrad.«

Gabriel nickte, winkte ihm zum Abschied zu und holte ein weiteres Mal Block und Stift heraus. Er wollte sich gerade Notizen machen, als die Luft plötzlich vom lauten Kreischen eines Bohrers erfüllt wurde. Gabriel drehte sich um. Ein Mechaniker in der Werkstatt reparierte ein Motorrad.

Wieder beschlich ihn ein ungutes Gefühl. Seine Nackenhaare stellten sich auf, und eine Woge der Übelkeit überkam ihn. Er umklammerte fest das Lenkrad und schloss die Augen.

Was ist nur los? Gabriel fiel ein, wie er sich die Handfläche an dem imaginären Feuer verbrannt hatte. Dann dachte er an Andrew Pierce, den Amateurmechaniker, der ständig an seinem Auto herumgeschraubt hatte. *Was?*

Plötzlich erhaschte Gabriel einen merkwürdigen, zusammenhanglosen Erinnerungsfetzen. Er sah den Gemischtwarenladen vor sich, in dem er als Junge Süßigkeiten gekauft hatte, hörte wieder und wieder das Titellied von *Gilligans Insel,* einer Fernsehserie aus den Sechzigern: irgendetwas über eine verhängnisvolle Reise …

Die Kopfschmerzen brachen wie ein Gewitter über ihn herein und legten sich wie ein Schraubstock um Gabriels Schädel. Der plötzliche Schmerz ließ seinen Magen revoltieren. Schnell beugte sich Gabriel aus dem Fenster, doch er konnte nichts von sich geben.

Sobald er sich wieder einigermaßen in der Gewalt hatte, kramte er nach dem Aspirin und warf sich drei Tabletten in den Mund, woraufhin sein Magen erneut protestierte. Diesmal riss er die Autotür auf und erbrach sich auf den Asphalt.

Höchste Zeit, Dr. B anzurufen, dachte Gabriel unglücklich und wischte sich den Mund ab. Doch stattdessen wählte er Mings Nummer.

»Es wird schlimmer.«

»Glaub ich nicht.«

»Sie sind doch eine vernünftige Frau, und Sie nehmen kein Blatt vor den Mund. Sie sind nicht blöd. Glauben Sie – glauben Sie, ich sollte irgendwohin weggehen und diesen Fall an den Nagel hängen?«

Ming saß auf Gabriels Sofa und sah ihn an. Schließlich spitzte sie in gespieltem Ernst die Lippen. »Ja, Gabriel. Ich glaube, das sollten Sie tun.«

Gabriel blinzelte sie verwirrt an.

Ming hatte ihn mit voller Absicht aus dem Konzept gebracht, da sie sich nur ungern manipulieren ließ. Schließlich wusste sie genauso gut wie er, dass Gabriel für seine Arbeit lebte.

Trotz aller Klischees hatte sie alles stehen und liegen lassen, als er sie angerufen hatte. Auf halbem Weg zu seiner Wohnung hatte sie innegehalten und nachgedacht. *Kehr um, fahr zurück!* Aber hatte sie auf ihren eigenen Rat gehört? Nein.

Er hatte gesagt, dass er sie brauchte. Mehr war nicht nötig gewesen.

»Ich hab Whiskey mitgebracht«, sagte Ming, griff in ihre übergroße Handtasche und förderte eine Flasche Glenfiddich zutage.

»Sehr schön«, sagte Gabriel anerkennend.

»Hat sich schon ein Anhalter gemeldet?«

»Nein.« Gabriel schüttelte den Kopf. »Noch nicht«, fügte er hastig hinzu.

»Da Sie den Fall ja sowieso aufgeben wollen, ist das ja auch egal.«

»Ich gebe nicht auf, Ming. Wissen Sie, was heute passiert ist?«

»Was ist denn passiert?«

Gabriel war kurz davor, ihr alles zu erzählen, überlegte es sich jedoch anders. Er ging in die Küche und nahm zwei Gläser aus dem Regal. »Es hat sich herausgestellt, dass der Mörder so ein Zwischending aus Straßenmotorrad und Geländemaschine fährt. Geländegängig und gleichzeitig äußerst nützlich auf einem weitläufigen Campus.«

»Einem Campus?«, fragte Ming. »Wie dem der Pepperdine University zum Beispiel?«

»Na ja, das ist die nächste Hochschule in der Umgebung, oder?« Er stellte die Gläser auf den Couchtisch.

»Wunderbar. Endlich eine brauchbare Spur«, sagte Ming

und beäugte ihn argwöhnisch. »Aber heute ist noch mehr ›passiert‹, nicht wahr?«

Gabriel seufzte. »Ich will Sie damit nicht belasten.«

»Belasten Sie mich!«

»Sie sind doch kein Fußabstreifer«, sagte Gabriel und wandte den Blick ab. »Sie haben Besseres verdient.«

»Gabriel, diese selbstmitleidige Scheiße geht mir langsam auf die Nerven.«

Er setzte sich grinsend neben sie. »Und ich dachte, Sie mögen meinen Schmollmund.«

Ming nahm lächelnd seine Hand und streichelte seine Finger. Er hatte wohlgeformte Hände.

»Ich hatte noch keine Zeit zum Duschen«, gestand Gabriel, während er ihre Finger auf den seinen betrachtete. »Soll ich schnell ins Badezimmer springen?«

»Wenn Sie mich damit durch die Blume fragen wollen, ob Sie stinken, dann lautet die Antwort: nein.«

Er sah sie mit seinen tiefblauen Augen an, und sie wollte nichts lieber, als sich in diesem Blick zu verlieren. Warum nur waren geheimnisvolle Männer immer so attraktiv?

Mings Miene verhärtete sich. Sie öffnete die Whiskeyflasche und goss die bernsteinfarbene Flüssigkeit in die Gläser, ohne einen Tropfen dabei zu verschütten.

»*Salud*«, sagte sie. Sie stießen an. »Woher haben Sie diese schönen Kristallgläser? Hat Ihre Exfrau die andere Hälfte des Hausrats?«

»Nein. Sheryl hat alles mitgenommen. Bis auf die Stereoanlage. Die Gläser sind von meiner Mutter.«

Er sprach das letzte Wort so verächtlich aus, dass sie das Thema besser auf sich beruhen ließ.

»Haben Sie Hunger?«, fragte Gabriel. »Mein Magen ist irgendwie … leer.«

»Ich will Ihnen keine Umstände machen.«

»Kochen ist für mich eine Form der Entspannung.«

»Ich persönlich ziehe da ja eine Massage vor; aber bitte, wenn Sie kochen wollen, dann lassen Sie sich nicht aufhalten.«

»Mal sehen, was wir zustande bringen.«

Das Abendessen bestand aus Penne mit einer Soße aus sonnengetrockneten Tomaten und Kapern, die Gabriel aus den Vorräten in seiner Speisekammer kreierte. Ming hatte einen Salat gemacht. Wie sie so in der Küche arbeiteten und sich dabei unterhielten, erfüllte Gabriel mit einer kaum gekannten Zufriedenheit.

Das Leben kann auch schön sein, dachte er, als er die kochenden Nudeln umrührte und gleichzeitig in den Stangensellerie biss, den ihm Ming vor den Mund hielt.

Sie ist so selbstbewusst, bemerkte Gabriel, während er sie beobachtete. *Und in ihrer Nähe fühle ich mich wohl.*

Die Stimmung kippte erst nach dem Essen.

Der Tisch war mit Papierservietten, Tellern, Brotkrumen, halb heruntergebrannten Kerzen und einer fast geleerten Whiskeyflasche vollgestellt.

Gabriel und Ming setzten sich auf das Ledersofa und balancierten ihre Gläser auf den Knien. Skip Heller, ein Jazzmusiker aus der Gegend, schmachtete aus der Stereoanlage, wie »schwer die Zeiten« seit seiner »letzten Affäre« seien.

»Auf den Koch«, sagte Ming und erhob ihr Glas. Der Whiskey schwappte darin herum. Beinahe hätte sie ihn verschüttet. »Hoppla.«

Gabriel nickte, hob ebenfalls sein Glas und sah Ming in die leicht glasigen Augen. »Und auf die nette Gesellschaft von Männern und Frauen, die kein Blatt vor den Mund nehmen.«

Ming nahm einen weiteren Schluck. »Das Essen war vorzüglich. Wie machen Sie das nur?«

»Ich werde alt. Das ständige Bücken über die Kochtöpfe bekommt meinen Schultern überhaupt nicht.«

Sofort stellte Ming ihr Glas auf den Beistelltisch und rückte näher. »Drehen Sie sich um; ich werde Sie massieren.«

Gabriel zögerte kurz, dann drehte er ihr wie befohlen den Rücken zu. Ihre Finger tanzten so sanft wie Schmetterlinge über seine Schulterblätter. Eine tiefe Ruhe überkam ihn, unmittelbar gefolgt von einer intensiven sexuellen Anspannung in der Leistengegend. Es war lange her, dass ihn jemand so berührt hatte.

»Härter oder sanfter?«, fragte Ming.

Gabriel rollte seinen Nacken unter der Anleitung ihrer Hände hin und her. Der Whiskey hatte ihn entspannt. Er murmelte vor sich hin, bis er begriff, dass er nur unverständliches Zeug von sich gab. Er zwang seinen Mund zur Disziplin. »So ist es perfekt.«

Die CD war zu Ende, und die Stereoanlage verstummte. Die Stadt vor den Fenstern schien zu schlafen. Nur ihre Atemgeräusche und das Rascheln von Mings Fingern auf seinem Hemd durchbrachen die Stille seiner Wohnung.

Sie rückte näher an ihn heran. Sie roch nach Seife und einem dezenten Parfüm.

Gabriel hob die Arme und ergriff ihre Hände. Er drehte sich zu ihr um, und bevor seine Ängste Gestalt annehmen konnten, zog er sie an sich und küsste sie. Sie schmeckte nach Whiskey. Ihre Zunge war weich und glatt. Ihre Bluse, die im Laufe des Abends zusehends in Unordnung geraten war, bot ihm einen wunderbaren Blick auf ihr Dekolletee. Er wünschte sich nichts sehnlicher, als diese kleinen, runden Brüste daraus zu befreien.

Mings eifrige Finger hatten bereits die Krawatte gelöst und machten sich nun an den Hemdknöpfen zu schaffen. Trotz seiner eigenen hitzigen Erregung spürte er eine Sehnsucht, eine ungezügelte Leidenschaft von ihr ausgehen. Ihm wurde bewusst, dass sie lange auf diesen Augenblick hingefiebert hatte.

Und das beunruhigte ihn.

Wie gerne hätte sich Gabriel nicht mit solchen ärgerlichen Kleinigkeiten aufgehalten. Sie ließen seine Leidenschaft erkalten, dämpften jeden forschenden Zungenschlag, hielten ihn davon ab, das zu tun, was er so gerne getan hätte – Ming die Kleider vom Leib zu reißen.

Typisch Gabriel. Selbst in so einer intimen Situation suchte er fast zwanghaft nach den negativen Seiten. Suchte nach etwas, das er an ihr kritisieren konnte. Gabriel löste sich von ihr und hielt ihre tastenden Hände einmal mehr fest. Er konnte ihr nicht in die Augen sehen.

»Was ist denn?«, flüsterte Ming.

»Ich glaube, das ist keine so gute Idee«, hörte Gabriel sich mit eisiger Stimme sagen. Er ließ ihre Hände los und setzte sich ans andere Ende des Sofas.

»Doch. Wenn wir beide es wollen«, sagte sie sanft.

»Es macht alles nur komplizierter.« Gabriel griff nach seinem Whiskeyglas.

»Wenn du jetzt denkst, dass ich irgendwelche Erwartungen hätte, nur weil wir … wir miteinander schlafen, dann sind deine Befürchtungen völlig unbegründet.«

»Das behaupten alle Frauen«, entgegnete Gabriel und nahm einen großen Schluck.

»Ich bin aber nicht alle Frauen«, sagte Ming und rückte ihre Bluse zurecht. Sie sah Gabriel wehmütig an, bevor sie ihre traurige Miene mit einem leichten Lächeln kaschierte. »Ich will dich wirklich nicht in Bedrängnis bringen, das musst du mir glauben.« Sie küsste ihn auf die Wange. »Danke für alles«, flüsterte sie. »Es war ein toller Abend.«

Ming stand auf und griff nach ihrer Handtasche. Gabriel nahm ihre Hand. »Ming, ich bin nicht der Richtige für dich.«

»Ich bin kein Teenager mehr, Detective McRay. Ich kann selbst entscheiden, wer der Richtige für mich ist und wer nicht.«

Sie zog die Hand zurück und ging zur Tür.

Als sie hinter ihr ins Schloss fiel, kniff er die Augen zusammen. Jetzt, in der Stille seines Einzimmerapartments, war er endlich allein mit seinen Dämonen und seinem unerfüllten Verlangen.

»Zeigt die Geschichte der Welt nicht, dass es ohne Risiko keine Liebe im Leben geben kann?«
MOHANDAS K. GANDHI

13

Am nächsten Tag saß Gabriel in Commerce vor seinem Laptop und führte seine Notizen über den Fall zusammen. Auf seinem Schreibtisch lag die letzte Ausgabe der *Los Angeles Times*. Die Angehörigen der Opfer wollten eine Selbsthilfegruppe unter der Leitung von Brian Goldfields Exfrau bilden. Sie lebte in Beverly Hills und – so vermutete Gabriel zumindest – spekulierte auf die Aufmerksamkeit der Medien. *In Los Angeles ist also alles beim Alten.* Er warf die Zeitung in den Papierkorb.

Fünf Ermordete, fünf Chakren. Drei waren noch übrig. Das fünfte Chakra stand für Selbstdarstellung und die kreative Identität. Gabriel rieb sich die Stirn und fragte sich, welche Person wohl die Vorstellung des Mörders von einer kreativen Identität erfüllen mochte.

Er versuchte, sich auf die Notizen auf dem Bildschirm zu konzentrieren, sah jedoch ständig Ming vor seinem geistigen Auge. *Schlag sie dir aus dem Kopf.*

Verschiedene Ermittlerteams durchforsteten die Spezialgeschäfte für alte Waffen und suchten nach Sammlern von russischen Militaria. Die DNA-Testergebnisse, von denen sie sich so viel versprachen, ließen noch auf sich warten. Gabriel hatte mehrere verdeckte Ermittler an die Universität beordert, um sich unauffällig umzuhören. Und dann waren da noch die an Gabriel gerichteten Botschaften.

Irgendwas hätte mir an diesen Nachrichten doch auffallen müssen, dachte Gabriel. *Irgendetwas hätte mir ins Auge stechen müssen*. Wenn er tatsächlich etwas verdrängte, wie Dr. B so vehement behauptete, dann musste er sich schleunigst wieder daran erinnern, bevor noch jemand ermordet wurde.

Gabriel zählte im Geiste auf, was er über den Täter wusste. Er fuhr ein Yamaha-Geländemotorrad, besaß antike Militärwaffen und studierte möglicherweise noch. Zu Gabriels Bekanntenkreis gehörten weder Studenten noch Waffensammler.

Warum hast du es mit Ming vermasselt?

»Sergeant McRay?«

Gabriel sah vom Laptop auf. Eine Sekretärin stand vor seinem Schreibtisch.

»Im Vernehmungsraum wartet eine Zeugin. Das Hauptquartier hat sie geschickt, damit Sie und Lieutenant Ramirez mit ihr persönlich sprechen können.«

»Was für eine Zeugin?«

»Sie sagt, dass sie sich auf ihre Aushänge hin gemeldet hat. Anscheinend hatte sie ein merkwürdiges Erlebnis mit einem Anhalter.«

Gabriel sprang so ruckartig auf, dass sein Stuhl umkippte. Die Sekretärin beobachtete Gabriels hastigen Abgang, dann zuckte sie mit den Schultern und stellte den Stuhl wieder auf.

Als Gabriel den Verhörraum betrat, sah er eine schlanke, junge Frau mit dünnem honigfarbenem Haar vor sich, die ihn ängstlich aus blassgrünen Augen ansah. Ramirez saß neben ihr.

Sie stellte sich als Megan Farley vor. Auf Ramirez' Bitte hin begann sie zu erzählen.

»Ich war gerade auf der Decker Road in Richtung Westlake Village unterwegs.«

Ramirez und Gabriel wechselten einen sorgenvollen Blick. Keiner der Morde hatte so weit nördlich stattgefunden. Wenn der Täter immer noch nach potenziellen Opfern Ausschau hielt, hatte er sein Jagdrevier erweitert.

»Ein Mann hat mir zugewinkt. Ich bin an den Straßenrand gefahren, weil ich dachte, dass er Hilfe braucht. Erst dann habe ich gesehen, dass er eine Waffe in einem Schulterhalfter trug.«

Die beiden Polizisten warfen sich einen weiteren Blick zu.

»Wieso haben Sie angehalten, wenn der Mann eine Waffe trug?«, fragte Gabriel.

»Ich dachte nicht, also … ich hab die Waffe erst gesehen, als ich bereits angehalten hatte.«

»Hat der Mann die Waffe gezogen und Sie damit bedroht?«, fragte Ramirez.

»Nein, das nicht. Er hat mir seine Dienstmarke gezeigt. Er hat gesagt, er sei Detective beim L.A. Sheriff's Department – genau wie Sie.«

»Der Mann hat sich als Polizist ausgegeben?«, fragte Gabriel mit klopfendem Herzen, aber fester Stimme. »Hat er sich zu erkennen gegeben? Hat er Ihnen seinen Namen genannt?«

»Er hat gesagt, er sei Detective McRay.«

Gabriel sah die Frau einen Augenblick lang schweigend an. *Damit kommt er niemals durch. Bleib ruhig und tu einfach so, als würde dich Ramirez gerade nicht komisch anstarren.*

Gelassen zog Gabriel einen Stuhl unter dem Tisch

hervor und setzte sich darauf. Dann verschränkte er in einer täuschend echten Imitation von Dr. B sorgfältig die Hände.

»Mrs. Farley, ich bin Detective McRay.«

Die Frau musterte Gabriel schnell von oben bis unten. »Oh … oh, das wusste ich nicht.«

»Sagen Sie uns, wie dieser ›Detective‹ ausgesehen hat, Miss Farley«, sagte Gabriel mit leicht bebender Stimme.

Wieder richteten sich die blassen Augen auf Gabriel. »Na ja, es war ziemlich dunkel, aber er hatte schwarzes Haar.« Zögerlich fuhr sie sich durch die blonden Strähnen. »Genau wie Sie. Er war auch ungefähr so groß wie Sie. Oder größer. Er trug eine Baseballkappe.«

»Von welcher Mannschaft?«, fragte Gabriel.

»Wie bitte?«

»Konnten Sie ein Emblem oder einen Mannschaftsnamen auf der Kappe erkennen? Den Namen einer Stadt?«

»Ich glaube, es war eine Dodgers-Kappe. Ich erinnere mich nicht so genau. Der Schirm war tief in die Stirn gezogen. Er war ziemlich aufgeregt, hat gesagt, dass er in den Mordfällen ermittelt und dass sein Auto liegen geblieben sei. Er war schon ein paar Meilen gelaufen und hat mich gebeten, ihn nach Westlake mitzunehmen, weil er da draußen keinen Handyempfang hatte.«

»War er allein?«

»Soweit ich sehen konnte, schon.«

»Ist Ihnen sonst noch etwas aufgefallen? Trug er etwas bei sich?«

»Eine Aktentasche.«

Gott sei Dank haben diese grünen Augen nie ihren Inhalt erblickt. Gabriel sah zu Ramirez hinüber, der jedoch völlig auf die Zeugin fixiert war. Gabriel wandte sich wieder der

Frau zu. »Megan, bitte sehen Sie mich genau an. Bin ich der Mann, den Sie am Straßenrand gesehen haben?«

Sie schluckte und betrachtete nervös sein Gesicht. »Nein, ich glaube nicht. Es war dunkel, und ich wollte so schnell wie möglich weg. Um die Wahrheit zu sagen, war unter der Kappe kaum etwas zu erkennen. Und so genau wollte ich ihn mir gar nicht ansehen.«

Sie hat Angst, dachte Gabriel. Und sie steht unter Druck. Sobald er den Raum verließ, würde Ramirez sie so lange bearbeiten, bis sie ihn als den Mörder identifizierte.

»Was geschah dann?«, fragte Ramirez.

»Ich habe weder Ja noch Nein gesagt, und er hat mich gefragt, wohin ich unterwegs war. Zur Arbeit, habe ich gesagt, und er wollte wissen, wo ich arbeite.«

»Und Sie sagten …?« Ramirez senkte das Kinn und wartete, bis sie den Satz vollendete.

»Ich sagte, dass ich im Westlake Grill hinter dem Tresen stehe.«

»Und was hat er darauf gesagt?«, fragte Gabriel neugierig. »Megan, wie genau hat er darauf reagiert?«

Die Frau entfernte einen Fussel von ihrem Hosenbein. »Er hat mich nur angesehen, bestimmt eine Minute lang. Das war unheimlich, und ich hab den Gang eingelegt, damit ich sofort losfahren konnte. Schließlich war es dunkel, und ich hatte die Nachrichten gesehen.«

»Was hat er gesagt?«

»Er hat mich gefragt, wie weit es noch bis zur Zivilisation ist. Genau das hat er gesagt: zur Zivilisation. Eine Meile oder so, hab ich gesagt. Er ist vom Auto zurückgetreten. ›Also gut‹, hat er gesagt, ›dann kann ich auch laufen.‹ Und dann hat er sich bei mir bedankt.«

»Wann war das?«

»Vorletzte Nacht.«

»Was hat Sie dazu gebracht, sich bei uns zu melden?«

»Vor ein paar Tagen habe ich Ihren Aushang an einem Telefonmast gesehen. Aber ich dachte, er wäre ein Detective – und schließlich ist ja auch nichts passiert.«

Ramirez wagte es nicht, Gabriel in die Augen zu sehen.

»Vielen Dank, Sergeant McRay. Ich übernehme jetzt. Bitte warten Sie in meinem Büro auf mich.«

Gabriel nickte langsam, verabschiedete sich von der Frau mit den grünen Augen und verließ wie betäubt den Raum.

Am nächsten Tag saß Gabriel wieder im Verhörzimmer. Doch diesmal war es nicht er, der die Fragen stellte. Er wurde von Rick Frasier vernommen. Rick wollte wissen, wo er vor drei Nächten gewesen war. Er wollte wissen, ob Gabriel ein Geländemotorrad oder bestimmte altertümliche Waffen besaß.

Dann betraten Ming und Anthony Hamilton den Raum. Trotz Ricks unaufhörlichen Fragen behielt Gabriel Ming im Auge. Nach einer geflüsterten Unterhaltung mit Anthony verließ der DNA-Experte das Zimmer. Zögernd ging Ming auf Gabriel zu und fragte ihn, ob sie eine Blutprobe nehmen dürfe. Sie wollten seine DNA mit der des Täters vergleichen, sobald die Untersuchungsergebnisse aus dem Labor eintrafen.

Frustriert beobachtete Dr. B das Schauspiel im Nebenraum durch eine einseitig verspiegelte Scheibe. Ramirez stand neben ihm und verfolgte mit verschränkten Armen das Verhör.

»Stand Gabriel vor drei Nächten nicht bereits unter Beobachtung?«, fragte Dr. B.

Ramirez zog ein Päckchen Winston aus der Tasche und

klopfte eine Zigarette heraus. »Die beiden Kollegen schwören Stein und Bein, dass sein Auto die ganze Nacht über vor seinem Haus stand.«

»Warum dann dieser Zirkus?«

»McRays Wohnung befindet sich in einer Seitenstraße. Er hätte nur über den Zaun springen und weglaufen müssen.«

»Aber er besitzt kein Geländemotorrad, oder?«, gab Dr. B zu bedenken. »Und er hat auch keine Sammlung russischer Waffen.«

Ramirez wandte sich dem Psychiater zu. »Vielleicht hat er irgendwo ein Geheimversteck?«

»Miguel, Sie wissen ganz genau, dass Gabriel unschuldig ist.«

»Das weiß ich eben nicht, Doc. Er hat schwere psychische Probleme, und auf der Nachricht stand, dass er und der Mörder ›eins‹ sind.«

»Sie vertrauen doch meinem Urteil als forensischer Profiler?«

»Sie sind nicht unfehlbar, Berkowitz.«

Gekränkt schob Dr. B die Brille die Nase hinauf und verschränkte ebenfalls die Arme. Eine Abwehrhaltung, wie er sehr wohl wusste, aber er konnte nicht anders. »Gabriel leidet unter einem Minderwertigkeitskomplex. Hervorgerufen durch ein Trauma, an das er sich nicht erinnern kann. Der Täter dagegen hat einen Überlegenheitskomplex und hängt der irrigen Annahme an, dass er über seinen Mitmenschen steht. Im Prinzip ist ein Überlegenheitskomplex nichts anderes als ein stark ausgeprägter Minderwertigkeitskomplex in anderer Gestalt.«

»Wissen Sie, was noch sehr komplex ist?«, fragte Ramirez und sah Dr. B an. »Das Kauderwelsch, das Sie da verzapfen. Ich habe hier eine Zeugin – die einzige *lebende* Zeugin in diesem Fall, wie ich hinzufügen möchte –, die Gabriel eindeutig als denjenigen Mann identifiziert hat, der bei ihr mitfahren wollte.«

»Welche Augenfarbe hatte der Anhalter?«

Ramirez öffnete einen Spaltbreit den Mund. »Das konnte sie nicht erkennen. Es war zu dunkel«, sagte er nach einem Augenblick.

»Konnte sie wenigstens die Dienstmarke erkennen? Was stand darauf?«

»Die hat sie gar nicht erwähnt.«

»Weil sie niemand danach gefragt hat«, sagte Dr. B ärgerlich. »Sie wollen den Fall so schnell wie möglich abschließen, Miguel. Ich weiß, dass Sie in dieser Angelegenheit schwer unter Druck stehen; aber um Himmels willen, die Aussage einer einzelnen Frau als eindeutigen Schuldbeweis zu interpretieren …« Dr. B kaute auf seiner Lippe und fragte sich, ob er es riskieren sollte. Die ärztliche Schweigepflicht war ihm heilig. Doch dann betrachtete Dr. B den verzweifelten Gabriel und beschloss, es zu wagen. »Gabriel hat mir gegenüber einen gewissen Andrew Pierce erwähnt.«

»Andrew Pierce? Ist der von hier oder aus San Francisco?«

»Aus San Francisco«, sagte Dr. B und konnte förmlich hören, wie ihm sein Vater vorhielt, dass aus ihm niemals ein guter Therapeut werden würde. »Mehr kann ich Ihnen nicht verraten, aber womöglich könnte es sich lohnen, das zu überprüfen.«

»Keine Sorge, ich werde diesen Andrew Pierce ganz genau durchleuchten«, versicherte ihm Ramirez und führte das Feuerzeug zu der Winston, die in seinem Mundwinkel baumelte.

»Versprechen Sie mir, Gabriel nicht von dem Fall abzuziehen?«

Die kleine Flamme hielt wenige Zentimeter vor ihrem Ziel inne. »Sie sind genauso durchgeknallt wie er.«

»Ich glaube, dass es eine Verbindung zwischen Gabriel und dem Täter gibt. Wenn Sie Gabriel von diesem Fall abziehen, wird er sich nie an seine Vergangenheit erinnern. Und aus genau dieser Vergangenheit stammt auch der Mörder.«

Ramirez beobachtete Gabriel durch die Glasscheibe. »Ich weiß nicht so recht. Mir gefällt die Vorstellung nicht, dass ein Detective einer Spur bis zu seiner eigenen Tür folgt.«

»Vertrauen Sie mir, Miguel.«

Ramirez grunzte und zündete die Zigarette an.

Mit Gabriels Blutprobe in der Hand verließ Ming das Morddezernat und marschierte flott zu ihrem Wagen. Anthony Hamilton wartete bereits im Labor auf sie. Ming wäre am liebsten vor Scham im Boden versunken oder hätte die Röhrchen mit der dunkelroten Flüssigkeit auf den Asphalt geschleudert. Die Blutentnahme war sowohl für sie als auch für Gabriel eine einzige Tortur gewesen. Als sie gehört hatte, dass man Anthony Hamilton damit beauftragt hatte, eine Blutprobe von Gabriel zu nehmen, war sie eingeschritten. Sie hatte gehofft, dass ihre Gegenwart Gabriel trösten würde, doch stattdessen hatte sie alles nur noch schlimmer gemacht – viel schlimmer. Als ob es nicht gereicht hätte, dass Gabriel von diesem Anfänger Rick vernommen wurde. Nachdem sie durch die Tür gekommen und nüchtern und sachlich um eine DNA-Probe gebeten hatte, musste Gabriel am Boden zerstört gewesen sein.

Sie kam an einem großen Müllcontainer vorbei und leckte sich die Lippen. Spontan kam ihr in den Sinn, die

Proben einfach hineinzuwerfen. Dann schalt sie sich für einen so infantilen Gedanken.

Ich könnte die Proben austauschen. Ming betrachtete die Röhrchen in ihrer Hand. *Bevor sie Anthony Hamilton überhaupt zu Gesicht bekommt.* Niemand würde den Unterschied bemerken, Gabriel kam als Täter nicht mehr infrage, und damit hatte sich die Sache. So einfach war das.

Ming stieg in ihr Auto, legte die Hände aufs Lenkrad und sah zu dem Gebäude hinüber, in dem Gabriel gerade auf kleiner Flamme geröstet wurde. Wie konnte sie so etwas überhaupt in Erwägung ziehen?

Gabriel braucht keine Hilfe, sagte sich Ming. *Weil er nicht der Mörder ist. Seine* DNA wird nicht die des Mörders sein, also worüber machst du dir solche Sorgen?

Doch sie machte sich Sorgen. Sie hatte Angst, dass die DNA-Proben übereinstimmten.

Ming warf noch einen letzten sehnsüchtigen Blick auf den Müllcontainer, dann ließ sie schnell den Motor an und fuhr zum Labor.

14

Der Verkehr beruhigte Gabriel. Die roten Bremslichter der unzähligen Fahrzeuge auf dem Santa Monica Freeway versetzten ihn in eine Art Dämmerzustand, in dem nichts anderes mehr von Bedeutung war, als nicht auf die Stoßstange des Vordermanns aufzufahren.

Sobald er seine Wohnung in der Bay Street betrat, ging er schnurstracks zum Kühlschrank und nahm sich eine Bierflasche. Er öffnete sie, setzte sie an die Lippen und schleuderte sie plötzlich durch den Raum. Das Glas splitterte, und die bernsteinfarbene Flüssigkeit hinterließ eine Schaumspur an der Wand, die schnell vom Teppich aufgesogen wurde. Seine Kochtöpfe waren ordentlich auf dem Herd arrangiert und harrten der nächsten kulinarischen Abenteuer. Mit einer weit ausholenden Armbewegung fegte sie Gabriel klappernd zu Boden. Auf der Suche nach weiteren Gegenständen, die er kaputtmachen konnte, marschierte er ins Schlafzimmer. Als er nichts Geeignetes fand, warf er sich aufs Bett und überlegte ernsthaft, ob er sich etwas antun sollte. Gabriel riss das Heftpflaster von seinem muskulösen Arm und betrachtete das kleine Loch in seiner Haut. Mings Anwesenheit beim Verhör hatte ihn zutiefst gedemütigt. Ob es die Absicht des Mörders war, Gabriel auf diese Weise zu quälen? Doch wer steckte dahinter und was hatte Gabriel verbrochen, um Ziel eines derart persönlichen Rachefeldzugs zu werden? *Ich erinnere mich nicht. Mir fällt nicht das Geringste ein!*

Gabriel hatte jeden Straftäter aus seinen früheren Fällen überprüft, der vor Kurzem aus dem Gefängnis entlassen worden war. Er hatte sie alle mühelos aus dem Kreis der Verdächtigen ausschließen können. Und die übrigen Verbrecher, die er eingebuchtet hatte, saßen nach wie vor hinter Schloss und Riegel.

Dann dachte er an Andrew Pierce. Im Nachhinein betrachtet hatte seine Mutter recht gehabt: Er war nur ein orientierungsloser Schulabbrecher gewesen, der noch bei seinen Eltern wohnte und nichts mit seinem Leben anzufangen wusste, außer an seiner Schrottlaube herumzuschrauben. Wenn er sich Andrew vor Augen führte, wie er sein Auto reparierte, wuchs eine schwarze Blume in Gabriels Brust. Ihre Blütenblätter entfalteten sich und verströmten einen ekelhaften Geruch. Gabriel rollte sich ruckartig auf dem Bett herum und verdrängte jede Erinnerung an Andrew Pierce aus seinen Gedanken.

Stattdessen konzentrierte er sich auf seine gegenwärtige Lage. Er war ehrlich überrascht gewesen, dass ihn Ramirez nicht von dem Fall abgezogen hatte. Gabriel war sich bewusst, dass er von nun an unter genauer Beobachtung stand. Er fragte sich, ob sein Telefon abgehört wurde.

Ich könnte kündigen, überlegte er, doch was würde das bringen? Sie würden ihn weiter beschatten. Wenn er allerdings den wahren Mörder seiner gerechten Strafe zuführte, konnte er weit mehr vom Sheriff's Department erwarten als nur eine Entschuldigung.

Morgen würde er an dem Treffen dieser Selbsthilfegruppe in Beverly Hills teilnehmen. Er konnte sich gut vorstellen, wie die Angehörigen reagieren würden, wenn sie erfuhren, dass der leitende Ermittler gleichzeitig der Hauptverdächtige war.

Brian Goldfields Exfrau war das blondierte, spindeldürre Produkt von Schönheitschirurgie und Diätpillen. Imogene Goldfields riesiges Anwesen in Beverly Hills – bezahlt mit der großzügigen Abfindung, die sie von ihrem verstorbenen Exmann erhalten hatte – bestand ausschließlich aus Glas und Spiegeln; das Meisterstück eines sehr teuren Innenarchitekten.

Gabriel brachte die Teilnehmer auf den neuesten Stand der Ermittlungen und legte ihnen die wenigen Spuren dar, die öffentlich gemacht werden durften. Natürlich erwähnte er weder die ausgedruckten Botschaften noch seine Vermutung, dass es sich bei dem Täter um einen Studenten handelte.

Gloria Lusk, Ted Brodys langbeinige rothaarige Verlobte, rührte in dem Martini herum, den ihr Imogene Goldfield soeben in die Hand gedrückt hatte. Sie sagte nicht viel und starrte die meiste Zeit traurig in ihren Wodka. Die Eltern von Patrick Funston und Adam Parraco standen sich in Imogenes geräumigem Wohnzimmer gegenüber. Die beiden Paare hätten unterschiedlicher nicht sein können: Patricks Eltern trauerten neben einer großen Glasskulptur von René Lalique um ihren geliebten Sohn, dem eine rosige Zukunft bevorgestanden hatte. Mr. und Mrs. Parraco dagegen lehnten an einer Vitrine, in der Imogenes Kristallschuhsammlung ausgestellt war, schüttelten betrübt die Köpfe und gaben Adam, dessen Lebensstil sie immer verabscheut hatten, die Schuld an seinem Tod.

Imogene selbst huschte herum wie die perfekte Gastgeberin. Sie schien den traurigen Anlass des Treffens vergessen zu haben und stattdessen eine Party veranstalten zu wollen. Ein eigens für den Anlass eingestellter Barkeeper servierte Drinks, ein Kellner reichte Kanapees. Als sie mit ihren Fragen an der Reihe war, stand sie auf, ganz die Grande Dame, schniefte und verstieg sich zu der Behauptung, dass der Tod von Brian Goldfield einen Verlust für die Gesellschaft an sich bedeutete; nun, da ihr Ehemann keinen Beitrag mehr zur Unterhaltungsindustrie leisten konnte, war es gut möglich, dass der Weltuntergang unmittelbar bevorstand.

Gabriel ertrug geduldig ihren Monolog. Wenn er sich recht erinnerte, war die Scheidung der Goldfields ein ganz besonders schmutziger Rosenkrieg gewesen.

Nach einem kurzen Vortrag über die verschiedenen Ermittlungsmethoden im Allgemeinen sprachen Gabriel und Dash mit jeder einzelnen Person, um ihre Fragen in einem etwas persönlicheren Rahmen zu beantworten. Während sich Dash mit Gloria Lusk unterhielt, redete Gabriel mit den anderen Anwesenden, bis er sich schließlich Tania Dankowskis Sohn gegenübersah.

Der Junge war etwa neun oder zehn, groß für sein Alter, hatte ein Mondgesicht und kurz geschnittenes blondes Haar. Er stand bei seinem Vater, einem traurigen, massigen Mann, der beinahe in seinem Sessel versank. Der Junge hatte niedergeschlagen den Kopf in den Händen vergraben und schwieg. Als er ihn ansah, empfand Gabriel unglaubliches Mitleid und eine merkwürdige Trostlosigkeit.

Er ging vor dem Jungen in die Hocke. »Willst du einen Trick sehen, den sie mir auf der Zauberschule beigebracht haben?«

Der Kleine sah Gabriel eine Weile an und nickte dann vorsichtig.

Gabriel knickte den Daumen ab und tat so, als besäße er nur den halben Finger. Dann krümmte er einen Finger der anderen Hand und legte sie zusammen, sodass es aussah, als würde er sich selbst einen Finger von der Hand ziehen.

Der Junge lächelte und fragte, wie der Trick funktionierte. Gabriel nahm eine Hand des Jungen in seine eigene und zeigte es ihm.

Wie kannst du einem Kind nur so etwas antun? Du bist ein böser, böser Mann!

Schlagartig ließ Gabriel die Finger des Jungen los und trat zurück.

»So?«, fragte Tanias Sohn.

Gabriel riss sich zusammen und nickte. Dann zog er sich in Imogenes luxuriöse Küche zurück, nahm sich ein Glas Wasser und hoffte, dass ihm die Kopfschmerzen diesmal erspart blieben.

Er schloss die Augen und lehnte sich gegen die Granitarbeitsfläche. Tanias Sohn war gezeichnet. Gezeichnet von einer Tragödie, nach der er nie wieder der Junge sein würde, der er noch vor zwei Monaten gewesen war. Irgendwann würde er einem Therapeuten gegenübersitzen und diesem Wildfremden sein Herz ausschütten, statt ein glückliches Leben zu führen.

Als Gabriel die Augen wieder öffnete, stand Dash vor ihm und sah ihn besorgt an.

»Alles klar?«

Gabriel stieß sich von der Arbeitsfläche ab und kehrte ins Wohnzimmer zurück. »Hast du's nicht allmählich satt, ständig dieselbe Frage zu stellen?«

Danach fuhren Gabriel und Dash zur Pepperdine University, um weitere Studenten zu befragen. Gabriel entdeckte jede Menge der besagten Geländemotorräder und war fest entschlossen, sich jeden einzelnen Besitzer vorzuknöpfen.

Die meiste Zeit verbrachte er jedoch an den Fakultäten für Geschichte und Slawistik, konnte jedoch nichts in Erfahrung bringen, was mit den Morden zu tun hatte. Während er mit einem Tutor sprach, fiel sein Blick auf eine Vitrine mit russischen Medaillen und Orden. Wieder regte sich ein Erinnerungsfetzen – etwas aus seiner Jugend, das mit russischen Militärgegenständen zu tun hatte … nur was?

Am Abend hatte er einen weiteren Termin bei Dr. B. Gabriel saß im Sessel und war ausnahmsweise dankbar, die Gelegenheit zur Therapie nutzen zu können. Er wollte seinen eigenen Panzer mit allen Mitteln aufbrechen.

»Ramirez hält mich für den Täter«, sagte er.

»Wenn er das wirklich glauben würde, säßen Sie jetzt in Untersuchungshaft.«

»Die DNA-Ergebnisse sind da. Wussten Sie das? Ein männlicher Weißer. Sie warten auf die Übereinstimmung.«

Dr. B schob sich die Brille die Nase hinauf. »Sie sagten ›Übereinstimmung‹, nicht ›Resultat‹. Gabe, glauben Sie denn wirklich, dass die beiden Proben identisch sind?«

Gabriel schluckte, überrascht von seinem freudschen Versprecher. Er nahm das Aspirin aus der Tasche und steckte sich eine Tablette in den Mund. »Na ja, davon scheinen doch wohl alle überzeugt zu sein.«

»Ich habe Sie nach Ihrer Meinung gefragt.«

Gabriel stützte den Ellenbogen auf die Sessellehne und rieb sich das Kinn. »Ich mache mir große Sorgen deswegen, das will ich Ihnen nicht verschweigen. Was tue ich, wenn ich mich in diesem Fugue-Zustand befinde?«

»Etwas Schönes, könnte ich mir vorstellen. Irgendein Ereignis löst die verdrängte Erinnerung aus, doch bevor sie an die Oberfläche dringen kann, verabschieden Sie sich sozusagen von sich selbst – Sie fliehen, bevor die Erinnerung Sie erreichen kann. Ich bezweifle, dass Sie dann losziehen und ein Blutbad anrichten.«

»Woher wollen Sie das wissen?«

Ich weiß es nicht, dachte Dr. B und spürte, wie die unsichtbare Präsenz seines Vaters mürrisch die Stirn runzelte.

»Weil Sie kein Mörder sind, Gabe«, sagte Dr. B. »Reden wir über den heutigen Tag. Das Kind, dem Sie bei dieser Selbsthilfegruppe begegnet sind, hatte einen gewissen … Effekt auf Sie.«

»Ja. Ich berührte seine Hände, um ihm einen Zaubertrick zu zeigen, und dann überkam mich dieses … Gefühl.«

»Was für ein Gefühl?«

»Scham.«

»Scham bedeutet für gewöhnlich Schuld. Weshalb fühlen Sie sich schuldig?«

Gabriel holte tief Luft. Seine Finger trommelten in unregelmäßigem Rhythmus gegen die Sessellehne. »Da fällt mir so spontan nichts ein.«

Dr. B beobachtete ihn. Gabriel beobachtete den Sekundenzeiger auf der hölzernen Uhr. Eine Harpyienstimme in seinem Kopf beschuldigte ihn, ein böser, böser Mann zu sein.

»Das habe ich noch nie jemandem erzählt«, gestand Gabriel leise, ohne den Blick von den Zeigern der Uhr zu nehmen. »Als ich auf diesen Kerl auf der Halloween-Party feuerte, dachte ich wirklich, dass er auf mich schießen wollte, weil er so betrunken und aggressiv war. Aber kurz bevor ich zum zweiten Mal abdrückte, bemerkte ich, dass er keine echte Waffe in der Hand hielt. Und ich habe trotzdem geschossen.«

Dr. B schwieg. »Damals habe ich den Gerichtsmediziner gefragt, welcher Schuss ihn getötet hatte, der erste oder der zweite«, fuhr Gabriel fort. »›Der erste‹, sagte er. Aber das spielt keine Rolle. Ich habe ein zweites Mal auf ihn geschossen. Und dann der Junge mit dem Messer und die alte Frau. Als hätte eine fremde Macht von mir Besitz ergriffen, über die ich keine Kontrolle habe.« Gabriel lächelte. »Alle halten die alte Frau für eine nette Oma.« Er kicherte freudlos. »Eine reizende alte Dame. Wissen Sie, was sie zu mir gesagt hat, als ich ihr meine Marke zeigte? ›Verpiss dich, du beschissenes Bullenschwein, sonst jag ich dir eine Kugel in den Hintern.‹«

Gabriel warf Dr. B einen kurzen Blick zu. »Sie können es sich ja vorstellen. Als ich die Schrotflinte mitten auf dem Tisch liegen sah und sie mich beschimpfte, überkam mich aus heiterem Himmel diese Wut. Dieser unglaubliche Zorn, den ich ständig mit mir herumtrage. Als hätte ich einen Dämon in der Tasche.«

Dr. B verschränkte die Hände vor der Brust. »Wann haben Sie diesen ›unglaublichen Zorn‹ zum ersten Mal bemerkt?«

Gabriel griff nach dem Aspirin und drückte eine weitere Tablette heraus. »Als Teenager.«

»Was ist passiert?«

»Das ist so besch … verflucht schwer für mich, wissen Sie?«

Dr. B nickte verständnisvoll, sagte jedoch nichts.

»Als ich ungefähr siebzehn war, ging ich babysitten«, fuhr Gabriel fort. »Ich sollte auf diesen kleinen Jungen aufpassen. Meine Schwester ging bei seiner Mutter zum Schwimmunterricht. Man sollte meinen, dass man in San Francisco praktisch mit dem Meer aufwächst, aber irgendwo müssen die Kinder ja schwimmen lernen, und ihre Schule war die einzige weit und breit. Meine Mutter hatte mich als Babysitter empfohlen. Der Junge war etwa sechs oder sieben. Er war sehr unglücklich, obwohl ich nie herausgefunden habe, was in seiner Familie schieflief. Ich war ein blöder Teenager, es war mir schnurzegal. Trotzdem spürte ich, dass es in diesem Haus nicht mit rechten Dingen zuging.«

»Hat Ihnen der Junge selbst gesagt, dass er unglücklich war?«

»Nie. Ich hatte nur so eine Vermutung. Wie dem auch sei: Der Junge hat zu mir aufgesehen. Er hat mich regelrecht vergöttert, als wäre ich sein Retter oder so. Das hat mir gefallen. Er war ein schlaues kleines Kerlchen, und ich habe ihn in den Golden Gate Park mitgenommen. Dort sind wir mit dem Boot auf die Insel gefahren, haben uns Geheimverstecke ausgedacht und alles gemacht, was Jungs eben gerne machen.«

»Und wieso die Wut?«

»Keine Ahnung«, flüsterte Gabriel und schüttelte den Kopf. »Ich weiß nicht, wie es passiert ist. Eines Tages habe ich ihn angesehen und wollte ihm wehtun. Er hatte nicht mal was angestellt. Ich ging einfach in die Luft. Ich hatte schon den ganzen Tag lang schlechte Laune und keine Lust, auf ihn aufzupassen, und dann …« Gabriel zupfte nervös an seinen Fingernägeln. »Und dann hab ich ihn verprügelt. Ich hab ihn verprügelt. In den Bauch geschlagen. Unfassbar.«

Eine Träne rann aus Gabriels Auge. Er wischte sie schnell weg. »Ich habe ihn gegen die Wand geworfen. Grundgütiger, ich weiß nicht, weshalb ich das getan habe.«

»Er hat es seinen Eltern erzählt.«

»Nein, das ist ja das Schlimme. Der Junge mochte mich so sehr, dass er mich nicht verraten hat. Ich weiß nicht mehr, wie das Ganze ausging. Ich glaube, ich habe es verdrängt, aber … ach, keine Ahnung.«

»Nicht, Gabriel. Hören Sie gut zu: Bitte fahren Sie fort. Verdrängen Sie es nicht.« Dr. B beugte sich vor. »Bitte reden Sie weiter. Er hat es seinen Eltern nicht erzählt, aber irgendetwas ist dennoch passiert.«

»Wahrscheinlich hat seine Mutter die Blutergüsse bemerkt oder so, weil – das werde ich mein Leben lang nicht vergessen.«

»Was werden Sie nicht vergessen?«

»Sie hat mich angespuckt und mich einen bösen Mann genannt. Ich weiß noch, wie seltsam es war, dass sie mich einen Mann nannte. Bis dahin hatte ich mich nicht für einen Mann gehalten. Sie hat mich gefragt, wie ich einem Kind nur so etwas antun konnte.«

Dr. B schluckte. »Sie sind im Teenageralter aus San Francisco fortgezogen, nicht wahr?«

»Ja. Gleich nachdem das passiert ist.«

»War das der Grund?«

»Keine Ahnung. Ich weiß nicht, ob sie meiner Mutter davon erzählt hat. Jedenfalls habe ich mich dort nicht wieder blicken lassen.«

»Sie haben es Ihren Eltern nie gesagt.«

»Nein.«

»Und jetzt?«

»Ich rede kaum mit ihnen.«

»Warum nicht?«

Gabriel fixierte erneut Dr. Bs Holzuhr. »Ich komme nicht so gut mit ihnen aus.«

»Warum nicht?«

»Ich war ein Schlüsselkind, schon vergessen? Als Kind wollten sie so wenig wie möglich mit mir zu tun haben.

Jetzt bin ich erwachsen und will so wenig wie möglich mit ihnen zu tun haben.«

Dr. B nickte und fuhr sich gedankenverloren mit einem dünnen Finger über die Lippen.

»Woher stammt diese Wut?«, fragte Gabriel.

Dr. B stellte eine Gegenfrage. »Sagen Sie, Gabriel, war das Verprügeln dieses Jungen die Erinnerung, die Sie so sehr gequält hat, dass Sie sie verdrängten?«

»Nein. Ich wünschte, ich könnte sie verdrängen. Seit jenem Tag habe ich sein Gesicht deutlich vor Augen. Ich konnte es Ihnen einfach vorher nicht erzählen, Raymond. Tut mir leid. Ich habe es noch niemandem erzählt.«

»Dann hat die Wut eine andere Ursache. Tür Nummer zwei.«

Gabriel atmete tief aus und wandte sich ab. »Gott, wenn das doch alles schon vorüber wäre. Ich will mich ja erinnern. Wirklich!«

»Dann fahren wir nächstes Mal mit der Hypnose fort. Trotzdem muss ich Sie warnen: Das heute war eine gewaltige Offenbarung.«

»Und wovor wollen Sie mich warnen?«

»Tür Nummer zwei wird sich bald öffnen. Sie haben schon die Hand auf der Klinke. Heute konnten Sie etwas offenbaren, das Sie seit einer Ewigkeit mit sich herumtragen. Sie haben weniger Angst; und weniger Angst bedeutet, dass Sie bereit sind, die Tür zu öffnen.«

»Soll ich den Fall hinschmeißen?«

»Im Gegenteil«, sagte Dr. B. »Sie haben es selbst gesagt: Dieser Fall bringt Sie der Erinnerung näher.«

»Aber wie und warum?«

Dr. B lehnte sich zurück. »Das, mein Freund, müssen Sie mir beantworten.«

Als Gabriel an diesem Abend nach Hause kam, war sein Verstand bis zum Platzen gefüllt. Er musste über so vieles nachdenken. Um sich von dem ereignisreichen Tag abzulenken, vertiefte er sich in die Chakrenbücher. Sobald er das erste auf dem Schoß aufklappte, flatterte die Visitenkarte der schwarzhaarigen Verkäuferin heraus. Gabriel beugte sich vor, um sie vom Teppich aufzuheben, als ihm schwarz vor Augen wurde.

15

Meredith Hall klappte verächtlich den Kosmetikspiegel in der Sonnenblende zu und sah zu ihrem Mann Ronald hinüber, der den Wagen steuerte. Sein ergrauendes Haar und die Sonnenbräune betonten seine vornehme Erscheinung. Es ist wirklich eine Männerwelt, dachte sie unglücklich und starrte aus dem Fenster.

Sie fuhren mit ihrem neu erworbenen Lexus zu einem späten Abendessen mit Freunden im Geoffrey's, einem Strandlokal, das mit Vorliebe von Filmstars besucht wurde. Als sie am Tapia Park vorbeikamen, stimmte Meredith der Anblick der mit Buschwerk bewachsenen Feldhügel etwas melancholisch.

Vor langer Zeit war sie durch diese Hügel gewandert, ohne sich Gedanken darum zu machen, wie ihre Fingernägel aussahen oder ob ihr Lidstrich gerade gezogen war. Inzwischen wäre sie lieber gestorben, als ungeschminkt das Haus zu verlassen. Seit wann waren Maniküren und Gesichtsbehandlungen eigentlich kein gelegentlicher Luxus mehr, sondern ein wöchentliches Ritual? Sie war eine Sklavin der Schönheitssalons und hielt sich ein Gefolge aus Stylisten, Kosmetikerinnen, Personal Trainern und Ernährungsberatern.

Meredith inspizierte ihre Fingernägel. Eigentlich waren es nicht die Nägel selbst, sondern die Acrylspitzen, die ständig gepflegt werden mussten. Eine Notwendigkeit, da die vielen Ringe an ihren Wurstfingern sonst wenig attraktiv gewirkt hätten.

Der Druck, den die Gesellschaft auf uns Frauen ausübt, ist einfach ungerecht, klagte Meredith leise. Es war ein endloser Kampf – gegen das Übergewicht, das graue Haar, gegen Falten und schlaffe Haut. Meredith betrachtete die mondbeschienenen Hügel und die dunklen Schatten der Höhlen. Die Hügel hatten sich nicht verändert – sie schon. Aus der fröhlichen, natürlichen Schönheit von damals war eine wartungsbedürftige Schaufensterpuppe geworden, die sich nach einem Leben wie aus einer Zeitschriftenwerbung sehnte. Vor langer Zeit hatte sie gemalt. Sie war eine Künstlerin gewesen. Sie malte zwar immer noch, aber niemand nahm sie ernst. Einmal hatte sie sogar ein Bild verkauft, an einen Mann, der später Selbstmord begangen hatte. Die Vorstellung, dass ihre leidenschaftlichen Pinselstriche den Mann in grenzenlose Verzweiflung getrieben hatten, gefiel ihr.

Dann sah sie wieder Ronald an. Obwohl er kaum etwas sagte, wusste Meredith nach fünfundzwanzig Ehejahren genau, was er dachte. Inzwischen hatte er eine Plastikfrau statt der freigeistigen Künstlerin, in die er sich verliebt hatte. Ob er sie wohl eines Tages für eine jüngere, natürlichere Frau verlassen würde?

Ronald bemerkte ihren Blick und zwinkerte ihr zu.

Sie lächelte dankbar. Vielleicht dachte er doch nicht so schlecht von ihr.

Als sie um eine Kurve bogen, bemerkten sie einen Mann am Rand der ungeteerten Standspur. Sein vom Santa-Ana-Wind zerzaustes weißes Haar glänzte im Mondlicht. Er schien verwirrt durch die Gegend zu spazieren, führte Selbstgespräche und hielt eine prall gefüllte Einkaufstüte an die Brust gepresst.

»Spinnt der?«, fragte Ronald seine Frau. »Was macht er hier draußen?«

Ronald wurde langsamer. Meredith starrte ihn an. »Du willst doch wohl nicht anhalten?«

»Aber wir müssen. Wir können ihm unser Handy leihen.«

»In den Canyons haben wir keinen Empfang«, rief ihm Meredith nüchtern in Erinnerung.

Der Wagen fuhr langsam an dem aufgeregten alten Mann vorbei. Ronald lenkte den Lexus auf die Standspur. »Alles in Ordnung?«, fragte er.

Der alte Mann schien sie überhaupt nicht zur Kenntnis zu nehmen. Offensichtlich wartete er ungeduldig auf etwas. »Mein Neffe Alan, mein Neffe Alan«, sagte er schließlich mit leiser Stimme. »Er wollte mich hier abholen. Ich soll bei ihm übernachten.«

Ronald wechselte einen ratlosen Blick mit seiner Frau. »Ihr Neffe wollte sie *hier* abholen? Wie sind Sie überhaupt hierhergekommen? Zu Fuß?«

Der Mann sah sie immer noch nicht an; stattdessen beobachtete er wieder ungeduldig die vorbeifahrenden Autos.

»Wohnen Sie in der Nähe?«, fragte Ronald.

»Ja, gleich hier … hier oben«, sagte der Alte und deutete auf eine einspurige Straße, die sich den Hügel hinaufschlängelte.

»Sollen wir Sie nach Hause fahren? Es ist schon spät, und Sie sollten nicht allein in der Dunkelheit herumstehen.«

Der alte Mann schüttelte hustend den Kopf. »Alan wollte mich genau hier abholen, also bleibe ich auch hier!«

»Wie Sie meinen«, sagte Meredith besänftigend.

Ronald sah sie missbilligend an. »Um welche Uhrzeit wollte Ihr Neffe Sie denn abholen?«

»In zwei Tagen.« Er hustete wieder. »Er wollte mich in zwei Tagen abholen.«

Erneut tauschten die Halls Blicke aus. Ronald stellte den Motor ab und stieg aus. »Wieso rufen Sie Alan nicht von zu Hause aus an und sagen ihm, dass er Sie dort abholen soll?«

»Meinen Sie wirklich?«, fragte der Alte schwach.

»Ganz sicher«, sagte Ronald. »Soll ich Ihnen in den Wagen helfen?«

»Nein!«, rief der Alte und entzog sich seiner Berührung. »Das schaffe ich schon alleine.«

Der alte Mann stieg ein, wobei er die Papiertüte fest umklammert hielt. Ronald zuckte mit den Achseln und zwinkerte seiner Frau zu.

»Wollten Sie denn länger bei Ihrem Neffen bleiben?«, fragte Meredith.

»Ja. Die Nacht über. Damit ich seine Kinder sehen kann.«

Ronald nahm wieder im Lexus Platz und kehrte auf die Malibu Canyon Road zurück. Er fuhr auf die von Bäumen gesäumte Seitenstraße zu, auf die der Mann gedeutet hatte.

Meredith beobachtete den Passagier im Rückspiegel. Der Alte wirkte nervös. Er hatte sich aber auch eine gefährliche Stelle zum Abholen ausgesucht. Kein Wunder, dass er Angst hatte.

Der Lexus schnurrte wie ein Kätzchen.

»Gleich da vorne?«, fragte Ronald.

»Ja, die Straße hoch – bis ganz nach oben«, krächzte der alte Mann.

»Sind Sie den ganzen Weg hinuntergelaufen?«, fragte Meredith.

»Ich brauche meine tägliche Bewegung«, sagte der Mann.

Meredith musterte ihn im Spiegel. Graue Stoppeln

sprossen auf seinen Wangen. Seine Nase war krumm, und er hatte die großen Ohrläppchen alter Menschen.

»Schöner Wagen«, sagte der Mann.

»Nagelneu«, bemerkte Ronald.

»Sie verdienen wohl nicht schlecht? Was machen Sie beruflich?«

»Ich bin in der Werbebranche.«

Ronalds Bescheidenheit ließ Meredith schmunzeln. Er war der Geschäftsführer einer ziemlich großen Werbeagentur. Sie lächelte noch, als sie der Alte nach ihrem Beruf fragte.

»Ich bin Künstlerin«, sagte sie und betrachtete den sternenübersäten Himmel durch das Schiebedach.

Das schien der alte Mann erst einmal verdauen zu müssen. »Wie schön!«, sagte er schließlich.

Meredith beschlich ein ungutes Gefühl in der Magengegend. Irgendetwas stimmte mit diesem alten Mann nicht. Womöglich war er senil und verhielt sich deshalb so merkwürdig. Doch sie hatte den unbestimmten Verdacht, dass der Mann ganz und gar nicht senil war.

Auch der sonst so leutselige Ronald schwieg merkwürdigerweise. Vielleicht empfand er ähnlich wie sie.

»Wieso lässt Sie Ihr Neffe denn mitten in der Nacht allein herumspazieren?«, fragte Meredith den alten Mann.

»Meredith«, ermahnte sie Ronald.

»Na ja, er hätte schließlich überfahren werden können!« Sie drehte sich zu ihrem Passagier um. Er starrte sie mit wachsamen blauen Augen an.

Irgendetwas war hier faul, das spürte Meredith instinktiv. Und dann bemerkte sie noch etwas anderes: einen starken, stechenden Gestank.

Was war das nur?

Ronald hatte es anscheinend ebenfalls gerochen, da er sich auf dem Armaturenbrett des Lexus nach einem Warnlicht umsah.

»Riecht nach Benzin, oder?«, sagte er schließlich.

Benzin, dachte Meredith. Natürlich. Aber wo kam der Geruch her? Sie drehte sich zu dem alten Mann um, der gerade in seiner Einkaufstüte kramte.

»Nur noch ein kleines Stück«, sagte er.

Da stimmt doch was nicht, dachte Meredith wieder, als sie den alten Mann in seiner Tasche wühlen sah. Mit einem Mal stieg Angst in ihr auf, und sie wünschte sich inständig, sie hätten nicht angehalten.

»Hier kann ich nicht wenden«, sagte Ronald. »Das ist nur ein Feldweg. Weiter oben sind keine Häuser mehr.«

»Wenden Sie trotzdem«, sagte der Alte und zog einen Revolver hervor. Er grinste und entblößte dabei gesunde weiße Zähne.

Sein Großvater hatte den Malibu-Canyon-Killer so lange auf der Schaukel angestoßen, wie dieser es wollte (und das war immer ziemlich lang). Sein Großvater hatte sich alles angehört, was der kleine Junge zu sagen hatte, und sich dabei gefreut, wie aufmerksam und kreativ sein Enkel war. Er lächelte bei jedem Wort, schimpfte nie und nannte ihn auch nie einen Dummkopf. Im Gegenteil, sein Großvater machte ihm Komplimente. Er spielte mit ihm Fangen und Verstecken und all die anderen Spiele, die er zu Hause niemals spielte. Großvater war perfekt.

Wenn sie Hand in Hand durch den Park schlenderten, fragte er seinen Großvater immer, ob er nicht zu ihm ziehen dürfte.

»Deduschka, darf ich bei dir wohnen?«

Da schwieg der alte Mann eine Zeit lang und erklärte

dann, dass seine Eltern wohl sehr wütend werden würden, wenn er ihn ihnen wegnahm. »Vnuk«, sagte er, »so ist es besser.«

Und gleichzeitig füllten sich die Augen des alten Mannes mit Tränen, sodass der Junge wusste, dass es sein Großvater nicht ernst meinte.

Der alte Mann nahm seinen Hut ab, wischte sich traurig über die Stirn und erklärte seinem Enkel, dass Großmutter sehr krank war. Nicht krank im Körper, sondern im Kopf. Er glaubte nicht, dass sie in der Lage war, einen Jungen anständig zu erziehen.

Der Mörder war sich nicht sicher, ob Großvater mit »anständig erziehen« die Prügel meinte, die ihm sein Vater verabreichte, wenn er betrunken war. Oder die Kälte, die seine Mutter ausstrahlte. Doch der Mörder redete niemals schlecht von seinen Eltern. Immerhin waren sie die Götter, die ihn zur Welt gebracht hatten.

Großvater war Kunsthandwerker gewesen und machte immer noch gelegentlich kleine Messingskulpturen. Einmal schenkte er dem Mörder zu Ostern ein mit komplizierten Schnörkeln versehenes Messingei. Das Wort »Deduschka«, was Großvater hieß, zog sich um das ganze Ei herum. Es ließ sich wie eine Schachtel öffnen, und darin hatte der Mörder Süßigkeiten gefunden.

»Danke, Deduschka«, hatte er höflich gesagt und zu seinem Großvater aufgesehen.

Der alte Mann beugte sich vor und küsste seinen Enkel auf den Kopf. »Damit du dich immer an deinen Großvater erinnerst, ja?«

»Immer.« Der Mörder nickte und streckte die Arme aus, um den alten Mann zu umarmen.

Einmal bekam der Mörder an Weihnachten einen kleinen Messingbaum, der sich ebenfalls öffnen ließ und mit Süßigkeiten gefüllt war, und zum Valentinstag im Jahr darauf schenkte ihm sein Großvater eine Schachtel mit zwei ineinander verschlungenen Herzen drauf. In jedes Herz war ein Wort graviert: »Dorogoj«, das hieß »Lieber«, und »Vnuk«, was »Enkel« bedeutete.

Mit den Ausflügen in den Park war es bald vorbei. Sein Großvater starb und hinterließ dem Mörder seine Militärorden, seine Uniformen, einen Dienstrevolver der Roten Armee und ein Camillus-M3-Militärmesser, das Großvater im Tausch von einem amerikanischen Soldaten erhalten hatte. Dieses Messer hatte Großvater ganz besonders geschätzt, weil es aus Amerika kam – dem Land der unbegrenzten Möglichkeiten. Das Messer war um 1943 von der in New York ansässigen Camillus Cutlery Company hergestellt worden. Die Klinge war sechzehneinhalb Zentimeter lang, zweieinhalb Zentimeter breit und schwarz gefärbt. Der Griff war mit Lederbändern umwickelt, in denen sich sechs Rillen befanden, und besaß einen Metallknauf am Ende – ein echtes Schmuckstück.

Im liebenden Angedenken an seinen Großvater benutzte der Mörder das Messer, um sich zu bessern. Mom mochte Großmutter zwar gehasst haben, als die alte Frau bei ihnen eingezogen war, doch ihn hatte sie alles gelehrt, was es über heimatlose Seelen zu wissen gab.

Mit diesen Gedanken im Hinterkopf tauchte der Mörder die Finger in Merediths Blut und schrieb damit auf die Windschutzscheibe.

Die Häuser entlang der schmalen Canyonstraßen kosteten jedes Jahr ein Vermögen an Brandversicherung. Die Versicherungsgesellschaften verlangten Dachsprinkleranlagen, feuerfeste Dachziegel und eine weiträumige Buschrodung in der Umgebung des Hauses – alles auf Kosten der Besitzer, wohlgemerkt. Die Anwohner wussten genau, wie schnell ihr Heim Opfer der Flammen werden konnte. Andererseits war für viele das Leben in der ruhigen Hügellandschaft in unmittelbarer Nähe einer großen Metropole dieses Risiko mehr als wert.

Sy Epstein wohnte seit zehn Jahren in seinem Haus. Nachdem er jahrelang einen eigenen Juwelierladen geführt hatte, hatte er genug zusammengespart, um sich in der Kurve einer einspurigen Straße sein Traumhaus bauen zu können. Er belästigte niemanden und wurde auch von niemandem belästigt. Er, seine Frau Linda und ihr Pudel Jimmy lebten dort in Ruhe und Frieden. Nachts mussten sie Jimmy wegen der Kojoten und Pumas ins Haus holen, doch sonst stellte das Anwesen einen Segen für einen Mann dar, der sein Vermögen in der hektischen Geschäftswelt L.A.s gemacht hatte. Das Leben war schön.

Sy war gerade auf den Balkon getreten, von dem man einen unglaublichen Ausblick auf die Berge hatte, um ein zeitiges Frühstück zu sich zu nehmen. »Hier riecht es irgendwie verbrannt«, sagte Linda plötzlich, die ihm in ihrem Morgenmantel ins Freie folgte.

Sy schnupperte. Dann stellte er das Frühstückstablett auf einen gusseisernen Tisch mit Glasfläche ab und beobachtete wachsam die in der Morgensonne in gedämpftem Rosa strahlenden, still daliegenden Santa Monica Mountains. Er konnte nichts erkennen.

»Da!«, rief Linda und deutete auf eine Rauchwolke, die vor ihrem Anwesen aufstieg. Sy rannte durchs Haus, riss die Eingangstür auf und stürmte in den Vorgarten.

Und tatsächlich loderten Flammen hinter einem kleinen

Wäldchen aus kalifornischen Roteichen auf, das direkt hinter dem Sackgassenschild am Anfang seiner Straße stand. Sy lief hinüber und sah sofort das brennende Auto hinter dem Buschwerk.

»Linda!«, rief er seiner wartenden Frau zu. »Ruf die Feuerwehr!«

Sy war auf einen solchen Fall vorbereitet. Er schaltete die Rasensprenger ein und entrollte einen langen Schlauch. Dann drehte er das Wasser voll auf. Der Strahl erreichte nur knapp das brennende Auto.

»Verdammte Idioten«, murmelte er, schüttelte den Kopf und ließ den Wasserstrahl zwischen dem Auto, dem Gebüsch und seinem Dach hin und her wandern. »Wehe, wenn ich denjenigen, der sein beschissenes Auto hier abgestellt hat, in die Finger kriege.«

Die Presse hatte Gabriels Privatadresse ausfindig gemacht und belagerte seine Tür. Gabriel war nicht in Stimmung, mit den Reportern zu reden. Er ignorierte ihre Bitten nach einem Interview genauso wie das unaufhörliche Klopfen.

Die fröhliche Nachmittagssonne brannte auf die Meute nieder. Mehrere Leute flitzten auf Rollerblades vorbei, interessierten sich jedoch nicht weiter für die Reporterschar vor dem Mietshaus. Dafür war das Wetter zu schön und der Strand zu nah.

Das Telefon klingelte, doch Gabriel nahm nicht ab. Er war zu sehr damit beschäftigt, seine Kleidung anzustarren. Seit gestern fehlte ihm jede bewusste Erinnerung. Und da hatte er noch etwas anderes angehabt. Das Hemd, die Hose und die Windjacke, die er getragen hatte, waren spurlos verschwunden. Er konnte sich weder an die Nacht noch an den heutigen Morgen erinnern.

»Detective McRay«, ertönte eine gedämpfte Stimme durch die Wohnungstür. »Können Sie uns weitere Informationen über den Malibu-Canyon-Killer liefern?«

»Lasst mich in Ruhe«, flüsterte er und berührte seine Gürtelschnalle. Wer hatte diesen Gürtel geschlossen? Und wann?

Gabriel sank auf das Sofa und vergrub den Kopf in den Händen. Er fragte sich, ob der Tod nicht besser war als dieser dunkle Ort, an dem er sich gegenwärtig befand.

»Detective McRay«, rief ein Reporter und trommelte mit den Fingern gegen die Tür. »Gibt es neue Entwicklungen?«

»Ich entwickle einen Nervenzusammenbruch«, murmelte Gabriel, stand auf und ging ins Schlafzimmer. Er hob den Hörer des klingelnden Telefons ab, knallte ihn auf die Gabel und nahm ihn erneut in die Hand, um Dr. B anzurufen.

Der Anrufbeantworter sprang an. »Ich brauche eine Notfallsitzung«, sagte Gabriel und legte auf. Sofort klingelte es erneut. Gabriel ging ran.

»Hallo, Sergeant McRay? Hier ist Gary von Gold's Gym. Ich wollte nur mal fragen, ob …«

»Leck mich«, sagte Gabriel nur, bevor er ein weiteres Mal auflegte. Er ging zu seinem Schreibtisch, nahm die Aspirinpackung und schluckte mehrere der weißen Tabletten. Wieder klingelte das Telefon.

»Leck mich«, wiederholte er.

»Wie bitte?«, bellte Ramirez.

Gabriel zog unwillkürlich den Kopf ein. »Tut mir leid, Lieutenant …«

»Nein, Sie können mich mal, Sie Arschloch«, sagte Ramirez in seinem spanisch gefärbten Bariton. »Sie beschissene lahme Scheißente. Wir haben noch zwei tote Arschlöcher im bekackten Malibu Canyon, und der Captain ist kurz davor, mir ein weiteres Loch in meinen …«

Gabriel legte auf und durchforstete seine Wohnung nach dem Notizblock, dem Pager, dem Handy und seiner Aktentasche, in der sich eine Kamera, ein Maßband und seine Ausrüstung zur Sammlung von Beweismitteln befanden. Dann riss er die Vordertür auf und rannte an den überraschten Reportern vorbei zu seinem Wagen.

Gabriel duckte sich unter dem gelben Absperrband hindurch, mit dem der Tatort gesichert war, und machte sich auf die Suche nach seinem Partner. Die Spurensicherung war bereits vor Ort, schoss Fotos und nahm Fingerabdrücke. Obwohl das Gebüsch gottlob nicht Feuer gefangen hatte, standen drei Löschfahrzeuge in der Nähe.

Gabriel bemerkte Dash neben einem verlassenen Feuerwehrauto. Sein Partner funkelte ihn böse an.

»Wo warst du? Ich hab dich angerufen. Ich hab deinen Pager angerufen«, sagte Dash und kam zu ihm herüber.

»Auf meinen Pager hab ich gar nicht geschaut«, gestand Gabriel.

»Offensichtlich«, sagte Dash. »Wo warst du?«

Gabriel schüttelte den Kopf. *Nicht jetzt.* Er deutete auf den ausgebrannten Lexus. »War das unser Mann? Gibt es Opfer?«

»Zwei sogar«, sagte Dash, ohne Gabriel aus den Augen zu lassen. »Der Leichenwagen ist schon lange weg.«

Gabriel sah sich um. Der Tatort wurde bereits sauber gemacht. Er hatte das Spektakel verpasst.

»Gabe«, sagte Dash verärgert. »Wo warst du letzte Nacht und heute Morgen?«

Gabriel sah seinen Partner an. »Haben dir das deine Leute nicht gesagt?«

»Ich frage dich«, sagte Dash und blickte Gabriel in die Augen.

»Ich war zu Hause.«

»Dein Auto vielleicht. Du nicht.«

»Ich bin früh ins Bett und hab lange geschlafen«, log Gabriel. »In letzter Zeit hab ich ziemlich viel Stress«, fügte er sarkastisch hinzu.

»Du bist letzte Nacht abgehauen. Sie haben dich in die Seitengasse springen sehen und dich dann aus den Augen verloren.«

Ein Schauer durchfuhr Gabriel, als er zu dem ausgebrannten rußgeschwärzten Auto hinübersah. Er versuchte fieberhaft, sich zu erinnern. War er wirklich über die Gartenmauer gesprungen? Und wohin war er dann gelaufen?

Dash holte tief Luft und beugte sich vor. »Wir kennen uns jetzt schon eine Ewigkeit und haben viel Scheiße zusammen durchgemacht. Was …« Er hielt inne. »Um Himmels willen, Gabriel, warst du das?«, flüsterte er.

Gabriel wischte sich mit dem Handrücken den Schweiß von der Stirn. »Unmöglich. Aber – es klingt verrückt …« Er schüttelte den Kopf und seufzte. »Ich hatte wieder einen Blackout.«

Dash ließ den Blick über die mit Eichen und Gebüsch bewachsenen Hügel schweifen, ohne etwas zu erwidern.

»Ich bin weggetreten. Ich weiß nicht, was mit mir passiert ist.« Gabriel zerrte an seiner Kleidung. »Siehst du diese Hose? Das Hemd? Ich kann mich nicht erinnern, das angezogen zu haben.«

Zwei Beamte der Spurensicherung marschierten mit Fingerabdruckausrüstung und Kameras an ihnen vorbei. Die Detectives schwiegen.

»Dash, ich war das nicht«, sagte Gabriel mit leiser, verzweifelter Stimme, sobald die Männer außer Hörweite waren. »Verflucht, du weißt doch genau, dass ich diese Leute nicht umgebracht habe.«

»Ich bin auf deiner Seite, okay?«, versicherte ihm Dash. »Schaffst du das heute?«

Gabriel nickte. Er musste so normal wie möglich wirken.

Die beiden Partner betrachteten den Lexus. Der Geruch verschmorter Elektrik und der Gestank von verbranntem Fleisch hingen in der Luft. »Als ich ankam, hat die Feuerwehr gerade den Brand gelöscht«, berichtete Dash. »In der Fahrgastzelle waren keine Leichen. Die Feuerwehrmänner haben den Kofferraum geöffnet und die beiden Opfer gefunden. Sie wurden als Ronald und Meredith Hall identifiziert, wohnhaft in den Victory Estates.«

»Hat man eine Nachricht bei ihnen gefunden?«

Dash zuckte mit den Schultern und deutete dann auf eine kleine Lichtung inmitten der Roteichen. »Hier drüben.«

Gabriel ging in die Hocke und betrachtete den Schmutz. »Die Reifenspuren der Yamaha.«

»Genau.«

Die Spurensicherung war gerade dabei, die Reifenabdrücke mit einer Spezialkamera zu fotografieren, die auf ein Gestell montiert war und direkt auf den Boden zeigte. So konnte man später im Labor die exakte Größe der Spuren rekonstruieren. Danach sprühte einer der Beamten ein schellackähnliches Fixativ auf die Abdrücke.

Schließlich wurde ein Holzrahmen darum gelegt. Mit größter Vorsicht gossen die Spurensicherer Gips in den Rahmen.

Gabriel erbot sich, Zweige und Gras als Ergänzung für den Gipsabdruck zu suchen. Später würde er seine Initialen und das Datum mit einem Zweig in den aushärtenden

Gips ritzen. Anschließend würde man den Abdruck herausheben und in einen Karton stecken – zusammen mit der Erde und den Zweigen vom Tatort für den Fall, dass ein forensischer Biologe hinzugezogen wurde.

Während Gabriel in der Erde neben der Reifenspur wühlte, bemerkte er mehrere helle Flecken auf dem Boden. Neugierig ließ er die Kügelchen aus einer harten weißen Substanz durch die Finger gleiten.

Gabriel nahm ein Beweismitteldöschen aus dem Aktenkoffer und steckte die weißen Kugeln hinein.

»Nehmt Bodenproben von der gesamten Umgebung«, befahl Gabriel den Spurensicherern, »und stellt mir einen Bericht über die an den anderen Tatorten entnommenen Proben zusammen.«

Gabriel richtete sich auf und wischte sich den Schmutz von den Händen. Dash sprach gerade mit einem älteren, aber durchtrainiert wirkenden Mann, der wild in Richtung des ausgebrannten Lexus gestikulierte. Gabriel ging zu ihnen hinüber.

»Detective Gabriel McRay«, sagte er und streckte dem älteren Mann die Hand hin.

Dieser schüttelte sie kräftig. »Sy Epstein«, sagte er mit heiserer Stimme. »Das hier ist mein Haus. Ich habe das Feuer bemerkt. Unfassbar, dass da Leichen in dem Auto waren.«

»Ja, leider«, merkte Dash an.

»Was sagt man dazu? Selbst hier in den Bergen ist man vor den Auswüchsen der Großstadt nicht sicher.«

»Ich muss mich noch etwas länger mit Mr. Epstein unterhalten«, teilte Dash Gabriel mit. »Fährst du inzwischen wieder in die Stadt? Ming wird sofort mit der Obduktion der Halls anfangen wollen.«

»Klar. Ich muss sowieso die Bodenprobe hier ins Labor bringen«, sagte Gabriel.

»Was gefunden?«

»Mal sehen. Da war was Auffälliges. Ich halte dich auf dem Laufenden.«

»Kopf hoch«, sagte Dash.

Gabriel verließ die private Auffahrt und fuhr in Richtung Küstenhighway. Das Zivilfahrzeug folgte ihm.

16

»Noch zwei?«

Ming sah auf, als Gabriel den Obduktionssaal betrat. Ihre behandschuhten Hände schwebten über einer männlichen und einer weiblichen Leiche. Ein Ehepaar.

»Wo warst du denn?«, fragte sie besorgt. Sie wusste bereits, dass das Observierungsteam Gabriel dabei beobachtet hatte, wie er seine Wohnung zu Fuß verlassen hatte.

»Ich war beschäftigt«, sagte er und zog sich Latexhandschuhe über.

Ming warf einen Blick auf Gabriels Äußeres. Er war verschwitzt und wirkte erschöpft, als wäre er die ganze Nacht auf den Beinen gewesen.

Ein Assistent machte Fotos von den Leichen, die vor ihnen auf identischen Stahltischen aufgebahrt waren. Das Klicken der Kamera hallte laut durch den sterilen Raum.

Gabriel stand angespannt vor den Tischen. Seine blauen Augen waren auf die Toten gerichtet. »Mal sehen, was er mir diesmal hinterlassen hat«, sagte er.

Mings Eingeweide krampften sich zusammen. Sie war überzeugt davon, dass das Department Gabriel ohne hinreichende Beweise verdächtigte, doch sein nächtlicher Ausflug drohte, diese Überzeugung zu untergraben. Er hatte sich nachts aus dem Haus geschlichen, und heute Morgen hatte man zwei Leichen gefunden.

Er ist kein Mörder. Du würdest dich nie zu jemandem

hingezogen fühlen, der zu solchen Grausamkeiten fähig ist, beruhigte sich Ming. Fügsam trat sie zu den Tischen und nahm zwei Gefrierbeutel von einem Metalltablett. Mithilfe einer Pinzette entnahm sie behutsam die gefalteten Zettel darin und sah Gabriel an.

Gabriel streckte die Hand aus und nahm die erste Botschaft entgegen. »Du entfernst dich von allem, was du kennst«, las er laut vor. Ming beobachtete, wie er diese Worte sacken ließ. Dann gab er ihr den ersten Zettel zurück und nahm sich den zweiten.

Gabriel stand wie erstarrt da, las die zweite Botschaft leise und zerknüllte das Blatt plötzlich in der Faust.

Überrascht griff Ming nach der Nachricht. »Was machst du denn da?«, rief sie. »Das muss doch noch in die Spurensicherung!«

»Jetzt ist es auch schon egal!«

»Gabriel!« Es gelang Ming, den Zettel Gabriels zitternden Händen zu entreißen, ohne ihn dabei zu beschädigen. Sie starrte ihn mit offenem Mund an, dann wanderte ihr Blick auf die makabre Botschaft auf dem Papier. »Die beiden haben mich in Versuchung geführt. Und die Jungen führen dich in Versuchung, stimmt's?«

Sie schluckte. »Was soll das heißen?«, fragte sie verzweifelt. »Sag's mir!«

Gabriel antwortete nicht, sondern starrte nur traurig auf das tote Ehepaar. Der Assistent machte weiter Fotos, ohne dem vor sich abspielenden Drama große Beachtung zu schenken. Das Klicken der Kamera ließ Ming zusammenfahren, als hätte man eine Waffe abgefeuert.

Gabriel entfernte sich und lehnte sich gegen die Edelstahlwaschbecken.

Ming nahm Mundschutz und Handschuhe ab und legte

die Hände auf seine Schultern. Seine Muskeln waren verhärtet und bis zum Zerreißen gespannt. Zögerlich lehnte sie ihren Kopf gegen seinen Rücken. Er reagierte nicht.

Sie war ihm so nahe, dass sie sogar seinen Atem spüren konnte. Ein beinahe unbezwingbares Verlangen ergriff von ihr Besitz. »Alles wird gut, Gabriel«, sagte sie. »Du wirst schon sehen, alles wird gut.«

»Ming, bitte lass mich in Ruhe.«

Nicht nur seine Stimme, sondern auch sein verspannter Körper strahlte eine Eiseskälte aus. Langsam hob sie den Kopf und nahm die Hände von seinen Schultern. Ohne ihn aus den Augen zu lassen, trat sie zurück. Dann wandte sie sich dem ermordeten Ehepaar auf den Seziertischen zu und dachte über zum Scheitern verurteilte Beziehungen nach.

»Könnte ich es gewesen sein?« Gabriel saß Dr. B gegenüber und sah den Psychiater mit resignierter Miene und verzweifeltem Blick an. »In diesen Fugue-Zuständen?«, fuhr Gabriel langsam fort. »Ist es möglich, dass ich diese Leute abgeschlachtet habe?« Eine Träne rann aus seinem Auge. Er wischte sie beiseite, beschämt darüber, wie nah am Wasser er inzwischen gebaut war. Dann räusperte er sich und setzte sich gerade hin. Die schlechte Parodie eines gefassten Mannes. »Wenn ich … wenn ich wieder ich selbst bin, trage ich andere Kleidung. Was, wenn ich diese Leute umgebracht und mich dann gewaschen und umgezogen habe? Der Täter ist angeblich weiß und gut in Form … bin ich ein Mörder?«

»Sind Sie ein Mörder?«

»Hören Sie doch auf mit Ihren Psychospielchen!«, fuhr ihn Gabriel an. Dann ließ er die Schultern hängen. »Bitte. Ich flehe Sie an.«

»Sind Sie im Besitz der Waffen, mit denen die Morde verübt wurden?«

Sobald Gabriel an den russischen Nagant und das Militärmesser dachte, bekam er das Gefühl, etwas Wichtiges übersehen zu haben.

»Ich nicht, aber vielleicht meine ›dunkle Seite‹.«

»Ihre ›dunkle Seite‹?«, fragte Dr. B. »Ich habe eine dissoziative Fugue bei Ihnen diagnostiziert. Von einer multiplen Persönlichkeitsstörung war nie die Rede. Nein, Gabriel, ich glaube nicht, dass Sie in Ihren Fugue-Zuständen zu einem anderen Menschen, geschweige denn einem Gewaltverbrecher werden.«

»Sie glauben es nicht«, wiederholte Gabriel mit hohler Stimme.

»Ganz recht.«

»Glauben heißt nicht wissen. Da draußen geht ein mordendes Ungeheuer um.« Dann senkte er die Stimme zu einem Flüstern. »Bin ich dieses Ungeheuer?«

»Ich glaube, je früher dieser Fall abgeschlossen ist …«

Gabriel lachte verächtlich. »Den Fall abschließen«, wiederholte er sarkastisch, erhob sich unvermittelt und klaubte seine Sachen zusammen, bevor er Dr. B emotionslos anstarrte. »Vielleicht sollten mich die Jungs, die mich observieren, nachts anketten. Wie früher die abergläubischen Bauern, wenn sie jemanden für einen Werwolf hielten. Hat Ihnen Ramirez bereits eröffnet, dass es einen ›hinreichenden Tatverdacht‹ gibt, um mich zu verhaften?«

»Moment, Moment«, sagte Dr. B und bedeutete ihm, sich wieder zu setzen. »Diese Botschaften scheinen Ihren Zustand zu verschlechtern. Was meiner Meinung nach dazu beiträgt, Ihre Probleme zu lösen.«

»Wie kann ich denn meine Probleme lösen, wenn sich mein Zustand verschlechtert?«

»Tür Nummer zwei, schon vergessen? Sie nähern sich dem, was Sie am meisten fürchten«, erklärte Dr. B. »Deshalb ist Ihre Psyche auch so überlastet. Sie werden erst von der PTBS genesen, wenn Sie sich sicher fühlen, das garantiere ich Ihnen. Wenn Sie weiterhin diese dunklen Ecken meiden und Ihre Angst verdrängen, werden Sie niemals geheilt. ›Eine Veränderung der Persönlichkeit setzt die Fähigkeit voraus, sich dem Trauma zu stellen. Erst danach kann die Katastrophe in die eigene Biografie integriert und als Kraftquelle genutzt werden.‹ Figley hat das gesagt.«

Gabriel runzelte die Stirn. »Wer zum Teufel ist Figley? Und was zum Teufel sollte das gerade bedeuten?«

»Figley ist ein einschlägiger Experte, der viele bemerkenswerte Dinge geschrieben hat. Das Wichtigste ist, immer nach vorne zu blicken. Identifizieren Sie sich nicht zu sehr mit den Spielchen, die der Täter mit Ihnen treibt, aber bleiben Sie an diesem Fall dran, selbst wenn er Sie quält. Selbst wenn es dazu führt, dass Sie wieder in eine Fugue verfallen.«

»Sie haben leicht reden.«

»Wollen Sie es immer noch mit Hypnose versuchen?«

»Ich denke schon«, antwortete Gabriel nachdenklich.

»Meiner Meinung nach wird das den Prozess auf jeden Fall beschleunigen.«

Gabriel sank langsam in den Sessel zurück. »Mal angenommen, dass ich nicht für diese Taten verantwortlich bin. Sie haben gesagt, dass zwischen dem Mörder und mir eine Verbindung besteht. Wer ist er, und warum tut er mir das an?«

»Nun, er könnte einfach ein Wildfremder sein, eine geistig verwirrte Person, die Sie aufgrund der Medienberichterstattung ausgesucht und durch eine Reihe von Zufällen bei Ihnen ins Schwarze getroffen hat.« Dr. B verstummte und schob sich die Brille auf die Nase. »Andererseits könnte es jemand sein, der Sie kennt – oder zumindest jemand, der etwas über Sie weiß. Schließlich sind Sie bei Ihrer Suche nach dem Täter zu vielen Erkenntnissen über sich selbst gelangt.«

»Aber er hat recht, wissen Sie«, sagte Gabriel.

Dr. B legte den Kopf schief. »Inwiefern?«

»Er sagt, dass ich mich von allem entferne, was ich kenne. Besser hätte ich es auch nicht ausdrücken können. Es ist, als ob ich mich von der Normalität entfremdet hätte.« Gabriel wandte sich ab.

Dr. B schüttelte den Kopf. »Ganz im Gegenteil. Wie schon erwähnt: Sie nähern sich Ihrer Angst, mehr nicht. Sie erkunden unvertrautes Terrain. Die Angst ist ein Abwehrmechanismus. Wir glauben, dass sie uns beschützt, aber das ist ein Trugschluss. Sobald Sie sich Ihrem Trauma stellen, wird die Angst verschwinden. Genau wie die Symptome. Fürchten Sie sich nicht, sondern stürzen Sie sich kopfüber hinein.«

Am nächsten Tag saß Gabriel auf dem weitläufigen Rasen der Pepperdine University und betrachtete die sich brechenden Wellen des Ozeans. Der Strand war mit Sonnenbadenden überfüllt; kunterbunte Sonnenschirme verzierten den Sand. Ein Hurrikan aus Mexiko hatte dunkle Regenwolken nach Norden geschickt. Gabriel spürte die Feuchtigkeit durch seine Jacke. Er war müde.

Er hatte eine Fakultät nach der anderen abgeklappert. Nach wie vor war er der Ansicht, dass der Täter irgendwo auf dem Campus lauerte. Er hatte Studenten, Professoren und Angestellte befragt – jeden, der irgendetwas mit russischen Antiquitäten, egal ob Waffen oder nicht, zu tun hatte. Ergebnislos.

Die Jungen führen dich in Versuchung.

Wieder zogen Kopfschmerzen auf, um sich in Gabriels Gehirn häuslich einzurichten. *Die Jungen führen dich in Versuchung.*

Gabriel dachte an den Ausdruck auf dem Gesicht des Fünfzehnjährigen, als er ihn gewürgt hatte – die hervorquellenden Augen, die gebleckte Zunge; dann der harte Griff seines Partners, mit dem er Gabriel am Hemd packte und von dem Jungen wegzerrte.

Die Jungen führen dich in Versuchung.

Du identifizierst dich mit diesem Wahnsinnigen, dachte Gabriel. Genau davor hat Dr. B dich gewarnt. Der Täter spielt Psychospielchen, und du fällst voll drauf rein.

Die Jungen führen dich in Versuchung, die Jungen führen dich in Versuchung, die Jungen führen dich in Versuchung …

Er sah Tania Dankowskis ältesten Sohn vor seinem geistigen Auge. *Die Jungen führen dich in Versuchung, die Jungen führen dich in Versuchung …*

Erschöpft nahm Gabriel zwei Aspirin und ging zu seinem Wagen. In Monterey Park war eine Lagebesprechung mit dem Rest des Ermittlerteams angesetzt.

Während er über den Santa Monica Freeway schlich, klingelte sein Handy.

»Störe ich?«, fragte Ming.

»Überhaupt nicht«, sagte er. Sobald er ihre Stimme hörte, überkam ihn eine beunruhigende Gefühlsmischung aus Erleichterung, Aufregung und Scham. Er musste wachsam bleiben. Normalerweise hätte er die Beziehung an diesem Punkt abgebrochen. Ming war äußerst mitfühlend, doch er schnappte nach ihren helfenden Händen wie ein tollwütiger Hund.

»Ich wollte nur fragen, wie's dir geht«, sagte sie. Sie klang verunsichert. Weshalb war er nur so angewidert, wenn er das mangelnde Selbstvertrauen anderer Leute spürte? Als hätte er als Einziger das Recht auf einen Sprung in der Schüssel.

»Ich hab mich wie ein Idiot benommen«, platzte es aus ihm heraus, bevor die kühle Distanziertheit die Oberhand gewinnen konnte. »Ich schubse dich weg, dabei sollte ich …«

»Ich bin die Idiotin«, sagte Ming. »Ich war zu aufdringlich. Ich war zu schnell …«

»Du hast versucht, mir zu helfen, und ich hab mich wie ein Arschloch aufgeführt.«

»Du stehst unter fürchterlichem Druck. Hör mal, nur weil es mit uns nicht klappt, können wir doch Freunde bleiben …«

»Moment mal«, fiel ihr Gabriel ins Wort. »Du glaubst nicht, dass es mit uns klappen könnte?«

Er hörte, wie Ming tief Luft holte, und sah ihre erhobenen Augenbrauen förmlich vor sich. »Ich dachte …«

»Nicht denken.« Ein anderes Fahrzeug drängte sich in Gabriels Fahrspur. »Hey, du Volltrottel!«

»Was?«, rief Ming.

»Tut mir leid«, sagte Gabriel ins Handy. »Ich bin gerade auf dem Freeway.«

»Du weißt wirklich, wie man mit Frauen umgeht, oder?«

»Ganz im Gegenteil. Aber geben Sie nicht zu schnell auf, Doctor Li. Okay?«

Keine Antwort.

»Ming?«

»Versprochen«, sagte sie. »Ist es zu aufdringlich, wenn ich dich am Samstagabend ins Theater einlade?«

Gabriel zwang sich dazu, die Wärme in seiner Stimme nicht zu verlieren. »Am Samstagabend will ich dich extrem aufdringlich erleben.«

»Ich verstehe diesen flachen Witz mal als ein ›Ja‹. Bis gleich in der Besprechung.«

Gabriel legte auf. Zum ersten Mal seit langer Zeit entspannten sich seine Schultermuskeln.

»Das Labor hat wegen der Reifenspuren angerufen«, sagte Ramirez und knallte einen Aktendeckel auf den Konferenztisch.

Dr. B saß neben Ming, die ihrerseits neben Gabriel saß. Dash hatte gegenüber zwischen Paul Vacher und Rick Frasier Platz genommen.

»Wir überprüfen alle Motorradhändler sowie alle Personen, die in den letzten zwei Jahren eine Yamaha gekauft haben«, verkündete Dash stolz. »Wir haben unsere Suche inzwischen auf etwa neunzig Personen eingegrenzt, die mit Dr. Bs Profil übereinstimmen. Gabriel hat derweil die Studenten an der Pepperdine genau unter die Lupe genommen.«

Ramirez starrte ihn lange und durchdringend an. Dann lachte er höhnisch. »Das gibt einen Fleißpunkt, Señor Salzlos. Aber ich wollte eigentlich etwas ganz anderes sagen.«

»Oh«, sagte Dash und errötete. »Entschuldigen Sie die Unterbrechung.«

Ramirez verdrehte frustriert die Augen. »Das Labor hat angerufen«, teilte er Gabriel mit. »Sie haben die Plastikkugeln untersucht, die Sie auf dem Boden am Tatort der Hall-Morde gefunden haben. Sie gehören zweifelsohne nicht in diese Gegend, was bedeutet, dass sie womöglich vom

Motorrad stammen können. Oder von jemand anderem, der gerade in der Nähe war. Oder vom Täter.«

»Womöglich von den Opfern?«, fragte Dash.

Vacher schüttelte den Kopf. »Wir haben den Lexus von innen nach außen gekehrt. Die Fahrgastzelle war durch den Brand schwer beschädigt, aber wir konnten in der Innenverkleidung kein ähnliches Plastik entdecken.«

»Noch sonstwo am Tatort«, sagte Rick. »Abgesehen vom Fundort in der Nähe der Reifenspuren natürlich.«

»Ich konnte auch auf den Opfern keine ähnliche Substanz finden«, sagte Ming.

»Um welche Art von Plastik handelt es sich denn?«, fragte Gabriel, der endlich zum Punkt kommen wollte.

»Um eine Chemikalie namens Styrol«, sagte Ramirez und sah sich unter den Anwesenden um. »Hey, will jemand einen Kaffee oder einen Donut?«

»Styrol?«, wiederholte Dash. »Was ist denn Styrol?«

Ramirez nahm ein Blatt Papier in die Hand. »Bei der Substanz handelt es sich um C6H5CH=CH2. Styrol: eine farblose, gelegentlich auch gelbliche, süßlich riechende und leicht polymerisierbare Flüssigkeit aus der Styraxfamilie.«

»Wozu wird es verwendet?«, fragte Gabriel.

»Zur ›organischen Synthese‹«, zitierte Ramirez aus dem Bericht. »Insbesondere bei der Herstellung von synthetischem Gummi und Plastik.« Er warf Gabriel den Bericht zu und pfiff in Richtung Eingangstür. Ein Bediensteter betrat mit einem Tablett den Raum, auf dem sich Pappbecher mit Kaffee, eine Auswahl von Zucker und Kaffeeweißer und eine große rosafarbene Donutschachtel befanden. »Seht ihr? Ich bin gar kein solches Riesenarschloch. Erfrischungen für alle. Und ich hab noch nicht mal die einzige *mujer* hier losgeschickt.«

»Ach, Miguel«, sagte Ming am Bleistift in ihrem Mundwinkel vorbei. »Ihre Fürsorglichkeit rührt mich.«

»*Gracias*«, sagte Ramirez, um Ming zu ärgern. »Also gut, werfen wir einen Blick auf die beiden letzten Botschaften, die der Mörder für McRay hinterlassen hat. ›Und die Jungen führen dich in Versuchung, stimmt's?‹«. Ramirez sah Gabriel direkt an. »Irgendeine Ahnung, was das bedeuten könnte?«

Gabriel wurde rot. »Nicht den leisesten Schimmer.« Er warf Dr. B einen Blick zu, was Ramirez nicht entging.

»Wirklich nicht?«, fragte Ramirez. »McRay, wenn Sie mir etwas verschweigen und damit die Ermittlungen behindern, dann schwöre ich bei Gott …«

»Ich verschweige gar nichts.«

»Dann erklären Sie mir, was er meint, wenn er sagt, dass Sie die Jungen in Versuchung führen. Was zum Teufel noch mal soll das bedeuten?«

»Woher soll ich denn das wissen? Der Kerl ist wahnsinnig!«

»Genau wie Sie!«

Dr. B hob besänftigend die Hand. »Das reicht.«

Dash rutschte unbehaglich auf dem Stuhl herum. Ming nahm mit zitternden Händen einen Schluck Kaffee. Dr. B sah den Lieutenant finster an. Rick beobachtete Gabriel mit argwöhnisch zusammengekniffenen Augen.

»Ich weiß nicht, was er damit meint«, teilte Gabriel seinem Vorgesetzten mit frostiger Miene mit.

Ramirez griff nach einem Donut. Ohne Gabriel aus den Augen zu lassen, biss er in das Gebäck, woraufhin ihm die Traubengeleefüllung das Kinn hinunterlief. Die Atmosphäre im Raum war äußerst angespannt.

Dash räusperte sich. »Vielleicht können wir das ja zu

unserem Vorteil nutzen«, sagte er müde. »Gabriel könnte den Köder spielen.«

»Ich bezweifle, dass der Mörder darauf hereinfällt«, sagte Dr. B. »Er will ihn nur zum Narren halten. Bisher hat er in keiner Nachricht angedeutet, dass er auf ein persönliches Treffen aus ist.«

Gabriel stand mit zusammengebissenen Zähnen auf. »Ihr könnt mich alle mal gernhaben! Dieses Arschloch hat nichts mit mir zu tun!«

»Halten Sie den Mund und setzen Sie sich wieder hin!«, befahl Ramirez.

»Halten Sie doch den Mund, Sie beschissener Giftzwerg!«, brüllte Gabriel zurück.

Ramirez knallte den Donut auf den Tisch, sodass das Traubengelee hervorspritzte. »Das reicht. Ich bin fertig mit Ihnen, McRay. Geben Sie mir Ihre Marke und Ihre Waffe.«

Dr. B sprang auf. »Bitte, Miguel …«

»Ich habe hinreichenden Tatverdacht, um diesen Wahnsinnigen wegzusperren, also …«

»Miguel«, fuhr Dr. B fort. »Gabriel steht unter extremem Druck. Halten Sie sich doch mal seine Situation vor Augen. Gabriel, Miguel, setzen Sie sich. Ich bitte Sie, setzen Sie sich einfach wieder hin.«

Gabriels Kopf dröhnte, als er hinter sich griff, den Stuhl heranzog und sich darauf fallen ließ.

»Miguel«, sagte Dr. B, »wäre es möglich, diese Besprechung auf Montag zu vertagen?«

Wütend wischte sich Ramirez das Kinn mit einer Serviette ab, wobei er den Psychiater misstrauisch anblickte.

»Bitte«, drängte Dr. B. »Jeder hier weiß doch bereits, was er zu tun hat.«

Der Lieutenant nahm den Kaffeebecher in die Hand.

»Also gut, alle machen weiter wie bisher.« Er schlürfte. »Aber zuerst verlange ich eine Entschuldigung von Ihnen, McRay.«

Gabriel starrte auf den Tisch. Er war mit den Nerven völlig fertig. »Wie können Sie mich nur ernsthaft verdächtigen, Lieutenant?«

Ein Ausdruck der Überraschung huschte über Ramirez' Gesicht. Er sah sich im Konferenzraum um, dann verließ er ohne ein weiteres Wort samt seinem Kaffeebecher den Raum. Rick folgte ihm auf dem Fuß wie ein gehorsames Hündchen.

Paul Vacher atmete erleichtert aus und legte den Kopf in die Hände. Dash sah Gabriel schuldbewusst aus müden Augen an und machte sich ebenfalls davon. »Halt durch, Partner«, murmelte er, als er zur Tür hinausging.

Ming saß reglos da. Gabriel versuchte, ihre Miene zu deuten. Sie wirkte distanziert und ängstlich.

»Ich bin dann auch weg«, verkündete Vacher und drückte vor dem Gehen Gabriels Schulter.

Schließlich stand auch Ming auf und berührte Gabriels Ellenbogen – so leicht, als hätte ihn eine Feder gestreift. »Ruf mich an«, flüsterte sie, dann war auch sie verschwunden. Nur Dr. B blieb sitzen.

Gabriel beachtete ihn nicht. Stattdessen starrte er auf die weißen Papierblätter vor ihm. Er hob die jüngste Nachricht auf und las den letzten Satz noch einmal durch. *Und die Jungen führen dich in Versuchung, stimmt's?*

Mit dem Zettel in der Hand schloss Gabriel die Augen.

»Ich würde eine Hypnosesitzung vorschlagen«, sagte Dr. B.

»Gut. Nächste Woche?«

»Jetzt gleich.«

17

Gabriel hatte die Grippe und konnte nicht zur Schule gehen. Seine Mutter war genervt, weil sie bei ihm zu Hause bleiben musste. Man wird ja nicht krankgeschrieben, nur weil die Kinder krank sind. Am zweiten Tag rief Mom bei der Arbeit an und sagte, dass sie sich auch angesteckt hätte. Das war gelogen, aber immerhin wurde sie so weiter bezahlt. Sie saß im Wohnzimmer, sah sich Seifenopern im Fernsehen an, aß ausgiebig zu Mittag und telefonierte mit all ihren Bekannten, die ebenfalls nicht arbeiten mussten.

Gabriel ging mit der Bettdecke in der Hand die Treppe hinunter. Die Decke hatte er schon, seit er zwei Jahre alt war. Inzwischen war sie nur noch ein fadenscheiniger Fetzen, aber niemand wagte es, sie ihm wegzunehmen.

»Mami, spielst du ›Doktor Bibber‹ mit mir?«

»Gleich, Gabe. Mami telefoniert gerade.«

»Kannst du nicht lieber mit mir ›Doktor Bibber‹ spielen?«

»Gabriel, ich bin am Telefon!«

Gabriel setzte sich mit fiebrigem Kopf auf die Treppe, spielte mit dem ausgefransten Stoff der Decke und träumte einen Tagtraum, in dem er mit Andrew Pierce ins Kino ging.

Am nächsten Nachmittag ging es ihm schon besser, aber noch nicht gut genug für die Schule. Seine Mutter hatte sich keinen weiteren Fehltag leisten können. Also saß er wie üblich auf der Veranda und wartete auf sie. Da hörte er das Klappern von rostigem Metall, und die Garagentüre des Hauses gegenüber schwang auf. Andrew erschien in den Schatten. Er öffnete die Motorhaube seines Autos und beugte sich darüber. Dann bemerkte der größere Junge Gabriel auf der anderen Straßenseite und lächelte.

»Wo warst du denn die ganze Zeit, kleiner Freund?«

Gabriel kicherte. Genau so hatte der Skipper immer zu Gilligan in *Gilligans Insel* gesagt. Und das war eine von Gabriels Lieblingsfernsehsendungen.

»Ich war krank.«

»Willst du rüberkommen?«

»Klar, Andrew!«

»Nenn mich Skipper.«

»Okay, Skipper.«

Gabriel rannte über die Straße. Zuerst zeigte ihm Andrew die Werkzeuge, mit denen er sein Auto noch schneller machen konnte. Dann gingen sie ins Haus.

Sie waren allein. Bei Andrew war es stickig und es roch nach Haferbrei. Andrew holte Käse und Cracker aus einer rosa-weiß gefliesten Küche und reichte ihm dazu ein Glas Kakao. Dann setzten sie sich auf das viel zu weiche Sofa im Wohnzimmer, schalteten den Fernseher ein und sahen sich Zeichentrickfilme an.

Der Skipper streichelte Gabriels dunkles seidenweiches Haar. »Du bist mein kleiner Freund.«

Gabriel lehnte seinen Kopf an Andrews Schulter. »Und du mein Skipper.«

Andrew legte seine Hand in den Schritt von Gabriels Hose. Einen Augenblick später öffnete er den Reißverschluss und nahm Gabriels Penis zwischen die Finger.

»Das kitzelt.« Gabriel zappelte beschämt. Seine Mutter hatte ihm immer eingeschärft, die Hände aus der Hose zu lassen.

»Nenn mich Skipper.« Andrews Stimme war etwas atemlos und viel zu nahe.

Gabriel kicherte. Andrews Atem kitzelte auf seiner weichen Gesichtshaut. Der kleine Junge rollte sich lachend zusammen.

Dann wollte Andrew seinen Finger dorthin stecken, wo das Aa rauskam. Gabriel zuckte zurück.

»Nicht. Das ist eklig.«

»Keine Angst, kleiner Freund«, sagte Andrew keuchend. Seine Augen glänzten irre, was Gabriel Angst machte.

Gabriel wollte zum anderen Ende des Sofas rutschen, als der Skipper zu seinem Entsetzen seine Hose packte und bis zu den Knöcheln runterzog. Gabriel geriet ins Stolpern und wäre beinahe gegen den Beistelltisch gestoßen. Seine Unterhose hatte sich irgendwo verfangen. Gabriel schrie auf.

Jetzt war Andrew Pierce nicht mehr der Skipper, sondern ein böser und wütender Mann. Er hielt Gabriel den Mund zu. Gabriel geriet in Panik und bekam keine Luft mehr. *Was ging hier vor sich?* Hier geschah etwas Schlimmes! Er keuchte auf, als ihn ein unbeschreiblicher Schmerz durchfuhr. Was war aus dem Skipper und seinem kleinen Freund geworden? Außer seinem eigenen Kreischen war nur das Klirren von Andrews Goldkettchen zu hören, das rhythmisch gegen den Hals des älteren Jungen prallte.

Später am Abend schloss sich Gabriel im Badezimmer ein. Es blutete und tat so weh, dass er weinen musste. Sein Vater stand vor der Tür und fragte, was mit ihm los war. Gabriel antwortete nicht. Er war viel zu beschäftigt damit, diese Erinnerung auszublenden, das Luftschnappen, die grässlichen brennenden Schmerzen in seinem Unterleib und das Blut auf dem Teppich. Andrew hatte ihn gesäubert, als er weinend in der Ecke gekauert hatte, und ihn dann streng angesehen.

»Das bleibt unser kleines Geheimnis«, sagte er. »Der Skipper und Gilligan haben Geheimnisse, die sie Ginger oder Mary Ann niemals verraten würden. Ich bin dein einziger Freund, nicht wahr? Ich bin der Einzige, der dich mit ins Kino nimmt und dir Süßigkeiten kauft. Deine Ma und dein Pa machen das bestimmt nicht. Nur ich. Der Skipper. Und wenn du unser Geheimnis verrätst, werde ich deine Ma und deinen Pa und deine Schwester in unserem Pool ertränken. Du weißt, dass ich das tun könnte, oder? Dann kommst du ins Heim, und niemand redet mehr mit dir. Weil sie wissen, dass du ein Geheimnis verraten hast und deine Familie deswegen sterben musste. Ich werde auch nicht mehr mit dir reden, und ich bin dein einziger Kumpel. Also hältst du besser schön brav den Mund, kleiner Freund.«

Gabriel saß Dr. B gegenüber im Sessel des Sprechzimmers in Monterey Park.

»Sie wussten es die ganze Zeit über, oder?«, fragte Gabriel. Er war wie betäubt.

»Ich hatte so eine Ahnung«, sagte Dr. B. »Ich konnte bestimmte typische Verhaltensmuster an Ihnen beobachten.«

»Warum haben Sie mir nichts davon gesagt?«

»Sie mussten es selbst herausfinden. Und außerdem hätten Sie mir sowieso nicht geglaubt. Vergessen Sie nicht, Sie haben diese Erinnerung jahrelang vor sich selbst verborgen.« Dr. B verschränkte die Hände und sah Gabriel gütig an. »Sie haben es Ihren Eltern nie gesagt?«

»Ich glaube nicht. Ich glaube, ich habe es niemandem gesagt.«

»Gabriel, denken Sie, Andrew Pierce könnte etwas mit diesem Fall zu tun haben? Diese letzte Botschaft … ›die Jungen führen dich in Versuchung‹. Nun, die Jungen haben *ihn* ja ganz offenbar in Versuchung geführt.«

»Andrew Pierce? In diesen Fall verwickelt? Das glaube ich nicht. Inzwischen müsste er etwas älter sein, als der Mörder laut Ihres Profils angeblich ist.«

»Auch wieder wahr«, sagte Dr. B und hielt inne. Mit einem Mal wirkte er verlegen. »Gabriel, ich habe Lieutenant Ramirez gebeten, ihn zu überprüfen.«

Schockiert riss Gabriel den Kopf hoch. »Sie haben Ramirez von Andrew Pierce erzählt?«

»Nur seinen Namen. Wir haben doch gerade erst herausgefunden, dass er Sie missbraucht hat, vergessen Sie das nicht.«

Er hat mich missbraucht.

Einen Moment lang vergaß Gabriel Lieutenant Ramirez. Er war ein Opfer gewesen. *Nein,* widersprach sich Gabriel insgeheim. *Ich hatte eine schöne Kindheit. Ich wurde nicht missbraucht. Das ist nie passiert. Nicht mir.*

»Lieutenant Ramirez wollte Sie von dem Fall abziehen. Ich wollte ihn damit ablenken. Er ist immer noch der Überzeugung, dass Sie und der Täter …«

»Eins sind?«

»… in irgendeiner Verbindung zueinander stehen«, schloss Dr. B.

Gabriel rieb sich die Schläfen. Bald würden die Kopfschmerzen einsetzen. Seltsamerweise bereitete ihm diese neue Offenbarung keine Seelenqualen. Er fühlte sich einfach nur hohl und leer. »Was haben Sie über Andrew herausgefunden?«

»Er saß zwei Jahre in San Quentin.«

Gabriel schluckte. »Wegen Kindesmissbrauchs?«, fragte er vorsichtig.

»Ja, in der Tat«, sagte Dr. B. »Leider ist er nach seiner Entlassung spurlos verschwunden. Lieutenant Ramirez lässt nach ihm fahnden. Wie geht es Ihnen jetzt, Gabriel?«

Gabriel spürte, wie etwas in ihm zerbröckelte, und errichtete schnell eine mentale Barriere, hinter der die Trümmer seiner Seele gut verborgen waren. Dann räusperte er sich und nickte dem Arzt zu. »Wie konnte ich eine solche Erinnerung verdrängen?«

Dr. B holte tief Luft. »Weil es nicht nur einmal passiert ist.«

Gabriel starrte ihn fassungslos an.

»Ihre Eltern wussten nicht, dass ein Pädophiler gegenüber wohnt. Andrew hat Sie höchstwahrscheinlich mehr als einmal missbraucht. Womöglich sogar regelmäßig.«

Gabriel schüttelte ungläubig den Kopf. »Dann hätte ich es doch erst recht nicht verdrängen können.«

»Wenn ein Kind wiederholt traumatisiert wird, sind die Erfahrungen zu erschreckend, als dass sie der Verstand verarbeiten könnte. Dann setzt ein Abwehrmechanismus ein. Das Kind blendet den traumatischen Vorfall aus und flüchtet sich währenddessen in eine Fantasiewelt, in der diese Ereignisse nicht stattfinden. In manchen Fällen entwickelt es dabei eine multiple Persönlichkeit. Sie weisen diese Symptome allerdings nicht auf. Sie haben alles nur verdrängt. Es ist nicht Ihnen passiert. Die Kraft der Gedanken ist eine große Macht. Doch das Trauma blieb, und da Sie es nie akzeptiert haben, sich ihm nie gestellt haben, überschattet es Ihr Leben heute noch genauso wie damals, als es Ihnen widerfuhr. Sie sagten, dass Andrew ein Goldkettchen trug, als er Sie vergewaltigte.«

Ich wurde vergewaltigt.

»Jetzt wird deutlich, weshalb Sie Patrick Funstons Goldkettchen emotional so aufgewühlt hat«, fuhr Dr. B fort. »Die Arbeit an diesem Fall hat alle möglichen verdrängten Erinnerungen ans Licht gebracht und eine verschlossene Tür aufgestoßen. Die Kopfschmerzen und Alpträume sind die Folgen einer posttraumatischen Belastungsstörung.«

»Und was ist mit der Fugue?«, fragte Gabriel. »Noch wissen wir nicht, ob ich … wohin ich dann gehe.«

Gabriel bemerkte die Besorgnis, die in Dr. Bs ausdrucksstarken braunen Augen aufflackerte. Die hölzerne Uhr tickte.

»Raymond, woran denken Sie gerade?«, fragte Gabriel.

»Ich denke, dass Sie als Teenager diesen Jungen verprügelt haben, könnte womöglich an den Symptomen dieser verdrängten Erinnerung liegen. Es ist nicht ungewöhnlich, dass traumatisierte Personen selbst zu Tätern werden. Sie haben eine höhere Neigung zur Delinquenz.«

»Was soll das heißen?«, fragte Gabriel ruhig.

»Sie fügen einem anderen zu, was man Ihnen angetan hat.«

Gabriel schluckte und lauschte der Uhr.

»Dann ist es also nicht ausgeschlossen, dass ich andere Menschen verletze.«

»Noch einmal: Sie passen nicht ins Profil des Malibu-Canyon-Killers, Gabe.«

»Aber sicher sind Sie sich nicht, oder?«

»Doch, ich bin mir sicher.«

Gabriel stand auf. Die Uhr schlug.

»Komisch, ich habe sie noch nie schlagen hören.«

»Alles in Ordnung? Begreifen Sie, was Andrew Ihnen angetan hat? Wollen Sie darüber reden?«

Gabriel zwang sich zu einem matten Lächeln. »Gabriel

McRay, du hast gerade herausgefunden, dass du als Kind missbraucht worden bist. Was wirst du jetzt machen? Hey, wie wär's mit Disneyland?«

Dr. B sah ihn ernst an. »Das ist ein großer Fortschritt. Sie mögen jetzt am Boden zerstört sein, doch auf lange Sicht wird es Ihnen besser gehen. Glauben Sie mir.«

Gabriels Lächeln erlosch. »Klar.«

In diesem Moment flog die Tür zum Sprechzimmer auf. Ein atemloser, aufgeregter junger Mann stürmte herein.

»Dad, rate mal, wie mein GMAT-Test …«

Sobald er Gabriel bemerkte, der wie ein Schatten an der Wand klebte, blieb er wie erstarrt stehen. »Oh, tut mir leid, Dad. Ich wusste nicht, dass du einen Patienten … ich meine, Besuch hast.«

Dr. Bs Wangen färbten sich rot. Er stand auf und begrüßte seinen Sohn. »Kein Problem. Gabe, das ist mein Sohn Isaac. Isaac, das hier ist Detective Sergeant Gabriel McRay.«

Die beiden gaben sich die Hand.

»Freut mich, Sie kennenzulernen«, sagte Gabriel und verabschiedete sich.

Als er zur Tür hinausging, sah er sich um. Dr. B ging um den Sessel herum und nahm seinen Sohn mit einem breiten Lächeln in die Arme.

Für jemanden, der den ganzen Tag mit Spinnern und Wracks zu tun hat, scheint Dr. B ein gesundes Privatleben zu führen, dachte Gabriel.

Allein mit der Last seiner Erinnerungen marschierte Gabriel über den dunklen Parkplatz zu seinem altersschwachen Auto.

Die Neonlichter über den Schreibtischen der Mordkommission in Commerce flackerten, was Gabriel jedoch nicht weiter störte. Er tippte wie besessen auf der Tastatur seines Laptops herum. Es war nach zehn Uhr und bereits dunkel. Trotzdem dachte Gabriel gar nicht daran, Feierabend zu machen.

Sein Handy piepte, um ihm mitzuteilen, dass er neue Nachrichten auf der Mailbox hatte. Er ignorierte es. Er war zu beschäftigt damit, die Polizeidatenbank nach Informationen über Andrew Pierce zu durchforsten. Er hatte bei seinem Prozess eine *nolo-contendere*-Einlassung abgegeben und war zu zweiundzwanzig Monaten Haft, gefolgt von einer fünfjährigen Bewährungsstrafe, verurteilt worden, während der er sich einer Therapie zu unterziehen haben würde.

Allerdings war er wegen guter Führung früher entlassen worden.

Gabriel starrte auf den Bildschirm. Natürlich hatte er sich im Gefängnis nichts zuschulden kommen lassen. Da gab es ja auch keine Kinder, die ihn in Versuchung geführt hätten.

Die Jungen führen dich in Versuchung, stimmt's?

»Ich bin nicht wie er geworden«, sagte Gabriel so laut, dass seine Stimme von den Wänden widerhallte. Peinlich berührt sah er sich um. Niemand war zu sehen. Alle waren bereits im Feierabend.

Nur die Fotos der Mordopfer an der Pinnwand leisteten ihm Gesellschaft. Und nur die flackernden Neonlichter und das leise Brummen der Computer erinnerten ihn daran, dass er noch unter den Lebenden weilte.

Die Jungen führen dich in Versuchung, stimmt's?

Gabriel schloss die Augen und holte tief Luft. Immer mit der Ruhe. Du darfst den Worten eines Wahnsinnigen keinen Glauben schenken.

Gabriel heftete den Blick wieder auf den Bildschirm und las das psychiatrische Gutachten über Andrew Pierce. Er wurde als sogenannter »fixierter« Pädophiler eingestuft. Im Gegensatz zu einem »regressiven« Typus war er sexuell ausschließlich an Kindern interessiert. Regressive Täter dagegen fühlten sich prinzipiell zu ihren Altersgenossen hingezogen, vergingen sich unter großem Druck oder Stress als Ersatzobjekt aber an Minderjährigen.

Ja, dachte Gabriel verächtlich, Andrew war eindeutig fixiert gewesen.

Dann erfasste ihn eine Welle der Übelkeit, und er hielt sich ein paar Akten vor den Mund. Die Übelkeit verschwand so schnell, wie sie gekommen war. Gabriel fragte sich gerade, ob er nach Hause gehen sollte, als das Handy erneut klingelte. Gabriel fuhr zusammen.

Er schloss die Datei und rückte den Stuhl zurück. Wieder wurde ihm übel. Das Herz klopfte ihm bis zum Hals. Was war nur los mit ihm? Ich muss nach Hause, dachte er. Und zwar schnell. Doch es war zu spät.

Wie aufgedunsene Wasserleichen tauchten die Erinnerungen in seinem Verstand auf, streckten ihre aufgequollenen Hände nach ihm aus, flehten ihn an, zu sehen und zu hören.

Die Jungen führen dich in Versuchung, stimmt's?

Stöhnend legte Gabriel den Kopf in die Hände. »Verdammt sollt ihr sein«, flüsterte er.

Tür Nummer zwei flog weit auf, und dort in der Dunkelheit … war die tollkühne Hexe in ihrem fliegenden Bett. Er hatte mit Andrew Pierce im Melody Theater gesessen und sich *Die tollkühne Hexe in ihrem fliegenden Bett* angesehen. Mehrere Erwachsene hatten ihnen zugelächelt. Ein älterer Junge, der einen kleineren unter seine Fittiche nimmt, ihm

Schokoriegel und Popcorn kauft. Was für ein herzerwärmender Anblick.

Der Skipper lächelte zurück, gewann ihre Herzen mit seinen kieferorthopädisch begradigten Zähnen. Gabriel lächelte nie.

Er saß auf seinem wunden Hintern und sah sich die Titelsequenz an, beobachtete die anderen Kinder, die lachend durch die Reihen liefen und sich mit Süßkram bewarfen.

Dann beugte sich der Skipper zu ihm herüber, sodass er die Lakritze in seinem Atem riechen konnte. »Gefällt dir der Film?«, flüsterte er in Gabriels Ohr. »Macht er dir Angst?«

Woraufhin Gabriel den Kopf schüttelte. Nein.

Er wusste bereits, dass die Welt viel schlimmere Dinge bereithielt als alles, was er in diesem Disneyfilm sehen würde. Wenn er die anderen Kinder beobachtete, drohte ihn eine große Leere beinahe in Stücke zu reißen. Tief im Herzen wusste er, wie wertlos er war. Er würde nie so unbeschwert lachen können wie die anderen Kinder, weil er es nicht verdient hatte. Der Skipper erinnerte ihn stets daran, dass er nichts anderes verdient hatte, als »in den Hintern gefickt zu werden«.

Und das war die Wahrheit. Wie sonst hätten seine Eltern zulassen können, dass der Skipper ihm das antat? Sie hatten den Skipper und Gilligan auf einer einsamen Insel ausgesetzt – ohne Hoffnung auf Rettung. Der Skipper hatte ihm schließlich eröffnet, dass seine Eltern von ihrem Geheimnis wussten und dass es ihnen einfach egal war. Wenn Gabriel ihn verpetzte, dann würden sie nur wütend auf ihn werden, weil er so ein verzogenes Baby war. Erwartete er etwa allen Ernstes, dass ihn Andrew einfach so, ohne Gegenleistung, ins Kino einlud? Andrew hatte gesagt, dass er ihm eine Bombe in die Brust gepflanzt hatte, während er schlief. Wenn er es irgendjemandem erzählte, würde Andrew die Bombe zünden.

»Es ist nie passiert!«, sagte Gabriel laut. Seine Kehle schnürte sich zusammen.

Es ist nie passiert. Gabriel sackte im Stuhl zusammen. Die Welt ist nicht so grausam.

Laut Dr. B waren ein Flashback und eine Erinnerung zwei grundverschiedene Dinge. Erinnerungen sind verschleiert und undeutlich, ein Flashback dagegen katapultierte einen mitten in die Vergangenheit zurück. Erinnerung ohne Distanz.

»Verschleiert und undeutlich ist mir lieber«, flüsterte Gabriel. Sein Handy piepte wieder. Er setzte sich auf, fest entschlossen, um seine geistige Gesundheit zu kämpfen. Er nahm das Handy und wählte die Nummer der Mailbox.

»Sie haben vier neue Nachrichten«, sagte eine mechanische Stimme und nannte den Zeitpunkt des ersten Anrufs.

»Sergeant McRay? Hier ist Mary Siegel von der *Times*. Ich wollte nur …«

Gabriel löschte die Nachricht. Die Computerstimme verkündete den Eingangszeitpunkt der nächsten Botschaft.

»Hi, Mr. McRay, hier ist noch mal Gary von Gold's Gym. Vielleicht könnten Sie mir mitteilen, wann …«

Gabriel löschte auch diese Nachricht und wartete auf die nächste.

»Gabriel, hier Ming. Ich wollte dir nur sagen, dass es mir wirklich leidtut, wie Miguel dich behandelt. Der Mann hat kein bisschen Taktgefühl.« Gabriel hörte, wie sie tief Luft holte. »Na ja, ich wollte dich nur noch mal an unsere Verabredung erinnern und hören, wie's dir geht.«

Gabriel wartete auf die nächste Nachricht.

»Gabriel, hier ist Mom. Da du ja zu Hause nie ans Telefon gehst, dachte ich, ich versuch's mal auf deinem Handy. Bitte ruf mich bei Gelegenheit mal an. Wir vermissen dich.«

Ein Klicken ertönte. »Ende der neuen Nachrichten«, sagte die Roboterstimme.

Gabriel wärmte sein Handy in der Hand, machte jedoch keine Anstalten, einen der Anrufe zu beantworten. Er dachte an seine Mutter. Jetzt wusste er also, weshalb er einen derartigen Groll gegen seine Eltern hegte. Er war in ihrer Obhut gewesen, und ihm war Schreckliches widerfahren. Sie hätten ihn beschützen müssen. Sie hatten versagt. Er erinnerte sich daran, wie sehr den kleinen Jungen die Vorstellung entsetzt hatte, dass seine Eltern von dem Missbrauch wussten und ihn auch noch billigten. Gabriel öffnete die Hand und starrte das Telefon an. Mom war nur einen Anruf weit entfernt und wartete darauf, dass er sich meldete.

Doch noch brachte er es nicht über sich. Für diese Unterhaltung war er nicht bereit. Noch nicht.

Gegen halb zwölf Uhr nachts klingelte es an Ming Lis Tür. Mit dem Tränengas in der Hand ging sie wachsam die Treppe ihrer Wohnung in Los Feliz hinab. Da ihr Heim recht geräumig war, schien die geschwungene Treppe kein Ende nehmen zu wollen. Mings bloße Füße huschten lautlos über die mit Teppich ausgelegten Stufen. Sie überlegte fieberhaft, wer sie um diese Zeit noch besuchen kam. Womöglich der Angehörige eines kürzlich von ihr obduzierten Verstorbenen, der mit ihren Ergebnissen nicht einverstanden war und sie zur Rede stellen wollte. Oder der Malibu-Canyon-Killer, der mit gezücktem Messer von seinen Hügeln herabgestiegen war. Ming spähte durch den Türspion, dann richtete sie den Blick auf den Boden. Es war Gabriel McRay. Musste sie auch vor ihm Angst haben?

»Ich wollte heute Nacht nicht allein sein«, sagte er, sobald sie ihm öffnete.

Wenn sich Ming von diesem nächtlichen Besuch irgendwelche Intimitäten erwartet hatte, zerstreute Gabriel diese Hoffnungen sofort: »Darf ich auf dem Sofa schlafen?«

»Ich habe ein Gästezimmer«, sagte sie und steckte das Tränengas in die Tasche des Bademantels.

Ming führte Gabriel in das geschmackvoll eingerichtete und nie benutzte Gästezimmer. Gabriel setzte sich auf die Kante des großen Betts und starrte auf seine Füße.

Ming stand in der Tür. »Willst du was essen? Ich kann dir …«

»Ich erinnere mich jetzt an das, was ich so verzweifelt vergessen wollte.«

Vorsichtig betrat Ming den Raum und setzte sich neben ihn aufs Bett. Sie wartete.

Gabriel spürte sie neben sich, blickte jedoch unverwandt auf den ansprechend gemusterten Teppich zu seinen Füßen. »Ich wurde …«

Du wurdest vergewaltigt.

Nein, das ist nie passiert.

Er wandte sich Ming zu. »Ich weiß, es ist schon spät, aber ich wollte nicht in meine Wohnung. Ich wollte damit nicht allein sein. Ich bin völlig fertig. Ich wusste nicht, was …«

Ming schlang die Arme um ihn und zog ihn zu sich. Gemeinsam sanken sie auf die Kissen zurück. Er vergrub sein Gesicht in ihrer Halsbeuge und schloss, von der Erschöpfung übermannt, die Augen. Ihr regelmäßiger Herzschlag beruhigte ihn. Der saubere Duft ihrer Haut besänftigte ihn. Er war Ming unendlich dankbar dafür, dass sie ihn nicht dazu drängte, sein Geheimnis mit ihr zu teilen. Noch war er sich unsicher, ob er sich an einen anderen Menschen binden sollte. Nach wenigen Sekunden war er fest eingeschlafen.

18

Am Samstagabend nahmen Ming und Gabriel im Parkett des Pantages Theater Platz. Ming blätterte in einem Programmheft, Gabriel betrachtete die murmelnde Menge. Er freute sich auf diesen Abend. In der Scheinwelt des Theaters konnte er seine dunklen Erinnerungen vergessen. Er konnte die Goldkettchen und Süßigkeiten vergessen, eigentlich harmlose Dinge, die durch die schrecklichen Ereignisse seiner Kindheit eine neue, grässliche Bedeutung bekommen hatten.

In ihrer typisch selbstbewussten Art hatte Ming darauf bestanden, Gabriel in ihrem Lexus abzuholen. »Schließlich hab ich dich ja eingeladen«, sagte sie. Gabriel musste zugeben, dass sein rostiger Celica dem Anlass kaum angemessen war.

Ihr Angebot brachte Gabriel sogar dazu, seinen gesamten Lebensstil zu überdenken: Trotz mehrerer Gehaltserhöhungen besaß er seit Jahren dieselben Möbel und dasselbe Auto. Gabriel hatte Ming vor dem Theater in ein schickes Restaurant eingeladen. Das Essen war Gott sei Dank ohne unbehagliche Momente verlaufen.

Jetzt betrachtete Gabriel seine in das Programmheft vertiefte Begleitung. Ming trug einen schwarzen Bleistiftrock zu einem roten ärmellosen Pullover. Sie hatte das Haar zu einer Banane hochgesteckt, was ihre Wangenknochen und die sinnlichen Lippen betonte.

»Ich weiß, dass du mich ansiehst«, stellte sie fest, während sie umblätterte.

Er beugte sich vor. »Unmöglich, dass die Vorstellung auch nur annähernd so sehenswert ist wie du.«

»Hmmm. Du hattest wohl etwas zu viel Wein beim Essen?«

Trotzdem lächelte sie zufrieden und las weiter. Gabriel war ihr dankbar, weil sie ihn nicht zu sehr bedrängte. Sie musste vor Neugier über Gabriels dunkles Geheimnis beinahe platzen und doch ließ sie ihm seinen Freiraum. Vielleicht würde er ihr es irgendwann erzählen. Doch heute Abend wollte er einfach nur den Augenblick genießen.

Gabriel lehnte sich zurück und betrachtete den majestätischen Samtvorhang und die raffinierten Verzierungen an Wänden und Balkonen. Das Theater atmete noch immer den Charme des alten Hollywood. Die holzgeschnitzten, karnevalsbunten Masken, die Komödie und Tragödie darstellten, blickten grinsend respektive traurig von der Balustrade auf ihn herab.

Es wurde dunkel, und Musik erscholl aus dem Orchestergraben. Der Vorhang ging auf und enthüllte ein aufwendiges Bühnenbild. Ein staunendes »Aaah« ging durch die Menge, als sie in die Welt von *Show Boat* entführt wurde.

Gabriel bewunderte die bis ins letzte Detail perfekte Szenerie. Stoffbahnen, die Wasser darstellen sollten, schwappten gegen ein Pier. Das Schiff selbst, die *Cotton Blossom,* wirkte riesig und tonnenschwer. Natürlich nur eine Illusion, wie Gabriel sehr wohl wusste, geschaffen aus Sperrholz und Plastik.

Gehen Sie gern ins Theater, Sergeant?

Plötzlich ging ihm ein Licht auf. Er schluckte. »Ming …«

»Pssst«, flüsterte sie, ganz auf das Stück konzentriert.

Ihr Gesicht wurde von den farbigen Scheinwerfern auf der Bühne erhellt.

»Ming«, wiederholte Gabriel. »Ich bin gleich wieder da.«

Mit dem Blick auf die Bühne gerichtet zwängte er sich durch die Sitzreihe, stieß gegen Knie und erntete missbilligende Kommentare. Schließlich eilte er den Gang hinauf und durch die doppelflügelige Tür in die Lobby.

»Ich muss den Intendanten sprechen«, teilte Gabriel einem Platzanweiser mit.

»Stimmt etwas nicht, Sir?«

Gabriel zog seine Dienstmarke hervor. »Den Intendanten. Sofort!«

Der Platzanweiser lief davon. Eine Minute später kam ein junger Mann in einem kastanienbraunen, an den Knien ausgebeulten Smoking auf ihn zu.

»Wie kann ich behilflich sein, Sir?«

Gabriel zeigte ihm seine Marke. »Die Bühnenbilder. Wie werden die gemacht?«

Der Intendant sah ihn ratlos an. »Nun, wir haben eine Bühnenbildnerwerkstatt, in der wir …«

»Da gibt es so eine Maschine«, unterbrach ihn Gabriel und schnippte mit den Fingern, weil ihm die genaue Bezeichnung entfallen war. »Einen Apparat, mit dem man Säulenattrappen und Felsen und Schiffe wie dort auf der Bühne machen kann …«

»Eine Vakuumformmaschine?«

»Ja!«, rief Gabriel. »Womit arbeitet diese Maschine? Wie werden die Säulen hergestellt?«

»Die Modelle sind aus Schaumstoff. Manchmal auch aus Gips.«

»Neinneinnein«, sagte Gabriel kopfschüttelnd. »Welche

Substanz wird bei der Herstellung benutzt? Welche Chemikalie?«

Der Intendant starrte ihn verständnislos an. »Da muss ich unseren Bühnenbildner fragen.«

»Beeilen Sie sich«, befahl Gabriel.

Der Intendant entfernte sich, wobei er eine Nummer mit seinem Handy wählte. Gabriel wartete. Er tippte nervös mit den Fingern gegen das Hosenbein.

Dann beendete der Intendant den Anruf. Gabriel ging zu ihm hinüber. Instinktiv trat der Theaterleiter einen Schritt zurück.

»Styrol heißt das offenbar«, sagte er schnell, bevor Gabriel ihn erreichen konnte.

Gabriel bedankte sich und rannte auf die Eingangstür zu. Kurz davor blieb er ruckartig stehen und kehrte in Richtung Zuschauerraum um. Er pflügte förmlich durch die Reihen, stieß gegen weitere Knie und trat auf Damenhandtaschen.

»Ming«, sagte er viel zu laut.

Aus dem Publikum zischten eine Million »Pssst!«

»Was ist denn? Ist etwas passiert?« Sie sah besorgt zu ihm auf.

»Ich muss weg.«

»Was? Wieso?«

Die Zuschauer hinter Gabriel ermahnten ihn, sich gefälligst zu setzen. Er beachtete sie gar nicht. Sein Herz klopfte wie wild. »Ich muss zur Pepperdine.«

»Jetzt?«

»Jetzt. Du kannst gerne hierbleiben, aber dürfte ich mir dein Auto borgen? Hier ist Geld für ein Taxi.« Gabriel kramte hektisch in seiner Brieftasche. Geldscheine segelten auf den Boden.

Er beugte sich vor, um sie aufzuheben, und stieß dabei den Mann neben sich an. »Hey!«

»Was soll denn das werden?«, fragte Ming, die ihm fasziniert zusah.

»Plastik, Styrol. Daraus werden die Bühnenbilder gemacht!«

»Hat das mit dem Fall zu tun?«

Gabriel drückte ihr das Geld in die Hand und rannte zum Ausgang.

»Du wirst mich nicht hier sitzen lassen!«, rief Ming, sprang auf und folgte ihm auf dem Fuße.

Auf der Bühne fing Captain Andy an zu singen.

Gabriel saß am Steuer und bretterte nach Malibu. Ming saß nervös auf dem Beifahrersitz. Gabriel kontaktierte Dash und Ramirez. Während er auf ihren Rückruf wartete, erklärte er Ming, was es mit dem Styrol auf sich hatte.

»Die Fakultät für Kunst habe ich noch nicht unter die Lupe genommen. Ich hatte zwar geahnt, dass der Täter ein Student ist, wusste aber nicht, wo ich ihn finden konnte. Ich habe mich zu sehr auf die slawistische Fakultät konzentriert. Der Mörder muss Styrol an den Schuhen gehabt haben, als er die Halls tötete. Styrol aus der Vakuumformmaschine der Universität.«

Die losen Enden fügten sich allmählich zu einem stimmigen Gesamtbild zusammen. Gabriel erinnerte sich an Dr. Bs Worte: »Er will ihn nur zum Narren halten. Bisher hat er in keiner Nachricht angedeutet, dass er auf ein persönliches Treffen aus ist.«

Ich bin Fortunato.

Er hielt Gabriel zum Narren.

Ich bin Fortunato. Er ist derjenige, der Montrésor ständig zum Narren hält.

»Weißt du was?«, sagte Gabriel entgeistert. »Ich glaube, ich habe bereits mit ihm gesprochen.«

Das schrille Klingeln des Handys ließ sie beide zusammenfahren.

Sie hielten auf dem Parkplatz der Universität und stiegen aus. Der Nebel umgab die gelben Straßenlaternen mit einem diesigen Heiligenschein. Die Universität schien zu schlafen. Sie hörten die Brandung des nahen Ozeans.

»Nachts wird es definitiv kälter«, sagte Ming und schlang die Arme um die Schultern. Gabriel zog sein Jackett aus, nahm die Pistole heraus und legte es vorsichtig um Mings entblößte Schultern.

»Steig wieder ins Auto«, sagte er mit den Händen auf ihren Schultern.

»Kommt nicht infrage.«

»Das hier ist kein Obduktionssaal, Ming. Bleib hier.«

»Na toll. Jetzt klingst du schon genau wie Rick Frasier«, sagte sie trocken. »Wo lang?«

»Wie immer nimmst du kein Blatt vor den Mund«, murmelte Gabriel und bedeutete ihr, ihm zu folgen.

Als sie den Campus in Richtung der Theaterfakultät überquerten, kamen ihnen mehrere Studenten entgegen, die auf dem Weg zur Bibliothek waren. Durch die offenstehende Tür der Unicafeteria konnten sie mehrere Leute erkennen, die Cappuccinos schlürften und einem Dichter lauschten.

Die Theaterfakultät selbst schien verlassen. Ein Kojote heulte in den Hügeln hinter der Universität. Ming und Gabriel betraten die menschenleere Eingangshalle und wurden von flackerndem Neonlicht willkommen geheißen.

»Sehen wir uns als Erstes die Vakuumformmaschine an«, sagte Gabriel und führte Ming einen Flur hinunter.

Sie blieben vor der Requisitenkammer stehen. Gabriel rüttelte an der Tür. Sie war nicht verschlossen. Er öffnete sie.

»Hier«, sagte Gabriel und schaltete das Licht ein.

Die Vakuumformmaschine ähnelte einem stillen, gedrungenen Ungeheuer, das jeden Augenblick losspringen konnte. Ming sah sich um. Die leeren schwarzen Augen der Masken starrten sie von den Wänden herab an.

»Hier ist niemand«, sagte Gabriel und wollte wieder gehen.

»Was hast du denn erwartet?«, fragte Ming. »Hör mal, warum treibst du nicht jemanden auf, der weiß, wer von den Studenten diese Maschine benutzt? Ich nehme derweil eine Styrolprobe. Ich komme gleich nach.«

»Gute Idee«, sagte Gabriel und marschierte zur Tür. »Hey, schließ hinter mir ab, ja?«

Schnellen Schrittes durchquerte Gabriel die dunklen Flure. Er öffnete eine Tür und fand sich hinter der Hauptbühne wieder. Vorsichtig ging er um eine kompliziert aussehende Lichtanlage herum und betrat die schummrig ausgeleuchtete Bühne. »Das Fass Amontillado« wurde immer noch gespielt. Hinter ihm ragten mit verstaubten Weinflaschen und menschlichen Knochen gefüllte Steinwände auf. »Schimmel« wucherte an den Höhlenwänden.

Womöglich hatte der Mörder dieses Bühnenbild angefertigt.

Ich bin Fortunato.

Wie war noch gleich sein Name gewesen?

Eine Reihe mit bunten Folien überzogene Scheinwerfer starrten dunkel auf Gabriel herab. Von den zwanzig Meter hohen Stegen hingen lange Metallseile, die im Luftzug der Klimaanlage hin und her baumelten.

Gabriel fuhr zusammen. Hatte er da gerade ein leises Glockenklingeln von den Arbeitsbühnen gehört, oder war das nur Einbildung gewesen? Gabriel kniff die Augen zusammen, doch er konnte in der Dunkelheit so gut wie nichts erkennen. Er ging zu einer Wendeltreppe auf der linken Seite der Bühne, packte das gusseiserne Geländer und stieg hinauf.

Die Treppe wackelte unter seinem Gewicht. Gabriel wollte hinaufspähen, doch die Drehung der Treppe behinderte seine Sicht. Er stieg höher und höher.

Schließlich hatte er das Ende der Treppe erreicht und betrat den ersten Steg des Schnürbodens. Der Steg war ziemlich schmal und verfügte nur über eine dünne Kette als Handlauf, an dem man sich festhalten konnte. Er erstreckte sich über die gesamte Bühnenlänge und traf dann mit anderen Stahlplanken zusammen, die in alle möglichen Richtungen führten. Im Zwielicht konnte Gabriel kaum etwas sehen. Er trat vorsichtig auf den Steg, der unter seinen Schritten erzitterte.

Dann ertönte erneut das leise Klingeln. Gabriel erstarrte und spähte in das Halbdunkel. Die Höhe ließ ihn schwindeln. Nach ein paar zögerlichen Schritten befand er sich über dem Mittelpunkt der Bühne. Etwa drei Meter vor ihm pendelte ein Stahlseil hin und her und schlug gegen ein anderes Seil.

Daher also das Klingeln, beruhigte sich Gabriel und sah nach unten. Irgendetwas blitzte auf der dunklen Bühne. Neugierig kehrte Gabriel zur Treppe zurück und ging hinunter.

Sobald er auf Bühnenhöhe war, konnte er das blitzende Objekt nicht mehr erkennen. Langsam suchte er die Spielfläche ab.

Sein Fuß stieß gegen etwas Weiches. Wieder klingelte es. Gabriel sah eine dunkelviolette Narrenkappe am Boden liegen. Er hob sie auf. Die Glöckchen klimperten in seiner Hand.

Ich bin Fortunato.

Er sah sich noch einmal auf der Bühne um, dann wartete er in der Stille. Er ließ den Blick über die finsteren, leeren Stuhlreihen schweifen – er war nicht allein, dessen war er sich gewiss.

»Sind Sie hier?«, fragte er laut.

Die Seile über ihm stießen klirrend aneinander. Sonst war nichts zu hören.

Zeig dich, du Mistkerl. Vor seinem inneren Auge sah Gabriel, wie Andrew Pierce im Mittelgang erschien und schnell auf die Bühne zumarschierte.

Gabriel verbannte diese Vorstellung aus seinem Kopf, drehte sich auf dem Absatz um und ging nach links von der Bühne ab.

Sein nächstes Ziel war die Bühnenbildnerwerkstatt. Die große Halle lag still und verlassen da; die Bandsägen und Bohrer schwiegen. Das Blatt einer Tischsäge war halb in einer Sperrholzplatte vergraben. Gabriel hörte ein Rascheln und riss den Kopf herum.

Eine blaue Plastikplane flatterte gegen den Käfig, in dem die Bühnenmaler arbeiteten. Gabriels Hand glitt zur Pistole und entsicherte sie. Die Plane bauschte sich in einer eleganten Bewegung wie der Flügel eines Engels.

Gabriel näherte sich wachsam. Terpentingeruch stieg ihm in die Nase. Pigmentflecken und Farbspritzer in allen Primärfarben verwirrten seine Augen. Langsam streckte er den Arm aus und zog die Plane zur Seite.

Aus einem Heizungsrohr dahinter strömte heiße Luft.

Gabriel seufzte, kam sich einigermaßen dämlich vor und sah sich noch einmal um. Als er überzeugt davon war, allein im Raum zu sein und lediglich unter einer lebhaften Fantasie zu leiden, setzte er seine Suche fort.

Er blieb vor der Kostümbildnerei stehen, lauschte und ging hinein.

Gabriel passierte die Nähmaschinenreihen. Stoffballen lehnten an den Wänden, verschiedene Scheren hingen zusammen mit Garnrollen und Nadelsortimenten an einer Stecktafel. Am gegenüberliegenden Ende des Raums befand sich eine geschlossene Tür. Gabriel ging darauf zu.

Und fand sich in einer mit Kostümen vollgestopften Abstellkammer wieder. Er machte sich daran, sie durchzusehen.

Ming bastelte sich einen behelfsmäßigen Beweismittelbehälter, indem sie das homöopathische Mittel gegen Menstruationsschmerzen aus der dazugehörigen Dose schüttete. Sie sammelte mehrere kleine Styrolbrocken und dachte dabei an Gabriel, der in höchster Not Zuflucht bei ihr gesucht hatte. Das Gefühl, ihn in den Armen zu halten, während er schlief, die Gewissheit, dass er bei ihr Ruhe fand, bereitete ihr mehr Freude, als sie sich eingestehen wollte. In diesem Augenblick hatte er völlig und bedingungslos ihr gehört; sie hatte nicht mit seinen Dämonen um seine Aufmerksamkeit konkurrieren müssen. Mit Anbruch der Dämmerung hatte sie ihn losgelassen, eine Decke über ihn gelegt und sich in ihr Schlafzimmer zurückgezogen. Schließlich wollte sie um jeden Preis vermeiden, dass Gabriel sie für zu aufdringlich hielt. Eines schönen Tages würde sie in seiner Gegenwart hoffentlich nicht mehr so höllisch aufpassen müssen. Womöglich würde sich Gabriel ihr sogar anvertrauen und ihr das Geheimnis verraten, das er –

Mit einem Mal hatte sie das Gefühl, beobachtet zu werden.

Sie unterbrach das Aufsammeln der weißen Plastikkugeln und lauschte in die Stille. Dann richtete sie sich aus der Hocke auf und sah sich mit klinischem Blick um. Eine große, bedrohlich wirkende Sense hing zwischen einem Dolch und einem schweren Schwert an der Wand.

Na ja, so schwer wird es nicht sein, sagte sich Ming. Wahrscheinlich ist es aus Plastik. Dann vermeinte sie, Augen hinter den grotesken Masken aufblitzen zu sehen. Sie machte einen Schritt auf einen Stapel falscher Ziegelsteine in der Ecke zu, dann blieb sie stehen und lauschte erneut. Als sie sich sicher war, allein im Raum zu sein, drehte sie sich um. Mit Erstaunen bemerkte sie, dass die Tür zur Requisitenkammer sperrangelweit offen stand.

Ming ging zur Tür hinüber. Gabriel hatte sie auf dem Weg hinaus hinter sich geschlossen, dessen war sie sich sicher. Andererseits konnte sie auch von allein wieder aufgegangen sein. Ming sperrte die Tür ab, genau wie es Gabriel ihr eingeschärft hatte.

Dann beugte sie sich vor, um die Tablettendose unter der Vakuumformmaschine aufzuheben, als sie plötzlich ein Paar Lederstiefel vor sich sah. Ming erstarrte. Ihr Puls rauschte ihr in den Ohren. Eine geschlagene Minute verstrich, bevor sie den Mut aufbrachte, über die Maschine hinweg zu spähen. Sie grinste erleichtert. Die Stiefel gehörten zu einer Gliederpuppe im Jägerkostüm – komplett mit Flinte und Hut –, die reglos vor ihr stand.

Die Tür klickte. Ming spitzte die Ohren und beobachtete den Eingang.

Der Türgriff drehte sich langsam. Ming hielt die Luft an. Dass die Tür verschlossen war, war nur ein schwacher Trost. Jemand rüttelte von der anderen Seite am Türgriff.

»Gabriel?«, rief sie zaghaft.

Der Griff erstarrte. Ming schluckte nervös, steckte die Tablettendose in die Tasche, eilte zur Tür hinüber und presste ihr Ohr gegen das Holz. Eine Weile lang war nichts zu hören, dann erklang ein einzelner, leiser Schritt. Sie drückte ihren ganzen Körper gegen die Tür, um besser lauschen zu können.

Nichts.

Ming sah auf den Türgriff hinab und packte ihn entschlossen. Plötzlich rüttelte er wie wild in ihrer Hand. Keuchend trat sie einen Schritt zurück. Der Griff ruckte und zuckte.

Und dann bewegte er sich nicht mehr.

Ming stand so starr wie die Puppe da und wartete. Ein Schlüssel wurde ins Schloss geschoben. Ming sah sich panisch um, dann rannte sie auf die Ritterrüstung zu. Womöglich konnte sie sich dahinter verstecken. Gerade als sie sich zwischen Rüstung und Wand gequetscht hatte, schwang die Tür weit auf.

Gabriel berührte den zarten Stoff eines Feenkostüms. Auf einem an den Stoff gehefteten Zettel stand »Ein Sommernachtstraum 2005«. Er wühlte sich durch historische Gewänder und Fantasietrachten wie etwa ein Vogelkostum mit grellbunten Federn. Auf diesem war »Die Vögel, Aristophanes 2008« zu lesen.

Er hielt mitten in der Suche inne, als ihm ein ganz bestimmtes Kostüm ins Auge stach. Er zog es heraus und betrachtete es nachdenklich. Eine Polizeiuniform.

Wieder einmal, wie in einer Endlosschleife, sah Gabriel den kostümierten Polizisten mit der Spielzeugpistole in der Hand zu Boden sinken. Seufzend hängte Gabriel die Uniform zurück, als ihm etwas einfiel. Schneller und schneller wühlte er sich durch die Trachten der römischen Götter, Soldaten, Buckligen, Geistlichen, Richter und Könige. Als er das Ende der Reihe erreicht hatte, sah er sich im Raum um. In einer weiteren Kammer befanden sich noch mehr Kostümteile – Hosen, Hemden und Kleider in allen Größen. Auf Haken über den Kleidungsstücken hingen unzählige Perücken, Hüte, Schals und Handschuhe.

Er verkleidet sich, dachte Gabriel verblüfft. *Er hat Zugriff auf alle Kostüme, die man sich nur vorstellen kann.* Gabriel lehnte sich gegen ein Frankenstein-Monster. *Das also ist seine Methode. So gelangt er in die Autos der Opfer.*

Er spielt eine Rolle. Er ist ein Schauspieler.

Gabriel ging auf den Ausgang des Kostümlagers zu und nahm sich vor, die Leiterin der Schneiderei zu fragen, ob eines oder mehrere der Kostüme fehlten. Leise glitt er in den Flur und schloss die Tür hinter sich. Als er sich umdrehte, stand ein dicker, bärtiger Mann vor ihm.

»Das hier ist Mr. Benson, der Chefrequisiteur«, sagte Ming, die hinter dem breiten Mann auftauchte. »Er kann uns womöglich weiterhelfen.«

19

»Was wollen Sie denn von Bill?«

»Nur mit ihm reden«, sagte Gabriel, der sich hinter Mr. Benson aufgebaut hatte.

Der Requisiteur war ein dicker Mann mit einer beginnenden Glatze, einem dunklen Vollbart und einer dröhnenden tiefen Stimme. Er saß am Computer im Studierendensekretariat und ging die Studentenlisten durch.

»Was hat er denn angestellt, Sergeant?«

Gabriel beantwortete dies mit einer Gegenfrage: »Sie haben gesagt, dass Bill viel in der Bühnenbildnerwerkstatt arbeitet. Benutzt er dabei auch die Vakuumformmaschine?«

»Dafür ist er sogar unser Experte. Er hat Talent.«

»Auf allen Gebieten? Wie steht's mit seinen Schminkfähigkeiten?«

Mr. Benson hielt inne und sah Gabriel verwirrt an.

Ming platzte ins Büro. »Dash wartet draußen, Ramirez und ein Streifenwagen sind unterwegs. Ich soll dir von Dash ausrichten, dass dir der Lieutenant was Dringendes sagen will.«

Wahrscheinlich hat er einen Haftbefehl fur mich.

Ming stellte sich neben ihn. »Und was, wenn dieser Bill der Falsche ist?«

Gabriel antwortete nicht. Sein Instinkt durfte ihn nicht im Stich lassen. Einen solchen Fehler konnte er sich nicht erlauben.

Mr. Benson überflog die Namensliste und deutete dann mit einem dicken Finger auf den Bildschirm. »Hier. Bill Spangler, Terra Bella Apartments Nummer dreiunddreißig, das ist in der Nähe der …«

»Alles klar«, unterbrach ihn Gabriel und lief aus der Tür. »Du bleibst bei Mr. Benson!«, rief er Ming zu.

Dash wartete in seinem Auto. Gabriel gab ihm ein Zeichen, ihm zu folgen, dann sprang er in Mings Wagen, ließ den Motor an und fuhr davon.

Schließlich standen sie vor den Terra Bella Apartments, einer zweistöckigen Wohnanlage in spanischem Stil mit beigem Stuck und einem rot geziegelten Dach. Von den Wohnungen im Obergeschoss aus konnte man den Ozean sehen.

»Nicht schlecht«, bemerkte Dash.

Die beiden Detectives überprüften zuerst in der Tiefgarage, ob Bill Spangler zu Hause war. Auf dem für ihn reservierten Parkplatz stand kein Auto, doch Dash entdeckte ein Yamaha-Geländemotorrad mit dreckverkrusteten Reifen, das an einen Pfosten in der Nähe gekettet war.

»Holen wir uns Abdrücke von den Reifen und suchen wir die Maschine nach Fingerabdrücken ab«, sagte Gabriel triumphierend. Schon bald waren die uniformierten Beamten zur Stelle. Sie würden die Garage und den Hintereingang bewachen. Ramirez befahl Gabriel über Funk, auf Verstärkung zu warten, doch der ungeduldige Gabriel dachte nicht daran, dieser Aufforderung Folge zu leisten.

Die beiden Detectives klopften an die Tür von Wohnung Nummer dreiunddreißig. Dash zog den Revolver. Gabriel stand dicht hinter ihm. Er schnupperte und roch Benzin. Seine Nackenhaare stellten sich kerzengerade auf.

»Bill Spangler, machen Sie auf!«, rief Dash durch die geschlossene Tür.

»Wir sind an der Vordertür«, teilte Gabriel Ramirez flüsternd durchs Funkgerät mit. Angespannt betrachtete er den Fußboden. Er sah Rauch wie einen geisterhaften Finger aus dem Türspalt steigen und sofort wieder in der Wohnung verschwinden.

»Bill Spangler! Aufmachen!«, brüllte Dash.

Gabriels Augen weiteten sich. Der Begriff »Rauchgasexplosion« kam ihm in den Sinn, sobald er Dashs Hand auf dem Türknauf sah.

»Zurück«, sagte er, als Dash den Knauf drehte. »Zurück!«

Mit einem ohrenbetäubenden Knall drückte eine Explosion die Tür nach außen. Sofort wurden Gabriel und Dash eineinhalb Meter weit nach hinten geschleudert. Gabriel ließ das Funkgerät fallen, während Flammen aus der Tür schlugen und an der Decke leckten.

Gabriel und Dash gingen in die Knie. Ihre Kleidung und ihr Haar waren durch die extreme Hitze versengt. Gabriel sah sich um – entsetzt bemerkte er, dass sich die Flammen aus dem Apartment rasch über die Decke ausbreiteten und direkt auf sie zukamen.

»Los!«, rief er, und die beiden Detectives krochen so schnell sie konnten durch den Flur, verfolgt von den hungrigen Flammen.

Hustend taumelten sie aus dem Gebäude. Ramirez starrte sie ungläubig an.

»Es brennt?«, brüllte sie der wütende Lieutenant an. »Wieso haben Sie mir das nicht gemeldet?«

Gabriel beugte sich vor, würgte und schnappte nach Luft. Dann funkelte er seinen Vorgesetzten böse an. »Ich war zu beschäftigt damit, meinen Arsch zu retten.«

Ramirez stieß einen spanischen Fluch aus und verständigte die Feuerwehr. Gabriel bahnte sich einen Weg durch die zusammengewürfelte Menge, die sich vor den Terra Bella Apartments versammelt hatte und staunend das Inferno beobachtete.

»Hier ist er nicht durchgekommen«, sagten die Beamten, die den Hintereingang bewachten. Die Geländemaschine war noch an den Pfosten gekettet und würde wohl zusammen mit der übrigen Wohnanlage ein Opfer der Flammen werden.

Auch das herbeigerufene SWAT-Team konnte nichts weiter ausrichten. Schon bald waren die Sirenen der anrückenden Feuerwehr über dem knisternden Holz zu hören. Die rotgelben Fahrzeuge hielten mit blinkendem Blaulicht und heulenden Martinshörnern vor dem Gebäude, was die sowieso schon hysterische Menge noch weiter in Panik versetzte. In Schlafanzüge und Bademäntel gekleidete Bewohner starrten in stillem Entsetzen auf die brennenden Wände, die einmal ihr Zuhause gewesen waren.

Gabriel sah sich um und arbeitete sich langsam durch die Menschenmenge. Ramirez brüllte jemanden an. Dash hatte eine Brandwunde davongetragen und wurde von einem Sanitäter verarztet. Seine eigene Haut spannte empfindlich, aber Gabriel wollte keine Zeit mit seinen Blessuren verschwenden. Der Täter konnte nicht weit gekommen sein.

»Wo bist du?«, fragte Gabriel laut. Der Täter hatte gewusst, dass Gabriel auf dem Weg zu ihm war. Er hatte es gewusst und sich darauf vorbereitet. Gabriel beobachtete die Menschen um sich herum und fragte sich, ob der Mörder unter ihnen war. Dr. B hatte gesagt, dass die Brände ein aufsehenerregendes Spektakel bildeten. Ob der Mörder hier war, um sein Werk zu bestaunen?

Gabriel fühlte sich betrogen. Eigentlich hatte er den Mörder verhaften und sich selbst dadurch entlasten wollen.

Kamerawagen erschienen auf der Bildfläche. Die Reporter und ihre Entourage verstopften die Straße. Gabriel hörte weitere Rufe und Befehle und sah sich noch einmal um.

Wo bist du?

Frustriert blickte Gabriel die Straße hinunter und musste die Augen zusammenkneifen, als er direkt von einem Scheinwerferpaar angestrahlt wurde. Sie gehörten zu einem Auto, das auf einem unbeleuchteten Straßenabschnitt parkte. Gabriel ging darauf zu und spürte, wie die vertraute Wut in ihm wuchs. Stand er immer noch unter Beobachtung, obwohl er einen Verdächtigen verfolgte? Oder war das ein Gaffer, der so unverfroren war, seine Scheinwerfer auf die Tragödie zu richten?

Gabriel starrte in das grelle Licht. Er war sich bewusst, dass ihn die Person hinterm Steuer deutlich sehen konnte. Dann fuhr das Auto plötzlich los, wendete mit quietschenden Reifen und jagte mit Vollgas davon. Gabriel konnte dem Buick nur fassungslos hinterherstarren. Dann suchte er nach dem Autoschlüssel und rannte zum Lexus zurück, wobei er die Schaulustigen aus dem Weg schubste. Ramirez kam mit entschlossener Miene auf ihn zu, doch er hatte keine Zeit zu verlieren. Er sprang in den Wagen und nahm die Verfolgung auf.

Gabriel wollte nach dem Polizeifunkgerät greifen, als ihm einfiel, dass er ja in Mings Wagen saß. Der Buick preschte auf die Malibu Canyon Road davon. Gabriel trat aufs Gas. Er kramte das Handy heraus und wollte wählen, doch der Akku war leer.

Fluchend warf er es von sich und beschleunigte. Der Buick jagte davon. Beide Fahrzeuge schlitterten über den

Asphalt der serpentinenartigen Hügelstraßen. Der Buick überholte einen dahinschleichenden VW-Käfer und schnitt ihn dabei. Die Hupe des Käfers tönte durch die Nacht. Gabriel musste ihn ebenfalls überholen, wofür er mit einem ausgestreckten Mittelfinger belohnt wurde.

In einer steil ansteigenden Kurve hätte Gabriel beinahe die Kontrolle über den Wagen verloren. Die beiden Autos waren viel zu schnell für die engen Serpentinen. Binnen Sekunden waren sie durch einen Tunnel gerast. Die Reifen brüllten wie Löwen. Das Mondlicht warf die vorbeihuschenden Schatten von Bäumen, Büschen und Felsen auf die Fahrbahn. Gabriel drückte das Gaspedal noch weiter durch. Schweiß lief an seiner versengten Haut hinab. Als er sich im Rückspiegel erblickte, erschrak er. Er sah wie ein rußgeschwärztes Gespenst mit zwei panisch geweiteten blauen Augen aus.

Das ist nur Ruß, dachte er und wollte sich wieder auf die Straße konzentrieren, als er aus den Augenwinkeln etwas auf dem Beifahrersitz bemerkte. Überrascht sah er genauer hin. Es war eine aus einem Magazin herausgerissene Seite. Das Foto war vorher noch nicht da gewesen. Gabriel schaltete die Innenbeleuchtung ein. Es war ein grellbuntes Hochglanzfoto, auf dem ein Mann gerade einen Jungen missbrauchte.

Das Lenkrad ruckte in Gabriels Händen. Mings Lexus glitt auf die Gegenfahrbahn. Ein dröhnender Kopfschmerz explodierte hinter Gabriels Augen, und er verlor die Kontrolle. Der Wagen drehte auf der schmalen Straße Pirouetten wie ein Tänzer. Die Reifen rutschten kurzzeitig über die steile Felswand, an deren Fuß sich der Malibu Creek befand, bevor der Lexus auf die Fahrbahn zurückschlitterte und schwarze Reifenspuren auf der Straße hinterließ.

Schließlich krachte er gegen die Felswand. Die Fossilien uralter Meerestiere regneten auf die Motorhaube.

Gabriel sank auf das Lenkrad. Er hörte das Heulen näher kommender Sirenen. Sein Kopf dröhnte, während er seine Jacke nach der Aspirinpackung abtastete. Kraftlos ließ er die Hand sinken und schloss die Augen.

Als er sie wieder öffnete, riss gerade ein Feuerwehrmann des Bezirks Ventura County die Tür auf und fragte ihn, ob er verletzt war. Ein Sanitäter drängte sich an ihm vorbei, legte die Hand auf seinen Nacken und untersuchte ihn.

Ramirez erschien im Beifahrerfenster, stützte die Arme auf die Motorhaube und betrachtete den mit der Felswand kollidierten Lexus. Er wischte sich einen Schieferbrocken vom Anzug, schüttelte den Kopf und wollte die Tür öffnen. Sie war verklemmt, sodass er mit aller Kraft daran ziehen musste. Schließlich setzte er sich neben Gabriel und kramte in aller Seelenruhe das Zigarettenpäckchen hervor.

Ramirez steckte sich eine Winston zwischen die Lippen, dann bot er Gabriel eine an. Gabriel, der aus einem Schnitt über der Augenbraue blutete, schüttelte schwach den Kopf. War er in einem Paralleluniversum gelandet? Oder war er gestorben und zur Hölle gefahren? Das schien ihm gar nicht so unwahrscheinlich: Schließlich saß Ramirez neben ihm.

»So, so …«, sagte Ramirez, zündete die Zigarette an und inhalierte. »Was für eine Riesenscheiße. Sie können von Glück reden, dass Sie nicht draufgegangen sind, McRay.«

Gabriel hörte, wie die Sanitäter eine Trage aufklappten. Sein Blick wanderte zum Beifahrersitz. Ramirez saß direkt auf dem Hochglanzfoto.

Der Lieutenant zog ein weiteres Mal beiläufig an der Zigarette und starrte durch die zersplitterte Windschutzscheibe. »Da ruft dauernd ein gewisser Gary für Sie an. Er hat gesagt, es sei wichtig, also bin ich rangegangen. Er will wissen, wann Sie Ihre Klamotten aus dem Fitnessstudio abholen. Ihr Spind platzt schon aus allen Nähten.«

Gabriel hob mühsam den Kopf und starrte Ramirez an.

»Er sagt, dass Sie meistens nachts auftauchen und trainieren wie ein Verrückter. Manchmal auch tagsüber. Kennen Sie Gary von Gold's Gym?«, fragte Ramirez und sah endlich zu Gabriel hinüber.

Gabriel schüttelte den Kopf, dann nickte er. Die Nachrichten auf der Mailbox …

Ramirez betrachtete wieder genüsslich rauchend die Felswand. »Ist ja auch egal. Sie sind als Kunde registriert, und die Computerdaten beweisen eindeutig, dass Sie zu den Tatzeiten dort trainiert haben.«

Gabriel betrachtete Ramirez noch einen Augenblick, dann lehnte er sich wieder zurück.

»Ach, übrigens«, sagte Ramirez. »Wir haben die Ergebnisse des DNA-Tests. Sie sind unschuldig.« Ramirez zog noch einmal. »Mann, das Auto ist völlig hinüber. Können Sie nicht mal was richtig machen?«

Gabriel gelang ein schwaches Lächeln, dann wurde er aus dem lädierten Auto gehoben und auf die Trage gelegt.

20

»Aus dir soll einer schlau werden«, sagte Dash. »Wieso bist du nicht zu Hause und ruhst dich aus?«

Gabriel entgegnete nichts. Er schlängelte sich durch die feuchten Aschehaufen auf dem Boden von Apartment Nummer dreiunddreißig. Gemeinsam mit einem zusätzlichen Ermittlerteam, Paul Vacher und einem weiteren Beamten vom Brandstiftungsdezernat wühlte er sich durch die verkohlten Trümmer.

Gabriel blieb stehen und zupfte sich einen Hautfetzen von der Stirn. Eine braune Naht zog sich über seine linke Augenbraue.

»Lass das«, sagte Dash und sah ihn an. »Du siehst auch so schon schlimm genug aus.«

Gabriel versuchte zu lächeln, doch seine verbrannte Haut schmerzte dafür zu sehr. »Das sagt der Richtige.« Dash hatte seine Brandverletzungen dick mit Vaseline eingerieben.

Um sie herum war die Spurensicherung eifrig damit beschäftigt, Beweismittel einzutüten und Fotos im Licht der untergehenden Sonne zu schießen, das durch die nackten Fensteröffnungen fiel. Ein nervöser Feuerwehrmann flitzte wie eine ärgerliche Mücke durch den Raum. Die gesamte Wohnanlage hatte schwere Schäden davongetragen, und jeder weitere Schritt setzte das baufällige Gemäuer weiteren Belastungen aus.

»Also geht's dir wieder besser, ja?«, fragte Dash, während er einen Benzinkanister untersuchte. In der ganzen Wohnanlage waren zahlreiche ähnliche Behältnisse gefunden worden.

»Ich hab mir die Schulter verrenkt, sonst ist alles in Ordnung«, sagte Gabriel und betrat die Überreste der Küche. Ein geschwärzter Holzblock, in dem immer noch mehrere Messer steckten, lag auf dem Boden.

Dash folgte ihm. »Na ja, aber bist du nicht erleichtert darüber, dass, du weißt schon …«

Gabriel ging in die Hocke und untersuchte die Messer, obwohl keines davon der Beschreibung der Tatwaffe entsprach. »Du meinst, dass ich während meiner … Ausfälle im Fitnessstudio trainiert habe?« Gabriel wandte sich dem Kühlschrank zu.

Dash begutachtete den verkohlten Inhalt des Vorratsschranks. »Na ja, immerhin hat dir das ein Alibi verschafft.«

»Das und Bill Spangler.«

»Hast du sein Gesicht gesehen?«, fragte Dash.

»Es war dunkel.«

»Zu schade, dass keiner von uns ihn identifizieren kann.«

Gabriel sah seinen Partner mit gerunzelter Stirn an. *Dash, glaubst du immer noch, dass ich es war? Glaubst du, dass ich mich selbst durch den Malibu Canyon verfolgt habe?*

Dash wechselte das Thema, indem er eine qualmende Blechdose hochhielt. »Eins muss man Bill lassen: Er hatte ordentlich Konserven gebunkert.« Er warf die Dose hinter sich und hob die nächste auf.

»Wenn ich Verstärkung hätte rufen können, hätten wir ihn nicht verloren«, sagte Gabriel.

»Was ist da überhaupt passiert?«

»Ich war zu schnell und hab die Kontrolle über den

Wagen verloren«, antwortete Gabriel automatisch. Das pornografische Bild verschwieg er. Man hatte Mings Auto inzwischen in die Werkstatt gebracht. Bisher hatte noch niemand das Foto erwähnt. Gabriel vermutete, dass ihn der Täter beobachtet hatte, ihm womöglich vom College aus gefolgt war. Ob er Gabriel im Studierendensekretariat gesehen hatte? Gabriels häufige Besuche auf dem Campus waren ihm sicher nicht entgangen. Die Ermittler vom Brandstiftungsdezernat hatten herausgefunden, dass der Täter zwar Benzin auf den Teppich im Flur geschüttet, für das eigentliche Feuer jedoch einen langsameren Brandbeschleuniger benutzt hatte. Dadurch hatte er genug Zeit zur Flucht gehabt.

Die Dreistigkeit des Mörders machte Gabriel sprachlos. Er musste in der Menge vor dem brennenden Gebäude gestanden haben, womöglich direkt neben Gabriel.

Die Jungen führen dich in Versuchung, stimmt's?

Gabriel konnte sich keinen Reim darauf machen, was diese Botschaft und das Foto zu bedeuten hatten. Natürlich weckte das Bild eines Mannes, der mit einem Jungen Sex hat, bestimmte brutale Erinnerungen, denen er sich nicht stellen wollte. Widerwillig dachte er an Andrew Pierce. Zählte er zu den Verdächtigen? Diesen Gedanken verwarf Gabriel sofort wieder. Andrew war inzwischen zu alt, um als Student durchzugehen.

Gabriel trat an einem Beamten vorbei, der gerade Fotos machte. Er wollte nicht an Andrew Pierce denken.

»Wie sauer ist Ming?«

»Sie war etwas verärgert«, sagte Gabriel, »aber sie gibt nicht mir die Schuld. Das Department wird für alle Schäden aufkommen.«

Der Feuerwehrmann, der das Spurensicherungsteam

begleitete, gackerte wie eine nervöse Henne. »Beeilt euch, Leute. Die Decke wird bald in sich zusammenstürzen, und wenn ihr nicht den Rest eures Lebens im Rollstuhl verbringen wollt, dann schnappt euch, was ihr tragen könnt, und nichts wie raus hier!«

Dash beugte sich über einen zusammengebrochenen Tisch und inspizierte vorsichtig die Überreste eines Computers. »Hier ist ein Drucker«, sagte er und wühlte mit den behandschuhten Händen durch den Schutt. »Da werden die Jungs im Labor viel Freude dran haben.«

Gabriel verteilte etwas von der antiseptischen Salbe, die ihm der Arzt verschrieben hatte, auf seinem schmerzenden Gesicht. Dann trat er vorsichtig in den dunklen Flur, der die Küche vom Schlafzimmer trennte. Dabei hörte er ein unheimliches Knarren von irgendwo über seinem Kopf. In diesem engen Raum war der Brandgeruch fast unerträglich. Gabriel überkam eine leichte Klaustrophobie, als er den Flur hinunterging.

Bill Spanglers Schlafzimmer war ein Durcheinander aus zersplittertem Holz und zerbrochenem Glas. Hier und da waren Farbflecken in der Asche zu erkennen: die Ecke eines gerahmten Kunstdrucks, ein Stück gemusterter Stoff, kleine Erinnerungen daran, dass vor dem Feuer jemand hier gewohnt hatte.

Das reicht mir nicht. Ich muss mehr über dich herausfinden.

Gabriel ging zum Kleiderschrank hinüber. Als er die Türen öffnete, knirschten sie in den Angeln. Sobald sich seine Augen an die Dunkelheit gewöhnt hatten, keuchte er erschrocken auf. Auf dem obersten Regalbrett lag eine Reihe verbrannter menschlicher Köpfe.

Gabriel wischte sich mit dem Handrücken über die schweißnasse Oberlippe und trat näher, bereitete sich auf den Verwesungsgestank vor, roch jedoch nichts außer verbranntem Holz. Die Köpfe waren nur Schaumstoffattrappen. Gabriel nahm einen vom Regal und untersuchte ihn. Die verkohlten Reste eines Netzes, an dem mehrere Haarbüschel klebten, waren an den Schaumstoff geheftet. Leise verwünschte er die zerstörerische Kraft des Feuers, das die Verkleidungen des Täters zu Asche verbrannt hatte. Gabriel bemerkte mehrere Haken über dem obersten Regalbrett. Im Schutt zu seinen Füßen entdeckte er Nadeln, versengte Knöpfe und Metallklammern. In der Ecke des Schranks lehnten ein Gehstock, ein Paar von der Hitze verzogene Metallkrücken und ein angekokeltes braunes Gipsbein, das sich wie ein Koffer öffnen ließ.

Ich bin Fortunato.

Der nervöse Feuerwehrmann erschien in der Tür. »Die zwei Minuten sind um, McRay. Der Abbruchtrupp ist eingetroffen. Die anderen sind schon draußen.«

»Alles klar«, sagte Gabriel. »Ich komme sofort.«

Als er zur Tür ging, bemerkte er einen zusammengefallenen Tisch, auf dem ein zerbrochener Spiegel lag. Gabriel konnte der Versuchung nicht widerstehen und trat näher. Glühbirnenscherben waren um die Tischbeine verstreut. Gabriel beugte sich vor und entdeckte zwei Schubladen. Da die Abendsonne bereits weitergezogen war, kramte er seine Taschenlampe hervor und richtete den Lichtstrahl in die erste Schublade. Klebrige Make-up-Rückstände, verformte Plastiktiegel, verkohlte Pinsel und geschmolzene Tuben. Der Inhalt der zweiten Schublade war weniger stark in Mitleidenschaft gezogen worden. Gabriel klemmte sich die Taschenlampe zwischen die Zähne. Schweiß lief über sein Gesicht. Er zog eine geschmolzene Glatzenperücke, mehrere falsche Nasen und einen Bart heraus. In einer kleinen Metallschachtel befanden sich die Überreste mehrerer verschiedenfarbiger Kontaktlinsenpaare.

Ein langes, tiefes Knarren drang aus den Eingeweiden des Gebäudes. Gabriel glaubte, den Boden unter seinen Füßen beben zu spüren. Mit der Taschenlampe im Mund betrachtete er den Tisch. Schließlich riss er sich von dem Anblick los, nahm die Lampe in die Hand und richtete sich frustriert auf. Dann eilte er zum Bett hinüber und schlug die verkohlte Decke zurück – in der Hoffnung, etwas zu finden, irgendetwas Wichtiges. Nichts. Als er die Bettdecke zu Boden fallen ließ, hörte Gabriel ein leises metallisches Klimpern.

Neugierig hob Gabriel die Decke auf. Das Licht der Taschenlampe fiel auf eine Angelköderbox in der Ecke des Schlafzimmers. Er wollte gerade danach greifen, als ein lautes Knirschen in seinen Ohren dröhnte. Dann gab der Boden mit einem Knall unter ihm nach.

Gabriel fiel in das schartige Loch, wobei er sich Beine und Oberkörper an den zersplitterten Dielenbrettern aufriss. Verzweifelt suchte er mit den Händen nach Halt und bekam einen Bettpfosten zu fassen. Seine Beine baumelten über der darunterliegenden Wohnung. Der Feuerwehrmann kam ihm zu Hilfe, packte Gabriel und zog ihn aus dem Loch.

»Alles klar?«, fragte er, während er Gabriel zurück in den Flur schleppte. Irgendwo über ihnen zerbrach Holz.

»Alles klar.«

»Können Sie gehen?«

»Ich glaube schon.«

Mit einem Mal dröhnte ein lautes Getöse durch das baufällige Gebäude.

»Können Sie auch laufen?«, fragte der Feuerwehrmann besorgt.

»Und wie!«

Gabriel humpelte auf schmerzenden Beinen die Treppe hinunter. Hinter ihnen jagte ein Krachen das nächste. Schließlich rannten die beiden Männer aus dem Gebäude.

Die Sonne stand inzwischen als hellorangefarbener Ball am blauen Horizont über dem Pazifik.

Gabriel hinkte zu Paul Vacher hinüber. »Da drin ist noch massenhaft Beweismaterial!«

»Wir retten, was wir können«, versicherte ihm der Brandstiftungsermittler.

Gabriel beobachtete den in das rote Licht der untergehenden Sonne getauchten Wohnkomplex mit zunehmender Frustration. Seine Hoffnung, den Fall abzuschließen, war dahin. Der Malibu-Canyon-Killer war ihm entkommen, und Gabriel hatte nichts weiter vorzuweisen als verbrannte und zerstörte Beweise und die letzte, merkwürdige Botschaft des Täters – Kinderpornografie; ein unheilvoller Hinweis darauf, dass womöglich nicht alle Geheimnisse Gabriels gelüftet waren.

Bill Spangler blieb verschwunden. Er war zwar in der Studentendatenbank der Pepperdine University als Absolvent der University of California in Berkeley aufgeführt, die dazugehörigen Dokumente stellten sich jedoch als Fälschungen heraus. Auch in Berkeley hatte man nie von Bill Spangler gehört. Die Kraftfahrzeugbehörde teilte mit, dass kein blauer Buick auf diesen Namen registriert war.

Immerhin konnte die Kunstfakultät der Pepperdine Gabriel eine Kopie von Bills Studentenausweis zur Verfügung stellen, woraufhin eine Fahndung nach einem groß gewachsenen Mann mit blondem Haar, blauen Augen und vollen Lippen ausgerufen wurde.

Unterdessen befragte Gabriel jeden Nachbarn und Kommilitonen des Verdächtigen. Und jedes Mal hörte er dieselbe Geschichte: Bill Spangler war ein zurückgezogener Mann, der alleine lebte, die meiste Zeit in der unheimlichen Atmosphäre der Bühnenbildnerei verbrachte und sich nur gelegentlich zeigte, um eine Rolle in einem Theaterstück zu übernehmen. Ein interessantes Paradox, wie Gabriel fand. Einerseits war er extrem menschenscheu, andererseits hatte er keine Vorbehalte dagegen, vor Publikum aufzutreten.

Dr. B konnte diesen Widerspruch erhellen. Er behauptete, dass Bill introvertiert sei, in einer Fantasiewelt lebe und keine normalen Beziehungen zu seinen Mitmenschen eingehen konnte. Sobald er jedoch in einem Kostüm steckte, war Bill kein unsicherer Außenseiter mehr, sondern ein neuer Mensch, eine andere Figur. Womöglich verlieh ihm erst das Kostüm den Mut, seine tödlichen Fantasien auszuleben.

Gabriel befragte Mr. Benson, den Chefrequisiteur, der gerade dabei war, eine weiße Kunststoffplatte mit der unverwechselbaren porösen Struktur alter Ziegelsteine aus der Vakuumformmaschine zu ziehen.

»Wie verhielt Bill sich, wenn er alleine mit Ihnen hier war? Worüber haben Sie gesprochen?«

»Bill hat nicht gerne mit anderen Leuten zusammengearbeitet. Er war am liebsten für sich. Und er war ein talentierter Künstler.« Mr. Benson deutete mit dem Kinn auf einen künstlichen Einbaukamin an der Wand. »Der ist von ihm.«

Gabriel ging hinüber und nahm den »Marmor« genauer in Augenschein. Der solide wirkende Kaminsims war nicht aus Eiche, sondern stellte sich als sorgfältig modelliertes und bemaltes Plastik heraus. Bill hatte ein Auge für Details und schaffte es, der Illusion Leben einzuhauchen.

»Auch als Schauspieler war er nicht schlecht«, sagte Mr. Benson und kratzte sich den üppigen Bauch.

»Das ist noch schwer untertrieben«, murmelte Gabriel, während er den Kamin betrachtete. Dann meldete sich sein Handy. Er ging nach dem zweiten Klingeln ran.

»Paul hier«, sagte der Brandstiftungsermittler. »Wir haben ein paar interessante Dinge aus den Trümmern geborgen.«

Gabriel versprach, sofort vorbeizukommen. »Hat Bill Ihnen gegenüber jemals russische Militärwaffen erwähnt?«, fragte er den dicken Chefrequisiteur.

Mr. Benson zog grübelnd an seinem dunklen Bart. »Nicht dass ich wüsste.«

»Und metaphysische Themen?«

»Wie meinen Sie das?«

»Spiritualität, Esoterik, solche Sachen.«

»Oh ja«, sagte Mr. Benson und nickte so eifrig, dass sein Bart auf und ab hüpfte. »Wir hatten einen Professor hier. Er ist letztes Semester verstorben. Ein brillanter Wissenschaftler, er hat irgendein bestimmtes Gen entdeckt. Bill hat gesagt, es sei eine Schande, dass seine Seele verschwendet wurde.«

Gabriel dachte einen Augenblick darüber nach. »Fahren Sie fort.«

»Bill hat mir von seiner tollen Theorie erzählt. Er behauptete, dass es sieben Türen im Körper gibt, durch die der Mensch Energie aufnehmen kann. Hätte er gewusst, dass ein so schlauer Kerl wie der Professor im Sterben liegt, dann hätte er dafür gesorgt, dass er seine Intelligenz durch eine dieser Türen in sich aufnimmt. Er wisse da eine sehr effektive Methode, hat er gesagt.« Benson lachte. »Die Theaterfuzzis. Alles hoffnungslose Exzentriker.«

Die Brandermittler hatten jeden einzelnen Gegenstand aus seiner Schachtel genommen und auf Resopaltischen drapiert. Gabriel und Dash gingen die Tischreihen ab, hoben einzelne Objekte hoch und debattierten darüber, ob sie für den Fall von Interesse waren.

»Waren Militärmesser darunter? Schusswaffen?«, fragte Gabriel, der nirgendwo etwas Derartiges entdecken konnte.

»Nein«, sagte Vacher. »Nur ein paar Küchenmesser.«

»Die hab ich schon gesehen.« Gabriel sah sich um.

Eine unversehrte Buchhälfte lag auf einem Tisch. Behutsam blätterte Gabriel durch die brüchigen Seiten.

»Schade drum«, sagte Vacher, der Gabriel über die Schulter spähte. »Das Buch war ziemlich alt, glaube ich.«

Da war sich Gabriel sicher. Es handelte sich um ein Grundschullesebuch aus den Fünfzigern – auf Russisch. Ein weiteres versengtes Buch trug den Titel *Die sieben Reisen: Wie Sie durch die Chakren wieder Kontrolle über Verstand, Körper und Geist gewinnen.*

»Was ist mit der Yamaha?«, fragte Gabriel.

Vacher schüttelte den Kopf. »Wir haben das, was davon übrig war, ins Labor geschickt. Die Tiefgarage wurde schwer beschädigt.«

Vacher führte Gabriel einen Gang hinunter. Zu beiden Seiten waren Bill Spanglers verkohlte Habseligkeiten arrangiert. Dann blieb er vor der Köderbox stehen, die Gabriel hatte aufheben wollen, bevor der Boden unter ihm weggekracht war.

Die Metallkiste hatte die Hitze und die übrigen Schäden beinahe unversehrt überstanden. Gabriel öffnete sie. In der obersten Fächerreihe lagen eine Taschenlampe, ein Kreuzschraubenzieher, geschmolzenes Isolierband und Malerkrepp. Die winzigen Schubfächer darunter ließen sich wie ein Akkordeon aufziehen und waren mit Bill Spanglers Schätzen gefüllt. Paul Vacher beobachtete Gabriel dabei, wie er den Inhalt der Box begutachtete.

»Vorsicht«, sagte er. »Wir haben das noch nicht fotografiert.«

Gabriel holte eine glatte schwarze Lederbrieftasche heraus und öffnete sie behutsam. Darin befanden sich Brian Goldfields Kreditkarten und sein Führerschein. Gabriel rief Dash zu sich.

Dash drängte sich zwischen die beiden. »Seine Schatztruhe«, meinte er.

Gabriel nickte und hob einen Männerring mit einem kleinen Diamanten darauf heraus. Der Ring war durch ein schmuddeliges Band mit mehreren anderen Goldringen verbunden. Die Inschrift auf der Innenseite des Rings lautete: »Gloria liebt Ted.« Gloria Lusk und Ted Brody, dachte Gabriel. Ein Liebesschwur, der sich niemals erfüllen würde.

Gabriel vermutete, dass die anderen Ringe Ronald und Meredith Hall gehört hatten. Was für ein Mensch war nur dazu fähig, einem anderen nicht nur das Leben, sondern auch die Liebe zu nehmen?

Dann förderte er weitere lose Kreditkarten und ein großes Goldkreuz zutage. Das Kreuz hatte an Patrick Funstons Goldkettchen gehangen, vermutete Gabriel. Er legte es auf den Tisch, damit er nach Möglichkeit nicht mehr an Goldkettchen erinnert wurde, und zog ein dreckiges blaues Katzenhalsband aus der Box.

»Duffy«, sagte Gabriel, nachdem er die Metallplakette gelesen hatte.

»Das Haustier der Familie?«, fragte Vacher hoffnungsvoll.

»Wohl kaum«, sagte Gabriel und schüttelte das Halsband, worauf das Glöckchen klingelte.

Ich bin Fortunato.

»Solche Typen fangen normalerweise mit Tieren an«, erklärte Gabriel. »Sie verspüren Macht, wenn sie ihnen Angst einjagen. Das Problem ist nur, dass es ihnen irgendwann langweilig wird. Dann suchen sie sich größere Opfer.«

»Der Hurensohn«, murmelte Dash. »Seht euch das mal an.«

Gabriel folgte Dashs Blick in die Tiefen der Box, wo Tania Dankowskis Ohrring mit seiner Schleppe aus schwarzem getrocknetem Fleisch hin und her rollte.

Die Schatztruhe eines Wahnsinnigen, dachte Gabriel. »Wohin er nur geflohen ist?«, fragte er sich laut.

»Vielleicht ist er bei einem Freund?«, schlug Vacher vor.

»Der Kerl hat keine Freunde«, sagte Gabriel. »Die Leute von der Theaterfakultät haben ihn als Einzelgänger beschrieben.«

Vacher zuckte mit den Schultern. »Keine Ahnung. Vielleicht versteckt er sich irgendwo in den Bergen.«

Gabriel dachte über diese Möglichkeit nach. Ob er sich in einer der Höhlen verkrochen hatte, in denen noch die alten Felszeichnungen der Chumash-Indianer von springenden Rehen zu sehen waren? Oder war er in einem verlassenen Kojotenbau und schlief gerade friedlich auf einem Bett aus Zweigen, spröden Knochen und weißen Hasenblumen?

»Er ist weg«, sagte Gabriel verächtlich.

»Die Kollegen auf dem Flughafen haben ihn nicht gesehen«, sagte Dash. »Er hatte nicht genug Zeit, um einen soliden Fluchtplan zu schmieden, Gabe. Er ist hier irgendwo in der Gegend.«

Das bezweifelte Gabriel.

Ich bin Fortunato.

»Haben Sie sonst etwas gefunden? Notizen oder so?«, fragte er Vacher.

Vacher sah ihn verdutzt an. »Ich kann mir nicht vorstellen, dass nach diesem Brand noch Papier übrig geblieben ist. Nur das Ding hier hat dem Feuer standgehalten.« Vacher deutete auf die Köderbox.

Gabriel starrte sie ebenfalls an. Warum hatte Bill seine Schatztruhe zurückgelassen? Er hätte sie problemlos mitnehmen können. Gabriel durchsuchte die anderen Schubladen. Nichts. Dann hob er die Box auf, schüttelte sie und registrierte befriedigt ein leises Rascheln. Er drehte die Kiste um. Ein ungefähr visitenkartengroßes Stück gelbes Papier flatterte heraus.

Auf der Vorderseite der Karte befand sich der Buchstabe »T«, flankiert von zwei Masken – eine lachend, eine weinend. Im Querbalken des »T« stand das Wort »Thespian« geschrieben. Das Feld für die Unterschrift und die Kennnummer der Schauspielertruppe war herausgeschnitten. Dafür war in Handschrift der Name der Institution darauf zu lesen, die die Karte ausgestellt hatte: die University of California in Berkeley.

»Überprüfen wir die mal auf Fingerabdrücke«, sagte Gabriel und hielt die Karte ins Licht.

Dash besah sich ebenfalls die Karte. »Wer sind denn die Thespians?«, fragte er. »Ein Geheimbund oder so?«

Gabriel musste schmunzeln. »Das ist eine Schauspielervereinigung.«

»Eine Innung?«

»Eher ein Verein, glaube ich.« Gabriel drehte die Karte um. Auch hier waren Wörter herausgeschnitten, die Zeile am unteren Rand war jedoch deutlich zu lesen: »Spiel gut die Rolle, die dir zugedacht; darin allein liegt aller Ruhm.«

Dash betrachtete die Karte genauer. »Könnte auch wieder eine seiner Fälschungen sein.«

»Unwahrscheinlich«, sagte Gabriel. Er hatte den Mord an Thomas Welby in San Francisco nicht vergessen. Wenn es denn wirklich eine Verbindung zwischen Gabriel und dem Täter gab, musste sie bis nach San Francisco zurückreichen. Gabriel sollte diese Karte finden. Der Malibu-Canyon-Killer war nach Norden gezogen und wollte, dass Gabriel ihm folgte.

Auf dem Rückweg nach Santa Monica war Gabriel seltsamerweise gleichermaßen erleichtert wie verängstigt. Der weiße Vollmond hing über dem Freeway. Durch das geöffnete Autofenster strömte warme Nachtluft. Die Rückkehr nach San Francisco würde böse Erinnerungen wecken. Doch jetzt gab es für Gabriel kein Zurück mehr.

Sobald er zu Hause angekommen war, rief er Dr. B wegen eines Termins an. Danach hinterließ er dem Studierendensekretariat der Universität von Berkeley eine Nachricht mit der Bitte um eine Auflistung aller Studenten, die in den vergangenen Jahren Mitglied der Thespians gewesen waren. Schließlich ließ er sich auf sein Bett fallen.

Ming wollte vorbeikommen, und Gabriel hatte ihr ein Festmahl versprochen – Wildente in Madeirasauce. Immerhin eine kleine Wiedergutmachung dafür, dass er ihr Auto geschrottet hatte. Doch er war viel zu erschöpft zum Kochen. Die Schürfwunden auf seinem Bein sahen fürchterlich aus, und die emotionale Achterbahnfahrt der letzten Zeit forderte ihren Tribut.

Plötzlich stand Ming vor seinem Bett. Er musste eingeschlafen sein. Gabriel öffnete die schweren Lider und erblickte ihre sanften schwarzen Locken und ihr verschmitztes Grinsen.

»Die Tür war offen«, sagte sie. »Alles in Ordnung?«

»Prima.« Überrascht bemerkte er, wie heiser seine Stimme klang.

Ming musterte seinen flach ausgestreckten Körper. »Ich hätte was mitbringen sollen.«

Gabriel rieb sich die Augen und setzte sich auf. »Nein, kein Problem. Wie geht's deinem Auto?«

»Oh, das Sheriff's Department hat mir einen schönen neuen Volvo zur Verfügung gestellt. Und die Versicherung sagt, dass es kein Totalschaden ist.«

»Sehr gut.«

»Sollen wir das Essen verschieben?«

Gähnend schüttelte Gabriel den Kopf. »Nein.«

Ming zögerte einen Augenblick, dann griff sie in ihre Handtasche. »Das hier hab ich gefunden, als ich das Auto sauber machen wollte.« Sie zog das Foto des Mannes mit dem Jungen heraus. »Das ist eigentlich nicht so mein Ding. Ich stehe eher auf Peitschen und Ketten …«

Gabriel ignorierte ihre Bemühungen, gute Miene zum bösen Spiel zu machen, nahm ihr das Bild ab und betrachtete die Mischung aus Schmerz und Ekstase. Übelkeit überkam ihn, und er legte das Foto umgedreht aufs Bett. »Das gehört ihm. Er hat es für mich dorthin gelegt.«

»Was soll das heißen? Was ist mit dir?«, fragte Ming. »Willst du dich mir nicht endlich anvertrauen?«

Gabriel holte tief Luft und atmete langsam aus. Dann sah er zu Ming auf. »Ich wurde als Kind von einem Nachbarn missbraucht.«

In Mings dunklen Augen lag eine ganze Galaxie von Emotionen.

Gabriel sprach weiter. Merkwürdigerweise fiel es ihm immer leichter. »Ich habe es verdrängt. Jetzt erinnere ich mich wieder daran, aber ich will nicht darüber reden.«

»Das kann ich verstehen«, flüsterte Ming.

»Mir ist nur schleierhaft, wie der Täter davon erfahren hat. Andrew Pierce, der Nachbar, der mich … er kann unmöglich Bill Spangler sein. Und ich habe niemandem davon erzählt. Das war unmöglich. Ich konnte mich ja selbst nicht daran erinnern.«

Ming dachte darüber nach. »Aber diese Botschaften, die der Mörder für dich hinterlassen hat, haben doch in dieser Richtung nichts Konkretes erwähnt.«

»*Die Jungen führen dich in Versuchung?* Er weiß es, Ming. Sieh dir doch nur mal das Foto an. Das ist kein Zufall.«

Ming war sprachlos.

»Irgendwie hab ich das Gefühl, dass der Mörder mich treffen will. Er hat mir sozusagen eine Visitenkarte in seiner ›Trophäen‹-Kiste hinterlassen. Er will mir von Angesicht zu Angesicht gegenübertreten. Das kann er haben.«

»Hey«, sagte Ming so scharf, dass er unwillkürlich zu ihr aufblickte. »Jetzt überschätzt du diesen Kerl aber. Er hat einen Fehler gemacht, mehr nicht. Alle Serienmörder haben den unbewussten Wunsch, gefasst zu werden, schon vergessen? Er weiß nicht das Geringste über das, was dir widerfahren ist.«

Gabriel schüttelte trotzig den Kopf.

»Jetzt hör mal gut zu.« Ming deutete auf das Foto. »Das bist nicht du, und du bist nicht so. Du hast eine schreckliche Erfahrung gemacht, die kein Kind machen sollte. Und doch bist du ein starker, wundervoller Mensch. Vergiss nicht, wer du jetzt bist. Du solltest dich ebenso sehen, wie ich dich sehe.«

Ming streckte die Hand aus und fuhr mit dem Finger über die frische Narbe auf seiner Augenbraue. Gabriel schloss die Augen. Ihre Berührung ließ seinen müden Körper erbeben, flößte ihm neue Kraft ein.

Sie küsste ihn sanft auf die Stirn, dann auf die Lippen. Gabriels Finger fuhren durch die schwarzen Locken. Je drängender ihre Lippen wurden, desto mutiger wurden seine Hände. Schließlich griff er in ihr Haar und zog sie auf sich, wobei sie das Foto zerknitterten. Ming schleuderte die Sandalen von den Füßen. Ihre gierigen Finger fuhren über Gabriels Brust und kneteten seine Muskeln. Er streichelte ihre festen Brüste durch die Bluse. Dann hielt er es nicht mehr länger aus und zerrte an den Knöpfen. Ming erkundete seinen Mund mit ihrer Zunge. Er erwiderte ihre Zärtlichkeit und spürte, wie sich in seiner Hose etwas regte. Eine Tatsache, die auch ihren tastenden Händen nicht entging.

Es klopfte an der Tür.

»Nicht«, flüsterte sie in sein Ohr.

Gabriel nickte, vergrub den Kopf in ihren weichen Brüsten und gestattete es seinen ungeduldigen Fingern, über ihren Körper zu streichen. Er zog den Rock hoch, griff zwischen ihre Beine und in ihr Höschen.

Irgendjemand hämmerte hartnäckig gegen die Tür. Gabriel riss wütend den Kopf hoch, als ihm ein beunruhigender Gedanke kam. Womöglich wollte ihn Bill Spangler *auf der Stelle* treffen.

Gabriel schnappte sich seinen Revolver und öffnete die Tür.

»Lieutenant?«

Ramirez wartete nicht, bis er hereingebeten wurde, sondern drängte sich an Gabriel vorbei in die Wohnung. »Wieso lassen Sie mich wie einen Volltrottel vor der Tür warten?« Mit hochgezogenen Augenbrauen betrachtete Ramirez die Waffe in Gabriels Hand. »Was? Bin ich etwa nicht willkommen?«

Ming kam aus dem Schlafzimmer. Als sie Ramirez sah, erstarrte sie vor Schreck. Der kleine Mann sah sie überrascht an, dann wanderte sein Blick zu ihrer Bluse, und er verzog das Gesicht. Ming sah an sich herab. Mehrere Knöpfe standen offen.

»Das ist doch krank«, murmelte Ramirez und klopfte eine Zigarette aus dem Päckchen. »Dr. Frankenstein beim Rendezvous mit Mr. Hyde.«

Mings mokkafarbene Haut färbte sich weiß, während sie die Knöpfe schloss. Dann setzte sie sich züchtig auf das Sofa und richtete ihr zerzaustes Haar.

»Haben Sie mir etwas zu sagen, Lieutenant?«, fragte Gabriel müde.

»Darf ich?« Ramirez zündete sich die Zigarette an.

»Ich habe etwas herausgefunden, das Sie interessieren könnte«, sagte er, als Gabriel gerade protestieren wollte.

»Was?«, fragte Gabriel und sah den aufsteigenden Rauchschwaden hinterher.

»Dr. Berkowitz meinte, dass Sie wohl gerne den Aufenthaltsort eines gewissen Andrew Pierce in Erfahrung bringen würden.«

Gabriel erstarrte und warf Ming einen Blick zu.

»Wo ist er?«, fragte er leise.

»Er ist tot. Vor zwei Jahren an Prostatakrebs gestorben.«

Gabriel setzte sich langsam neben Ming. Wie passend, dachte er.

»Das wollte ich Ihnen persönlich mitteilen.« Ramirez zog an der Zigarette und betrachtete amüsiert das Pärchen auf dem Sofa. »Aber wie es aussieht, bin ich wohl etwas zur Unzeit gekommen.«

Ramirez schmunzelte und öffnete die Wohnungstür. »*Hasta mañana,* Dr. Li.«

Der Lieutenant schloss die Tür hinter sich.

Ming legte den Kopf in die Hände. »Oh Gott. Ist das gerade wirklich passiert? Ausgerechnet der …« Ming sah Gabriel an, der seinerseits in die Zimmerecke starrte. Sanft legte sie ihre Hand auf seinen Arm. »Jetzt weißt du ganz sicher, dass deine Vergangenheit nichts mit dem Malibu-Canyon-Killer zu tun hat.«

Gabriel sagte nichts.

Die Tatsache, dass Andrew Pierce tot war, hatte ihn förmlich betäubt. Aber spielte das überhaupt eine Rolle? Andrews Tod konnte ihm seine verlorene Kindheit auch nicht zurückbringen. Mings Nervosität war deutlich zu spüren. Er wandte sich ihr zu. Sie kaute auf einem Niednagel.

»Mach dir wegen Ramirez keine Sorgen«, sagte er.

»Ich sollte besser gehen«, erwiderte sie.

»Das musst du nicht.«

Ming brachte kein weiteres Wort heraus. Sie schüttelte nur den Kopf und nahm ihre Handtasche. Gabriel starrte ihr nach, als sie die Wohnung verließ.

Am nächsten Tag saß Gabriel bei Dr. B. »Was hat dieser Figley gleich noch mal gesagt?«

»Wer?«

»Dabei zitieren Sie doch angeblich so gerne.« Gabriel sah den Psychiater freundlich an. »Erinnern Sie sich nicht mehr? Irgendetwas darüber, das Beste aus einer schlimmen Situation zu machen.«

»Ach ja«, sagte Dr. B und nickte. »Figley schrieb, dass eine Genesung von einem Trauma dann stattfindet, wenn das Opfer sich nicht länger als Opfer betrachtet, sondern sich seinen Erinnerungen stellt.«

»Aus dem Opfer wird ein Überlebender.«

»Genau. Jemand, der die Katastrophe als Teil seiner Biografie akzeptiert und Kraft daraus schöpft.« Dr. B schob die Brille die Nase hinauf. »Figley hat diesen Prozess in fünf Phasen unterteilt: Die Katastrophe selbst, Erleichterung und Verwirrung, Verdrängung – die Sie ja sehr gut kennen – und die Neubewertung, die Sie augenblicklich durchmachen. Damit erlangen Sie die Fähigkeit, sich der Katastrophe zu stellen. Die letzte Phase ist die Adaptierung. Darauf arbeiten wir hin.«

Gabriel starrte die Holzuhr auf Dr. Bs Schreibtisch an. Seine Fingernägel kratzten über den Sesselbezug.

»Haben Sie etwas auf dem Herzen?«, fragte Dr. B sanft.

»Glauben Sie, eine Reise nach San Francisco könnte mir helfen, mich der Katastrophe zu stellen?«

»Sicher, wenn sie in einer kontrollierten Umgebung stattfindet.«

Gabriel nickte nachdenklich. »Und wann werden diese Fugue-Zustände aufhören?«

»Jetzt, wo Sie sich sicher fühlen, würde es mich nicht überraschen, wenn das bereits geschehen ist. Hatten Sie in letzter Zeit Albträume?«

Gabriel schüttelte den Kopf. Zu seiner Überraschung fiel ihm das erst jetzt auf.

»Sehr gut«, sagte Dr. B. »Was ist mit den Kopfschmerzen?«

»Weniger häufig.«

»Das freut mich sehr, Gabe. Was ist mit Ihrer Anorgasmie? Fühlen Sie sich in intimen Situationen immer noch unbehaglich?«

Gabriel dachte an die weiche Stelle zwischen Mings Beinen. »Eigentlich nicht.«

Am liebsten hätte er Dr. B seine Gefühle für Ming gebeichtet, aber Ming war sowieso schon völlig mit den Nerven fertig, weil Ramirez von ihrer Beziehung wusste.

Haben wir denn eine Beziehung?

»Das sind doch gute Neuigkeiten, finden Sie nicht?« Dr. B verschränkte die knochigen Finger und führte sie an den Mund. Seine braunen Augen ruhten auf Gabriels Patientenakte. »Sie haben den Wendepunkt erreicht, Gabriel. Sie weigern sich, länger das Opfer zu sein.«

Gabriel schloss die Augen. Er war kurz davor, Dr. B von dem pornografischen Bild zu erzählen, das der Täter in Mings Auto gelegt hatte, als die Gegensprechanlage piepte.

»Doktor, Ihr nächster Patient wartet«, meldete sich die Sekretärin.

21

Unwillkürlich verspürte Gabriel den Drang, sofort nach Norden zu fahren, doch ohne eine handfeste Spur würde er nicht weit kommen. Da die Beschreibung des Buicks keine weiteren Hinweise ergeben hatte, hoffte Gabriel, dass sich wenigstens in der langen Mitgliederliste der Thespians etwas Brauchbares finden würde. Die Liste war nach den Abschlussjahren der jeweiligen Mitglieder geordnet. Da »Bill Spangler« angeblich seinen Abschluss in Berkeley gemacht hatte und erst dann auf die Pepperdine gewechselt war, hatte Gabriel um eine Liste gebeten, die die Thespians der letzten zehn Jahre umfasste. Als Erstes überflog er die mit »S« beginnenden Nachnamen.

Dash schlürfte Kaffee und beobachtete ihn.

»Siehst du hier irgendwo einen Bill Spangler?«, fragte Dash.

»Nein. Habe ich auch nicht erwartet. Aber womöglich einen anderen Namen mit ›S‹.«

»Es könnte jeder auf dieser Liste sein. Bill Spanglers Initialen lauten B.S. *Bullshit.*«

Gabriel grinste. Das war ihm noch gar nicht aufgefallen. »Der Verdächtige behauptet, mich zu kennen«, erinnerte er seinen Partner. »Und wenn dem so ist, dann kenne ich ihn auch.«

»Das ist jetzt aber weit hergeholt«, sagte Dash kopfschüttelnd. »Zum tausendsten Mal: Es könnte gut sein, dass dich der Irre nur wegen deiner Medienpräsenz ausgewählt hat.«

Gabriel sah seinen Partner so finster an, dass dieser sich aus dem Staub machte.

Zunächst arbeitete sich Gabriel durch die Liste derjenigen, die vor zehn Jahren ihren Abschluss gemacht hatten. Nacheinander setzte er mit einem Bleistift einen kleinen Haken hinter jeden Namen.

Der Sekundenzeiger der Wanduhr rotierte gemächlich. Dash holte sich noch eine Tasse Kaffee. Dabei kam er an zwei Detectives vorbei, die mit ihren Waffen im Halfter an ihren Schreibtischen lehnten und sich eine hitzige Debatte über den kürzlich erfolgten Transfer eines Baseballspielers lieferten. Irgendjemand hatte sich chinesisches Essen geholt. Der Raum füllte sich mit dem Duft von würzigen Shrimps.

Dash kehrte mit der vollen Tasse zum Schreibtisch zurück, setzte sich und sah Gabriel dabei zu, wie dieser die Liste Jahrgang für Jahrgang durchging.

»Irgendwas gefunden?«, fragte Dash und blies auf den heißen Kaffee.

»Nichts«, antwortete Gabriel.

Die Sekretärinnen hackten auf ihre Tastaturen ein. Ein Ermittler war über mehrere Tatortfotos gebeugt und sprach leise in das Diktiergerät in seiner Hand.

»Also echt«, sagte Dash und verzog das Gesicht. »Von jetzt an bringe ich meinen eigenen Kaffee mit. Machen die den mit Spülwasser oder was? Man kann ja wohl nicht von mir verlangen, dass …«

»Oh nein …«, flüsterte Gabriel und starrte auf die Liste in seiner Hand. Dann sah er sich ängstlich auf seinem Schreibtisch um, griff nach dem Telefon, zog die Hand jedoch wieder zurück.

»Was?«, fragte Dash neugierig und stellte den Kaffee ab. »Was gibt's? Kommt dir einer der Namen bekannt vor?«

Gabriel erstarrte und sah Dash mit schmerzverzerrtem Gesicht an. »Ja …«

»Wer?«

Statt zu antworten schnappte sich Gabriel sein Jackett, seine Schlüssel, den Pager und das Handy und lief aus dem Raum, während er eine Nummer ins Telefon eingab.

Dash starrte ihm verblüfft hinterher. Einen unkonventionelleren Partner konnte man sich kaum vorstellen. Seufzend nahm er die Liste in die Hand. Er erwartete, den Namen McRay darauf zu lesen, da er vermutete, dass Gabriel einen in Ungnade gefallenen Verwandten darauf entdeckt hatte. Der letzte Name, der mit einem Häkchen versehen war, sagte Dash überhaupt nichts: Archwood, Victor.

Dash sah zum Ausgang hinüber und fragte sich, wer Victor Archwood war und warum sein Name Gabriel in helle Aufregung versetzt hatte.

Eine Stunde später ging Raymond Berkowitz schnellen Schrittes durch die Flure des Hauptquartiers im Monterey Park. Am liebsten wäre er gerannt. Als Psychologe adlerscher Prägung war ihm der Begriff der »Finalität« selbstverständlich bekannt: die Annahme, dass die Persönlichkeit eines Menschen durch zukünftige Zwecke und Ziele geformt wird. Diese Theorie widersprach Freuds deterministischem Ansatz, der die Gegenwart als ein Produkt der Vergangenheit betrachtete. Natürlich war Gabriel ein wandelndes Produkt seiner Vergangenheit, doch Dr. Bs Meinung nach hing seine Genesung von seinen zukünftigen Zielen ab. Und jetzt kam es darauf an, diese zukünftigen Ziele in Einklang mit Figleys Fünf-Phasen-Modell zu bringen.

Drei aufgeregte, abmarschbereite Detectives – zwei Männer und eine Frau – liefen an dem Psychiater vorbei. Es hatte sich herumgesprochen, dass der Malibu-Canyon-Killer bald geschnappt würde, und überall herrschte hektische Betriebsamkeit. Inzwischen kannte man sogar den Namen des Mörders: Victor Archwood. Dr. B wusste dies natürlich bereits. Gabriel hatte ihn angerufen und ihm alles erzählt.

Nervös ging Dr. B noch schneller, bis seine Schienbeine schmerzten. Gabriel war immer noch in der Neubewertungsphase. Zugegeben, er hatte die Misshandlung bereits zur Kenntnis genommen – er erinnerte sich wieder daran und versuchte nicht länger, die unangenehmen Gedanken zu verdrängen; im Gegenteil, er bemühte sich nach Kräften, mit seinen Erinnerungen fertigzuwerden, doch er befand sich noch nicht in der Adaptierungsphase. Er hatte sich weder mit Andrews Verrat noch mit seinen Eltern auseinandergesetzt, geschweige denn …

Dr. B blieb mitten im Flur stehen und mahnte sich zur Ruhe. Vor ihm strömten weitere Detectives aus dem Besprechungsraum.

Gabriel war noch nicht bereit dafür, sich dem Täter zu stellen, entschied Dr. B. Auf keinen Fall. Nicht diesem Täter. Dr. B klopfte laut gegen die Tür des Besprechungsraums.

»Lieutenant Ramirez?«, rief er.

»Einen Augenblick!«

Ramirez trat aus dem Besprechungszimmer. Der kleine Mann war sehr erregt. Er nahm ein Zigarettenpackchen aus der Tasche. »Schlechter Zeitpunkt, Doc. Wir haben die Kollegen in San Francisco alarmiert. Sie wollen mich so schnell wie möglich vor Ort haben. Mich und den Rest des Teams.«

»Genau darüber wollte ich mit Ihnen reden, Miguel.«

»Dann reden wir im Gehen.« Ramirez lief den Flur hinunter. Dr. B folgte ihm auf dem Fuße. Ramirez suchte nach seinem Feuerzeug. »McRay kennt den Täter. Hab ich's nicht gleich gesagt?«

»Ja, er kennt ihn von vor langer Zeit. Hören Sie, Miguel, Sie müssen Gabriel von dem Fall abziehen.«

»Was?«, bellte Ramirez und blieb stehen. »Vor ein paar Wochen haben Sie mich noch förmlich darum angefleht, ihn nicht abzuziehen.«

»Ja, ich weiß. Aber ich glaube, dass Gabriel nicht derjenige sein sollte, der den Täter verhaftet.«

Ramirez zündete die Zigarette an und marschierte etwas langsamer den Flur hinunter. »Das FBI könnte jeden Augenblick übernehmen. Das versuche ich schon den ganzen Sommer lang zu verhindern. Dann heimsen die die Lorbeeren ein. Ich brauche McRay. Er kennt den Täter.«

»Können Sie nicht ein einziges Mal die Politik außen vor lassen?«, fragte Dr. B verärgert, während er Ramirez an den Fersen klebte. »Hier geht es um die psychische Gesundheit eines Kollegen, verdammt noch mal.«

Ramirez blieb ein weiteres Mal stehen und wandte sich Dr. B zu. »Ich denke an niemanden anderen als McRay. Ich weiß, wie viel Ihm diese Verhaftung bedeutet. Nennen Sie mir einen guten Grund, warum ich ihn von dem Fall abziehen sollte.«

»Die Beziehung, die Gabriel zum Täter hat …«

Ramirez zuckte mit den Schultern. »Es ist nicht Andrew Pierce. Der Kerl ist längst unter der Erde.«

»Die Gründe sind vertraulich.«

»Das reicht mir nicht.« Ramirez blies eine graue Rauchwolke aus und ging davon.

»Lieutenant!« Dr. B lief ihm hinterher. »Victor Archwood

hegt einen tiefen Groll gegen Gabriel. Ich glaube nicht, dass Gabriel damit umgehen kann.«

»Fahren Sie fort.«

»Missbrauchsopfer lernen, die Übergriffe zu ertragen. Sie gehen davon aus, dass sie sich nicht selbst schützen können. Daher sind sie als Erwachsene blind für Gefahren, die andere ganz deutlich sehen.«

Ramirez zog im Gehen an der Zigarette. »Gabriel wurde missbraucht?«

Dr. B seufzte. Er sah seinen Vater vor sich, wie er mit der Pfeife im Mund den Kopf darüber schüttelte, dass sich sein einziger Sohn so dämlich anstellte.

Ramirez grinste. »Keine Sorge, Doc. Mir können Sie vertrauen.«

Dr. B schob sich vor Ramirez und brachte den kleineren Mann dadurch zum Anhalten. »Es wäre durchaus möglich, dass Gabriel vor Angst wie gelähmt ist, wenn er diesem – Straftäter gegenübertritt.«

»Er ist ein erfahrener Cop«, teilte ihm Ramirez unumwunden mit. »Er weiß, was zu tun ist.«

»Aber er ist auch ein Opfer. Der Mörder weiß davon. Gabriels Beziehung zu dem Täter ist viel zu emotional. Zu heikel.«

»Inwiefern?«

Dr. B starrte auf den Boden und fragte sich, ob er gerade dabei war, seine Lizenz zu verlieren. »Als Teenager hat er einen Jungen verprügelt, auf den er aufpassen sollte. Dieser Junge hieß Victor Archwood.«

»Alle die tausend kränkenden Reden Fortunatos ertrug ich, so gut ich konnte, als er aber Beleidigungen und Beschimpfungen wagte, schwor ich ihm Rache.«

EDGAR ALLAN POE,

»DAS FASS AMONTILLADO«

22

Gabriel wartete mit seiner Reisetasche vor dem Büro des Lieutenants. Er konnte es kaum erwarten, endlich zum Flughafen zu fahren. Als ihn Ramirez zu sich rief, wusste er sofort, dass etwas faul war. Ramirez' übliche Großspurigkeit war wie weggewischt. Stattdessen wirkte er gehetzt, und, was noch besorgniserregender war, er war nett zu Gabriel.

»Hey, wollen Sie was trinken?«, fragte Ramirez und nahm sich eine Cola.

»Nein danke, Lieutenant.« Gabriel deutete mit dem Daumen zur Tür. »Ich sollte allmählich aufbrechen. Dash wartet schon auf mich.«

»Ach, machen Sie sich deshalb keine Sorgen.« Ramirez zerrte nervös an seinem schweißgetränkten Hemd. »Übrigens, ich bin sehr zufrieden mit Ihnen, McRay. Sie und Ihr Partner haben gute Arbeit geleistet.« Er schenkte Gabriel ein sprödes Lächeln, das er sich förmlich abzuringen schien.

Allmählich machte sich Gabriel Sorgen. Er beobachtete Ramirez, wie er mit der Coladose in der Hand durch den Raum tigerte. Das pornografische Foto, das Archwood ihm hinterlassen hatte, steckte in seiner Reisetasche. Gabriel fragte sich, ob Ramirez davon wusste. Immerhin war es ein Beweisstück.

»Glauben Sie, dass Sie den Kerl wiedererkennen?«, fragte Ramirez.

»Das bezweifle ich stark. Immerhin war er noch ein Kind, als ich ihn zum letzten Mal gesehen habe.«

Gabriel warf einen Blick auf die Uhr an der Wand. Er musste los.

Ramirez stellte seine Tänzelei ein und wandte sich Gabriel zu. »Wie gesagt: gute Arbeit, McRay. Sie haben den Fall gelöst, die Ehre gebührt Ihnen. Allerdings werde ich Sie jetzt davon abziehen.«

Gabriels Augen weiteten sich. »Was?«

»Es ist besser so. Sie sind emotional zu sehr in diese Sache verwickelt. Da kommt dieser ganze schlimme Scheiß wieder hoch …«

»Was wissen Sie denn davon?«

»Nichts«, sagte Ramirez mit einer wegwerfenden Handbewegung, ohne Gabriel dabei in die Augen zu sehen. »Sie haben eben Probleme. Wir alle haben Probleme.«

Gabriel sah ihn einen Augenblick lang argwöhnisch an und versuchte abzuschätzen, wie viel der Lieutenant wusste. »Bitte tun Sie das nicht«, sagte er schließlich.

»Dr. Berkowitz rät davon ab, dass Sie diesem Archwood gegenübertreten.« Ramirez räusperte sich. »Er hat gesagt, dass dieser Typ seine Psychospielchen mit Ihnen abziehen will. Und dass Sie möglicherweise einknicken.«

Gabriel war wie vom Donner gerührt. »Das hat Dr. B gesagt?«

Ramirez nickte.

Gabriel schüttelte ungläubig den Kopf. »Glauben Sie

wirklich, dass ich zusammenbreche, wenn ich diesem Ungeheuer gegenüberstehe?«, fragte er schließlich.

Ramirez antwortete nicht. Sein Schweigen erinnerte Gabriel an den Albtraum, in dem er sich demütig vor die Füße des messerschwingenden Angreifers gelegt hatte.

Aber jetzt bin ich kein Opfer mehr.

Gabriel griff in die Reisetasche und nahm das Foto mit dem Mann und dem Jungen heraus. Er hielt es Ramirez hin.

Der Lieutenant betrachtete das Bild angewidert. »Was zum Teufel soll das?«

»Unser Freund hat das in Mings Auto gelegt. An jenem Abend, als die Wohnanlage in Flammen aufging. Ich hätte es dem Labor übergeben sollen, aber …«

Ramirez schüttelte den Kopf. »Genau das meint Dr. B, McRay. Sie hätten es dem Labor übergeben sollen. Haben Sie es auf Fingerabdrücke überprüft?«

»Ja. Nichts. Und inzwischen ist es mit meinen und Mings Abdrücken übersät. Tut mir leid.«

»Es ist trotzdem ein Beweismittel.« Ramirez blickte finster. »Sehen Sie, er manipuliert Sie bereits jetzt. Bringt Sie dazu, die Vorschriften zu missachten. Sie sind raus aus dem Fall.«

»Nicht«, flehte Gabriel. »Ich weiß nicht, was Ihnen Dr. B alles über mich erzählt hat, aber ich kann Ihnen versichern, Lieutenant: Ich habe mich bereits einmal einem Ungeheuer gestellt. Es lebt seit Jahren in mir, macht mir das Leben zur Hölle. Aber ich bin nicht handlungsunfähig, wie Sie sehen können. Ich bin geistig völlig auf der Höhe. Das müssen Sie mir glauben.«

Ramirez betrachtete das Bild erneut. Dann sah er Gabriel fast mitleidig an. »Verpassen Sie Ihren Flug nicht.«

Gabriel nickte, griff sich die Tasche und lief zur Tür hinaus.

»Und machen Sie mir keine Schande, McRay!«, rief ihm Ramirez – ganz der Alte – hinterher.

Die Stewardess des Southwest-Flugs deutete stumm auf die Notausgänge, während eine aufgezeichnete Frauenstimme erklärte, was im Notfall zu tun war. Gabriel betrachtete die tief stehende Sonne hinter dem kleinen Fenster. Er tätschelte seine Jackentasche und vernahm das vertraute, tröstliche Rascheln der Aspirinpackung.

Mit jeder Meile, die er sich San Francisco näherte, schwand sein ursprünglicher Mut dahin. Hätte er doch vor seiner Abreise noch einmal mit Dr. B gesprochen. Er lehnte den Kopf gegen die Fensterscheibe, schloss die Augen und hoffte auf eine kurze Ruhepause. Doch sobald sich das Flugzeug in die Lüfte erhoben hatte, tauchten unbehagliche Bilder auf und verlangten nach Aufmerksamkeit.

Das Melody Theater, Popcorn mit Butter, butterverschmierte Finger; das Klimpern eines Goldkettchens, das auf und nieder hüpft …

»Was wollte Ramirez von dir?«, fragte Dash.

»Er hat mir gesagt, dass das FBI vor Ort ist«, log Gabriel und öffnete die Augen. Er strich sich über die schwarzen Locken und rückte sich die Krawatte zurecht. Er wollte auf jeden Fall einen ordentlichen Eindruck machen.

»Jetzt erzähl mir noch mal, woher du Archwood kennst.«

Er weiß, dass ich missbraucht wurde.

»Ich war ein paar Mal zum Babysitten bei ihm.«

»Komisch, dass er sich noch an deinen Namen erinnert.«

Gabriel wusste nichts darauf zu erwidern. Er konnte sich kaum an Vic erinnern.

Vic. So habe ich ihn immer genannt.

Das verschwommene Bild eines flachsblonden Jungen mit netten, melancholischen blauen Augen tauchte in seiner Erinnerung auf.

Du warst ein trauriger kleiner Junge. Jetzt erinnere ich mich. Ich erinnere mich an dich.

Vic hatte eine schwere Bürde auf seinen zarten Schultern tragen müssen. Genau wie Gabriel waren ihm unerfüllte Wünsche und großer Schmerz nicht fremd gewesen. Vic hatte Gabriel angebetet, hatte an seinen Lippen gehangen, hatte ihm gesagt, dass er ihn genauso lieb habe wie seinen Großvater …

Gabriel runzelte die Stirn. Was war noch mal mit dem Großvater gewesen … Gabriel versuchte, diese Tür in seinem Verstand aufzustoßen. Dann gab er auf. Er wusste nur noch, dass Vic seinen Großvater geliebt und ihn dann verloren hatte. An Vics Vater hatte er keine Erinnerung, an seine Mutter sehr wohl. Wie war noch ihr Name gewesen? Sie hatte Gabriel eine Heidenangst eingejagt.

Ich habe ihn geschlagen. Ihn verletzt. Wie konnte ich so etwas nur tun?

Du bist ein böser, böser Mann.

Die Worte bohrten sich in sein Gehirn wie ein Parasit in einen wehrlosen Wirt. Unruhig drehte sich Gabriel vom Fenster weg und bemerkte, dass Dash ihn anstarrte.

»Alles klar?«, fragte Dash.

Gabriel nickte nur. Die über ihn hereinbrechenden Erinnerungen hatten ihm die Sprache verschlagen.

Eine Vergewaltigung trifft Jungen schwerer, hatte Dr. B gesagt, da das herkömmliche Rollenbild Stärke und Gefühllosigkeit von ihnen verlangt. Man hatte Gabriels Intimsphäre ohne seine Zustimmung verletzt, ihn misshandelt.

Damit hatte er die Macht über seine eigene Sexualität verloren. Er hatte keine Kontrolle mehr über seinen Körper. Die Demütigung war wie ein Gift durch seine Adern geströmt.

Einmal hatte Gabriels Mutter ihn dabei ertappt, wie er sich mit einem Zirkel Löcher in den Arm gestochen und seine Mathehausaufgaben vollgeblutet hatte.

»Warum hast du das getan?«, hatte sie gefragt, während sie Jod auf seinen Arm tupfte.

Gabriel hatte ihr erklärt, dass er Löcher in sich gemacht hatte, damit das Böse aus seinem Körper fließen konnte. Er erinnerte sich an die ratlose Miene seiner Mutter sowie die bedauerliche Tatsache, dass sie zu beschäftigt gewesen war, um der Sache auf den Grund zu gehen.

Eines Tages war Andrew verschwunden. Kein tuckernder Motor mehr. Kein Klopfen mehr an Gabriels Tür – ein Klopfen, das ihn so sehr mit Furcht erfüllte, als suchte der Leibhaftige selbst Einlass. Niemand hatte ihm sagen können, warum oder wohin Andrew weggezogen war. Mit den Kinobesuchen, den Süßigkeiten und dem Missbrauch war es schlagartig vorbei. Genau wie die Filmstars ihre Fußabdrücke auf dem Hollywood Boulevard hinterließen, so hatte auch Andrew Pierce seine unauslöschlichen Handabdrücke auf Gabriel hinterlassen.

Nutze die Situation zu deinem Vorteil. Zieh Kraft aus der Katastrophe.

Aber wie?

»Uns erwarten kühle fünfzehn Grad bei strahlendem Sonnenschein«, verkündete der Pilot. »Wir setzen bald zur Landung an. Bitte achten Sie auf das Anschnallzeichen.«

Von seinem Fenster aus konnte Gabriel die orangefarbenen Bögen der Golden Gate Bridge über dem Wasser erkennen. Er war wieder zu Hause. Gabriels Verstand war wie ein

Spukschloss, in dessen leeren Räumen Gespenster hausten. Und jetzt, hier in San Francisco, würden sie heulen und mit den Ketten rasseln.

Ein afroamerikanischer Beamter mit einem beeindruckenden Schnurrbart holte die Detectives aus Los Angeles am Flughafen ab. Er stellte sich als Sergeant Krol vom San Francisco Police Department vor. In seiner Begleitung befand sich Special Agent Ralph Tenant vom FBI. Der Agent informierte sie darüber, dass Victor Archwood keine bekannte Adresse besaß, das Haus seiner Mutter jedoch observiert wurde.

»Wie heißt sie?«, fragte Gabriel, dem der Name auf der Zunge lag.

»Natalie Archwood«, sagte Sergeant Krol.

Natalie Archwood, wiederholte Gabriel stumm. »Und bisher noch keine Spur des Verdächtigen?«, fragte er Ralph Tenant.

»Nein.«

»Er verkleidet sich gern«, rief ihnen Gabriel in Erinnerung. »Sind Sie sicher, dass niemand in der Nähe des Hauses war?«

»Nur die Mutter«, sagte Tenant. »Wir dachten, ihr Jungs würdet gerne mit ihr reden.«

»Allerdings«, sagte Gabriel und folgte Tenant zu Sergeant Krols Pontiac. Dash nahm auf dem Beifahrersitz Platz und überflog die alte Mordakte Thomas Welby, die Krol ihm ausgehändigt hatte.

»Wollen Sie mich auf den neuesten Stand bringen?«, fragte Tenant.

Der FBI-Agent war ein übergewichtiger Mann mit einem grauen Haarschopf. Sein Bauch quoll über dem Gürtel hervor, seine Wangen waren rot gefleckt. Wenn er sprach, keuchte er die Worte hervor wie ein löchriger Blasebalg.

»Wie viel wissen Sie denn bereits?«, fragte Gabriel.

»Nur dass Sie Archwoods Namen im Studentenverzeichnis der Universität von Berkeley gefunden haben. Sie haben doch seine Fingerabdrücke, oder?«

Gabriel musterte den Bundesagenten. Die Beziehung zwischen der Polizei und dem FBI konnte sich manchmal recht schwierig gestalten. Die meisten Strafverfolgungsbehörden waren dankbar für die Hilfe und die Technologie, die das FBI zur Verfügung stellte. Ramirez dagegen nahm es persönlich, wenn sich die Ranghöheren in seine Ermittlungen einmischten.

»Wir haben die DNA des Täters«, sagte Gabriel. »Noch wissen wir allerdings nicht, ob sie tatsächlich von Archwood stammt. Vielleicht befinden sich im Haus seiner Mutter persönliche Gegenstände, die wir auf DNA-Spuren testen können.«

»Niemand will Ihnen in Ihre Ermittlungen pfuschen, falls Sie das befürchten«, schnaufte Tenant. »Aber ihr Jungs hattet den ganzen Sommer lang Zeit, diesen Clown aufzuspüren, und …«

»… und wir haben ihn aufgespürt«, vollendete Gabriel den Satz.

Nachdem das Observationsteam gemeldet hatte, dass sich immer noch nichts im Haus der Archwoods rührte, beschloss Gabriel, den Ort aufzusuchen, an dem Thomas Welby ermordet worden war.

Während die anderen Beamten im Wagen warteten, schlenderten Gabriel und Dash über den Strand in der Nähe des Tatorts. Dann setzten sie sich auf die niedrige Steinmauer, die den Sand von der Straße trennte. Im Gegensatz zum sonnigen Santa Monica schienen ständig Wolken über dem Sunset Beach zu hängen.

»Kein Blut und auch sonst keine Spuren im Auto?«, fragte Gabriel, als sie gemeinsam auf das schiefergraue Wasser des Pazifiks hinausblickten.

»Davon stand nichts im Bericht«, sagte Dash. »Nur ein ausgebranntes Auto.«

Gabriel fuhr mit dem Finger eine Kerbe im Stein nach. Er erinnerte sich daran, dass er als Jugendlicher seine eigenen Initialen mit einem Taschenmesser irgendwo entlang des Strandes in genau diese Mauer geritzt hatte. »Als Brandbeschleuniger wurde Alkohol verwendet? Schnaps?«

»Ja.«

Gabriel sah sich um, hörte die über die Sunset Avenue rauschenden Autos. Hinter Krols Pontiac erstreckte sich eine Baumreihe bis über die Straßenmitte. Dahinter waren Reihenhäuser zu erkennen.

»Laut Bericht waren Welbys Wunden ähnlich tief und breit wie bei den Malibu-Canyon-Morden. Vermutlich wurde dasselbe Messer benutzt. Wenn Welby mit dieser Waffe getötet wurde, muss Archwood sie sehr lange aufbewahrt haben. Offenbar hat sie eine besondere Bedeutung bei seinem ›Ritual‹. Der Tathergang selbst ging jedoch ganz anders vonstatten – schlampig ausgeführt und willkürlich.«

»Könnte sein erster Mord gewesen sein«, vermutete Gabriel.

»Das denke ich auch.« Dash sah Gabriel vorsichtig an. »Kanntest du diesen Thomas Welby zufällig?«

Gabriel sah seinen Partner stirnrunzelnd an. »Ich kenne nicht jeden Einwohner von San Francisco, Dash.«

Sein Partner zuckte mit den Schultern und wirbelte

Sand mit der Schuhspitze auf. »Wenn du schon den Täter kennst, hätte es ja sein können, dass dir auch sein erstes Opfer bekannt war. Immerhin bist du in der Gegend hier aufgewachsen, oder?«

In Gabriels Magen tat sich ein gähnendes Loch auf.

Dann hörten sie einen Ruf und drehten sich um. Krol winkte sie zu sich.

Gabriel nickte zur Bestätigung und sprang von der Mauer. »Na los. Anscheinend ist jemand nach Hause gekommen.«

Die Detectives fuhren auf der Irving Street hinter einem Straßenbahnwagen her und zählten dabei die Meilen zwischen dem Tatort und dem Haus der Archwoods. Auf dem Weg kamen sie an chinesischen Läden, Restaurants und Mietshäusern vorbei, wie sie für den Sunset District typisch waren.

Schließlich hielten sie vor einem hellrosa Haus. Der Nebel, der vom nahe gelegenen Strand her aufzog, legte sich über die so ordentlich wie pastellfarbene Dominosteine aufgereihten Häuser, drang in jede Ritze und streckte seine klammen Hände nach jedem aus, der vor die Tür trat, um die salzige Seeluft zu schnuppern.

Das Haus war nicht gerade in unmittelbarer Nähe des Tatorts, doch die Entfernung stellte für einen durchtrainierten, vom Adrenalin beflügelten jungen Mann keine große Herausforderung dar.

Gabriel und Dash stiegen aus dem Pontiac und gingen an dem Überwachungswagen des FBI vorbei. Dann überquerten sie eine winzige Rasenfläche und erklommen die Stufen aus rosafarbenem Granit.

Dash stellte sich dicht hinter Gabriel und zog den Revolver. Gabriel klopfte laut an die Vordertür.

Einen Augenblick später öffnete sie sich, und eine fettleibige Frau kam zum Vorschein. Ihr strähniges blondes Haar fiel unvorteilhaft auf die breiten Schultern eines langärmeligen Mu'umu'u. »Ja?«

»Natalie Archwood?«, fragte Gabriel, obwohl er bereits wusste, dass sie es nicht war.

»Wer will das wissen?«

Gabriel zeigte seine Dienstmarke vor. »Los Angeles Sheriff's Department. Ich bin Sergeant Gabriel McRay. Wir ermitteln in einem Mordfall.«

»Cops?«, fragte sie und betrachtete die Marke mit zusammengekniffenen braunen Schweinsäuglein.

»Ja. Ist Mrs. Archwood zu Hause?«

Die korpulente Frau sank leicht in sich zusammen. »Nein, wieso?«, fragte sie mit weinerlicher Stimme.

Im Hintergrund ertönte ein Krachen, gefolgt vom Schreien eines Kindes. Die dicke Frau wuchtete ihr Gewicht um die eigene Achse. »Hör mit dem Geschrei auf!«, brüllte sie.

Gabriel und Dash warfen sich einen vielsagenden Blick zu.

»Hör auuuuuuuf!«, rief sie hinter sich. Ein kleiner Junge kam angelaufen, und sie packte ihn grob am Arm. »Lass deine Schwester in Ruhe, sonst setzt es was, kapiert?«

Der kleine Junge riss sich los und rannte wieder ins Haus.

»Ma ist nicht zu Hause«, teilte die Frau den Detectives müde mit. »Ich wohne gar nicht hier. Ich wasche hier nur meine Wäsche. Was wollen Sie von ihr?«

»Wir möchten ihr nur ein paar Fragen stellen«, sagte Gabriel. »Sie sind ihre Tochter?«

»Ja.«

»Und Sie haben einen Bruder? Victor Archwood?«, fragte Gabriel.

»Ja.« Sie blies sich eine Haarsträhne aus dem Gesicht. »Was wollen Sie von dem?«

»Wir möchten mit ihm reden. Ist er hier?«

»Nein.«

Wieder wechselten die beiden Ermittler einen Blick.

»Dürfen wir reinkommen und nachsehen?«, fragte Gabriel in der Hoffnung, das Haus ohne Durchsuchungsbefehl in Augenschein nehmen zu dürfen.

Sie sah sie argwöhnisch durch zusammengekniffene Augen an. Musterte sie. Gabriel ließ es über sich ergehen. *Gute Frau,* dachte er, *im Vergleich zu Ihrem Bruder sind wir Waisenknaben.*

»Da muss ich erst mit Ma reden«, sagte sie. Dann fuhr sie zusammen, als ein weiteres Krachen ertönte. »Gottverdammt!« Sie stampfte so wütend ins Haus zurück, dass die Erde bebte. Gabriel hörte ein lautes Klatschen, dann den Schrei eines Kindes.

Gabriel bedeutete Dash, die Waffe wegzustecken. Sie spähten ins Haus, und sofort schlug ihnen eine Kakofonie brüllenden Kindergeschreis entgegen.

»Ma'am?«, rief Gabriel.

Von der Eingangstür aus war ein mit alten Möbeln vollgestelltes Wohnzimmer zu erkennen. Aus dem Flur zur Linken hörten sie weinende Kinder und einen Zeichentrickfilm im Fernsehen. Die Frau trampelte den Flur hinunter, und die beiden Detectives traten zurück.

»Sie müssen erst mit meiner Mutter reden«, sagte sie. Dann hielt sie plötzlich inne. Mit verzerrtem Gesicht legte sich die dicke Frau mit dramatischer Geste die Hand aufs Herz.

Dash sah sie besorgt an. »Alles in Ordnung?«

Ihr Gesicht verzog sich wie eine Brezel. »Oooh. Ich hab Diabetes.« Sie lehnte sich gegen den Türrahmen. »Mein Blutzuckerspiegel stimmt heute überhaupt nicht.«

Gabriel hielt ihr den Arm hin. »Immer mit der Ruhe. Setzen Sie sich erst mal auf die Couch.«

Sie sah ihn an, als hätte sie soeben seinen Geruch gewittert, woraufhin sich ein animalischer Teil ihres Gehirns aktivierte, als hätte man einen Schalter umgelegt. »Danke.«

Sie führte die beiden Detectives ins Wohnzimmer. Der Raum war sauber, doch es roch nach alten Bettlaken und Krankenhausessen. Wie in einem Altenheim, dachte Gabriel. Die Möbel hatten ganz offensichtlich schon bessere Zeiten gesehen. Die Bezüge waren fadenscheinig, der Lack auf dem geschnitzten Holz abgewetzt und brüchig. Gabriel spürte einen Anflug von Klaustrophobie, während er der Frau half, sich auf eine üppig gepolsterte Couch zu legen.

Sie stellte sich als Sonia vor.

Die beiden weinenden Kinder stürmten in den Raum. Sobald sie ihre Mutter auf der Couch liegen sahen, verstummten sie. Offenbar ahnten sie, dass sie nicht die gewollte Aufmerksamkeit erhalten würden. Dash und Gabriel wechselten erneut einen vielsagenden Blick, dann übernahm Dash die »Vaterrolle«. Er trat auf die Kinder zu und redete leise auf sie ein. Diese beantworteten seine Bemühungen mit einem noch lauteren Weinen. Ein solches Publikum hatten sie nicht oft.

Als letzten Ausweg fiel Dash nur ein, ihnen seine Marke zu zeigen. Die schien sie zu interessieren, sodass sie ihn bei den Händen nahmen und ihren neuen Freund den Flur hinunter zum ohrenbetäubend aufgedrehten Fernseher führten.

»Hatten Sie schon immer Diabetes?«, fragte Gabriel, sobald Dash verschwunden war.

»Erst seit ein paar Jahren.« Sonia verzog wieder das Gesicht, dann öffnete sie ein Auge. »Könnten Sie mir die Spritze da reichen?«

Gabriel sah sich um. »Wo …?«

»Dort«, hauchte sie wie ein schwaches Kätzchen. »Auf dem Büffet.«

Gabriel ging langsam in das angrenzende Esszimmer, das mit einem Kirschholztisch und dem dazugehörigen Büffet ausgestattet war. Neben mehreren Keramikfiguren stand ein Samowar auf einem Seidendeckchen. Er fand die Spritze, und als er sie nehmen wollte, fiel ihm ein verblasstes Farbfoto auf, das offenbar in einem Studio aufgenommen worden war. Es zeigte zwei blonde Mädchen in taubenblauen Kleidern und einen flachsblonden Jungen – Victor Archwood.

Gabriel betrachtete das Foto genauer. Archwood sah genauso aus wie in Gabriels Erinnerung. Er war etwa sieben oder acht und lächelte das zahnlückige, linkische Lächeln eines Vorpubertierenden.

Sofort stiegen Schuldgefühle in Gabriel auf. Beim Anblick dieser Fotografie war er wieder der junge Mann in genau demselben Haus, dünner und mit längeren Haaren. Gabriel hatte keine Erinnerung daran, warum er seine Wut an Vic ausgelassen hatte. Dafür stand ihm jedes noch so kleine Detail der Misshandlung selbst deutlich vor Augen. Nachdem er dem Jungen den letzten Schlag verpasst hatte, hatte er den pochenden Kopf gegen die Wand gelehnt – verblüfft darüber, dass die Wut noch immer mit unveränderter

Intensität in ihm kochte. Die ungewöhnliche Reaktion des Jungen hatte dazu geführt, dass er sich nur noch mehr wie ein Ungeheuer vorkam.

Victor hatte sich weinend auf dem Boden zusammengerollt. Dann hatte er sich aufgesetzt und Gabriel angestarrt. Er hatte Schluckauf gehabt und sich den Bauch gehalten. Eigentlich hatte Gabriel damit gerechnet, dass er zur Tür hinausrennen und dabei Zeter und Mordio schreien würde. Was er nicht getan hatte. Er hatte Gabriel nur demütig angeblickt – ganz so, als hätte er diese Behandlung verdient.

Genau wie ich gedacht habe, dass ich es verdient hätte.

»Ist das Victor als kleiner Junge?«, fragte Gabriel, obwohl er es genau wusste.

»Hä?« Sonia sah erschöpft zu ihm hinüber. »Ach so, ja. Das sind wir alle drei zusammen.«

»Sie haben eine Zwillingsschwester?«

»Zweieiig. Wir sehen uns überhaupt nicht ähnlich.« Sonia verspürte ein Unbehagen in der Seite und nickte mit Leidensmiene. »Wir sind nicht gerade eine Bilderbuchfamilie.«

Gabriel zwang sich zu einem Lächeln und brachte ihr die Spritze. Sonia machte viel Aufhebens darum, den Ärmel hochzukrempeln und sich die Spritze mit Todesverachtung in den Arm zu stechen.

Dann deutete sie mit dem Kinn auf den Flur. »Ihr Kollege kann gut mit Kindern umgehen.«

»Manchmal können Sie eine echte Plage sein, nicht wahr?« Gabriel heuchelte Verständnis.

»Wenn Sie wüssten. Die treiben mich noch in den Wahnsinn.«

»Trotzdem sollten Sie sich glücklich schätzen.« Er wusste nicht, weshalb er das sagte. Wahrscheinlich weil manche

Eltern eine solche Gleichgültigkeit gegenüber dem Schönsten an den Tag legten, was sie je erschaffen hatten – ihren Kindern. Das kam ihm auf unbehagliche Weise bekannt vor.

»Wollen Sie sie haben?«, fragte Sonia schniefend und zog die Spritze wieder heraus. »Also, was wollen Sie von Vic?«

»Wir möchten nur mit ihm reden. Hatten Sie in letzter Zeit Kontakt mit ihm?«, fragte Gabriel so beiläufig wie möglich.

Sonia sah ihn skeptisch an, was Gabriel jedoch nicht beunruhigte. Er bezweifelte, dass Sonia überhaupt irgendjemandem traute.

»Nein, schon länger nicht mehr«, antwortete sie und schniefte abermals, dann erbebte sie unter einem heftigen Niesen. »Oh, meine Allergie!« Sie grunzte wie ein Schwein und fiel atemlos auf die Couchkissen zurück. Gabriel begriff.

Für sie sind die Krankheiten, was für andere Alkohol oder Drogen sind.

»Ich glaube, Ma hat gesagt, dass Vic sie gestern angerufen hat.«

Gabriels Herz klopfte, doch er ließ sich nichts anmerken. »Hat er Ihrer Mutter mitgeteilt, wo er sich aufhält?«

»Da müssen Sie sie selbst fragen.«

»Also steht er in Kontakt mit Ihrer Mutter?«

Sie rollte den Ärmel wieder über den fleischigen Arm. »Das hab ich doch gerade gesagt. Für einen Cop sind Sie ja nicht besonders helle.«

Und für eine Frau, dachte Gabriel, *sind Sie ja ziemlich widerwärtig*. Beschützte sie ihren Bruder? Sie schien viel zu sehr mit ihren Zipperlein beschäftigt, um sich Finten auszudenken. Sie war nur eine weitere verkrachte Existenz, und auch die Tatsache, dass sie zwei Kinder in die Welt gesetzt hatte, schien sie nicht glücklich zu machen.

Sonia schien allmählich in ihre eigene Welt abzudriften. Gabriel fragte sich, was wohl in der Spritze gewesen war. Doch er war zufrieden. Er hatte für den Moment alles Nötige erfahren.

Dash kam zurück. Sie gaben Sonia die Nummer der Mordkommission des SFPD.

»Bitte rufen Sie uns an, wenn Sie wieder etwas von Ihrem Bruder hören«, sagte Gabriel.

Sie nickte halb weggetreten.

Die beiden Detectives verließen das Haus. Die Kinder saßen wie gebannt vor dem Fernseher, in dem mit voller Lautstärke ein gewalttätiger Zeichentrickfilm lief.

23

Während die anderen Detectives auf Natalie Archwood warteten, beschloss Gabriel, einen Spaziergang durch sein altes Viertel zu machen. Er wollte sein Elternhaus wiedersehen. Auf dem Weg kam er an der Stelle vorbei, an der früher das Melody Theater gestanden hatte. Es war schon vor Jahren abgerissen und durch eine Tankstelle ersetzt worden. In dem Laden, in dem Gabriel früher seine Süßigkeiten gekauft hatte, befand sich nun die Filiale einer Drogeriekette. Er legte die Hände auf die Glasscheibe. Dutzende Halloween-Masken grinsten oder blickten missmutig von den Regalen auf ihn herab, was Gabriel an die Masken von Tragödie und Komödie erinnerte. Er schloss seine Jacke. Es wurde kühler. Der Herbst kündigte sich nicht nur durch die Halloween-Dekoration an. Ob sich auch für ihn Veränderungen anbahnten?

Er spürte den vertrauten Asphalt unter den Füßen, erinnerte sich an jeden Riss im Gehweg, jeden der hohen Bäume, die die Straße säumten. Wenn er tief einatmete, konnte er das Salzwasser und einen Hauch der weit entfernten Pinien riechen, die im Golden Gate Park Schatten spendeten.

Dann stand Gabriel vor seinem Haus und starrte auf die Granitstufen, auf denen er so oft gesessen hatte. Unzählige Male war er diese Stufen hinauf- oder hinabgestiegen; hinter der verschlossenen Eingangstür hatten viele Feste und Geburtstagsfeiern stattgefunden. Nach einer Weile drehte sich Gabriel zum Haus der Pierce' um.

Eine Woge der Angst überkam ihn, als ob Andrews Wagen jeden Augenblick knatternd um die Ecke biegen könnte, eingehüllt in eine Wolke aus Abgasen und Lakritzduft.

Nein – Andrew war tot, das Haus ruhig. Die Garage war verschlossen. Inzwischen war die Fassade in einem anderen Pastellton gestrichen. Es wirkte gut gepflegt. Und dennoch, wenn Gabriel sich anstrengte, sah er das Innere genau vor sich – die kleine Küche, das Fernsehgerät im Wohnzimmer, aus dem die Antennen wie Hasenohren ragten, das große Sofa …

Gabriel zuckte zusammen, als sein Handy klingelte.

»Ja?«, sagte er schnell.

»Dash hier. Natalie Archwood ist gerade nach Hause gekommen.«

»Bin unterwegs.« Gabriel warf einen letzten Blick auf Andrews Haus, dann lief er zur Irving Street zurück.

»Mrs. Archwood?«, fragte Gabriel vorsichtig. Er stand mit Dash vor der Tür. Sonias Auto war verschwunden.

»Ja?«

»Wir sind …«

»Ich weiß, wer Sie sind.«

Du bist ein böser, böser Mann.

Gabriel hoffte inständig, dass er neutral und unauffällig wirkte. Er hoffte inständig, dass ihn Natalie Archwood nicht erkannte. Er für seinen Teil hatte sie nämlich sofort wiedererkannt.

»Sie sind die Cops von vorhin«, stellte Natalie fest. »Ich habe gerade mit meiner Tochter telefoniert. Sie hätte Sie überhaupt nicht ins Haus lassen dürfen, die dumme Nuss.«

Die beiden Detectives sahen sie an, als könnten sie kein Wässerchen trüben. »Wir würden gerne mit Ihrem Sohn sprechen, Mrs. Archwood. Wenn Sie so freundlich wären und …«

»Ich werde so freundlich sein und Ihren Vorgesetzten sagen, dass Sie unter Vorspiegelung falscher Tatsachen in mein Haus eingedrungen sind. Ich nehme nicht an, dass Sie einen Durchsuchungsbefehl hatten, oder?«

»Mit Verlaub, Mrs. Archwood, aber Sonia hat uns hereingebeten. Sie stand kurz vor einer Ohnmacht.«

Natalie verdrehte die Augen und grinste sarkastisch. »Kurz vor der Ohnmacht, ja? Tja, da hat sie Ihnen einen Haufen Scheiße erzählt.«

Gelassen ließ Gabriel Natalie Archwoods Giftpfeile an sich abprallen. Stolz stand sie vor ihren Polizeimarken. Das krause graublonde Haar umrahmte ein Gesicht mit derben Zornesfalten und den eisblauen Augen eines Raubtiers. Archwoods Mutter war eine Bombe mit brennender Lunte.

Als Gabriel sie kennengelernt hatte, war sie jünger und gepflegter gewesen, aber genauso eine Schreckschraube. Gabriel erinnerte sich daran, wie sie vor Jahren vor ihm gestanden war und ihn mit höhnischem Grinsen einen bösen, bösen Mann genannt hatte.

»Ma'am«, sagte Dash nachdrücklich. »Wir möchten Ihnen nur ein paar Fragen stellen.«

»Dann besorgen Sie sich einen Haftbefehl.«

»Den brauchen wir nicht, Mrs. Archwood«, sagte Gabriel streng, wobei er gegen seine Emotionen ankämpfen musste. »Wir können Sie jederzeit zum Verhör mitnehmen. Ihr Sohn wird des sechsfachen, möglicherweise sogar siebenfachen Mordes verdächtigt. Ihre Tochter hat uns mitgeteilt, dass Sie gestern mit ihm gesprochen haben. Wenn Sie nicht mit uns kooperieren, können wir Sie wegen Beihilfe zu einer Straftat verhaften.«

Natalie blinzelte Gabriel ungläubig an. »Victor? Des Mordes verdächtigt? Das ist doch Wahnsinn. Er könnte keiner Fliege etwas zuleide tun.«

Gabriel beobachtete sie genau. Das zumindest schien aufrichtig gemeint zu sein. »Wo ist Ihr Sohn jetzt, Mrs. Archwood?«

Sie verschränkte schützend die Arme vor der Brust. »Ich weiß nicht, wo Victor ist.«

»Aber er ist hier in der Stadt.«

»Ich denke schon.«

»Dürfen wir uns in Ihrem Haus umsehen?«

»Dürfen Sie nicht.«

»Dann besorgen wir uns einen Durchsuchungsbefehl«, sagte Gabriel.

»Dann können Sie von jetzt an mit meinem Anwalt sprechen.«

Dash beschloss, den guten Cop zu spielen. »Hören Sie, Mrs. Archwood, Sie haben nichts zu befürchten. Doch solange wir nicht mit Victor gesprochen haben, steht er weiterhin unter Verdacht. Ein SWAT-Team, das FBI, die Medien – sie alle werden dieses Haus stürmen. Wollen Sie wirklich, dass Ihr Ruf Schaden nimmt? Meines Wissens betreiben Sie eine Schwimmschule …«

Gabriel musste seinem Partner hierfür Bewunderung

zollen. Er war sich nicht bewusst gewesen, dass Dash zu so einem Manöver in der Lage war.

Dash bildete mit den Händen einen Rahmen vor sich. »Die Mutter des Malibu-Canyon-Killers …«

»Was?«, zischte sie.

»Wenn Sie uns allerdings bei unseren Ermittlungen unterstützen«, fuhr Dash fort, »könnte die ganze Sache weitaus diskreter ablaufen.«

Sie wirkte jetzt ehrlich besorgt. »Er ist ein Verdächtiger in diesen Mordfällen in Los Angeles?«

Dash nickte.

Das musste Natalie einen Augenblick lang verdauen. Gabriel konnte förmlich sehen, wie sich die Rädchen in ihrem Kopf drehten.

»Die Presse wird nichts davon erfahren?«, fragte Natalie. »Zumindest nicht, dass mein Sohn verdächtig ist?«

»Natürlich nicht«, versicherte ihr Dash. »Also, was können Sie uns über Victor sagen?«

Natalie seufzte ungeduldig. »Wir haben nur zwei Minuten lang miteinander telefoniert, okay? Er hat mir nicht gesagt, wo er ist. Er hat nur gesagt, dass er wieder in der Stadt ist. Mehr nicht. Das ist alles.«

Sie deutete schroff auf den FBI-Wagen, der gegenüber parkte.

»Sagen Sie doch Ihren Gorillas da, dass die nach ihm suchen sollen.«

Gabriel und Dash traten unbehaglich von einem Fuß auf den anderen.

»Holzköpfe«, sagte Natalie. »Glauben Sie etwa, ich bin bescheuert? Ich hatte heute den ganzen Tag schreiende Kinder um mich herum. Ich bin müde. Sie wissen ja, dass ich eine Schwimmschule in der Nähe des Jachthafens betreibe.« Dies verkündete sie nicht ohne Stolz. »Ich bin sehr beschäftigt. Kommen Sie morgen wieder.«

Dash und Gabriel sahen sich an. Dash hielt ihr seine Visitenkarte hin. »Dann morgen Vormittag. Unter dieser Nummer können Sie uns erreichen.«

Natalie Archwood riss ihm die Karte aus der Hand und schlug ihnen die Tür vor der Nase zu.

Gabriel und Dash verabschiedeten sich von dem Observationsteam und checkten im Hyatt ein, das mit seinen unzähligen Stockwerken und der mit Springbrunnen und ausladenden Sofas ausgestatteten Lobby wie eine Kulisse aus dem Film *Höhenkoller* wirkte. Als er von seiner Etage aus nach unten blickte, überkam Gabriel leichte Höhenangst. Erleichtert stellte er jedoch fest, dass dies eine ganz normale Reaktion war und nichts mit Natalie Archwood zu tun hatte.

Dann rief er bei Dr. B an, doch der Doktor war gerade auf einer Familienfeier. Als er auflegte, beneidete er den Psychiater um sein intaktes Familienleben.

Die Telefongesellschaft hatte eine Liste der vom Anschluss der Archwoods abgehenden Gespräche geschickt. Das FBI hatte alle Nummern überprüft. Keine führte zu Victor.

Die Detectives wollten ihre nächsten Schritte beim Abendessen besprechen. Gabriel schlenderte die Market Street zum Tadich Grill hinunter. Das Restaurant war eine altehrwürdige Institution in San Francisco und bekannt für seinen vorzüglichen Krabbensalat, den Fisch und das beste Sauerteigbrot an der Westküste.

Gabriel entdeckte Ramirez in einer holzvertäfelten Essnische. Bei ihm saßen Ralph Tenant, Sergeant Krol und – zu seiner freudigen Überraschung – Ming.

»Hi«, begrüßte er sie.

Ming lächelte. Dann sah sie zu Ramirez hinüber, der die beiden interessiert musterte. Gabriel verstand den Wink und nahm so weit entfernt von Ming wie möglich Platz.

»Sergeant Krol hat darum gebeten, dass Dr. Li den Leichnam von Thomas Welby einer erneuten Untersuchung unterzieht. Er wurde heute exhumiert. Dr. Li ist durch die Opfer in L.A. mit der Vorgehensweise des Mörders vertraut. Ich will ganz sichergehen, dass der Mord an Welby tatsächlich die Handschrift unseres Mannes trägt.«

»Victor Archwood«, erinnerte ihn Gabriel.

»Das behaupten Sie, McRay. Vergessen Sie nicht, noch besteht keine eindeutige Verbindung zu Bill Spangler.«

»Es ist ein und dieselbe Person, das können Sie mir glauben.«

Ramirez öffnete den Mund, um zu widersprechen, doch Ming kam ihm zuvor. »Ich habe mir den Obduktionsbericht von Thomas Welby angesehen«, sagte sie und rettete Gabriel damit vor Ramirez' Zorn. »Ohne den Leichnam persönlich untersucht zu haben, kann ich natürlich nur spekulieren, doch ich vermute stark, dass dasselbe Messer benutzt wurde. Allerdings scheint der Tathergang nach einem anderen Muster verlaufen zu sein. Welby konnte sich wehren. Es war eine blutige Angelegenheit.« Sie schob sich ein Stück Krabbenfleisch in den Mund.

»Das passt zu Gabriels Theorie«, sagte Dash. »Er vermutet, dass Welby sein erstes Opfer war.«

Ming warf Gabriel einen kurzen Blick zu, bevor sie sich an Sergeant Krol wandte. »Gab es in den letzten Monaten ähnliche Morde wie den an Welby?«

»Nein.« Krol brach ein Stück Sauerteigbrot ab und strich Butter darauf.

Ralph Tenant wischte sich die fülligen Wangen mit einer Serviette ab. »Ich hab mir den Stammbaum der Archwoods mal genauer angesehen«, keuchte er. »Der Vater ist vor langer Zeit abgehauen, als die beiden Mädchen noch ziemlich jung waren. Er hat wieder geheiratet und wohnt heute in Arkansas. Seine dritte Ehefrau, Sie verstehen. Er hat von seinen Kindern seit Jahren nichts gehört. Ich habe trotzdem die Kollegen vor Ort informiert. Sie halten die Augen offen.«

»Was ist mit der anderen Schwester?«, fragte Gabriel und bestellte beim Kellner einen Whiskey.

»Katherine Archwood. Die ist weiß Gott wo.« Tenant stopfte sich eine Gabel voll Seezunge in den Mund. »Ich hab nachgeforscht«, sagte er kauend, »könnte ja sein, dass sie was weiß. Bis vor einem Jahr hauste sie bei einer durchgeknallten Sekte in Oregon. Dann verliert sich ihre Spur. Aber ich bleibe dran.«

Die Unterhaltung setzte sich fort. Sie kamen überein, die Medien so lange wie möglich über den Namen des Verdächtigen im Unklaren zu lassen – für den Fall, dass Victor Archwood doch noch bei seiner Mutter vorbeikam. Tenant ermutigte sie, ihre Spuren zu verfolgen, und versprach ihnen, sich nicht einzumischen.

»Ach, McRay«, flüsterte Ramirez und beugte sich zu ihm vor. »Wegen dem Foto, das Sie mir gegeben haben.«

Gabriel leerte sein Glas und nickte.

»Das ist aus einer Veröffentlichung der NAMBLA – einer hauptsächlich im Internet aktiven Vereinigung von Pädophilen.«

Gabriel schluckte schwer und sah Ramirez an.

»Das FBI beobachtet die Kerle schon seit Längerem. Diese Typen treten für ›einvernehmlichen‹ Sex mit Minderjährigen ein. Sie verziehen sich regelmäßig in den Untergrund, tauchen aber immer wieder auf. Wie die verdammten Maulwürfe. Sie chatten online, tauschen sich aus und so weiter. In unregelmäßigen Abständen erscheint sogar ein Magazin. Das Foto stammt aus der Ausgabe vom letzten September.«

»Woher wissen Sie das alles?«

Ramirez nickte in Tenants Richtung. »Der Dicke da hat anscheinend sein ganzes Gewicht in die Waagschale geworfen.« Er stupste Gabriel mit dem Ellenbogen an. »Das war ein Witz, McRay.«

Gabriel schob angewidert den Teller von sich und bestellte den nächsten Maker's Mark.

»Wir haben das Foto noch einmal auf Fingerabdrücke überprüft. Wir konnten nur die von Ihnen und Ming finden, genau wie Sie vermutet haben. Seien Sie das nächste Mal etwas sorgfältiger, McRay. Wegen Ihres Unfalls konnte ich dafür sorgen, dass das keine größeren Wellen schlägt.«

»Danke.«

»Ja, Sie sind mir was schuldig.« Ramirez griff nach einem Brötchen und bemerkte, dass Ming ihn anstarrte. »*¿Qué pasa,* Homie?«

Ming verdrehte die Augen und konzentrierte sich wieder auf ihren Salat.

Nach dem Essen stand Gabriel neben Ming vor dem Restaurant. Die anderen diskutierten angeregt über die Politik ihrer jeweiligen Behörden, während sie auf ihre Autos warteten.

»Freut mich, dass du gekommen bist«, sagte er und ließ seinen Blick über ihren Körper wandern. Angesichts ihrer Nähe, der Röte auf ihren hohen Wangenknochen und ihres würzigen Parfüms hätte er sie am liebsten hier und jetzt in die Arme genommen.

Dash löste sich von der Gruppe und kam auf Gabriel zu. »Der Parkservice bringt gleich das Auto. Willst du …?« Er verstummte, als er begriff, dass er Gabriel und Ming unterbrochen hatte. »Na ja, hey, ich sehe euch beide dann später …«

Ming warf Dash ein höfliches Lächeln zu. Er entfernte sich wieder und verabschiedete sich mit den anderen.

Ming sah ihnen hinterher, bevor sie ihre Aufmerksamkeit wieder Gabriel zuwandte. »Hör mal, vielleicht sollten wir den Ball flach halten. Dass uns Ramirez zusammen gesehen hat, lässt mir keine Ruhe. Das war sehr unprofessionell.«

»Aber vor ein paar Tagen hättest du deine Karriere für mich geopfert?«

»Da wusste Ramirez auch noch nicht Bescheid.«

»Und was soll das heißen?«, fragte Gabriel. »Bin ich dann so was wie dein Geheimnis?«

»Ich weiß nicht so recht …«

»Ich dachte, ich wäre der Verletzliche von uns beiden.«

»Verletzlichkeit hat damit nichts zu tun.« Ming zog ihre teure Jacke enger um sich. »Ich weiß nicht genau, wie die Vorschriften bezüglich etwaiger Beziehungen unter Kollegen lauten, aber wenn es tatsächlich welche gibt, wäre es mir lieber …«

»Professionell wie immer.« Gabriel schob die Hände in die Taschen und drehte sich um.

»Das ist nicht fair, Gabriel!«, rief ihm Ming nach.

Er beachtete sie nicht weiter. Stattdessen ging er die Straße hinunter, um sich eine Kneipe zu suchen, wo er seine Gefühle in Bier ertränken konnte.

Schließlich landete er in einer überfüllten, verrauchten Bar namens Buena Vista, die sich rühmte, der Geburtsort des Irish Coffee zu sein. Da er nicht in Stimmung für einen Kaffee mit Sahnehäubchen war, bestellte er ein Budweiser.

Ming hatte während des Essens ihr übliches Selbstvertrauen zur Schau getragen. Eine Frau, die auf niemanden angewiesen war und nur auf ihre Karriere achtete. Und welche Maske trug Gabriel heute Abend? Die »Mir egal«-Maske? Die »Macht mir nichts aus«-Maske?

Plötzlich bemerkte er eine große Blondine, die am Tresen lehnte und zu ihm herübersah. Trotz des Gewimmels war nicht zu übersehen, dass sie gut gekleidet war. Sie hatte ein etwas kantiges, aber auch irgendwie attraktives Gesicht.

Er lächelte halbherzig zurück, was wohl mehr dem Bier als echtem Interesse geschuldet war. Sobald die Blondine seinen Blick bemerkte, löste sie sich vom Tresen und verschwand in der Irish-Coffee-schlürfenden Menge.

Na, heute läuft's ja ganz prima mit den Frauen.

Ach, was soll's, dachte Gabriel. »*Salud*«, sagte er laut und leerte sein Glas.

24

Am nächsten Morgen zog sich Gabriel mit dem Telefonhörer unter dem Kinn die Schuhe an. Dr. Bs Stimme beruhigte ihn, sodass er sich nicht mehr wie ein winziges Boot fühlte, das auf hoher See trieb.

»Wie geht's Ihnen da oben?«, fragte Dr. B.

»Als ich Andrews Haus wiedersah, hatte ich schon die Befürchtung, einen Kollaps zu kriegen. Aber seltsamerweise ist nichts dergleichen passiert.«

»Wahrscheinlich, weil Sie sich Ihren Problemen stellen«, sagte Dr. B. »Ich vermute, dass Sie noch geraume Zeit von schlimmen Erinnerungen heimgesucht werden. Aber die gute Nachricht lautet: Sie müssen keine Angst mehr haben, dass Sie diese Erinnerungen verletzen könnten. Das ist das Komische an der Angst. Sobald wir uns ihr stellen, ist sie gar nicht mehr so furchterregend. Doch es ist eine andere Sache, sich dazu zu überwinden.«

Durchs Hotelfenster konnte Gabriel die weißen Wolken sehen, die über den strahlend blauen Himmel zogen. »Noch kann ich mich nicht an alles erinnern, was Vic betrifft, und das macht mir Sorgen.«

»Vic?«

»So habe ich Archwood als Kind genannt.«

»Auch ich kann mich nicht an alles aus meinen Teenagerjahren erinnern. Das ist nicht ungewöhnlich«, versicherte ihm Dr. B.

Davon war Gabriel nicht ganz so überzeugt. »Mit seiner Mutter stimmt irgendetwas nicht. Sie ist eine richtige Hexe.«

»Hören Sie mal, Gabe«, sagte Dr. B. »Ich bin in ein paar Tagen in der Gegend. Isaac will sich in Stanford bewerben, und wir wollten uns die Uni ansehen. Vielleicht können wir uns treffen.«

»Sie wissen ja, wie Sie mich erreichen«, sagte Gabriel. »Raymond?«

»Ja?«

»Vielen Dank fürs Zuhören. Ich weiß das wirklich zu schätzen. Tut mir leid, dass ich so in Ihr Privatleben eindringe. Ich bin ein egoistisches Arschloch.«

»Es ist nicht Ihre Aufgabe, sich um mich zu kümmern«, sagte Dr. B. »Trotzdem – sich nach dem Wohlbefinden Ihrer Mitmenschen zu erkundigen ist ein großer Schritt nach vorne für Sie. Adler sagt, dass der Gradmesser für die Normalität eines Kindes das Interesse an seinem sozialen Umfeld ist. Und Sie weiten Ihr Interesse gerade über sich selbst hinaus aus. Sie zeigen Gemeinschaftsgeist und nehmen Anteil an Ihrem Nächsten. Das ist ein gutes Zeichen.«

Gabriel freute sich über seine neu gewonnene Normalität.

Nicht schlecht für einen Paria.

Später am Vormittag trafen sich Gabriel und Dash auf dem San Francisco Police Department. Sie gingen zu den Schreibtischen hinüber, die man ihnen dankenswerterweise in den Räumlichkeiten der Mordkommission zur Verfügung gestellt hatte. Als sie an einem Konferenzraum vorbeikamen, blieben sie wie angewurzelt stehen.

Durch die offenstehende Tür sahen die beiden Ermittler aus L.A., wie sich Special Agent Tenant ernst mit Natalie Archwood unterhielt.

»Dieser Hurensohn«, sagte Dash wütend.

Gabriel marschierte auf die Tür zu, als sich Krol ihm in den Weg stellte.

»Immer mit der Ruhe, Gabriel. Sie ist aus freien Stücken hier.«

»Warum haben Sie uns nicht angerufen?« Gabriel funkelte ihn wütend an.

»Tenant war bereits hier, und …«

»Tenant war bereits hier«, wiederholte Gabriel mit sarkastischem Unterton. »Wie praktisch.«

»Der Kerl besitzt doch tatsächlich die Frechheit, uns ins Gesicht zu sagen, dass es ›unsere Ermittlungen‹ seien. Und jetzt sehen Sie ihn sich an«, beschwerte sich Dash bei Krol. »Er hat sie angerufen und hierherbestellt, nicht wahr?«

Krol schwieg.

Gabriel drängte sich an ihm vorbei. »Ich gehe rein.«

»Warten Sie!«

»Krol, Sie können mich mal.« Er marschierte auf den Besprechungsraum zu.

»Lieutenant Ramirez wird gleich hier eintreffen. Er hat gesagt, dass Sie nichts unternehmen sollen, bis …«

»Krol, Sie können mich mal«, wiederholte Dash etwas lauter und folgte seinem Partner.

Natalie Archwood stand gerade auf, als die beiden Detectives den Raum betraten. Tenant räusperte sich verlegen und blätterte in seinen Akten. »Äh, Mrs. Archwood, die Detectives McRay und Starkweather haben Sie ja bereits kennengelernt.«

»In der Tat.« Die alte Frau musterte sie kühl. Sie hatte die blonden Locken zu einem Dutt zusammengebunden und trug ein teures pfirsichfarbenes Kostüm.

Gabriel wartete nur darauf, dass die Furie hinter der kühlen, gefassten Fassade zum Vorschein kam und sich mit schrillem Kreischen auf ihn stürzte.

Tenant steckte einen gefalteten Zettel in die Anzugtasche und stemmte sich aus dem Stuhl hoch. »Vielen Dank für die Informationen, Ma'am. Wir werden nichts davon weitergeben, solange …«

Gabriel kratzte sich frustriert den Kopf. »Mrs. Archwood …«

Tenant fiel ihm ins Wort. »Wir werden Sie auf dem Laufenden halten, Mrs. Archwood. Ich melde mich.«

Gabriel spürte, wie die Wut in ihm aufstieg. Nur mit größter Mühe konnte er sich davon abhalten, Ralph Tenant an die Gurgel zu gehen.

Natalie folgte Tenant zur Tür. Als sie an den beiden vorbeikam, blieb sie plötzlich stehen, drehte sich um und sah Gabriel neugierig an. »Sie sind Sergeant McRay?«

Gabriel nickte unbehaglich. *Stell dich der Angst.*

Natalie kam näher und inspizierte ihn mit eiskalten Augen. »*Gabriel* McRay, richtig?«

Gabriel erwiderte nichts darauf. Dash blickte beide ratlos an.

Natalie nickte. »Ich hätte Sie gar nicht wiedererkannt. Damals hatten Sie längere Haare und noch nicht diese coole südkalifornische Bräune.«

Gabriel spürte, wie ihm die stets glimmende Zündschnur der Frau die Hitze ins Gesicht trieb. Er hatte das ungute Gefühl, dass sich Natalie gerade erst aufwärmte. Und er täuschte sich nicht.

»Es grenzt an Ironie, dass ausgerechnet Sie ein Gesetzeshüter geworden sind«, sagte sie. »Jetzt können Sie andere Leute ganz legal misshandeln.« Natalie wandte sich Dash zu. »Wussten Sie, was Ihr Machopartner als strammer junger Mann so alles getrieben hat?« Sie lachte bitter auf. »Wieso fragen Sie ihn nicht? Ist eine ziemlich interessante Geschichte.«

Natalie ging zur Tür und lächelte Gabriel teuflisch an. »Ausgerechnet Sie.« Das Lächeln verwandelte sich in eine Grimasse. Gabriel starrte in das Antlitz einer schlangenhaarigen Medusa.

»Wie konnten die Sie nur auf diesen Fall ansetzen?«, zischte Natalie. »Wie können Sie es wagen, meinen Sohn ein weiteres Mal zu belästigen?«

Gabriel bemühte sich, unter dem kalten Glanz ihrer Augen die Fassung zu bewahren. Ein Flutlicht hätte ihn nicht besser bloßstellen können. Endlich kehrte ihm die alte Frau den Rücken zu und verschwand durch die Tür.

Dash stieß einen Pfiff aus. »Was zum Teufel war das denn gerade?«

Gabriel lehnte sich gegen den Tisch und rieb sich die Schläfen. Die Kopfschmerzen würden wohl nicht mehr lange auf sich warten lassen. »Beim letzten Mal, als ich auf Vic aufgepasst habe, habe ich die Beherrschung verloren.« Er sah Dash elend an. »Wenn du verstehst, was ich meine.«

»Hey, ihr beiden.« Tenant winkte sie zu sich. »Showtime.«

Die beiden Ermittler sahen sich fragend an, dann folgten sie dem laut durch die Flure stapfenden korpulenten Mann.

»Kommen Sie, wir haben keine Zeit zu verlieren ...«

»Ja«, sagte Gabriel. »Sie haben ja auch keine Zeit verloren, die Früchte unserer harten Arbeit zu ernten. Ihretwegen sind wir wie die Volltrottel vor der Schlüsselzeugin des ganzen Falls dage ...«

»Sie hat mir gesagt, wo wir ihn finden«, sagte Tenant knapp. Dann blieb er stehen und starrte Gabriel an. »Wollen Sie sich mit mir streiten oder Ihren Täter verhaften?«

Natalie hatte Tenant mitgeteilt, dass Archwood heute Morgen angerufen habe. Angeblich befand er sich in einem leer stehenden Ferienhaus in Muir Woods, einem spärlich besiedelten Waldgebiet.

»Er habe sich deprimiert angehört, sagte sie«, berichtete Tenant vom Vordersitz von Krols Pontiac aus. Gefolgt von einer ganzen Schwadron schwarz-weißer Streifenwagen fuhren sie über die Bergstraßen zur Hütte.

»Er klang ziemlich niedergeschlagen. Sie hat sich natürlich Sorgen gemacht und wusste nicht mehr weiter. Ich konnte sie zur Zusammenarbeit bewegen.«

Na bravo, du Wichser. Gabriel starrte Tenants Hinterkopf an. »Was hat sie noch über Archwood gesagt?«

Tenant holte Luft und atmete pfeifend aus. »Nichts.«

»Ihr Sohn wird wegen Mordes gesucht, und sie ist die Ruhe selbst«, sagte Gabriel. »Man sollte doch meinen, dass sie ihn in Schutz nehmen würde oder zumindest seine Schuld infrage stellt.«

»Mir erscheint sie wie eine sehr vernünftige Frau«, sagte Tenant. »Sie kooperiert, und das, obwohl ihr Jungs – bei allem Respekt – nicht gerade tonnenweise Beweise gegen ihn in der Hand habt.«

»Wir haben persönliche Gegenstände der Opfer«, gab

Dash zu bedenken. »Die in seiner Wohnung gefunden wurden.«

Tenant verlagerte sein Gewicht, um Dash besser ansehen zu können. »Der Wohnung von Bill Spangler, meinen Sie wohl. Ich habe Ihren Bericht gelesen. Woher wollen Sie so genau wissen, dass Archwood und Spangler dieselbe Person sind?«

»Wir haben seinen Studentenausweis von der Pepperdine«, sagte Dash. »Wir wissen, wie er aussieht.«

»Ach ja?«, entgegnete Tenant. »Vielleicht war er da auch verkleidet. Sie haben ein Bild von Bill Spangler. Und wie sieht Archwood aus? Haben Sie ein aktuelles Foto von ihm?«

Dash und Gabriel sahen sich hilflos an.

Tenant nickte und drehte sich wieder um. »Ihr habt einen Scheiß. Nur McRays Behauptung, dass Archwood der Malibu-Canyon-Killer ist.«

»Ist er auch«, sagte Gabriel nüchtern.

Das schrille Klingeln eines Handys ertönte. Krol kramte danach, während er den Wagen mit der anderen Hand steuerte. »Krol hier.« Es folgte eine bedeutungsschwere Pause. »Ach du Scheiße!« Er legte auf und reckte den Hals, versuchte, etwas in der Entfernung zu erkennen. »Da!«, rief er Dash und Gabriel zu.

Sie beugten sich vor. Durch die Windschutzscheibe war eine Rauchsäule zu sehen.

»Wir haben die Meldung bekommen, dass eine Ferienhütte in Flammen steht. Die Feuerwehr ist schon vor Ort.«

»Herrgott!«, platzte Dash heraus. »Der Typ steckt voller Überraschungen, was?«

Gabriel tippte auf Krols Schulter. »Rufen Sie Ihre Leute an. Sie sollen Natalie Archwood sofort verhaften.«

Sie trafen inmitten des Lärms der Löschfahrzeuge und Helikopter bei einer inzwischen allzu vertrauten Szenerie ein. Nur dass sie diesmal statt vor einem ausgebrannten Auto vor den qualmenden Überresten einer Hütte standen. Daneben parkte ein mit Asche bedeckter Buick. Glücklicherweise war es zu feucht, als dass das Buschwerk in der Umgebung Feuer gefangen hätte.

»Ich nehme an, dass das die Hütte ist, von der Natalie Archwood gesprochen hat«, sagte Gabriel und betrachtete die Bescherung.

»Allerdings«, antwortete Krol. Der Rauch brachte ihn zum Husten.

Als sich die Detectives der Hütte näherten, rochen sie Benzin und darunter den Gestank verbrannten Fleisches. Zuerst betraten Feuerwehrleute mit Spürhunden den Brandort. Die Tiere waren eigens darauf abgerichtet, leicht entzündliche Flüssigkeiten zu erschnüffeln. Oftmals konnten sie den Brandherd sehr genau eingrenzen.

Die Ermittler warteten ungeduldig. Endlich trat ein schwitzender Feuerwehrmann aus der Hütte und kam auf sie zu. »Da drin liegt eine Leiche mit einer Schrotflinte daneben.« Er schniefte und atmete tief durch. »Sonst niemand.«

Gabriel lehnte sich schwer gegen die raue Rinde eines Baumstamms. Solange die Hütte nicht abgekühlt war, waren ihnen die Hände gebunden. Nichts hatte sich so entwickelt, wie er es sich vorgestellt hatte. Er hatte sich dem Bösewicht wie Gary Cooper in *Zwölf Uhr mittags* stellen und ihn zur Rechenschaft ziehen wollen, um danach mit Ming in den Armen in den Sonnenuntergang zu reiten. Und wenn sie nicht gestorben sind …

Stattdessen stand er vom Tod umgeben mitten in einem

versengten Waldstück und hatte immer noch keine Antworten auf seine Fragen.

Beim Anblick der rauchenden Hütte fragte er sich, ob das ein weiterer von Archwoods Tricks war. Dann durchkämmte er auf der Suche nach Hinweisen das umliegende Buschwerk. Er spürte, dass sich die Kopfschmerzen ankündigten, doch diesmal waren sie eher dem Stress als seinen inneren Dämonen geschuldet.

Gabriel hastete durch den Wald, betrachtete verzweifelt jedes Laubblatt. Dass Archwood Selbstmord begangen hatte, war eine Vorstellung, die er noch nicht akzeptieren konnte. Schließlich setzte er sich auf einen mit Flechten bewachsenen Felsen. Der feuchte grüne Boden wimmelte vor Leben. An den Baum gegenüber war ein Tiefkühlbeutel mit einer Nachricht darin genagelt.

Gabriel ging darauf zu und streifte sich Latexhandschuhe über, ohne das Papier in der durchsichtigen Plastikhülle aus den Augen zu lassen. Er streckte den Arm aus, unterdrückte den Drang, die Botschaft wie eine Zecke vom Baum zu wischen, und nahm sie herunter. Im Licht eines durch die Baumwipfel dringenden Sonnenstrahls suchte er nach seinem Namen. Er war nirgends zu finden.

Das war höchst beunruhigend. Bisher waren alle Botschaften direkt an Gabriel adressiert gewesen – nur diese hier nicht. Er konnte die Abdrücke des handgeschriebenen Textes durch das gefaltete Papier erkennen. Der Mörder (Archwood!) hatte diesmal auf den Drucker verzichtet – weshalb?

Er bricht die Regeln. Will dich in den Wahnsinn treiben. Dafür sorgen, dass du weiche Knie kriegst.

Sobald die Spurensicherung die Hütte durchsucht hatte, wurde der verkohlte, steife Leichnam ins Leichenschauhaus gebracht. Gabriel schlenderte durch die Hütte, die lediglich aus einem einzigen großen Raum bestand. Er untersuchte verkohlte Tisch- und Stuhlbeine und das schwarze Skelett eines Rollbetts. Die Matratze war völlig verbrannt. Dass sich auch sonst kaum Beweismaterial fand, störte Gabriel nicht weiter. Sein Interesse galt der Leiche.

Gabriel weigerte sich, der Presse Informationen zu liefern, bis die Obduktion die Leiche aus der Hütte zweifelsfrei als Victor Archwood identifiziert hatte.

»Ein Abschiedsbrief?«, fragte Ramirez, als er gemeinsam mit Gabriel und Dash zum Labor des SFPD ging.

Gabriel zuckte mit den Achseln. »Ich habe die Nachricht nicht geöffnet. Noch hat sie niemand gelesen. Ich habe aus meinen Fehlern gelernt.«

Ramirez nickte. Ralph Tenant begrüßte sie wie alte Freunde vor dem Labor und stellte sie unverzüglich einem Handschriftenexperten von der Identifikationsstelle des FBI vor.

»Im Laufe der Jahre«, erklärte der Fachmann, »kann sich die Handschrift durch eine Reihe von Faktoren wie beispielsweise Arthritis, Alterserscheinungen oder Stress verändern. Die Mutter des Verdächtigen hat uns mehrere Schulaufsätze zur Verfügung gestellt, außerdem erhielten wir Archwoods Einschreibeantrag für die Uni in Berkeley. Diese Proben sind zwar schon ein paar Jahre alt, aber ich würde behaupten wollen, dass die Botschaft von Victor Archwood geschrieben wurde.«

»Aber Sie sind sich nicht hundertprozentig sicher«, sagte Gabriel und verlieh damit dem Offensichtlichen Ausdruck.

Der Experte schüttelte den Kopf.

»Wie lautet die Nachricht?«, fragte Ramirez und deutete darauf.

»Lesen Sie selbst«, sagte der Fachmann und reichte sie Gabriel.

»Keine Sorge«, sagte Tenant. »Wir haben sie bereits überprüft. Keine Fingerabdrücke.«

Gabriel senkte den Kopf und las laut vor. »No one knows what it's like to be the bad man. To be the sad man; behind blue eyes. But my dreams, they aren't as empty as my conscience seems to be. My love is vengeance that's never free.« Niemand weiß, wie es ist, der Böse zu sein. Der Traurige zu sein; hinter blauen Augen. Doch meine Träume sind nicht so leer, wie mein Gewissen zu sein scheint. Meine Liebe besteht aus Rache, die niemals frei ist.

Die Botschaft war nicht unterzeichnet.

»The Who«, murmelte Gabriel.

»Was?«, fragte Ramirez, der gerade einem Tagtraum nachgehangen hatte, in dem er im Blitzlichtgewitter stand und von der versammelten Presse um Interviews angefleht wurde.

Gabriel deutete auf die Handschrift. »Das sind Zeilen aus einem The Who-Song mit dem Titel ›Behind Blue Eyes‹.«

»Bringen Sie mir eine Kopie davon«, befahl Ramirez niemandem im Besonderen und zog das Zigarettenpäckchen heraus.

Ein Beamter der Spurensicherung betrat den Raum und nahm Tenant beiseite.

»Für mich hört sich das wie ein Abschiedsbrief an«, stellte Ramirez fest. »Was denken Sie?«

»Klingt plausibel«, pflichtete Tenant ihm bei, als er hinzutrat und Gabriel auf den Rücken klopfte. »Ich muss mich bei Ihnen entschuldigen. Wie es aussieht, war Archwood tatsächlich der Malibu-Canyon-Killer.«

Gabriel gab dem Handschriftenexperten die Nachricht zurück. Dieser tütete sie wieder ein.

»Clever«, sagte Gabriel halb zu sich selbst. »Er ist von der üblichen Methode des Mörders abgewichen – die Nachricht wurde weder ausgedruckt noch steht mein Name darauf. Ein Abschiedsbrief, der einen bekannten Song zitiert. Das ist kein Geständnis. Wir haben nichts in der Hand.«

»Vielleicht doch. Diesen Ring hier.« Tenant hielt Gabriel ein Beweismitteltütchen vor die Nase. »Den hat die Spurensicherung gleich vor der Hüttentür gefunden. Ronald Halls Ehering.«

Ungläubig streckte Gabriel die Hand aus und nahm den Ring entgegen. Und tatsächlich waren die Initialen R.H. darauf eingraviert. Er sah Dash an.

Ramirez klatschte in die Hände. »Na also! Das war's, wir haben ihn. Das ist Beweis genug, und der Steuerzahler muss für nichts aufkommen, weil sich der Kerl gleich selbst hingerichtet hat.«

Gabriel konnte die Freude seines Chefs nicht teilen. Er glaubte nicht, dass die Ermittlungen abgeschlossen waren. Ein Gedanke, für den er sich gleich darauf innerlich rügte: Womöglich wollte er einfach nur nicht, dass der Fall ein Ende nahm, weil er so stark mit seinen eigenen psychologischen Fortschritten verknüpft war.

»Ich bezweifle nicht, dass Archwood diese Nachricht geschrieben hat«, sagte Gabriel. »Aber dass er Selbstmord begangen hat, kommt mir doch sehr unwahrscheinlich vor.«

»Hey«, sagte Ramirez, »der Typ wusste keinen Ausweg mehr. Seine eigene Mutter hat ihn fallenlassen. Vielleicht hat sie sich geweigert, ihn zu verstecken, und das hat das Fass zum Überlaufen gebracht. Er ist zusammengebrochen.«

»Wir haben Archwoods zahnärztliche Unterlagen«, sagte Krol, sobald sie das Labor betraten. Er klappte die Akte so überschwänglich auf, dass ein ganzer Papierstapel auf den Boden fiel. Krol bückte sich und hob sie auf. »Scheiße. Tut mir leid. Hier.« Er gab Ramirez die Unterlagen. »Archwood hat eine Goldfüllung im zweiten rechten Backenzahn. Was heutzutage sehr ungewöhnlich ist, da solche Füllungen teuer und recht auffällig sind.«

Ramirez überflog die Akte.

Krols Handy klingelte. Er ging ran und legte gleich wieder auf. Anschließend teilte er den Übrigen mit, dass die Gerichtsmediziner jetzt Zeit für sie hätten.

»Dann sehen wir uns den Toten mal an«, sagte Ramirez, der schon halb durch die Tür war. »Vielleicht hat er ja so einen Klunker im Mund.«

Als die Detectives im Krankenhaus ankamen, war die Obduktion bereits in vollem Gange. Ming trug einen Mundschutz und die komplette OP-Montur. Sie assistierte dem Gerichtsmediziner, der über den bis auf die Knochen verschmorten Körper gebeugt war und in das Mikrofon seines Headsets sprach. Der Leichnam war zu einer Fötalposition verkrümmt, und die beiden Gerichtsmediziner bemühten sich, ihn auszustrecken.

Obwohl es Gabriel beim Geräusch der knackenden Knochen eiskalt den Rücken runterlief, konnte er den Blick nicht von dem verkohlten Leichnam abwenden. War das Victor Archwood? Man hatte ihn bereits geröntgt, vermessen und fotografiert. Das Haar war völlig versengt, und durch das schwarze ledrige Fleisch schimmerte an mehreren Stellen der blanke Knochen.

Ein forensischer Zahnmediziner, der ebenfalls anwesend war, beugte sich über den Mund der Leiche – oder über das, was davon übrig war.

Aus dem Umfang des Schädels und des Beckenknochens schlossen die Mediziner, dass es sich um eine männliche Leiche von etwa derselben Körpergröße und im selben Alter wie Victor Archwood handelte.

No one knows what it's like to be the bad man. Niemand weiß, wie es ist, der Böse zu sein.

»Am dritten und vierten Rippenpaar ist noch Knochenhaut zu finden«, sagte der Gerichtsmediziner.

Gabriels und Mings Blicke trafen sich, doch hinter dem Mundschutz konnte er ihre Miene nicht entziffern. Sie sah wieder auf Schädel und Kiefer der Leiche hinab. Bis auf den leiernden Monolog des in den Rekorder sprechenden Gerichtsmediziners und dem Wimmern der Knochensägen war es so still wie in einem Mausoleum. Die Detectives standen in ihren Masken und Handschuhen wie die Statuen da und betrachteten schweigend das sich vor ihnen entfaltende Schauspiel.

»Schrotkugeln im Hirnschädel«, murmelte der Gerichtsmediziner in den Rekorder.

Ramirez verlor allmählich die Geduld. »Hat der Kerl jetzt eine Goldfüllung oder nicht?«

»Nein«, erwiderte der forensische Zahnmediziner, ohne von dem Mund des Toten aufzusehen. »Andererseits sind auch kaum noch Zähne vorhanden.«

»Aber es war Selbstmord?«, wollte Ramirez wissen.

»Sobald ich hier fertig bin, werden Sie eine ausführliche Analyse erhalten«, sagte der Gerichtsmediziner. »Aber es scheint, als hätte er sich die tödliche Wunde selbst beigebracht.«

»Der Zustand des Gaumens lässt auf einen aufgesetzten Schuss schließen«, fügte Ming hinzu. »Dem Einschusswinkel nach ist es durchaus möglich, dass er sich die Schrotflinte in den Mund gesteckt und abgedrückt hat. Bedauerlicherweise hat das Feuer alle Schmauchspuren an den Händen vernichtet. Diese wären ein eindeutiger Hinweis auf Selbstmord gewesen.«

»Ist es nun Archwood oder nicht?«, fragte Ramirez.

Der Gerichtsmediziner wandte sich achselzuckend an Ming, die ihm tapfer zur Seite sprang. »Der Leichnam ist übel zugerichtet. Aber die Kiefer scheinen mit dem vorliegenden Zahnschema übereinzustimmen. Außerdem hat die Leiche die richtige Körpergröße.«

»Und wo ist diese Goldfüllung?«, fragte Gabriel.

»Nun ja«, schaltete sich der forensische Zahnmediziner ein. »Es könnte durchaus sein, dass sie in den letzten Jahren durch eine Porzellanfüllung ersetzt wurde. In diesem Fall können wir ihn unmöglich eindeutig identifizieren.«

»Ich glaube nicht, dass er es ist«, bekräftigte Gabriel. »Ich will eine Liste aller vermissten Personen, die auf Archwoods Beschreibung passen.« Gabriel drehte sich zu Ramirez um. »Noch einmal führt er mich nicht in die Irre.«

25

Durch einen Informanten in den Reihen des SFPD erfuhr die Presse, dass sich eine Abordnung des L.A. Sheriff's Department in Sachen Malibu-Canyon-Killer in der Stadt befand. Die auf diese Nachricht folgende Welle der Empörung und Angst unter der Bevölkerung von San Francisco stand derjenigen in Los Angeles in nichts nach. Imogene Goldfield, die Exfrau des Filmproduzenten, trat in einer Talkshow nach der anderen auf und sprach über so ziemlich jedes Thema, von ihrem Mann bis hin zu den Rechten der Opfer. Ein kollektiver Schauder suchte San Francisco heim – die Einwohner wollten wissen, warum sich die Mordermittlung von Los Angeles nach Norden verlagert hatte.

Die Behörden selbst schwiegen und hielten den nicht identifizierten, verbrannten Leichnam Nr. 20123 streng unter Verschluss. Er würde friedlich im Bezirksleichenschauhaus liegen, bis seine Identität zweifelsfrei geklärt war.

Unterdessen verhörten Gabriel und Dash Natalie Archwood ein weiteres Mal im SFPD-Hauptquartier. Wie üblich gab ihre steinerne Miene nicht das Geringste preis. Wenn sie der Selbstmord ihres Sohnes auf irgendeine Weise berührt hatte, so ließ sie sich nichts anmerken.

Dash übernahm die gewohnte Rolle des »guten Cops« und setzte damit einen Gegenpol zu Gabriels strenger Verhörmethode. Trotzdem fühlte sich Gabriel, als würde sich ein gähnendes Loch in seinem dritten Chakra öffnen. Er konnte sich kaum konzentrieren.

»Wann hat Victor Sie angerufen?«, fragte Gabriel.

Natalie setzte sich aufrecht hin und lächelte Dash bezaubernd an. »Muss er hier wirklich anwesend sein?«

Dash sah zu Gabriel hinüber. »Ähem … Ma'am, Detective McRay leitet diese Ermittlungen.«

Natalie lehnte sich mit finsterer Miene zurück. »Etwa gegen sieben Uhr morgens. Ich bin sofort danach zu Agent Tenant gefahren.«

»Aha«, sagte Gabriel. »Was hat Victor am Telefon genau gesagt?«

»Wie oft muss ich das denn noch wiederholen?«, fragte Natalie aufgebracht. »Das haben wir doch schon durchgekaut.«

Dessen war sich Gabriel bewusst. Dennoch gab er die Hoffnung nicht auf, einen Widerspruch in ihrer Geschichte zu finden. »Was hat er gesagt?«

Sie seufzte leise. »Ich habe ihn gefragt, wo er ist. In einer leer stehenden Hütte, hat er gesagt. Ich bat ihn, mir den Weg zu beschreiben.« Schuldbewusst sah sie auf ihre Finger hinab. »Ich wollte ihn sehen.« Sie schloss die Augen. »Nachdem er mir den Weg beschrieben hatte, sagte ich ihm, dass die Polizei mit ihm sprechen wolle. Ich wartete auf eine Erklärung oder Rechtfertigung, aber er hat nichts dazu gesagt. Nichts.«

»Gar nichts?«, hakte Dash vorsichtig nach.

»Sind Sie taub?« Natalie öffnete die Augen und zog mit eleganten Bewegungen ein Taschentuch aus ihrer Handtasche. Sie tupfte sich die Nase ab – nun wieder ganz die treusorgende Mutter. »Ich konnte genau spüren, wie aufgeregt er war. Er ist schließlich mein Sohn, so etwas entgeht mir nicht.«

Ihre Augen glänzten feucht. Krokodilstränen, vermutete Gabriel.

»Und da wusste ich, dass mein Sohn etwas Schreckliches getan hatte. Ich beschloss, zur Polizei zu gehen.« Natalie schluckte und schüttelte den Kopf. »Sie können sich nicht vorstellen, wie es sich anfühlt, ein Kind zu lieben und es dann den …« Sie sah Gabriel mit zusammengekniffenen Augen an, »… *Wölfen* vorzuwerfen.«

Das Loch in Gabriels Bauch wurde größer, doch er verzog keine Miene.

Natalie Archwood schniefte. »Es ist Victor, nicht wahr?«, fragte sie Dash.

»Das können wir nicht mit Sicherheit sagen, Ma'am. Noch nicht.«

Natalie steckte sich eine graublonde Locke hinters Ohr und starrte ins Nichts. »Wir hatten solche Schwierigkeiten mit ihm, als er noch klein war. Sein Vater hat die Familie sehr früh verlassen, und ich musste ihn alleine großziehen. Sich als junge Frau ganz ohne Hilfe um drei Kinder zu kümmern ist verdammt hart. Mein Sohn ist kein schlechter Mensch.«

Gabriel hatte den Verdacht, dass Natalie gewisse Teile der Vergangenheit beschönigte. Irgendwie wusste er, dass sie für das häusliche Unglück genauso verantwortlich war wie der durchgebrannte Vater, doch er konnte sich beim besten Willen nicht erklären, weshalb. Noch fehlten wichtige Puzzleteile in seiner Erinnerung. Während Dash weiter mit Natalie redete, schlug er leicht mit dem Kopf gegen die Wand, als ob er die Erinnerung dadurch lockern könnte. Irgendetwas war mit dem Großvater gewesen …

»Vic und sein Großvater standen sich sehr nahe, richtig?«, fragte Gabriel.

Einen Augenblick lang schien Natalie von einem unwillkommenen Gefühl übermannt zu werden. Sie riss erstaunt die Augen auf, hatte sich jedoch schnell wieder in der Gewalt. »Victor hat meinen Vater geliebt. Er war sehr nett. Meine Mutter hat sich nie viel aus den Kindern gemacht, doch mein Vater war der beste Opa, den man sich nur wünschen kann. Bedauerlicherweise starb er, als Victor sechs Jahre alt war.« Sie funkelte Gabriel an. »Victor sehnte sich nach einem männlichen Vorbild. Und da sind Sie aufgetaucht. Sie tragen Mitschuld an Victors Elend. Er war nur ein kleiner Junge. Er hat Ihnen vertraut. Sie haben ihn verraten!«

Gabriel kaute auf seiner Lippe und musste sich schwer beherrschen, um nicht Hals über Kopf aus dem Raum zu stürzen. *Reiß dich zusammen,* ermahnte er sich. Womöglich wusste Natalie, was er längst vergessen hatte. Er beschloss, es auf einen Versuch ankommen zu lassen.

»Sie verschweigen uns etwas«, sagte Gabriel. »Was, Mrs. Archwood? Was ist das große Geheimnis?«

»Ich weiß nicht, wovon Sie reden!« Natalie sah Dash mit unschuldigem Blick an. »Was erlaubt sich dieser Mann? Er ist wahnsinnig. Ich habe alles über ihn gelesen, im Internet steht so einiges. Er ist ein Psychopath, ein Irrer!« Natalie stand auf. »Wieso arbeiten Sie weiter hier, obwohl man doch bereits schlau genug war, Sie zu feuern? Es gibt keine Gerechtigkeit auf der Welt! Keine Gerechtigkeit!«

Stell dich der Angst.

Gabriel blieb ungerührt. »Ich arbeite hier, weil Ihr Sohn persönliche Nachrichten an mich bei den verstümmelten Körpern seiner Opfer hinterlassen hat.«

Dash sah Gabriel kopfschüttelnd an. »Mrs. Archwood …«

»Er hat anderen wehgetan, weil Sie ihm wehgetan haben!«, schrie Natalie. »Ich hätte ihn niemals für fähig gehalten, andere Menschen zu verletzen! Ich hätte nie gedacht, dass er sich etwas antun würde!« Sie zeigte mit einem anklagenden Finger auf Gabriel. »Sie haben ihm das Leben zur Hölle gemacht, und jetzt wollen Sie ihn selbst im Tod nicht in Frieden lassen! Sie sind das Monster, nicht Victor! Sie!« Sie stapfte zur Tür. »Ich werde nicht länger mit diesem Wahnsinnigen reden; nicht, wenn mein eigen Fleisch und Blut tot auf einer Bahre liegt.«

Sie unterdrückte ein Schluchzen. Dash legte ihr tröstend eine Hand auf die Schulter.

»Mrs. Archwood …«

Sie schubste Dash von sich. Dieser taumelte zurück. »Finger weg! Wenn Sie noch Fragen haben, dann setzen Sie sich mit meinem Anwalt in Verbindung.«

Natalie stürmte aus dem Besprechungsraum.

Gabriel sackte schwer auf einen Stuhl und ließ den Kopf hängen. »Irgendwas stimmt hier nicht.«

Dash trat leicht gegen die Wand. »Hier stimmt alles, nur du nicht! Der Verdächtige ist tot und der Fall so gut wie abgeschlossen. Wir hätten alles in trockene Tücher bringen können.« Dash setzte sich ebenfalls. »Also, was war mit dir und diesem Archwood?«

Die Detectives wurden zur ausgebrannten Hütte zurückbeordert, um nach der Goldfüllung zu suchen. Da man von offizieller Seite aus auf eine Schließung des Falles drängte, wurden von allen Überstunden erwartet. Bewaffnet mit Sieben machten sie sich an die mühselige Aufgabe, jeden Quadratzentimeter Asche durch das feine Gitternetz zu schütten. Ramirez stolzierte wie ein Aufseher unter den hart arbeitenden Beamten herum.

Doch mehr als Zahnfragmente und Knochensplitter, die kaum die Größe einer Bleistiftspitze hatten, förderten sie nicht zutage. Bei einem Schrotflintenschuss konnten die Zähne in alle Richtungen davonfliegen. Und die Benzinexplosion hatte die Überreste noch weiter verteilt.

Die Ermittler schufteten, wühlten sich durch die verkohlten Bodenbretter, die Erde darunter und das Erdreich im Umkreis der Hütte.

Gegen Abend kehrte Gabriel müde und frustriert in sein Hotelzimmer zurück. Er rief im Krankenhaus an und fragte nach Ming. Sie war nicht da, deshalb versuchte er es in ihrem Hotelzimmer. Sie nahm nach dem zweiten Klingeln ab.

»Können wir reden?«, fragte er.

»Klar«, sagte sie.

»Darf ich rüberkommen?«

Ming schwieg. Gabriel wartete.

»Worum geht's denn?«, fragte sie.

Okay, dann nicht.

»Ich wollte nur wissen, ob du wirklich glaubst, dass es sich bei der Leiche um Archwood handelt.«

»Gabriel, das können wir nicht mit Sicherheit wissen. Es ist ein nicht identifizierter männlicher Leichnam, der in allen Merkmalen mit Archwood übereinstimmt. Keine verheilten Knochenbrüche, genau wie bei Archwood, wenn man seinen Krankenakten und Röntgenaufnahmen Glauben schenken will. Der Tote muss in seiner Jugend sehr sportlich gewesen sein, hat sich mit der Zeit aber etwas gehen lassen. Diese Beschreibung trifft auch auf Archwood zu. Wir wissen, dass Archwood eine Goldfüllung in den Zähnen hatte. Leider ist der Kiefer der Leiche zerschmettert und mehr als die Hälfte der Zähne fehlen.«

Gabriel seufzte. »Fährst du bald nach Hause?«

»Noch nicht«, sagte Ming leise. »Ich will mir den Leichnam noch mal ansehen und ein paar Proben nehmen. So viel Gewebe wie möglich.«

»Weshalb?«

»Hast du es nicht mitbekommen?«, fragte Ming. »Mrs. Archwood will ihren Sohn einäschern lassen.«

Gabriel schloss die müden Augen und ließ sich aufs Bett sinken. »Ist er nicht schon eingeäschert genug?«

»Das ist ihre Sache«, sagte Ming. »Wie dem auch sei, man weiß nie, wozu man eine Gewebeprobe noch brauchen kann. Ich habe ja noch die DNA aus dem Sperma und will die beiden Proben vergleichen. Um auf Nummer sicher zu gehen.«

»Sehr vernünftig«, flüsterte Gabriel traurig.

Ming erriet seine Gefühle. »Tut mir leid, dass ich gestern so zickig war. Aber du bist nicht der Einzige, der Probleme hat. Wie geht's dir?«

»Prima.«

»Du klingst aber nicht so.«

»Ich bin müde.«

»Du hast dir wahrscheinlich ein spannenderes Finale vorgestellt, oder?«

Gabriel musste sich eingestehen, dass sie recht hatte. Aber was spielte das jetzt noch für eine Rolle?

»Wie kann ich dir helfen?«, fragte Ming.

Das klang wieder mal ach so professionell.

»Keine Ahnung. Hast du dir die Vorschriften über Beziehungen zwischen Kollegen schon durchgelesen?« Er legte auf. Ruhelos und frustriert schnappte er sich die Autoschlüssel und verließ das Zimmer.

Ming saß mit dem Hörer in der Hand da; Gabriel hatte doch tatsächlich einfach aufgelegt. Langsam legte sie den Hörer auf die Gabel. Wie bescheuert war sie eigentlich? Seit Monaten träumte sie davon, Gabriel McRay näherzukommen, und nun, wo er ihre Avancen endlich erwiderte, machte sie sich Sorgen, dass ihre Beziehung ihre Karriere gefährden konnte. Schnell versuchte sie, Gabriel auf seinem Zimmer zurückzurufen, doch er nahm nicht ab.

Eingehüllt in Nebel und Dunkelheit saß Gabriel in seinem Mietwagen und beobachtete das Haus der Archwoods. Im kleinen Vorgarten stand ein »Zu verkaufen«-Schild. Womöglich hatten die Nachbarn angefangen zu tratschen, oder Natalie hatte das Bedürfnis nach einem Neuanfang. Sonias Wagen stand vor der Einfahrt.

Aus Richtung Sunset Beach hörte Gabriel ein weit entferntes Nebelhorn. Danach ertönte Geschrei, und ein gelbes Licht über den rosafarbenen Granitstufen wurde eingeschaltet. Sonia trat auf die Veranda. Sie hatte den Mund geöffnet und hielt ein Kleiderbündel umklammert. Neben Sonias Gezeter war auch Natalies ungehaltenes Kreischen zu hören. Dann wurde die Vordertür zugeschlagen. Sonia polterte die Stufen hinunter, stieg ins Auto und fuhr davon. Neugierig ließ Gabriel den Motor an und folgte ihr.

Sonias Wohnung befand sich im mittleren von drei identisch aussehenden Gebäuden in der Nähe des Lake Merced. Gabriel bemerkte sofort, dass man die Observierung von Natalies Wohnhaus abgeblasen hatte. Wahrscheinlich hatte man das als überflüssig erachtet, da der Verdächtige bereits tot war.

Gabriel drückte sich etwa fünf Minuten lang in den Schatten herum, dann klopfte er an Sonias Tür. Er hörte die dramatische Musik einer Gameshow im Fernsehen. Er klopfte noch einmal, diesmal lauter.

Die Tür ging auf. Sonia stand mit weißem Zuckerguss auf Lippen und Kinn vor ihm. Sie machte große Augen, dann wischte sie sich den Mund mit der Hand ab.

»Hi«, sagte sie müde. »Was wollen Sie denn hier?«

Gabriel zwang sich zu einem Lächeln und einem Zwinkern seiner blauen Augen. »Eigentlich habe ich gar keinen Grund, hier zu sein. Ich wollte einfach nur mehr über Ihren Bruder erfahren. Dass er sich das Leben genommen hat, hat mich tief erschüttert.« Gabriel hörte auf zu lächeln und schüttelte den Kopf.

Sonia starrte den Mann auf ihrer Schwelle mit offenem Mund an. Sie trug eine grüne Polyesterhose und ein billiges Kunstseidentop, das über ihren Fettwülsten spannte. Instinktiv strich sie sich durch das matte blonde Haar, dann trat sie beiseite. »Kommen Sie rein.«

Gabriel betrat eine kleine Zweizimmerwohnung, die mit Möbeln vom Flohmarkt eingerichtet war.

»Wo sind die Kinder?«, fragte er beiläufig.

»Bei ihrem Dad.« Sonia beäugte ihn und leckte sich dabei die Lippen, als wäre Gabriel ein Stück Rinderfilet. »Setzen Sie sich«, sagte sie und deutete auf die Couch.

Auf dem Beistelltisch aus Kunsteiche stand ein Blechkuchen mit weißem Zuckerguss und bunten Rosenverzierungen. Die Hälfte war bereits aufgegessen. »Wollen Sie ein Stück Kuchen?«

Gabriel schüttelte den Kopf und setzte sich mit einem weiteren gekünstelten Lächeln auf die Couch. »Tut mir leid, dass ich Sie so spät noch belästige.«

»Aber dafür müssen Sie sich doch nicht entschuldigen!«, sagte Sonia beflissen und nahm neben ihm Platz, wobei die Sprungfedern lautstark protestierten. Dann nahm sie die Fernbedienung und schaltete den Apparat ab.

Gabriel starrte auf seine Hände. »Ich nehme an, dass in Ihrer Familie gerade helle Aufregung herrscht.«

Sonia starrte ihn mit leeren, desinteressierten Augen an. Einen Augenblick später rammte sie die Gabel in den Kuchen und nahm sich einen großen Bissen. »Als ich hörte, dass Vic diese Morde in L.A. begangen hat, war ich schockiert. Andererseits war Vic immer so distanziert und schwer zu durchschauen. Es ist wohl nicht seine Schuld.«

»Wie meinen Sie das?«

»Manche Eltern sind gemein zu ihren Kindern«, sagte Sonia, ganz auf den Kuchen konzentriert. »Aber meine Mom und mein Dad waren richtig kriminell.«

Gabriel beobachtete, wie die dicke Frau auf den Kuchen losging. Sie schob eine violette Zuckerrose zu den anderen auf einen Haufen. Anscheinend hob sie sich die bis zum Schluss auf. Es war eine so kindliche Geste, dass Gabriel tiefes Mitleid mit Sonia verspürte. Er bereute alle abfälligen Bemerkungen über ihr Gewicht, selbst wenn er sie nicht laut ausgesprochen hatte.

»Als junger Mann hatte ich selbst ähnliche Probleme«, sagte Gabriel sanft. »Vielleicht verstehe ich Vic ja. Was ist passiert?«

Sie zuckte mit den massigen Schultern. »Ach, ich will Sie nicht mit diesen schlimmen alten Geschichten langweilen. Das ist alles eine Ewigkeit her.«

»Aber womöglich können Sie damit eine Seite von Vic beleuchten, die nicht jeder kennt.«

»Er ist tot. Warum interessiert Sie das?«

Weil er ganz allein alle meine Leichen aus dem Keller geholt hat, und die mich jetzt verfolgen.

»Die Leute denken, dass er ein Monster war«, sagte Gabriel. »Ist das auch Ihre Meinung?«

Sonia blickte Gabriel verdutzt an, dann aß sie das nächste Kuchenstück.

»Dad war Schlosser«, erzählte sie. »Und sehr geschickt mit seinen Händen. Mom hat erzählt, dass er als Kind oft geschlagen wurde und deshalb glaubte, diese Erziehungsmethode müsste auch bei seinen Kindern funktionieren. Das Problem war nur, dass Vic gar nichts anstellen musste, um eine Tracht Prügel verpasst zu bekommen. Das weiß ich nur, weil Mom es mir erzählt hat. Dad hat uns verlassen, als Katherine und ich drei Jahre alt waren.«

»Was hat Ihnen Ihre Mom noch erzählt?«, fragte Gabriel neugierig.

»Sie hatte Vic gar nicht bekommen wollen«, sagte Sonia mit einem schiefen Lächeln. »Sie wollte immer Olympiaschwimmerin werden. Sie hatte diesen starken russischen Körperbau und eine ausgezeichnete Technik.«

»Natalie, äh … Ihre Mutter ist Russin?«

»Ja. Sie hat es nie in die Schwimmmannschaft der Highschool geschafft, weil sie nach einem One-Night-Stand von meinem Dad schwanger wurde. Die Schwangerschaft selbst hat ihr gefallen. Alle haben sich um sie gekümmert. Ihre Freundinnen haben sogar eine Babyparty geschmissen.

Selbst Großmutter, diese spindeldürre alte Schachtel – das sind Moms Worte –, war ausnahmsweise mal zufrieden. Aber sobald Vic auf der Welt war, hat sie die Realität wohl eingeholt. Ihre Freundinnen waren ja alle noch ungebunden und konnten um die Häuser ziehen, während Mom daheimbleiben musste.«

»Ein Jammer«, murmelte Gabriel.

Sonia schenkte ihm ein weiteres halbherziges Lächeln. »Als Mom einmal betrunken war, hat sie mir erzählt, dass sie Vic nicht ein einziges Mal angelächelt hat. Obwohl er ein süßes Baby war. Er hat sie lächelnd vom Wickeltisch aus angeguckt, aber sie hat nicht zurückgelächelt. Sie hasste es, seine Windeln zu wechseln. Sie hasste es, ihn zu füttern. Sie hasste es, mit ihm zu Hause zu sitzen, während Dad zur Arbeit ging. Opa hat ihr manchmal geholfen, aber das hat ihr auch nicht gereicht.«

Sonia verschlang ein weiteres Kuchenstück.

»Einmal haben Katherine und ich Mom gefragt, warum Dad weggelaufen ist.« Beim Sprechen fielen Krümel von ihren Lippen. »Wir haben Mom die Schuld daran gegeben. Wir dachten, sie hätte ihn verscheucht.«

»Und was hat sie dazu gesagt?«

»›Ihr vermisst Euren Daddy?‹, hat sie gesagt. ›Dann will ich euch mal erzählen, was für ein Mann euer Daddy war. ‹« Sonia kaute nachdenklich. »Dad kam von der Arbeit nach Hause und hat sie angeschrien. Dass sie eine lausige Ehefrau und eine noch viel schlechtere Mutter sei. Sie hatte zurückgeschrien. Einmal hat Vic bei einem Streit zu heulen angefangen. Dad hat ihm eine runtergehauen. ›Halt's Maul, du kleine Scheißmaschine. Halt's Maul!‹, hat er geschrien. Nach einer Weile hatte Vic das kapiert und ist immer, wenn Dad ins Zimmer kam, so schnell wie möglich davongekrabbelt. Sagt Mom zumindest. Von da an hat Dad Vic immer nur Scheißmaschine genannt.«

Da Gabriel mit Kindesmisshandlung bestens vertraut war, verspürte er einen Anflug von Mitleid mit Vic. »Und was hat Ihre Mom dagegen unternommen?«

Sonias Miene verfinsterte sich. Gabriel hatte sie im richtigen Augenblick erwischt. Sie war wütend auf Natalie und kurz davor, ihrem Ärger Luft zu machen. Gabriel wartete gespannt darauf, einige nützliche Informationen über Natalie Archwood in Empfang zu nehmen.

Doch Sonia schwieg und steckte sich die violette Zuckerrose in den Mund. Sie schloss die Augen, genoss die Süße und den damit verbundenen Trost.

Gabriel fiel auf, dass nicht einmal mehr ein Viertel des Kuchens übrig war. Sonia öffnete die Augen, bemerkte, dass er sie ansah, und lächelte ihn verführerisch mit violett gefärbten Zähnen an.

Gabriel verabschiedete sich eilig.

26

Am zweiten Tag der Suche hielt ein Beamter der Spurensicherung von San Francisco das kleine glitzernde Goldstück ins Licht.

»Also entweder hab ich's gefunden«, sagte er und wischte sich mit dem Hemdsärmel den Schweiß von der Stirn, »oder ich bin auf eine Goldader gestoßen.«

Die Goldfüllung steckte noch im Backenzahn, der sofort den Experten im Labor übergeben wurde. Die Füllung entsprach genau derjenigen, die in Victor Archwoods zahnärztlichen Unterlagen beschrieben wurde.

Noch am selben Tag wurde in Los Angeles eine Pressekonferenz einberufen. Ramirez und Chief Kemper flogen nach Hause, um gemeinsam mit dem Staatsanwalt hinter dem Podium und vor einem Wald aus Mikrofonen zu stehen.

Dash fuhr nach Hause zu Eve. Gabriel, den man inzwischen als Helden feierte, sollte noch in San Francisco bleiben und die letzten Formalitäten erledigen. Danach, sagte Gabriel, würde er wohl Urlaub machen. Ramirez hatte nichts dagegen.

Ming rief ihn auf dem Handy an, um ihm zum Abschluss des Falls zu gratulieren.

»Du solltest jetzt vor den Kameras stehen«, sagte sie. »Du hast dich mit Feuereifer auf den Fall gestürzt und rund um die Uhr daran gearbeitet.«

Gabriel schien kaum beeindruckt von dieser Lobeshymne. »Eigentlich hatte Archwood bei diesen Ermittlungen von Anfang an die Fäden in der Hand. Und er hat den Fall auch abgeschlossen.«

»Stimmt«, sagte Ming. »Schmück dich bloß nicht mit fremden Federn. Du hast ja so gut wie nichts gemacht.«

Gabriel lächelte. »Tut mir leid, dass ich einfach so aufgelegt habe.«

»Und mir tut's leid, dass ich die Gelegenheit nicht ergriffen habe.«

Gabriel wollte gerade vorschlagen, dass sie die nächste Gelegenheit ergreifen sollte, doch Ming kam ihm zuvor.

»Bleibst du noch lange in San Francisco?«

»Ein paar Tage«, sagte Gabriel. »Ramirez hat mir geraten, ein bisschen Urlaub zu machen.«

»Ich glaube, Miguel respektiert dich, nachdem er begriffen hat, wie schwer dich dieser Fall mitgenommen hat und dass du trotzdem nicht aufgegeben hast.«

»Ich glaube, Ramirez ist in erster Linie froh darüber, dass ich mich entlasten konnte. So kommt er selbst unbeschadet aus der Sache raus.«

Ming lachte. »Wohl wahr.«

Gabriel war kurz davor, sie zu fragen, ob sie sich einen Tag freinehmen und mit ihm verbringen wolle, doch dann entschied er sich, sie nicht zu drängen. Insbesondere deshalb, weil sie gerade über Ramirez gesprochen hatten. Als sie das Telefonat beendeten, hatten sie sich immerhin wieder versöhnt. Doch über die Zukunft hatten sie kein Wort verloren.

Victor Archwoods Beerdigung würde am darauffolgenden Dienstag stattfinden. Gabriel hatte vor hinzugehen. Da der Leichnam eingeäschert wurde, war nur ein kleiner Gedenkgottesdienst angesetzt. Inzwischen war der Name Victor Archwood auf jeder Zeitung des Landes zu lesen, und dementsprechend war die Stimmung im kleinen Kirchengebäude gedämpft.

Natalie Archwood war ganz in Schwarz gekleidet und hatte ihr graublondes Haar streng zusammengesteckt. Victor Archwood sen. war zu krank, um die Flugreise von Arkansas auf sich zu nehmen. Niemand schien ihn zu vermissen. Natalies Tochter Sonia sowie die beiden Enkelkinder standen an ihrer Seite. Von Sonias Ehemann fehlte jede Spur.

Eine Tochter war zu ihrer geliebten Mutter zurückgekehrt, die andere auf und davon. Und hier beerdigten sie ihren Bruder, der der Gesellschaft mit Messer, Blut und Feuer seinen Stempel aufgedrückt hatte.

Wenn es je eine Problemfamilie gegeben hatte, dann die Archwoods.

Gabriel beobachtete die auf der Kirchenbank sitzende Natalie. Obwohl sie sich eifrig die Tränen aus den Augen wischte, war sie in Gabriels Augen mit Stahlwolle zu vergleichen: Weich anzusehen und doch so hart, dass sich selbst die Ratten daran die Zähne ausbissen.

Außerdem waren mehrere Kinder in Begleitung ihrer Eltern anwesend. Schwimmschüler mit ihren Familien, die Natalie ihr Beileid bekunden wollten, vermutete Gabriel. Sonst war nur eine Reporterhorde gekommen, die vor der Kirche von einer Gruppe Polizisten in Schach gehalten wurde.

Nach dem Gottesdienst bemerkte Gabriel mit Beklommenheit, dass Natalie auf ihn zukam.

»Detective McRay, wenn Sie möchten, können Sie noch mit zur Trauerfeier zu mir kommen.«

Gabriel sah ihr in die Augen, doch er konnte keinen Haken an ihrer Einladung erkennen. Sie schien es ernst zu meinen, also sagte er zu.

»Vielen Dank«, murmelte Gabriel und sah sie im Kreise ihrer Angehörigen von dannen ziehen.

Als er seinen Wagen vor dem Haus der Archwoods abstellte, bemühte er sich, von der Reportermenge nicht entdeckt zu werden, die mit Kameras und Mikrofonen das von mehreren Polizisten gesicherte Haus belagerte. Er war nicht in Stimmung für öffentliche Bekanntgaben, daher schmuggelte er sich inmitten einer Gruppe von Trauernden an den Pressevertretern vorbei.

Ein unappetitliches Sortiment aus billigen Keksen, kleinen Sandwiches sowie Kaffee und andere Getränke standen auf dem Esszimmerbüffet bereit. Gabriel ging hinüber und nahm sich ein winziges Sandwich. Es schmeckte nach trockenem Thunfisch. Da kam Natalie in Begleitung zweier Frauen auf ihn zu.

»Das hier ist der Detective, der mir die traurige Nachricht überbracht hat.« Natalie schüttelte den Kopf, worauf ihr eine der Frauen – die Rothaarige – den Arm um die Schulter legte.

Die andere Frau hielt ihm die Hand hin. Gabriel ergriff sie überrascht, woraufhin sie sie herzlich schüttelte.

»Vielen Dank, dass Sie diesem Albtraum ein Ende bereitet haben. Wir leiden sehr mit Natalie. Das hat sie nicht verdient.«

Jetzt begriff Gabriel, weshalb sie ihn zur Trauerfeier eingeladen hatte. Natalie wollte aller Welt demonstrieren, wie bereitwillig sie mit den Behörden zusammengearbeitet hatte, und sich gleichzeitig so weit wie möglich von ihrem blutrünstigen Sohn distanzieren. Die beiden Damen umarmten Natalie und entfernten sich.

Natalie spielte weiterhin die ahnungslose Betrogene, indem sie tief aufseufzte. »Die Tochter der Rothaarigen war mal meine Schülerin. Sie ist in ihrem Jahrgang ganz vorne mit dabei und wird bei den Landesmeisterschaften teilnehmen.«

Gabriel stopfte sich ein weiteres Minisandwich in den Mund. So leicht würde er Natalie nicht davonkommen lassen.

»Sie wollen umziehen?«, fragte er und tupfte sich den Mund mit einer Papierserviette ab.

Mit einem Mal schien sie die Kraft zu verlassen. »Ja.« Geistesabwesend zupfte sie an den Ärmeln ihrer schwarzen Seidenbluse. »Dieses Haus birgt zu viele Erinnerungen für mich. Und nicht alle sind von der angenehmen Sorte.« Sie nickte und lächelte einem Gast auf der gegenüberliegenden Seite des Raumes traurig zu. »Zeit für einen Neuanfang.«

»Und wo?«, fragte Gabriel sanft.

Ihr Blick verhärtete sich. »Der Fall ist abgeschlossen, Detective. Also, ich meine, mein Sohn …« Plötzlich schniefte sie. Tränen schossen ihr in die Augen. Sie legte sich eine Hand auf das Gesicht, als würde es sonst herunterfallen.

»Mein Beileid, Mrs. Archwood«, sagte Gabriel.

»Nein.« Sie funkelte ihn böse an. »Heucheln Sie kein Mitleid. Ich weiß, was Sie denken. Sie glauben, ich hätte als Mutter versagt und meinen Sohn zu einem Ungeheuer erzogen.«

Der Gedanke ist mir allerdings gekommen. »Was ich denke, ist nicht von Bedeutung.«

»Da haben Sie verdammt recht«, sagte sie giftig. »Es ist nicht von Bedeutung. ›Wer unter euch ohne Sünde ist, der werfe den ersten Stein‹.« Natalie sah ihn böse und herausfordernd an.

Seit wann zitieren Sie denn aus der Bibel? Anscheinend gehörte das zum Repertoire der neuen, geläuterten Natalie Archwood. Offensichtlich wollte sie um jeden Preis vermeiden, als Mutter eines Serienmörders dazustehen. Wieder verblüffte es Gabriel, wie abgrundtief unsympathisch Natalie war. Am liebsten hätte er ihr ins Gesicht gesagt, was für eine unverschämte Schreckschraube sie war und dass es die Hölle auf Erden gewesen sein musste, als ihr Kind aufzuwachsen, doch er hatte Angst, dass sie dann in Zungen reden würde.

»Ich mache Ihnen keine Vorwürfe, Mrs. Archwood.« Dann konnte Gabriel nicht widerstehen. »Also sollten Sie sich auch keine machen«, fügte er hinzu.

Natalie Archwood drehte sich abrupt um und marschierte davon. Gabriel verbarg sein Grinsen hinter seinem Limonadenglas.

Mal sehen, wie lange Madame Zeitbombe diese Rolle aufrechterhalten kann, bevor sie explodiert.

Auf dem Beistelltisch lag ein kleines Kästchen. Sonia und mehrere Kinder hatten sich davor versammelt und bestaunten Victors Sammlung von Orden und Messern aus dem Zweiten Weltkrieg. Gabriel ging zu ihnen hinüber, um ebenfalls einen Blick darauf zu werfen.

»Woher hatte Vic das alles?«, fragte er Sonia.

»Sie gehörten unserem Großvater. Er hat im Zweiten Weltkrieg gekämpft.« Sie strahlte ihn an, was Gabriel jedoch geflissentlich ignorierte.

Er betrachtete einen gut gearbeiteten sowjetischen Orden, in dessen Mitte Stalin im Profil zu sehen war. Auf der Rückseite war »1945« eingraviert. Das rot gestreifte Band war ausgebleicht. Auf anderen Orden waren Schiffe, Panzer und Flugzeuge zu erkennen.

»Und woher hatte er die amerikanischen Abzeichen?« Gabriel deutete auf mehrere andere Orden.

»Ach die.« Sonia hatte sich über ein verrostetes Messer gebeugt. »Die hat er nach dem Krieg bei anderen Soldaten eingetauscht. Amerikaner, Engländer, das war ihm ganz egal.«

So ist er also an das Camillus-Messer aus amerikanischer Produktion gekommen, dachte Gabriel. Zu Sonias Freude nahm er neben ihr Platz. »Erzählen Sie mir von Ihrem Großvater«, sagte er. »Alles, was Ihnen einfällt.«

Als junger Mann lebte Mr. Sokolov mit seiner Frau in Leningrad. Ihr zweijähriger Sohn – Natalies älterer Bruder – war ihr ganzer Stolz.

Im Zweiten Weltkrieg kämpfte Mr. Sokolov für Stalin. Während seiner Abwesenheit wurde die Heldenstadt von Hitlers Armee belagert. Leningrad war völlig vom Rest des Landes abgeschnitten. Die Einwohner litten unter dem ständigen Bombenhagel, dem Hunger und der Kälte.

Mrs. Sokolov musste mit ansehen, wie ein Familienmitglied nach dem anderen starb. Verzweifelt kämpfte sie um Nahrung für ihren kleinen Jungen. Irgendwann gab es kein Brot mehr, und sie gab dem Kind dasselbe, womit auch die meisten anderen Einwohner auskommen mussten: eine Mischung aus Mehl, Leim und Sägespänen.

Eines Tages stolperte Mrs. Sokolov auf der Straße und kam nicht mehr hoch. Ein Passant half ihr auf die Beine und reichte ihr den kleinen Jungen.

»Er ist steif und kalt«, bemerkte der Passant.

»Geben Sie ihn mir. Ich werde ihn wärmen«, sagte Mrs. Sokolov erschöpft und streckte die Arme nach ihm aus.

»Das Kind ist tot.«

Mrs. Sokolov und der gute Samariter gerieten in Streit. Bekannte von Mrs. Sokolov kamen vorbei und versicherten ihr, dass sie den Jungen anständig begraben würden, damit er nicht das Opfer der ausgehungerten Hunde wurde. Doch Mrs. Sokolov wollte nichts davon hören. Als sie ihr das Kind abnehmen wollten, verlor es seinen Mantel und dann auch noch seinen kleinen Pullover. Schließlich gaben sie nach und ließen sie zufrieden. Mrs. Sokolov saß, kraftlos vor Erschöpfung und Hunger, mit ihrem Jungen im Schnee. Sie schlief ein, und als sie aufwachte, stellte sie fest, dass ihre Freunde Wort gehalten hatten: Ihr Sohn war weg, tot und begraben. Von ihrem ganzen Stolz war nur noch der Pullover geblieben, den sie in den Händen hielt.

Mr. Sokolov wurde von den Deutschen gefangen genommen. Er überlebte alle Entbehrungen – nur um zu einer halb verrückten Ehefrau zurückzukehren, die sich weigerte, den Pullover aus der Hand zu geben.

Später gelang es Mr. Sokolov, in die Vereinigten Staaten zu fliehen. Seine gerade mit Natalie schwangere Frau nahm er mit. Mrs. Sokolov saß stundenlang in ihrem neuen Heim und wiegte den Pullover in ihren Armen.

Sie suchte den Stoff nach jedem noch so kleinen Haar oder Flecken ab – nach allem, was einmal Teil ihres kleinen Sohns gewesen sein mochte. Sie weinte viel, denn nun hatte sie die Endgültigkeit des Todes kennengelernt und fürchtete sich davor, jemals wieder jemanden oder etwas so sehr zu lieben. Die Angst vor einem weiteren Verlust verhärtete ihr Herz derart, dass sie sich nach Natalies Geburt emotional von ihrer Tochter distanzierte. Nur nachts, wenn sie den Pullover streichelte, konnte sie dem Schmerz und der Liebe, die sie in sich aufgestaut hatte, freien Lauf lassen, indem sie bittere Tränen über das tote Kind vergoss.

»Wir haben von Geburt an gelernt, unsere Großmutter zu hassen«, sagte Sonia. »Mom konnte sie auf den Tod nicht ausstehen. Großmutter war verrückt. Sie glaubte, dass sie die Seele ihres kleinen Jungen irgendwie mit diesem Pullover einfangen könnte. Damit er zu ihr zurückkehrte.«

Gabriel spitzte die Ohren. »Wusste Vic davon?«

»Aber natürlich! Nach Großvaters Tod hat Großmutter bei uns gewohnt. Sie war völlig durchgedreht. Aber sie hatte Geld.« Sonia kicherte. »Wissen Sie, was sie Mom auf dem Sterbebett vermacht hat?«

»Nein, was?«

»Sie hat zu Mom gesagt, dass sie ihr ihren wertvollsten Besitz vererben werde. Mom dürfe sich nie wieder davon trennen.«

»Und was war es?«

»Der Pullover. Sie hat Mom den zerlumpten Pullover des kleinen Jungen gegeben.«

Gabriel warf einen Blick zu Natalie hinüber, die gerade ihre Gäste unterhielt. *Manche Familien sind von vornherein zum Scheitern verurteilt,* grübelte Gabriel. »Was hat Ihre Mutter mit dem Pullover gemacht?«, fragte er.

Sonia beugte sich verschwörerisch zu Gabriel vor. »Sie hat ihn zerrissen und verbrannt«, flüsterte sie. »So wie Großmutter den Pullover angebetet hat, hatten wir Angst, dass Mom dabei der Blitz treffen würde.«

»Und was ist dann passiert?«

»Eigentlich nichts. Mom hat Großmutter im Nachhinein für unzurechnungsfähig erklären lassen. Sie erhielt unbeschränkte Vollmacht und damit auch das Geld.«

Sonia beugte sich noch weiter vor, lächelte spröde und neigte kokett den Kopf zur Seite, was Gabriel zum Anlass nahm, sich ein weiteres Mal schnell zu verabschieden.

Am frühen Abend schlenderte Gabriel durch den Golden Gate Park. Er setzte sich an den See, um die Enten zu beobachten, und versuchte zu begreifen, wie Victor Archwood zu einem Mörder geworden war. Tief in seinem Inneren war sich Gabriel bewusst, dass er sich von aller Verantwortung reinwaschen wollte. Ob die Tatsache, dass er Vic verprügelt hatte …

Du bist ein böser, böser Mann!

Hatte das Archwood zum Verbrecher werden lassen? Es schien ein Ding der Unmöglichkeit, weitere Details über Archwoods Persönlichkeit aus seiner Familie herauszubekommen. Seine Schwester Sonia lebte in einer Traumwelt und Natalie arbeitete schwer daran, sich als ein weiteres Opfer ihres Sohnes darzustellen.

Gabriel musste zugeben, dass er diesen Mann kaum kannte. Wieso also hatte Victor Archwood so viel über ihn gewusst? Und nicht zu vergessen die Kinderpornografie, bei der es Gabriel eiskalt über den Rücken lief. Gabriel würde es nie erfahren. Archwood hatte Selbstmord begangen und ihn mit einer Million unbeantworteter Fragen zurückgelassen.

»Für seine Prinzipien kann man leichter kämpfen, als nach ihnen leben.«

ALFRED ADLER

27

Obwohl Gabriel offiziell beurlaubt war, konnte er sich nicht lange vom Haus der Archwoods entfernt halten. Nachdem er monatelang von einem gespenstischen Mörder heimgesucht worden war, wollte er nun so viel wie möglich über Vic herausfinden. Womöglich gelang es ihm dabei sogar, die Lücken in seiner eigenen Erinnerung zu schließen.

Gabriel erspähte ein flatterndes Banner, auf dem »Heute Besichtigungstermin« zu lesen war. Vor dem Haus parkte ein Jaguar, der wahrscheinlich der Maklerin gehörte. Gabriel stellte seinen eigenen Wagen am Straßenrand ab. Vielleicht hatte Vic die Waffen seines Großvaters vor seinem Suizid ja irgendwo im Haus versteckt.

Die Maklerin, eine zierliche Brünette in einem eleganten hellbraunen Hosenanzug, begrüßte Gabriel herzlich, sobald er die rosafarbenen Granitstufen heraufkam. »Hallo! Willkommen zu Hause!«

Gabriel lächelte freundlich zurück und deutete ins Haus. »Darf ich mich mal umsehen?«

»Aber sicher. Die Lage ist einfach wunderbar, finden Sie nicht?« Sie folgte ihm ins Haus. »Gleich in der Nähe des Strands und des Parks.«

»Eine exzellente Lage«, murmelte Gabriel. »Sind die Eigentümer auch hier?«

»Oh nein, nicht während des Besichtigungstermins. Wussten Sie, dass die nächste Straßenbahnhaltestelle gleich um die Ecke ist?«

»Ist ja irre«, sagte Gabriel geistesabwesend und ging den Flur hinunter.

»Nun«, sagte sie unbehaglich und sah ihm hinterher. »Ich führe Sie gerne herum. Sind Sie alleinstehend oder …«

»Ja, ich bin allein.«

»Tja, dann haben Sie hier genug Platz, um die Beine auszustrecken.«

Erleichtert sah Gabriel, wie ein junges chinesisches Pärchen das Haus betrat.

»Oh, würden Sie mich einen Augenblick entschuldigen?«, sagte die Maklerin und eilte auf die Neuankömmlinge zu.

Gabriel ging den Flur hinunter, in dem es nach ungewaschenen Bettlaken roch. Er betrat einen Raum, in dem zwei Betten, eine Anrichte und ein kleiner Schminktisch mit ovalem Spiegel standen. Die altmodischen, gerüschten Tagesdecken auf den Betten passten zur verblichenen Tapete. Gabriel konnte nirgendwo Puppen oder anderes Mädchenspielzeug entdecken, doch er vermutete, dass dies das Zimmer der Zwillingsschwestern gewesen war. Er öffnete den Kleiderschrank und erwartete fast, dort Sonias Mu'umu'us vorzufinden. Doch bis auf zwei Regenparkas war der Schrank leer.

Die Einrichtung des Schlafzimmers trug ebenfalls eine entschieden weibliche Handschrift. Auf einem Regal waren Schwimmtrophäen aufgereiht, die bis in die Sechzigerjahre zurückreichten. Gabriel betrachtete ein Schwarzweißfoto an der Wand, auf dem Natalie Sokolov als ausgelassener Backfisch zu sehen war. Sie hatte das Haar unter einer engen Bademütze verborgen, trug mehrere Medaillen und ein fröhliches Lächeln, das nie wieder so ehrlich gemeint sein würde.

Gabriel verließ das Schlafzimmer und ging durch den Flur in den letzten Raum. Die Dielen unter dem ausgetretenen Teppich knarrten. Hier standen lediglich eine fadenscheinige graue Couch und ein niedriger Beistelltisch aus Pressspan. Alles war in gedeckten Farben gehalten. Das war Victors Zimmer gewesen, doch von dem kleinen Jungen fehlte inzwischen jede Spur. Gabriel trat ein, schloss die Augen und versuchte, sich an die Einzelheiten zu erinnern.

Zu seiner Linken hatte ein Schreibtisch mit einem Foto von Vics Großvater in der Uniform der Roten Armee gestanden. Gabriel öffnete die Augen und sah eine Stehlampe an dieser Stelle. Zur Rechten hatte sich eine Spielzeugkiste befunden; ein Roboter, der angeblich gehen konnte, dessen Batterien jedoch ständig leer waren, sowie ein Sammelsurium von Plüschtieren. Gabriel drehte sich um. Vics Bett war gegen die hintere Wand geschoben worden und …

Wie kannst du einem Kind nur so etwas antun? Du bist ein böser, böser Mann!

Schuldgefühle stiegen in Gabriel auf. Ihm wurde übel.

Die Stimme der Maklerin kam näher. Gabriel eilte aus dem Raum und durch eine Tür in den Hinterhof.

Während er unter den bauschigen Wolken Luft schnappte, entdeckte er einen verfallenen Holzschuppen hinter einer verwahrlosten Hecke. Er ging hinüber.

Die Tür schrammte laut gegen eine verzogene Holzdiele, als er sie öffnete. Durch ein Loch im Dach drang willkommenes Sonnenlicht. Bis auf zusammengebrochene Regale und Glasscherben war der kleine Schuppen leer. Gabriel beugte sich zu dem Unrat auf dem Boden hinab, konnte jedoch nichts Interessantes finden. Der Abend brachte tiefliegende Wolken und kalte, feuchte Luft mit sich. Im abnehmenden Licht wirkte der Schuppen zunehmend bedrohlich. Gabriel spürte, wie sich seine Nackenhaare aufstellten.

Das hier war Archwoods geheimes Reich.

Weitab vom Rest der Familie hatte der angehende Mörder hier im Dämmerlicht ungestört seinen Leidenschaften nachgehen können. Gabriel sah sich in dem engen Raum um und rüttelte an den morschen Regalen, dann trat er mit dem Fuß nach einigen Holzstücken. Eine Schwarze Witwe krabbelte schnell unter eine lose Bodendiele. Kurz darauf kam ein Tausendfüßler daraus hervorgekrochen. Gabriel öffnete sein Schweizer Taschenmesser und hob damit das Brett mühelos vom Boden. Darunter kam ein tiefes pechschwarzes Loch zum Vorschein, aus dem es nach feuchter Erde roch.

»Und für Kinder ist das Haus perfekt …«

Die Maklerin kam in den Garten. Gabriel griff in das Loch. Sein Herz setzte einen Schlag aus, als seine Finger etwas Hartes berührten, das in der Dunkelheit herumrollte. Er holte den Gegenstand ans Licht.

Ein Messingei glänzte in seiner Hand. Gabriel schüttelte eine große schwarze Ameise herunter und wischte es vorsichtig mit dem Hemdsärmel ab. Auf die Oberfläche des Eis waren kyrillische Buchstaben graviert.

Gabriel warf einen Blick auf die Tür des Schuppens, dann wandte er seine Aufmerksamkeit wieder dem äußerst kunstvoll und filigran gearbeiteten Ei zu, das sich mittels einer kleinen Schließe an der Seite öffnen ließ. Gabriel fuhr mit dem Daumennagel in den Spalt. Er rechnete fest damit, etwas Entsetzliches darin vorzufinden, doch das Ei war leer. Er roch daran und fuhr mit dem Finger darüber, um es auf Pulverspuren oder andere Rückstände zu überprüfen, doch das Ei gab sein Geheimnis nicht preis.

Gabriel steckte das Ei in die Tasche, griff noch einmal in das dunkle Loch und holte zwei weitere Gegenstände daraus hervor: eine kleine Messingdose mit zwei ineinander verschlungenen Herzen und einen Behälter in Form eines Weihnachtsbaums. Sobald er die Erde weggewischt hatte, kamen weitere prächtige Verzierungen und kyrillische Buchstaben zum Vorschein.

»Hier ist genug Platz für eine Schaukel oder sogar einen Swimmingpool!«

Hastig steckte Gabriel auch die beiden Messingdosen in die Jackentasche, dann schob er die lockere Bodendiele, so gut es ging, mit dem Fuß an Ort und Stelle. Schließlich zwängte er sich durch das Gebüsch und ging wortlos an der Maklerin und dem chinesischen Pärchen vorbei.

»Ach, machen Sie sich wegen des Schuppens keine Sorgen«, sagte die Maklerin entschuldigend. »Der wird abgerissen.« Da Gabriel sie weiterhin nicht beachtete, wandte sie sich fröhlich dem Pärchen zu. »Der Schuppen wird auf Kosten der derzeitigen Eigentümer entfernt. Stellen Sie sich nur mal vor, wie groß der Garten danach sein wird. Sie können Spielgeräte aller Art darin aufstellen.«

Gabriel ging wieder ins Haus, lief durch den Flur und verließ es durch die Vordertür. Als er die Granitstufen hinunterging, stieß er mit einer großen blonden Frau zusammen.

»Verzeihung«, murmelte Gabriel. Die Frau drehte sich um und starrte ihm von der Veranda aus nach.

Gabriel stellte die Messingdosen auf den Tisch in seinem Hotelzimmer und betrachtete sie. Das russische Wort »дедушка« war in ein Herz der Valentinstagsschachtel graviert, »внук« in das andere. Auf dem Osterei stand »дорогой«.

Nach einem kurzen Mailwechsel mit dem Betreiber der Sprachenwebsite erfuhr Gabriel, dass die Übersetzung der eingravierten Wörter »Großvater«, »Enkel« und »lieb« lautete.

Gabriel sah sich die Dosen genauer an. Offensichtlich hatte Archwood von seinem Großvater mehr als nur Messer und Kriegsandenken geschenkt bekommen. Doch weshalb hatte Archwood die Präsente unter einem lange vergessenen Holzschuppen versteckt? Obwohl Dr. B wohl eher eine Antwort darauf gehabt hätte, tat Gabriel sein Möglichstes, um sich einen Reim darauf zu machen.

Womöglich hatte er die Geschenke seines Großvaters aus demselben Grund vergraben wie ein Pirat seinen Schatz – um sie zu einem späteren Zeitpunkt wiederzuholen. Oder er war gezwungen gewesen, sie vor Natalies neugierigen Augen in Sicherheit zu bringen und hatte sie dann vergessen. Oder vielleicht, dachte Gabriel, war Archwoods Erinnerung an seinen Großvater so verblasst gewesen wie das alte Foto im Esszimmer; das Messer und der Revolver hatten seinen Gewaltfantasien eher entsprochen als diese mit Liebe gefertigten Objekte.

Gabriels Handy klingelte. Ming, vermutete er, und er konnte es kaum erwarten, ihr von seiner Entdeckung zu berichten und ihre Meinung über Großvaters Geschenke einzuholen. Doch als er nach dem Handy griff, leuchtete der Name von Sergeant Krol auf dem Display auf.

»McRay hier.«

»Gabriel, wie geht es Ihnen? Genießen Sie Ihren Urlaub?«

Gabriel berührte die Messingobjekte vor sich. *Genieße ich meine Obsession …?*

»Ist schon so gut wie vorbei.«

»Tut mir leid, Sie belästigen zu müssen, aber wir haben heute einen seltsamen Anruf für Sie erhalten.«

Gabriel war ganz Ohr. »Ja?«

»Ich weiß nicht, ob das von Interesse für Sie ist«, sagte Krol. »Der Anruf stammte von einer Frau, die behauptete, Victor Archwoods Schwester zu sein.«

Gabriel lächelte verständnisvoll. »Sonia, nehme ich an.«

»Nein«, sagte Krol. »Sie hat gesagt, ihr Name sei Katherine.«

Gabriel runzelte die Stirn. Sie waren davon ausgegangen, dass die andere Schwester spurlos verschwunden war.

»Geben Sie mir ihre Nummer.« Gabriel klemmte sich den Hörer unter das Kinn und griff nach einem Notizblock. »Ich will tatsächlich mit ihr reden.«

»Sie hat keine Nummer hinterlassen, tut mir leid. Aber sie will Sie heute Abend persönlich treffen. Um Punkt acht Uhr in Fisherman's Wharf, Pier 39.«

Gabriel schrieb sich alles auf, wobei er auf seiner Unterlippe kaute und sich fragte, was Archwoods Schwester wohl von ihm wollte.

»Brauchen Sie Verstärkung?«, fragte Krol. »Könnte ja sein, dass sie ähnlich tickt wie ihr Bruder.«

»Nein, das schaffe ich schon. Konnten Sie etwas über sie herausfinden?«

»Um die Wahrheit zu sagen: Sobald der Fall abgeschlossen war, habe ich die Ermittlungen eingestellt. Vor zehn Monaten hat sie jedenfalls noch in Oregon gewohnt.«

Gabriel pfiff durch die Zähne. Das war nicht viel. »Schon gut. Vielen Dank für die Nachricht.«

»War mir ein Vergnügen«, sagte Krol. »Melden Sie sich, wenn Sie es sich anders überlegen.«

Gabriel bedankte sich ein weiteres Mal und legte auf.

Er fuhr mit der Straßenbahn nach Fisherman's Wharf. Das vertraute Rattern und die frische, salzige Brise beruhigten ihn. Er kam weit vor der verabredeten Zeit dort an und schlenderte durch die Souvenirläden. Schließlich stand er vor mehreren gut besuchten Restaurants, in deren Vitrinen frische Krebse, Hummer und Krabben ausgestellt waren. Gabriel holte sich ein Bier und setzte sich in den Außenbereich, von wo aus er den Pier überblicken konnte.

Lichterketten hingen über den Cafés und verliehen allem eine magische Aura. Gabriel betrachtete die märchenhaft funkelnden Lichter, als er die Blondine mit dem kantigen Gesicht bemerkte. Sie stand zwischen einer Vitrine mit Eis und glotzäugigen Fischen und einer anderen mit kopflosen Shrimps und beobachtete ihn.

Es war die Frau aus dem Buena Vista. Erst jetzt begriff er, dass er ihr auch heute Morgen auf der Verandatreppe begegnet war. Noch war es nicht acht Uhr; offenbar hatte die geheimnisvolle Blondine dieselbe Idee wie Gabriel gehabt: Sie war früher gekommen, um die Umgebung in Augenschein nehmen zu können. Gabriel stand auf und sah sie direkt an. Einen Augenblick später kam die Blondine langsam auf ihn zu.

»Katherine?«, fragte er, sobald sie in Hörweite war.

Die Frau nickte. Sie war größer als Gabriel. Hinter ihrer Brille funkelten gelbgrüne Augen. Das dicke blonde Haar war zu einer Frisur aufgetürmt, die auch einem Filmstar aus den Sechzigern alle Ehre gemacht hätte. Sie war so schlank und durchtrainiert wie ein Model.

»Darf ich Ihnen einen Drink spendieren? Ein Bier vielleicht?«

»Ein Bier wäre nett.« Sie hatte eine sinnliche, rauchige und tiefe Stimme.

»Einen Augenblick.« Gabriel ging in das Café, kaufte ein Bier und kehrte zu ihrem Tisch zurück. Sie hatte sich gesetzt, die Arme verschränkt und die Beine übereinandergeschlagen.

»Ich habe Sie vor ein paar Tagen schon einmal gesehen.« Gabriel stellte die Flasche und ein Glas vor ihr ab. »Und heute auch wieder. Weshalb folgen Sie mir?«

»Ich wollte mit Ihnen über Vic reden«, sagte sie lapidar. »Ich wusste nur nicht, wie ich Sie kontaktieren sollte, ohne dass meine Familie Wind davon bekommt.« Katherine musterte Gabriel einen Moment lang. »Warum waren Sie heute in unserem Haus, Sergeant McRay? Mein Bruder ist tot, warum interessieren Sie sich noch für ihn?«

Gabriel spürte, wie die Messingdosen in seiner Jackentasche gegen seine Haut drückten. Er sah zum Nachthimmel auf. »Weil ich in diesem Fall ermittle, Miss Archwood«, sagte er leichthin. »Oder haben Sie inzwischen geheiratet?«

»Katherine.«

Gabriel spürte den Blick ihrer grünen Augen auf sich. Wonach sie wohl suchte? »Da ist es doch nur natürlich, dass ich mich für Ihren Bruder interessiere, Katherine.«

»Sie wollen mehr über Vic erfahren. Das kann ich Ihnen nicht verübeln.«

Gabriel bemühte sich, Archwoods geheimnisvolle Schwester nicht allzu offensichtlich anzustarren. Zu schade, dass die Sonne schon untergegangen war. Im Schein der Lichterketten war sie nur undeutlich zu sehen.

»Erzählen Sie mir von Vic«, sagte Gabriel und setzte sich ihr gegenüber.

Sie schenkte sich Bier ein. »Mein Bruder und ich standen uns sehr nahe. Wir hielten zusammen.«

»Komisch. Sonia sagte, er sei immer sehr distanziert gewesen.«

»Sonia gegenüber schon«, zischte Katherine. »Sie war immer eine weinerliche blöde Kuh und dazu eine unverbesserliche Petze, die sich ständig bei Mom eingeschleimt hat.«

»Das klingt jetzt aber sehr streng, finden Sie nicht?«

»Könnten Sie mit Sonia zusammenleben?«

Gabriel antwortete nicht.

Sie lachte und nahm einen Schluck Bier. »Dachte ich mir.«

»Katherine, haben Sie Kontakt zu Ihrem Vater?«, fragte Gabriel.

»Nein. Ich weiß nicht mal, wo er jetzt ist.«

»In Arkansas«, teilte Gabriel ihr unverblümt mit. »Er ist schwer krank.«

»Ein Jammer«, stellte sie trocken fest. Dann sah sie Gabriel in die Augen. »Sergeant McRay. Sieh einer an.«

»Erzählen Sie mir von Ihrem Bruder«, sagte Gabriel in dem Versuch, zum ursprünglichen Thema zurückzukehren.

Katherine lehnte sich zurück und lächelte. »Bleiben Sie bitte bei den Fakten, Ma'am, ja? Für den heldenhaften Ermittler zählen nur die Fakten. Und ein Held sind Sie doch jetzt, nicht wahr?«

Gabriel kniff die Augen zusammen. »Was genau wissen Sie über die Morde, Miss Archwood?«

»Katherine.«

»Katherine«, wiederholte Gabriel und spürte erneut, wie

sich seine Nackenhaare aufstellten. »Wussten Sie, dass mir Ihr Bruder Botschaften geschickt hat?«

»Natürlich.«

Diese unverblümte Antwort überraschte Gabriel und brachte ihn aus dem Konzept. »Also standen Sie und Victor in Kontakt. Sie wussten, dass er mordete.«

»Falsch, Sergeant McRay«, sagte Katherine. »Glauben Sie nicht, dass ich seine Komplizin gewesen wäre. Als Vic nach San Francisco zurückkehrte, hat er *mich* angerufen. Ich hatte keine Ahnung, wo er war.«

»Und wo waren *Sie*?«

»Bleiben wir beim Thema, ja? Vic hat mich angerufen und mir alles berichtet, was er angestellt hat.«

»Und wie haben Sie darauf reagiert?«

»Ich war selbstverständlich entsetzt«, sagte Katherine ruhig und nahm einen Schluck Bier.

Gabriel beobachtete sie kopfschüttelnd. Sie war definitiv so verschroben wie die übrige Familie. Allmählich hatte er genug von der Menschenmenge, den funkelnden Lichtern und Archwoods Schwester.

»Wissen Sie, warum er Ihnen geschrieben hat?«, fragte Katherine.

Gabriel schüttelte den Kopf.

»Er wollte Sie.«

»Er wollte mich?«

»Er wollte Ihre detektivischen Fähigkeiten. Er war der Ansicht, dass Sie ihm das schuldig waren. Nach allem, was Sie ihm angetan haben.«

Gabriel nippte nervös an seinem Bier und stellte die Flasche einen Tick zu laut auf dem Tisch ab.

»Also wissen Sie davon. Ich habe die Beherrschung verloren und ihn geschlagen. Das war eine schlimme Sache, auf die ich nicht im Geringsten stolz bin, die jedoch für diese Ermittlung ohne Relevanz ist.«

»Was haben Sie ihm noch angetan?«

Verwirrt sah Gabriel sie an. »Was meinen Sie?«

»Sie haben mich genau verstanden.«

»Das habe ich Ihnen doch gerade erzählt.«

»Sie haben ihn berührt, das haben Sie ihm angetan. Sie haben ihn sexuell missbraucht.«

Gabriels Kiefer klappte herunter. Seine Augen weiteten sich. »Ich habe nichts dergleichen getan.«

Die Jungen führen dich in Versuchung, stimmt's?

»Das ist eine Lüge«, sagte Gabriel mit fester Stimme. »Ich habe ihn nie auf diese Weise berührt. Nicht ein einziges Mal.« Gabriel hob das Bier auf. Seine Hände zitterten. Er stellte die Flasche wieder ab.

Katherine musterte ihn kühl. »Oh doch. Und deshalb haben Sie ihn verprügelt. Aus Scham darüber, dass Sie ihn missbraucht haben.«

»Hat Vic Ihnen das erzählt?«

»Meine Mutter hat es mir erzählt.«

Verzweifelt starrte Gabriel auf das Wasser. »Meine Güte. Weshalb sollte sie so etwas behaupten? Das ist gelogen.« Gabriel schloss die Augen. *Wie kannst du einem Kind nur so etwas antun? Du bist ein böser, böser Mann!* »Das hätte ich Vic niemals angetan.«

Die Jungen führen dich in Versuchung, stimmt's?

Gabriel schüttelte den Kopf. »Nein. Ich weiß genau, dass das nie geschehen ist.«

»Es ist geschehen. Und Sie haben damit sein Leben ruiniert.«

»Nein.« Gabriel öffnete die Augen und sah Katherine direkt an. »Ich würde niemandem das antun, was man mir angetan hat.« Schockiert darüber, dass er einer Fremden einfach so sein Geheimnis anvertraut hatte, schloss Gabriel den Mund.

»Sie wurden als Kind missbraucht?« Katherine stürzte sich wie ein Falke auf Gabriel.

Gabriel spürte einen dumpfen Schmerz hinter den Augen. Die Lichterketten trieben ihn noch in den Wahnsinn. Was hatte Dr. B mit seiner Neigung zur Delinquenz gemeint? Hatte Gabriel Vic tatsächlich unsittlich berührt? War das eine weitere verdrängte Erinnerung?

Katherine nippte nachdenklich an ihrem Bier. »Sie wurden also selbst missbraucht. Von wem, wenn ich fragen darf?«

Gabriel zögerte. Er spürte ein gähnendes Loch in seinem Innersten und wünschte sich sehnlich, er hätte sein Geheimnis dieser Fremden nicht verraten. Aber es war zu spät. Der Schaden war bereits angerichtet.

»Ein Nachbar«, gestand er.

Katherine nickte und betrachtete Gabriel durch ihre Brille. »Tja, das war ja eine schöne Nachbarschaft. Vielleicht war irgendwas im Trinkwasser.«

Gabriel starrte sie an. War das ein Scherz?

»Ich habe Ihren Bruder nicht missbraucht. Das müssen Sie mir glauben.«

Katherine schwieg einen Augenblick lang. Dann erhob sie sich so geräuschlos wie ein Gespenst, ohne Gabriel aus den Augen zu lassen. »Aber so ganz sicher sind wir uns nicht, oder?«, sagte sie schnippisch. »Vic mag als Mörder gestorben sein, doch Sie leben als widerwärtiger Kinderschänder weiter. Danke für das Bier, Sergeant.«

Sie entfernte sich, verschwand hinter den Lichtern des Piers. Gabriel saß wie betäubt von ihren Worten da.

28

»Gabriel, nun hören Sie doch …«

»Und wenn Sie recht hat?« Gabriel und Dr. B saßen in der Lobby des Hyatt. Dr. B, der mit seinem Sohn in der Gegend war, um sich die Stanford University anzusehen, hatte sich abgeseilt, um Gabriel in seinem Hotel zu treffen.

»Sie haben es doch selbst gesagt«, erinnerte ihn Gabriel. »Eine Neigung zur Delinquenz. Menschen, die als Kind missbraucht wurden, werden selbst zu Tätern.«

»Das stimmt nicht; jedenfalls nicht in allen Fällen.« Dr. B balancierte eine Kaffeetasse auf den Knien. »Meine Güte, Gabe. Erst halten Sie sich für einen Mörder und jetzt für einen Pädophilen. Glauben Sie das wirklich?«

Darüber musste sein Patient nachgrübeln. Schließlich schüttelte Gabriel den Kopf. »Ich kann mich nicht erinnern, etwas Derartiges getan zu haben. Das schwöre ich bei allem, was mir heilig ist.«

»Warum vertrauen Sie Ihrer Erinnerung nicht einfach?«

»Meine Erinnerung trügt, gerade Sie sollten das doch wissen! Vielleicht habe ich es nur verdrängt, wie die … die andere Sache. Ich könnte es während einer dissoziativen Fugue getan haben.«

»Sie haben gesagt, dass diese Zustände erst später in Ihrem Leben auftraten. Haben Sie schon als Teenager darunter gelitten?«

»Nein.«

»Führen Sie Jungen in Versuchung, Gabe?«

Gabriel war perplex, dass Dr. B diese Worte so laut und gleichzeitig so gelassen aussprach.

»Überhaupt nicht«, sagte Gabriel. Er sah sich unter den Touristen in der Lobby um. Inzwischen hatte er sich an die Normalität gewöhnt, sich darauf gefreut, die kleinen Freuden und Leiden von Otto Normalverbraucher zu erleben. Und dann war Katherine Archwood dahergekommen und hatte ihm einen weiteren Grund geliefert, wie ihm der Mörder selbst jetzt noch das Leben zur Hölle machen konnte.

»Ich wünschte, ich könnte mich deutlich an jenen Tag mit Vic erinnern«, sagte Gabriel. »Ich weiß nur noch, dass ich ihn geschlagen und mich nachher sehr elend gefühlt habe.«

»Nach dem zu urteilen, was Sie mir über die Archwoods erzählt haben, würde ich behaupten wollen, dass Sie sich bei der Suche nach Ihrem persönlichen Wohlbefinden auf höchst unzuverlässige Quellen berufen.«

»Himmel, ja, merkwürdig sind sie schon. Alle miteinander«, murmelte Gabriel. »Aber in ihrer Gegenwart kommen die Erinnerungen zurück. Deshalb kann ich sie wohl auch nicht in Ruhe lassen. Ich habe keine Freunde mehr in San Francisco. Ich habe den Kontakt zu meiner Familie abgebrochen. Andrew kann ich nicht mehr zur Rede stellen, er ist tot. Es ist, als ob sie mir meine Vergangenheit wiedergeben könnten.«

»Glauben Sie bitte nicht, dass Sie von ihnen abhängig sind«, sagte Dr. B. »Wenn Sie Frieden mit Ihrer Vergangenheit machen wollen, sollten Sie Ihre Eltern kontaktieren.«

Gabriel hörte gar nicht zu. »Ich glaube, aus Katherine ist noch mehr herauszubekommen. Dann kann ich diese Sache endlich hinter mich bringen und mein Leben weiterleben.«

»Gabe«, sagte Dr. B. »Die Archwoods sind nicht gut auf Sie zu sprechen. Um Himmels willen, Sie vertreten das Gesetz. Sie sind der Cop, der ihren Sohn und Bruder in den Untergang getrieben hat. Ich kann mir nicht vorstellen, dass sie Ihnen gegenüber gute Absichten hegen. Sich ihnen auszuliefern wäre sehr gefährlich.«

Gabriel musste das erst einmal verdauen. »Sie haben recht«, teilte er seinem Psychiater mit. »Ich vertrete das Gesetz.«

Dr. B spürte, dass Gabriel eine Einsicht ereilt hatte, und wollte gerade danach fragen, als sich Gabriel erhob, ihm die Hand schüttelte und sich bei ihm bedankte. Die Sitzung war beendet.

In der Stille, die in den Räumen der Gerichtsmedizin des SFPD herrschte, erledigte Ming den letzten Papierkram. Der haitianische Hausmeister namens Taylor wischte leise den Boden. Ming speicherte ihren Bericht über Thomas Welby, mutmaßlich Archwoods erstes Opfer. Sie las sich ihr Werk voller Stolz und im Bewusstsein, dass es für alle Ewigkeit gespeichert bleiben würde, noch einmal durch. Wie sie den Detectives bereits mitgeteilt hatte, war der Mord an Welby schlampig ausgeführt. Ganz offensichtlich hatte sich Archwoods Obsession mit den Chakren damals noch nicht zur vollen Blüte entwickelt.

Er hätte es fast geschafft.

Ein Chakra war noch übrig geblieben – das Kronenchakra, das spirituelle Portal allen Bewusstseins. Die höchste Erkenntnis …

Ming sah auf die Uhr. 20.30 Uhr. Sobald sie das Fax von Anthony Hamilton aus Los Angeles erhielt, würde sie Feierabend machen. Sie hatte ihm vor einer Woche das DNA-Material aus den Zähnen geschickt und ihn so lange bedrängt, bis er versprochen hatte, die Ergebnisse des Vergleichstests heute Abend zu liefern.

»Machen Sie noch länger, Frau Doktor?«, fragte Taylor in seinem karibischen Akzent.

»Nicht mehr lange«, sagte Ming. »Ich warte nur noch auf ein Fax.«

»Macht Ihnen das nichts, so allein hier bei den toten Leuten? Meine Oma hat uns immer Gruselgeschichten über lebende Tote erzählt.«

Ming lächelte. »Nette Oma. Nun, ich glaube nicht an Voodoo und bin auch nicht der schreckhafte Typ.«

»Das könnt' ich von mir nicht grad behaupten. Dann wünsch ich Gute Nacht. Ich guck mir den Rest vom Baseballspiel an.«

»Ihnen auch gute Nacht, Taylor.«

Der Hausmeister suchte seine Putzutensilien zusammen und verließ den Raum. Dankbar für die Stille legte Ming ihren Bericht fein säuberlich auf den Schreibtisch, dann sah sie ungeduldig zum Faxgerät hinüber. Sie wollte Gabriel das Resultat telefonisch mitteilen und ihn dann fragen, ob er Lust hätte, ihr an ihrem letzten Abend in San Francisco Gesellschaft zu leisten. Keine peinlichen Momente mehr zwischen uns, schwor sie sich. Wenn Ramirez einen Aufstand machen wollte, weil er glaubte, sie und Gabriel …

Willst du wohl damit aufhören?

Ming verdrehte über ihre eigene Dummheit die Augen. Lass dich drauf ein und scher dich nicht um die anderen. Bei dem Gedanken an das wilde Abenteuer, das ihr bevorstand, musste sie lächeln.

Eine Tür quietschte. Neugierig stand Ming auf und ging hinüber. Sie steckte den Kopf durch die Tür und sah auf den Flur hinaus.

»Hallo?«

Sie lauschte einen Augenblick. Nichts zu hören. Plötzlich ließ sie ein schrilles Piepen zusammenfahren. Sie drehte sich zum Faxgerät um, das gerade die Arbeit aufnahm. Ming stellte sich mit verschränkten Armen davor und wartete. Der Apparat schnurrte sanft, zog eine Papierseite ein und spuckte das ausgedruckte Fax ins Ausgabefach. Ming überflog den Bericht, als eine zweite Seite eintraf. Mit entsetzter Miene riss sie auch dieses Blatt heraus und las es.

Schockiert rief sie Gabriels Handy an und hinterließ eine Nachricht auf seiner Mailbox.

»Hi, Ming hier. Ich habe die DNA-Ergebnisse der Leiche in der Hütte. Seltsamerweise stimmt die DNA aus dem Zahn mit der der Spermaprobe aus L.A. überein, aber die DNA des unidentifizierten Leichnams *nicht* mit dem Zahn. Hast du das verstanden? In der Hütte waren zwei verschiedene DNA-Proben. Gabriel, wer auch immer da eingeäschert wurde, es war nicht Victor Archwood! Bitte ruf mich so schnell wie möglich zurück.«

Mehr konnte sie nicht sagen oder tun. Ming legte wieder auf und starrte den Bericht an. Archwood musste sich den Backenzahn gezogen haben, mit dem man ihn identifizieren konnte. Unglaublich, dachte Ming.

Und er ist noch am Leben! Ming rang um Fassung, während sie das Hyatt anrief.

»Gabriel McRay bitte.«

Sie hörte ganz deutlich ein Rascheln aus dem Flur, achtete jedoch nicht weiter darauf. Besorgt lauschte sie dem Klingelzeichen. Schließlich wurde sie wieder zur Lobby zurückgestellt.

»Kann ich eine Nachricht hinterlassen?«

Das Rascheln wurde lauter und kam näher. Mit dem Hörer in der Hand ging Ming zur Tür. »Gabriel, ich hab dir eine Nachricht auf dein Handy gesprochen …« Ming lief direkt in den Hausmeister, der direkt vor der Tür den Boden wischte. »Ach, Taylor. Ich dachte, Sie wären schon …«

Der Hausmeister drehte sich grinsend um, und Ming sah keinen Haitianer, sondern einen schlanken blonden Mann vor sich.

Gabriel stand in Nebel gehüllt vor dem Haus der Archwoods. Er klopfte einmal laut an die Tür. Irgendwo in der Ferne hörte er das Klingeln einer vorbeifahrenden Straßenbahn. Ein kurzes Piepen des Handys teilte ihm mit, dass er neue Nachrichten hatte. Doch die mussten warten. Als er die Hand hob, um noch einmal zu klopfen, öffnete sich die Tür.

Natalie stand mit einem leeren Glas in der Hand vor ihm. Er roch den Alkohol in ihrem Atem.

»Was wollen Sie?«, fragte Natalie, offensichtlich etwas angetrunken.

»Ich will mit Ihnen reden«, sagte Gabriel. »Darf ich reinkommen?«

Er rechnete damit, dass sie ihn abweisen würde. Doch zu seiner Überraschung trat Natalie beiseite und bat ihn herein. Gabriel folgte ihr ins Esszimmer. Die ältere Frau nahm eine Wodkaflasche vom Büffet und schenkte sich nach.

»Wollen Sie was trinken, Detective?«

»Nein, vielen Dank.«

Natalie knallte die Flasche auf das Büffet zurück und ging in die Küche. Gabriel folgte ihr.

»Nun?«, fragte sie, während sie Eiswürfel aus dem Gefrierschrank holte. »Sie haben mir etwas zu sagen?«

»In der Tat. Ihre Tochter hat mir ein paar interessante Neuigkeiten erzählt. Sie ist mir gefolgt, wissen Sie.«

Natalie ließ das Eis in ihrem Glas klirren und sah den Wodka mit sehnsüchtigem Blick an. »Das wundert mich nicht.«

»Ich möchte wissen, was genau Sie Ihren Kindern über mich erzählt haben.«

»Die Wahrheit«, sagte Natalie und nahm einen großen Schluck. »Sie haben meinem Jungen wehgetan. Und ihn verraten.«

»Ihre Tochter behauptet, dass Sie Vic gesagt haben, ich hätte ihn missbraucht.«

Natalie starrte Gabriel eine Weile mit geröteten Augen an, bevor sie erneut am Wodka nippte. »Stimmt genau; und Sie hatten verdammtes Glück, dass ich damals nicht die Polizei gerufen habe.«

Gabriel starrte unverwandt zurück. »Und ich frage mich, weshalb Sie das nicht getan haben.«

Natalies Blick glitt zum Fenster. Sie ging hinüber und rückte die Vorhänge zurecht. »Ich wollte nicht noch alles schlimmer machen, indem ich meinen Jungen einem langen Gerichtsprozess und den neugierigen Augen der Öffentlichkeit aussetzte. Er hatte schon genug durchmachen müssen. Und Sie können sich glücklich schätzen.« Sie nahm einen weiteren Schluck.

»Das ist eine sehr schwerwiegende Anschuldigung,

Mrs. Archwood. Es war unverantwortlich von Ihnen als Mutter, keine Anklage zu erheben.«

»Soll ich das jetzt etwa tun?«, entgegnete Natalie spitz und drehte sich zu Gabriel um, sodass die Eiswürfel klimperten.

»Ich weiß, dass ich Vic nicht missbraucht habe. Sonst hätten Sie mich sofort verhaften lassen.«

Natalie lehnte sich gegen das Spülbecken und hob das Glas erneut an die Lippen. »Was hat Ihnen Sonia sonst noch erzählt?«

»Das habe ich nicht von Sonia gehört. Sondern von Katherine.«

Natalie hätte sich beinahe am Wodka verschluckt. »Was?«

»Katherine hat mir erzählt, welche Behauptungen Sie über mich in die Welt gesetzt haben.«

»Sie haben Katherine getroffen?«

»Stimmt genau. In Fisherman's Wharf.«

Natalie stand mit halb erhobenem Glas starr wie eine Salzsäule da. »Katherine ist tot.«

»Sie ist quicklebendig, Mrs. Archwood. Sie will nur nichts mit Ihnen zu tun haben.«

Gabriel duckte sich, als das Glas plötzlich an seinem Kopf vorbeizischte und am Backofen zerschellte. Sofort erfüllte der Geruch des verschütteten Wodkas den kleinen Raum. Gabriel starrte Natalie verblüfft an.

»Sie ist vor fünf Monaten in dieser Kommune von Wahnsinnigen an Blutvergiftung gestorben, Sie blödes Arschloch!«, kreischte Natalie. »Sie haben sie dort oben begraben.«

»Aber das ist unmöglich«, widersprach Gabriel erschüttert.

»Wirklich? Und wessen Leichnam musste ich dann in Oregon identifizieren? Raus hier, und zwar sofort!«

Gabriel sah Natalie einen unbehaglichen Augenblick lang an, dann taumelte er wie ein Verirrter zu dem Foto im Esszimmer. Die beiden Zwillingsschwestern trugen taubenblaue Kleider – passend zu ihren blauen Augen. Die Katherine, mit der er Bier getrunken hatte, hatte grüne Augen gehabt.

Ich bin Fortunato.

Gabriel wich vor dem Foto zurück. Mit einem Mal erinnerte er sich an die geschmolzenen Kontaktlinsenbehälter in dem Apartment in L.A. – alle möglichen Farben; der Schauspielstudent, der jederzeit in jede Rolle schlüpfen konnte, sogar in die seiner toten Schwester. Gabriel durchfuhr es eiskalt, jeder Muskel war wie eingefroren.

Ich bin Fortunato. Oh Gott …

Archwood hatte ihm direkt gegenübergesessen. Hatte ihn versteckt hinter einer Maske zum Narren gehalten. Gabriel hatte ihn sich nicht einmal richtig angesehen.

Weil du ihn für eine Frau gehalten hast.

Gabriel rannte die Granitstufen hinunter, wobei er Ramirez' Pager anrief. Das Telefon piepte wieder. Auf der Fahrt zum Embarcadero Hyatt hörte er die Nachricht ab, die er erhalten hatte.

»Hi, Ming hier. Ich habe die DNA-Ergebnisse der Leiche in der Hütte …«

Gabriel stürmte in sein Zimmer im Hyatt. Das rote Licht des Anrufbeantworters blinkte. Er drückte auf den Wiedergabeknopf und hörte erneut Mings Stimme. »Gabriel, ich hab dir eine Nachricht auf dein Handy gesprochen …« Es folgte eine Pause, bevor wieder Mings ängstliche Stimme zu hören war. »Ach, Taylor. Ich dachte, Sie wären schon …«

Gabriel lauschte konzentriert. Er hörte ein Rascheln, dann verzog er angesichts von Mings plötzlichem, panischem Aufschrei das Gesicht: »Oh! Oh nein!«

Mit klopfendem Herzen spielte er die Nachricht noch einmal ab, dann verständigte er die Polizei, schnappte sich seinen Revolver und rannte zum Aufzug.

Gabriels Verstand arbeitete auf Hochtouren – genau wie der Motor seines Wagens. Er musste so schnell wie möglich zum Krankenhaus gelangen. Was will Archwood? Er will Seelen.

Er musste die Ruhe bewahren. Er will sein Ritual mit dem siebten und letzten Chakra vollziehen. Panik stieg in ihm auf, als er sich Ming alleine mit dem Malibu-Canyon-Killer vorstellte. *Bleib ruhig! Versetz dich in Archwood.*

Ming ist Ärztin, dachte Gabriel, eine Pathologin. Dennoch bezweifelte er, dass sich Archwood trotz seiner Wahngebilde den Intellekt einer Ärztin »einverleiben« wollte. Katherine *(Archwood!)* hatte etwas anderes behauptet: Er wolle Gabriel.

Sein Handy klingelte. Er ging ran. Sergeant Krol informierte ihn darüber, dass die Polizei auf dem Weg zum Krankenhaus war und Lieutenant Ramirez den nächsten Flug nach San Francisco nehmen würde.

Die Reifen quietschten auf dem nassen Asphalt, als Gabriel auf den fast leeren Parkplatz einbog.

Er hastete die Treppe zum Labor hinauf. Als er einen Wischmopp mitten auf dem Flur liegen sah, blieb er wie angewurzelt stehen. Dann ging er mit dem Revolver im Anschlag langsam um den Mopp herum. Erleichtert registrierte er, dass sich keine Blutspuren auf dem Fliesenboden befanden. Also war Ming nichts geschehen, oder? Archwood benutzte sie als Köder, um ihn zu sich zu locken.

Gabriel hörte ein Geräusch in der Entfernung, wirbelte herum und richtete den Revolver in den Flur. Sergeant Krol und mehrere uniformierte Beamte kamen mit ebenfalls gezückten Waffen um die Ecke. Seufzend ließ Gabriel den Revolver sinken.

»Wir haben gerade in der Privatwohnung des Hausmeisters angerufen. Offenbar hat Dr. Li noch auf ein Fax gewartet. Er behauptet, dass er alles weggeräumt und das Gebäude gegen halb neun verlassen hat.«

Gabriel ging ins Labor und sah sich um. Er hob das Fax vom Boden auf, las es und gab es mit finsterer Miene an Krol weiter.

»Grundgütiger«, murmelte Krol, sobald er den Bericht gelesen hatte.

Ein Uniformierter betrat den Raum. »Verzeihung, aber ich glaube, Sie sollten mal in die Leichenhalle kommen.«

»Dr. Li?«, fragte Gabriel besorgt. Er war schon halb durch die Tür.

»Nein«, sagte der Beamte und folgte ihm. »Das müssen Sie sich selbst ansehen.«

Gabriel drückte die Tür zur Leichenhalle auf. Zwei Klappen in der langen Schubladenreihe standen offen. Die Leichen, die sich darin befunden hatten, waren auf die Obduktionstische in der Mitte des Raums verfrachtet worden.

Der verwesende Körper eines alten Mannes lag bäuchlings auf dem Rücken eines kürzlich obduzierten Gangmitglieds im Teenageralter. Zwischen den faltigen Hinterbacken des Toten steckte eine Nachricht.

»Grundgütiger«, wiederholte Krol.

Gabriel rang um Fassung, dann ging er über den sterilen

Boden auf die Leichen zu. Er blieb stehen, suchte gedankenverloren seine Taschen nach Handschuhen ab, ohne den Blick von dem makabren Arrangement vor sich lösen zu können.

Krol reichte Gabriel ein Paar Latexhandschuhe, die er aus einem Spender zog. »Anscheinend hat sich unser Freund Zeit gelassen.«

»Und ein Bühnenbild gebaut«, murmelte Gabriel. Unter den argwöhnischen Blicken der Umstehenden zog er die Handschuhe über.

Vorsichtig nahm Gabriel die Nachricht an sich und faltete sie auseinander.

»Ich hoffe, du erinnerst dich, wo wir an dem Tag gespielt haben, an dem du mir wehgetan hast«, stand darauf. »Das Leben der Ärztin hängt davon ab.«

Eine ganze Streifenwagenflotte bewachte das Haus der Archwoods. Die rotierenden blauen und roten Lichter schienen durch die vergilbten Gardinen des Wohnzimmers, in dem sich Gabriel vor Natalie Archwood aufgebaut hatte.

»Ich weiß nicht, wo Victor ist«, beteuerte die alte Frau, die verdrießlich auf ihrem Sofa saß. »Ich dachte, er wäre tot!«

»Er hat eine Geisel genommen!«, brüllte Gabriel. »Womöglich hat er sie bereits umgebracht!«

»Was wollen Sie denn hören?«, fragte Natalie flehentlich, und zum ersten Mal bemerkte Gabriel echte Furcht in ihrem Blick.

Er legte seine Hände auf ihre Schultern und beugte sich zu ihr vor. »Jetzt passen Sie mal auf. Sie haben Vic jahrelang belogen. Warum? Warum haben Sie ihm das über mich erzählt?«

Sie starrte Gabriel mit großen Augen an. Dann leckte sie sich nervös über die Lippen. »Ich musste.«

»Wieso?«

»Ich musste Victor anlügen. Sie haben Victor nicht missbraucht.«

Gabriels griff lockerte sich.

Natalie sah Gabriel in die Augen. »Sondern sein Großvater.«

Gabriel ließ sie los und richtete sich auf. Dann taumelte er zu einem Sessel und setzte sich langsam. Natalie bat einen der Polizisten um eine Aspirin. Gabriel starrte durch das Fenster des Wohnzimmers auf die hypnotisierenden blauen und roten Lichter, die auf den Streifenwagen kreisten. Wie eine sanfte Meereswoge brachen alle vergessenen Erinnerungen über ihn herein.

Vic saß auf Gabriels Schoß, nachdem sie von einem ihrer Ausflüge nach Hause gekommen waren. Der kleine Junge hatte ihm erzählt, wie sehr er seinen Großvater vermisste. Dann hatte er sanft über Gabriels langes, lockiges schwarzes Haar gestrichen. »Mein Opa und ich hatten ein ganz besonderes Spiel. Soll ich's dir verraten?«, flüsterte er.

Der kleine Junge erzählte Gabriel von den Spielen, die sie gespielt hatten, dass es manchmal wehgetan hatte und manchmal nicht. Gabriel stockte der Atem. Er zwang sich, keine Bilder zu Vics Geschichte in seinem Kopf heraufzubeschwören. Er stieß Vic von sich, als wäre der Junge eine lästige Wespe, befahl ihm, den Mund zu halten, ihm nichts mehr davon zu erzählen. Vic hatte Gabriel einen Augenblick lang angestarrt und dann seinen Hosenschlitz geöffnet. Dabei hatte der Junge Gabriel gefragt, weshalb er so wütend war. Er wollte nicht, dass Gabriel wütend auf ihn war. Ob Gabriel wieder nett zu ihm sei, wenn sie das Spiel spielten? Seinem Großvater hatte das Spiel immer gefallen. Er hatte ihm auch Geschenke dafür gegeben.

Doch Gabriel wollte nur, dass Vic den Mund hielt und nicht länger über Dinge redete, die schlafende Hunde in den Tiefen seiner eigenen Seele weckte. *Daran* wollte er sich nicht erinnern. Er wollte seinen Verstand davor verschließen. Doch Vic redete weiter – und er nahm Gabriels Hand. Legte sie auf seinen Körper. In Gabriels Brust stieg ein ohnmächtiger Zorn auf, und er holte aus …

Gabriel riss sich von den blinkenden Lichtern los. Als Natalie weitererzählte, legte er den Kopf in die Hände.

»Ja, Victor hat seinen Großvater abgöttisch geliebt. Ich wollte nur, dass er sein Andenken in Ehren hält. Wissen Sie, wie sein Vater, dieses Schwein, ihn begrüßt hat? Er hat ihn weggeschubst!« Natalie fing an zu weinen.

Gabriel beobachtete die Tränen, die aus ihren Augen strömten. Er erinnerte sich daran, wie Natalie nach Hause gekommen und die Blutergüsse auf der Haut ihres Sohnes und die getrockneten Tränen auf seinem Gesicht gesehen hatte. Obwohl Vic nichts gesagt hatte, konnte sich Natalie sehr wohl zusammenreimen, was geschehen war. Gabriel war geblieben – aus schlechtem Gewissen und weil er bestraft werden wollte. Gabriel hatte damit gerechnet, dass sie die Polizei, seine Eltern oder sonst wen anrufen würde. Doch das hatte sie nicht getan. Sie hatte nur Vics Hand gehalten und Gabriel angeschrien.

Wie kannst du einem Kind nur so etwas antun? Du bist ein böser, böser Mann!

»Anfangs wollte mir Victor nicht glauben«, sagte Natalie. »Er hat Sie so sehr bewundert. Schließlich konnte ich ihn davon überzeugen, dass Sie ihn auf diese Weise verletzt hatten und nicht sein ihn liebender Großvater. Kinder vergessen. Man kann ihnen vieles einreden.«

Und sie manipulieren. Gabriel starrte sie wütend an.

Natalie schniefte. »Ich bin Lehrerin, wie Sie wissen«, sagte sie mit nur leicht erschüttertem Selbstvertrauen. »Ich betreibe eine Schwimmschule für Kinder. Ich habe für die Olympischen Spiele trainiert.« Natalie Archwood verlor sich einen Augenblick lang in einem Tagtraum. Dann wandte sie sich Gabriel mit zitternden Lippen zu. »Sie können mir nicht die Schuld dafür geben, schließlich haben Sie ihm wehgetan – sie haben ihn verprügelt. War es nicht besser, dass seine Liebe zu seinem Großvater nicht befleckt wurde? Dem einzigen Mann in seiner Familie, auf den er sich verlassen konnte?«

Gabriel stand auf. Ihm fehlten die Worte, und er konnte kein Mitleid für die armselige Frau vor ihm empfinden. Wie konnte eine Familie nur so vor die Hunde gehen?

Sie sollten Ihre Eltern kontaktieren …

Ming …

Wohin habe ich Vic an jenem Nachmittag gebracht? Wo sind wir hingegangen?

»Gabriel?«, fragte Sergeant Krol besorgt.

Tief in Gedanken ging Gabriel zur Wohnungstür.

»Sie dürfen mir nicht die Schuld dafür geben!«, rief ihm Natalie hinterher. »Ich war eine alleinstehende Frau mit drei Kindern! Ich habe mein Bestes getan! Er hat seinen Großvater geliebt!«

Vic hat den Park immer gemocht, dachte Gabriel, als er die Verandatreppe hinunterging. *Er hat gerne die Enten im Teich gefüttert.* Aber an diesem Tag waren sie nicht in den Golden Gate Park gegangen. Daran konnte er sich nicht erinnern.

Aber wohin dann?

»Gabriel!«, rief Krol, der in der Tür stand. »Wo wollen Sie denn hin? Warten Sie auf uns!«

Sorgloses Kinderlachen hallte in seinem Kopf wider. Es war ein sonniger Tag gewesen. Limonade und ein Picknickkorb.

Gabriel stieg ins Auto, bretterte auf die Lincoln Avenue, hielt Ausschau nach den grünen Baumwipfeln des Parks, roch den nahen Ozean – und versuchte, sich zu erinnern.

Wohin hatte Vic Ming verschleppt? Im Park gab es unzählige Verstecke. Archwood würde sich eine ebenso verborgene wie leicht und schnell zugängliche Stelle ausgesucht haben.

Limonade und ein Picknickkorb – Sandwiches, Erdnussbuttersandwiches. Das waren Vics Lieblingssandwiches.

Vor dem Cliff House, einem charmanten, auf den Klippen errichteten Gebäude aus dem neunzehnten Jahrhundert, das ein Restaurant beherbergte, wurde Gabriel langsamer. Er sah die Schwarzweißfotos an den tapezierten Wänden vor sich, die das viktorianische Bauwerk in den verschiedenen Stadien seiner historischen Entwicklung zeigten.

Das Lachen eines kleinen Jungen stieg aus den Tiefen von Gabriels Erinnerung an die Oberfläche und …

Die Sonne wärmte sein Gesicht, während er Vic dabei zusah, wie er …

Gabriel wurde immer langsamer und blieb dann vor einer Steinmauer gleich unterhalb des Cliff House stehen.

Die Sonne wärmte sein Gesicht, während er Vic dabei zusah, wie er durch die Ruinen des öffentlichen Freibads tollte.

Jenseits dieser Mauer und einen gewundenen Trampelpfad hinab lagen die Ruinen der Sutro Baths.

Gabriel nahm die Taschenlampe aus dem Handschuhfach, steckte die Waffe ein und stieg aus. Er lehnte sich über die niedrige Schalsteinmauer und suchte die vom Meer überschwemmten Ruinen nach Ming ab.

Die Sutro Baths waren nach Adolph Sutro benannt. Er hatte die Vision gehabt, eine Badeanstalt inmitten der rauschenden Ozeanbrandung zu errichten. Der aus mehreren mit Meerwasser gefüllten Becken bestehende Komplex war im Laufe der Zeit zusehends vernachlässigt und schließlich aus Besuchermangel und der Furcht vor einer Ansteckung mit Polioviren geschlossen worden. Nur die Steinfundamente waren geblieben. Gabriel lauschte den Wellen, die unaufhörlich gegen die alten Mauern krachten. Hinter den Ruinen schlossen sich steile, von Höhlen durchzogene Klippen an. Vic hatte sich mit Vorliebe in diesen Höhlen versteckt.

Die Beleuchtung eines Schnellrestaurants namens Louie's, dessen gedrungene Umrisse auf einem Hügel über der Badeanstalt auszumachen waren, tauchten die verwitterten Steine in schwaches Licht. Ansonsten leuchteten nur die Taschenlampe und ein von Wolken bedeckter Mond Gabriel den Weg.

Er folgte der Mauer bis zum Trampelpfad und machte sich an den Abstieg. Einmal stolperte er und fluchte über den brennenden Schmerz in seinem Knöchel.

Er hielt inne, ruhte den Fuß aus und überlegte, wo Archwood Ming wohl versteckt hielt. Dann erblickte er eine große Höhle in Ufernähe. Er ging auf das gähnende Loch zu, dessen Dunkelheit Gabriel zu verschlingen drohte.

Die Flut hatte bereits eingesetzt. Gabriels Schuhe tauchten ins Wasser, als er die Taschenlampe in die Höhle richtete. Bis auf ein Stück weißes PVC-Rohr, das wie ein Oberschenkelknochen aus dem steigenden Wasser ragte, war nichts zu sehen.

Gabriel richtete den Lichtstrahl auf das Rohr und ging vorsichtig weiter. Archwood konnte ihn jeden Moment aus der Dunkelheit anspringen. Als er sich dem Rohr näherte, sah er, dass es aus einem großen Erdhügel gleich unterhalb der Wasseroberfläche ragte.

»Oh Gott …« Gabriel ließ die Taschenlampe fallen, rannte zum Hügel hinüber, tauchte die Hände ins eiskalte Wasser und fing wie besessen an zu graben.

»Oh Gott«, wiederholte er. Die auf dem Wasser treibende Taschenlampe warf tanzende Lichter an die Höhlenwände. Dann verlosch sie. Gabriel wühlte Mings Gesicht aus dem Schlamm. Ihr wunderschönes Haar war gelöst und trieb im Wasser sanft hin und her. Das PVC-Rohr war zwischen ihre Zähne geklemmt.

Gabriel packte sie fest und zerrte sie aus ihrem hastig geschaufelten Grab. Das Rohr fiel aus ihrem Mund. Sie würgte, hustete und holte dann tief und krächzend Luft. Gabriel hielt sie fest, während sie von einem starken Hustenanfall heimgesucht wurde. Sie war so kalt. »Ming …«

Er spürte das Isolierband um ihre Handgelenke und riss heftig daran. Während er sie gegen die Höhlenwand lehnte, um auch ihre Beine zu befreien, hustete sie weiter.

Dann schrie sie auf und warf sich ihm in die Arme. »Hilf mir! Hilf mir!« Sie hatte Sand und Schmutz in den Augen und konnte nichts sehen. Gabriel hielt die Arme fest, mit denen sie nach ihm tastete.

»Ich bin ja hier«, sagte er.

»Hilf mir!«, schluchzte sie in ihrer durchnässten Kleidung.

Gabriel zog sich die Jacke aus und legte sie um die panische Ming.

»Ich bin ja hier. Ich bin bei dir«, sagte er und sah sich wachsam in der Höhle um. »Nichts wie raus hier.«

Das Wasser reichte bereits bis an ihre Knie.

»Ich kann nichts sehen!«, rief sie und klammerte sich so fest an ihn, dass sie um ein Haar wieder im Schlamm gelandet wären.

»Ich weiß. Ich weiß.« Gabriel wischte ihr mit dem Hemdsärmel sanft über die Augen. Ming weinte heftig. Gabriel legte den Arm um sie und führte sie vorsichtig auf den Ausgang der Höhle zu. Das Wasser stieg immer höher. Er schob Ming den Trampelpfad hinauf, schmiegte ihren zitternden Körper eng an den seinen und sah sich regelmäßig um. Archwood musste hier irgendwo in der Nähe sein. Gabriel führte Ming schnurstracks zu Louie's Diner, drückte die Glastür auf und winkte den Inhaber zu sich.

»Rufen Sie die Polizei und einen Krankenwagen. Haben Sie heißen Kaffee?«

Der Besitzer starrte das mit Schmutz überzogene, zitternde Häuflein Elend vor sich verdattert an. Gabriel tippte ihm grob gegen die Schulter. »Bringen Sie sie auf die Toilette und helfen Sie ihr, sich sauber zu machen. Dann geben Sie Ihr eine Tasse Kaffee. Na los!«

Der Inhaber nickte eifrig.

»Geh rein. Dort ist es warm und sicher.«

Ming sah ihn mit großen Augen an und schüttelte vehement den Kopf. »Du darfst nicht gehen! Lass mich nicht allein!«

Sie warf ihre Arme um seinen Hals, hielt sich an ihm fest und schmiegte ihren Kopf so eng an seine Kehle, als wollte sie mit ihm verschmelzen. »Lass mich nicht allein!«

Trotz der klammen Kälte und der Tatsache, dass ein Mörder dort draußen im Nebel auf sie lauerte, überkam Gabriel ein unerklärliches Glücksgefühl. Ming brauchte ihn, und er war sich sicher, sie beschützen zu können. Er spürte ihren bebenden Körper und begriff, dass er nicht länger ein Opfer war. Er küsste sie auf den Scheitel.

»Du musst dich aufwärmen. Ich bin gleich wieder da.«

Ming presste sich noch fester an ihn. »Geh nicht! Du darfst nicht gehen!«

»Dir wird nichts zustoßen.« Gabriel nickte dem Besitzer zu, der Ming am Arm nahm.

»Neeeein! Er wird mich umbringen! Er wird mich umbringen!« Sie schluchzte hysterisch.

Gabriel wusste nicht weiter. Er hielt sie noch einen Augenblick lang fest, dann drückte er ihr seinen Revolver in die Hand. »Hier. Niemand wird dir etwas tun.«

Ming starrte wie in Trance auf die Waffe in ihrer Hand. Der Inhaber führte sie in den warmen Speiseraum. Gabriel warf einen Blick auf die beiden Gäste, die am Tresen saßen und Ming, den Revolver und ihre schmutzige, nasse Kleidung mit großen Augen ansahen. Sobald sich Gabriel davon überzeugt hatte, dass keiner der beiden Archwood war, verließ er das Diner.

Er ging durch den Nebel auf das Cliff House zu, wobei er kaum die Hand vor Augen sehen konnte. Plötzlich tauchte sein Auto wie ein Phantom vor ihm auf.

Die angelaufenen Scheiben waren mit kyrillischen Buchstaben bedeckt. Fröstelnd sah Gabriel sich um.

»Vic!«, rief er. »Ich bin hier, Vic!«

Er kam an einem geschlossenen Souvenirladen vorbei, in dem ›San Francisco-Nebel in Dosen‹ und gerahmte Fotos alter Villen auf Nob Hill angeboten wurden. »Wo bist du?«

»Es wird Zeit, die Maske abzunehmen«, hörte Gabriel eine Stimme aus dem Nebel.

Er folgte ihr und spähte um die Ecke hinter dem Restaurant. Ein menschenleerer Balkon zog sich um die gesamte Fassade.

»Vic?« Gabriel ging zum Geländer hinüber und starrte in die wütend schäumende Brandung. Er erinnerte sich daran, wie er Vic – trotz Natalies Schwimmunterricht – vor der reißenden Strömung gewarnt hatte.

»Der Vorhang hat sich geöffnet«, sagte eine Stimme direkt hinter ihm.

Gabriel wirbelte herum und erblickte einen trügerisch gut aussehenden blonden Mann. Archwood hatte den Nagant auf ihn gerichtet. Gabriel sah sein schwitzendes Spiegelbild in Vics amüsierten blauen Augen und kam sich wie ein Kaninchen in den Fängen eines Kojoten vor.

Gabriel ergriff das Wort. Er konnte nicht anders. »Hallo, Vic. Ist lange her.«

Natürlich hatte er ihn bereits in Verkleidung gesehen, doch ohne Maske wirkte er auf Gabriel geradezu grotesk. In dem Erwachsenengesicht war ganz deutlich der Junge von früher zu erkennen. Gabriel drohte das Herz zu zerspringen.

»So lange nun auch wieder nicht.« Archwood ließ den Revolver fast übermütig hin und her pendeln. »Ich nehme an, dass du dich noch an meine Schwester erinnerst?«

»Wie könnte man die vergessen?«

»Eine großartige Vorstellung, nicht wahr? Obwohl ich mir nicht vorstellen kann, dass meine Hippieschwester sich jemals so modisch gekleidet hat.«

»Du kannst wirklich gut in verschiedene Rollen schlüpfen. Das muss man dir lassen.«

Archwood brachte die Waffe noch näher an Gabriels Gesicht heran. »Ich wechsle nur meine Kostüme. Aber du, du bist der beste Schauspieler von allen. Du hast dich all die Jahre als Polizist verkleidet, so getan, als wärst du ein rechtschaffener Bürger. Dabei bist du genauso irre wie ich.«

»Ich habe dich niemals missbraucht, Vic. Ich habe dich geschlagen, aber niemals auf diese Weise berührt.«

»Und wie du mich berührt hast, Sergeant. Was meinst du, wollen wir noch einen Versuch wagen?«

Gabriel fragte sich, was er nun tun sollte. Archwood fuchtelte beim Reden mit der Waffe herum. Womöglich konnte er ihn überrumpeln …

»Übrigens«, sagte Archwood, »Wie hat dir das kleine Bühnenbild in der Leichenhalle gefallen?«

Gabriel lief es eiskalt den Rücken hinunter. »Was soll mir daran denn gefallen haben?«

Archwood lachte, als hätte Gabriel die dümmste Frage der Welt gestellt. »Ich dachte, das wäre selbsterklärend. Hat es dir nicht gefallen? Dass du selbst missbraucht wurdest, fand ich hochinteressant. *Das* ist mal eine faszinierende Persönlichkeitsentwicklung, findest du nicht auch?«

Er hat die Kontrolle, dachte Gabriel angespannt. Wenn sich das Blatt nicht bald wendete, würde die Situation demnächst eskalieren und Gabriel mit einer Messerklinge oder einer Kugel im Kopf enden.

»Stehst du nach dieser Erfahrung auf Schwänze?« Archwood richtete die Waffe auf Gabriels Hals. »Bist du jetzt eine Schwuchtel?«

Gabriel drängte die inneren Dämonen, die wieder erwacht waren und sich an ihm gütlich tun wollten, zurück. Immerhin war er ein Detective, also sollte er sich auch wie einer verhalten. Er musste Vic irgendwie ablenken. »Wieso, wäre das ein Problem für dich?«, fragte er mit fester Stimme.

Wieder zuckte Archwood mit den Schultern. »Von mir aus kannst du auch schwul sein, Sergeant. Hin und wieder erfreue ich mich selbst an einem Mann. Das ist mir völlig egal.«

»Und was jetzt, Vic?«

»Jetzt sind wir Blutsbrüder.« Vic lächelte. »Nur dass ich leben werde und du nur durch mich weiterlebst.«

»Wirklich?«, fragte Gabriel, spähte durch den Nebel, wartete auf Verstärkung.

»Allerdings. Du wirst zu einem Teil von mir. Deine Kraft wird wachsen.«

»Das siebte Chakra.«

»Genau.« Vic zog das Messer aus dem Stiefel. »Für das letzte Chakra kamst nur du infrage. Das war von vornherein klar. Du wirst jetzt mitkommen. Wir machen eine kleine Spritztour in deinem Wagen. Und dann wird alles, was du bist, zu einem Teil von mir werden.«

Gabriel hätte beinahe aufgelacht. »Alles, was ich bin, ja? Bist du sicher, dass das so eine gute Idee ist?«

Archwood schien nicht amüsiert zu sein. »Du hast viel zu bieten, schließlich bist du Detective und so weiter. Du hast einen scharfen Verstand und kannst strategisch denken. Weißt du, weshalb ich dir immer einen Schritt voraus war, Sergeant? Weil mir so viele Seelen geholfen haben.«

Vics wirres, egozentrisches Gerede dämpfte Gabriels Furcht. Die schmelzende Angst wurde zum Treibstoff für einen hungrigen Motor, der seine Muskeln antrieb und die Blässe aus seinem Gesicht wischte. Gabriel fragte sich, weshalb er keine Wut verspürte. Er hatte sich in gefährlichen Situationen immer auf seinen Zorn verlassen können.

Doch diesmal musste er ohne dieses Hilfsmittel auskommen.

»Leg den Revolver weg«, sagte er sanft. »Ich kann dir helfen.«

»Oh ja, das wirst du auch, keine Sorge.«

»Ich weiß jetzt, was passiert ist«, fuhr Gabriel fort. »Leg die Waffe weg, dann können wir darüber reden.«

Archwood hielt inne. Einen Augenblick lang war es, als wären sie in der Zeit zurückgereist. Gabriel sah den flachsblonden Jungen vor sich, der ihn vergötterte. Revolver und Messer senkten sich leicht.

Dann drang das Geheul sich nähernder Sirenen durch den Nebel. Die Waffe hob sich wieder. Archwoods Miene verfinsterte sich. »Klar. Du würdest mir alles erzählen, um das Unvermeidliche aufzuschieben.«

»Ich war das nicht, Vic«, sagte Gabriel. »Deine Mutter hat dich angelogen. Himmel, ich würde alles dafür geben, um die Zeit zurückzudrehen. Ich hätte dir geholfen, wenn ich damals in der Lage gewesen wäre, irgendjemandem zu helfen. Ich musste mit meinen eigenen Problemen fertigwerden. Man hat uns beide verletzt. Ich weiß, was du durchgemacht hast, und …«

»Wie kannst du es wagen, dich mit mir zu vergleichen?«, fragte Vic.

»Du hast recht, Vic«, sagte Gabriel. »So ein Vergleich ist sinnlos. Ich habe Verantwortung für meine Taten und mein Leben übernommen und versucht, ein besserer Mensch zu werden. Und aus dir ist nichts weiter geworden als ein Mörder. Mehr bist du nicht, Vic, und allein deshalb wird man sich an dich erinnern.«

Die heulenden Streifenwagen kamen näher. Schlagartig griff Gabriel nach dem Revolver. Die beiden rangen miteinander. Gabriel schlug Archwoods Hand so lange gegen das Geländer, bis dieser die Waffe fallen ließ. Er bückte sich, um sie aufzuheben, als ein stechender Schmerz durch seinen Arm schoss – das Messer hatte er völlig vergessen. Nun steckte es bis zum Heft in seinem Bizeps.

Archwood warf sich auf Gabriel. Die beiden prallten gegen das Geländer. Der jüngere und gewandtere Archwood zog das Messer heraus und stieß es in Gabriels Seite.

Die Luft entwich aus seiner Lunge. Gabriel wusste, dass er schwer verletzt war. Das Blut floss in Strömen auf den Zementbalkon, während die beiden auf dem glitschigen roten Boden einen grimmigen Tanz aufführten. Unter ihnen schäumte die Brandung, und die Seelöwen bellten aufgeregt.

Das Adrenalin in seinen Adern verlieh Gabriel die Kraft, seinen Angreifer von sich zu stoßen. Dann schlug er Archwood ins Gesicht. Der blonde Mann verlor das Gleichgewicht und fiel um. Gabriel legte mit schmerzverzerrter Miene eine Hand um das Kampfmesser, das in seiner Seite steckte. Grunzend zog er die Klinge heraus. Vornübergebeugt wie ein alter Mann versuchte er mit einer Hand den Blutfluss zu stoppen und in der anderen Hand das Messer zu halten.

»Lass es, Vic. Ich will dir nichts tun«, keuchte er. »Erinnerst du dich nicht? Du hast mir doch selbst erzählt, dass dich dein Großvater an bestimmten Stellen …«

Archwood lag auf dem Boden und wischte sich das Blut vom Mund. »Kein Wort mehr über ihn! Wage es nicht, ihn auch nur noch einmal zu erwähnen!«

»Er hat dich missbraucht, Vic! Deine Mutter hat behauptet, ich sei es gewesen, aber das war gelogen. Sie wollte sein Andenken in Ehren halten. Sie wollte dich in dem Glauben lassen, dass er niemals fähig gewesen wäre, dir …«, Gabriel keuchte vor Schmerz, »… dir so etwas anzutun.«

Archwood richtete sich so langsam wie ein Gespenst auf. Er hielt den Revolver in der Hand.

»Du hast mir alles erzählt«, sagte Gabriel, ohne ihn aus den Augen zu lassen. »Und da bin ich ausgerastet. Das tut mir leid. Ich will es wiedergutmachen …«

Archwood hob den Nagant. »Ich habe deine Lügen satt. Ich dachte, du könntest mir nützlich sein, aber du bist nur ein Lügner. Ich werde dich aus dem Weg räumen und mir stattdessen die Ärztin schnappen. Du bist es nicht wert. Du hattest deine Chance. Jetzt ist dein jämmerliches Leben vorbei.«

Blut quoll zwischen Gabriels Fingern hervor, aus der Wunde in seiner Flanke. Mit der anderen Hand griff er in die Tasche, zog die beiden Messingdosen des Großvaters heraus und hielt sie Archwood hin. »Als du die vergraben hast, war auch dein Leben vorbei.«

Archwood machte große Augen. »Gib sie her!«, brüllte er.

»Du willst sie unbedingt haben? Dann hol sie dir!«

Gabriel schleuderte die Dosen so fest er konnte ins Meer hinaus.

»Neeein!«, rief Archwood und beugte sich so weit über das Geländer, dass er beinahe hinuntergefallen wäre. Er starrte durch den Nebel auf das brodelnde Wasser. Dann setzte er eine vor Wut eiskalte Miene auf. »Warte, bis sie deine Überreste finden«, zischte er durch zusammengebissene Zähne und ging auf Gabriel los. Die beiden Männer prallten vor dem Geländer zusammen. Während Gabriel versuchte, Archwoods Arm abzuwehren, entglitt ihm das Messer. Der Revolver schwankte hin und her. Der Blutverlust hatte Gabriel geschwächt. Früher oder später würde Archwood ihn erschießen. Er warf einen Blick über das Geländer. Es gab nur eine Möglichkeit, Archwood zu entkommen. Er beschloss, das Risiko einzugehen.

Ein weiteres Mal krachten die beiden gegen das Geländer. Einen Augenblick später rollten sie darüber hinweg. Archwood schrie überrascht auf. Ein Schuss löste sich. Es klang wie ein Knallfrosch.

Das kalte Wasser traf Gabriel wie ein Schock, und er bekam keine Luft mehr. Die dunkle Gestalt Archwoods strampelte neben ihm. Beide wurden von einer starken Rückströmung erfasst, die sie voneinander trennte und weiter ins Meer hinein trug. Das tosende schwarze Wasser führte sie gefährlich nahe an den Klippen vorbei. Gabriels entkräfteter Körper konnte der Brandung nicht lange standhalten. Und doch glaubte er nicht, dass ihn sein geliebter Pazifik an einem Felsen zerschmettern würde.

Gabriel verlor Archwood aus den Augen, aber das war ihm egal. Er spürte, wie seine Kräfte schwanden. Er wollte nicht mehr länger gegen die Kälte ankämpfen und einfach nur untergehen.

Als Nächstes wurde er von einem hellen Licht geblendet. Im ersten Augenblick glaubte er, himmelwärts zu reisen, an den Sternen vorbei … bis er begriff, dass er sich noch im eiskalten Wasser befand. Die Lichter über ihm knatterten laut

Hubschrauber, dachte er.

Das Letzte, was er sah, war eine Gestalt, die wie ein Racheengel vom Himmel stieg. Gabriel wollte die Hand danach ausstrecken, doch seine Muskeln gehorchten ihm nicht. Und dann wurde es schwarz um ihn herum.

Wieder Lärm … ein ratterndes Geräusch. Gabriels Körper zitterte unwillkürlich. Er war mitten in diesem Lärm, Teil des Surrens. Dann öffnete er die Augen und starrte in Miguel Ramirez' Gesicht.

»Sie glauben ja wohl nicht, dass Sie die Lorbeeren dafür ganz alleine einstreichen, oder?«

Gabriel verdrehte die Augen. Ramirez grinste und nickte jemandem zu, der sich außerhalb von Gabriels Sichtfeld befand. »Der wird schon wieder.«

Dann wurde er erneut von der Dunkelheit verschlungen.

»Sei frohgemut.
Strebe danach, glücklich zu sein.«
MAX EHRMANN,
»DESIDERATA«

29

Sanft rollten die Wellen des Pazifiks über den Strand. Gabriel lag auf dem Rücken. Seine Füße zeigten zum Wasser hinaus, der Kopf in Richtung Highway. Er rückte das Bündel unter seinem Kopf zurecht. Der Sand war kühl, doch in Jacke und Jeans fror er nicht. Über ihm zogen die weißen Wolken immer schneller über den azurblauen Himmel. Für später in der Woche war Regen vorhergesagt. Zu Gabriels Linker drehte das Riesenrad auf dem Santa Monica Pier gemächlich seine Runden. Zur Rechten erhoben sich die Santa Monica Mountains.

Der Strand war so gut wie menschenleer. Nur in der Entfernung zeichnete sich vor den Hügeln eine Frau ab, die langsam über den Sand auf ihn zukam.

Gabriel hob grüßend die Hand, dann verzog er das Gesicht. Sein Arm schmerzte immer noch. Auch seine Seite, wo die Klinge eine Niere durchbohrt hatte, machte ihm noch zu schaffen. Halb so wild, dachte Gabriel. Alles wird verheilen.

Gabriel griff in die Jeanstasche und zog Vics Messingei hervor. Er klappte es auf und erwartete beinahe, einen Flaschengeist aufsteigen zu sehen. Als er das Ei gegen den

Himmel hielt, begriff er, warum Archwood die Geschenke seines Großvaters vergraben hatte. Was ihm Natalie auch immer erzählt haben mochte – tief im Inneren hatte Archwood die Wahrheit gekannt. Er hatte mit seinen eigenen verdrängten Erinnerungen gekämpft, vermutete Gabriel, und nie akzeptiert, dass die Beziehung zu seinem Großvater weiß Gott nicht normal gewesen war.

Beim Thema Familienprobleme fielen Gabriel seine Eltern in Seattle ein. Erst jetzt verstand er, dass er ihnen zwar an vielem die Schuld gab, seinen Gefühlen jedoch nie richtig Ausdruck verliehen hatte. Er hatte sie einfach abgeschrieben, hatte ihnen deutlich machen wollen, dass sie ihm nicht wichtig waren. Irgendwann hatten sie aufgegeben und waren nach Seattle gezogen, um in der Nähe seiner Schwester Janet sein zu können. Was Gabriel nur als einen weiteren Beweis ihrer Gleichgültigkeit ihm gegenüber aufgefasst hatte.

Er hatte sie angerufen. Seine Beerdigung sollte nicht die nächste Gelegenheit sein, bei der sie ihn wiedersahen. Sie hatten ihn am Telefon wie einen verlorenen Sohn begrüßt. Als er die Emotion in ihren Stimmen hörte, hatte er unwillkürlich eine Mauer aus Eis um sich errichtet. Doch allmählich lernte Gabriel, wie er diese frostige Barriere durchbrechen konnte.

Vielleicht, dachte Gabriel, *ist dem Geist dieses kleinen Jungen, der mich so lange heimgesucht hat, endlich Ruhe vergönnt.*

Beider kleinen Jungen.

Gabriel steckte das Osterei wieder in die Tasche.

Wir sind eins.

Nein, das waren sie nicht. Trotzdem hatten er und Victor Archwood einiges gemeinsam. Obwohl sie ähnlich schreckliche Dinge erlebt hatten, waren sie zu zwei völlig verschiedenen Menschen herangewachsen. Gabriel würde nie erfahren, weshalb aus dem traurigen flachsblonden Jungen, der zu ihm aufgesehen hatte, ein mordendes Ungeheuer geworden war. Vielleicht hatte Archwood eine angeborene Neigung zur Geisteskrankheit gehabt, die erst durch den Missbrauch als Kind so richtig zum Ausbruch gekommen war. Vielleicht war seine Laufbahn als Mörder von Anfang an in seine DNA eingeschrieben gewesen – obwohl Gabriel das stark bezweifelte.

Gabriel sah wieder zu den weißen Wolken hinauf. Ihre regelmäßige Bewegung erfüllte ihn mit einer inneren Ruhe.

Archwood hatte überlebt, doch es gab keine Masken mehr, hinter denen er sich noch verstecken konnte. Eine Sträflingsuniform war jetzt sein einziges Kostüm. Natalie Archwood dagegen ging ganz in ihrer neuen Rolle als liebende Mutter auf. Sie versuchte, ihre Fehler aus der Vergangenheit wiedergutzumachen, indem sie mit wilder Entschlossenheit für ihren Jungen kämpfte und die besten Strafverteidiger des Landes zusammentrommelte. Wann immer Gabriel daran dachte, tat die Stichwunde in seiner Seite etwas mehr weh. Doch der Fall lag nicht mehr in seinen Händen. Der Staatsanwalt würde die nächsten Schritte einleiten. Wie Gabriel erfahren hatte, wollte er auf die Todesstrafe plädieren.

Ein kleiner Junge lief an ihm vorbei auf die Wellen zu, rannte wieder zurück, sobald sie sich dem Ufer näherten, lachte aus bloßer Freude, am Leben zu sein.

Gabriel beobachtete ihn. Andrew Pierce hatte ihm diese Ausgelassenheit schon vor langer Zeit genommen. Er würde Andrew Pierce und das Unrecht, das er ihm angetan hatte, nie vergessen. Andrew hatte ihm die Kindheit gestohlen – Gabriel würde nicht zulassen, dass er ihm auch den Rest seines Lebens entriss.

Ming nickte ihm grüßend zu und setzte sich neben ihn

in den Sand. Sie trug Jeans und ein Sweatshirt. Gabriel bemerkte eine neue Sorgenfalte zwischen ihren Augenbrauen. Sie betrachtete nachdenklich die heranrollenden Wellen. Ihre Finger bohrten sich in den Sand.

Sie ist wieder unter Wasser, dachte Gabriel. Gefesselt, bewegungsunfähig, mit einem Plastikschlauch zwischen den Lippen. Und sie fragt sich, wie es so weit kommen konnte. Die strenge Kontrolle, die sie über ihre Umwelt ausgeübt hatte, war mit einem Mal in tausend Stücke zerbrochen. Jetzt litt sie unter den Nachwirkungen.

Ming war der Inbegriff der Selbstsicherheit gewesen. Die tröstliche Gewissheit, dass sie nur die klinische Beobachterin der Tragödien war, die man in ihren Obduktionssaal schob, war verschwunden. Wie sich die Dinge doch verändert hatten …

Gabriel strich mit der Hand über ihre rabenschwarzen Locken. »Was hast du auf dem Herzen?«, fragte er sanft.

Ming beobachtete das Seegras, das in den grünen Wellen trieb. »Es ist schon November, und heute ist immer noch ein toller Tag für ein Picknick.«

Sie redet um den heißen Brei herum, dachte Gabriel. Aber das war in Ordnung. Er würde alles in seiner Macht Stehende tun, um ihr zu helfen, damit fertigzuwerden.

»Apropos Picknick …« Gabriel setzte sich auf, wobei sich die Wundnähte schmerzhaft spannten, und zeigte ihr stolz den Picknickkorb, den er als Kopfkissen verwendet hatte. Ming lächelte wie ein Geburtstagskind, öffnete den Deckel und sah ihn dann verblüfft an.

»Nichts Besonderes«, scherzte Gabriel. »Nur selbst gemachtes Fasanenpaté, Brie mit karamellisierter Pekannusssoße, eine Auswahl selbst gebackener Brötchen, Früchte und Traubencidre.«

Ming beugte sich vor, um ihn zu küssen. »Genau wie versprochen.«

Gabriel hielt sie fest, bevor sie sich wieder setzen konnte, und erwiderte den Kuss – etwas leidenschaftlicher. Mit entschlossenem Griff rückte er ihren Körper näher zu sich heran.

»*So* verlassen ist der Strand nun auch wieder nicht«, sagte Ming, als ihre Lippen nur noch Zentimeter voneinander entfernt waren.

Gabriel fuhr mit der Hand über ihren Rücken. »Was wir hier nicht tun können, tun wir eben später bei mir.«

Damit war alles gesagt. Während er den Duft ihres Haares genoss, beschloss Gabriel, dass es ein guter Tag werden würde, und warf alle unangenehmen Gedanken in hohem Bogen in den endlosen Pazifik.

Danksagung

Die Autorin dankt den folgenden Personen für ihre Sachkenntnis, ohne die sie dieses Buch wohl nie hätte schreiben können: Sergeant Dan Taylor von der Mordkommission des Los Angeles County Sheriff's Department; Captain James Bird von der Feuerwehr Los Angeles; Dr. Elizabeth Harris; Dr. Leslie Kurtz; Dr. Colleen Kelly; William Carter, Anwalt; Shelley Berman und Martin Retting von Culver City Modern & Antique Firearms. Vielen Dank auch an Kathy Magallanes und Jody Hepps für ihren scharfen Blick.